조선후기 통신사 필담창화집 번역총서 15

七家唱和集－班荊集・支機閒談

칠가창화집－반형집・지기한담

조선후기 통신사 필담창화집 번역총서 15

七家唱和集－班荊集·支機閒談

칠가창화집－반형집·지기한담

기태완 역주

보고사

이 역서는 2008년도 정부재원(교육과학기술부 학술연구조성사업비)으로 한국연구재단의 지원을 받아 연구되었음(KRF-2008-322-A00073)

이 번역총서는 2012년도 연세대학교 정책연구비(2012-1-0332) 지원을 받아 편집되었음.

차례

조선후기 통신사 필담창화집 번역총서를 간행하면서 /425

일러두기

1. 통신사 필담창화집 번역총서는 제1차 사행(1607)부터 제12차 사행(1811)까지, 시대순으로 편집하였다.

2. 각권은 번역문, 원문, 영인자료(우철)의 순서로 편집하였다.

3. 300페이지 내외의 분량을 한 권으로 편집하였으며, 분량이 적은 필담창화집은 두 권을 합해서 편집하고, 방대한 분량의 필담창화집은 권을 나누어 편집하였다.

4. 번역문에서 일본 인명과 지명은 한국 한자음 그대로 표기하고, 처음 나오는 부분의 각주에 일본어 발음을 표기하였다. 그러나 번역자의 견해에 따라 본문에서 일본어 발음대로 표기를 한 경우도 있다.

5. 번역문에서 책명은 『 』, 작품명은 「 」로 표기하였다.

6. 원문은 표점 입력하였는데, 번역자의 의견에 따라 표기하는 것을 원칙으로 하였지만, 가능하면 한국고전번역원에서 정한 지침을 권장하였다. 이 경우에는 인명, 지명, 국명 같은 고유명사에 밑줄을 그어 독자들이 읽기 쉽게 하였다.

7. 각권은 1차 번역자의 이름으로 출판되었는데, 최종연구성과물에 책임연구원과 공동연구원의 이름이 반드시 들어가야 한다는 한국연구재단의 원칙에 따라 최종 교열책임자의 이름으로 출판되는 책도 있다.

8. 제1차 통신사부터 제12차 통신사에 이르기까지 필담 창화의 특성이 달라지므로, 각 시기 필담 창화의 특성을 밝힌 논문을 대표적인 필담창화집 뒤에 편집하였다.

칠가창화집(七家唱和集)
반형집·지기한담

반형집(班荊集)

『반형집』은 2책이고 목판본이다. 『칠가창화집(七家唱和集)』 중의 하나로서 소장처는 내각문고(일본 국립공문서관)이다.

저자는 목인량(木寅亮)인데, 자는 여필(汝弼), 호는 국담(菊潭)·죽헌(竹軒). 목하국담(木下菊潭)이라 하고, 목하순암(木下順庵)의 아들이다.

1711년 신묘년(辛卯年) 통신사는 가선(家宣) 장군의 습직(襲職)을 축하하는 사절단이었는데 이 일행과 일본인들의 필담집이다.

주요 필담참여자는 조선 측에서는 정사 겸재(謙齋) 조태억(趙泰億), 부사 정암(靖庵) 임수간(任守幹), 종사관 남강(南岡) 이방언(李邦彦), 제술관 동곽(東郭) 이현(李礥), 서기 경호(鏡湖) 홍순연(洪舜衍), 용호(龍湖) 엄한중(嚴漢重), 범수(泛叟) 남성중(南聖重), 상백헌(嘗百軒) 기두문(奇斗文) 등이고, 일본 측에서는 목인량(木寅亮), 아도경범(兒島景范) 등이다.

시문 중에서는 목인량이 동곽 이현에게 이별시로 준 50운 배율의 장편시가 이채롭다.

지기한담(支機閒談)

『지기한담』은 『칠가창화집(七家昌和集)』 중의 한 권으로서 필사본이다.

신묘년(1711) 사행 때 당시 막부의 유관(儒官)으로 있었던 관란(觀瀾) 삼택집명(三宅緝明, 1674~1718)이 조선통신사 정사 조태억(趙泰億)·부사 임수간(任守幹)·종사관 이방언(李邦彦) 등 삼사와 제술관 이현(李礥)·서기 홍순연(洪舜衍)·엄한중(嚴漢重)·남성중(南聖重) 등과 주고받은 서찰 및 시문을 모은 것이다.

삼택집명은 강호시대(江戶時代) 중기의 유학자(儒學者)인데, 수호번(水戶藩)의 유신(儒臣)이었다. 석암(石庵)의 아우로서 교토 사람이다. 이름은 집명(緝明), 자는 용회(用晦), 호는 관란(觀瀾)·서산(瑞山)이다. 처음에는 천견경재(淺見絅齋)에게 배웠고, 나중에 목하순암(木下順庵)의 문하의 준영(俊英)이 되었다. 수호(水戶)의 사관편수(史官編修)가 되어 총재(總裁)로 승진했다. 정덕(正德) 연간(1711~1716)에 신정백석(新井白石)의 추천으로 막부의 유관(儒官)으로 전직했다. 저서로 『중흥감언(中興鑑言)』·『조자아(助字雅)』·『관란집(觀瀾集)』 등이 있다. 저구독지(猪口篤志)의 『일본한문학사』에서 그를 평하기를, 사안(史眼)과 문학적 재능을 겸했으나 시는 그다지 뛰어나지 못했다고 했다.

『지기한담』의 내용에 있어서 주목할 만한 것은 관란이 엄한중과 나눈 조선과 중국의 유학자들에 대한 의견들이다. 관란은 「송엄서기서(送嚴書記序)」에서, 주자학을 전통 유학으로 내세우고, 원나라의 허형(許衡)과 유인(劉因), 명나라의 설선(薛瑄)과 구준(丘濬), 조선의 이황(李滉), 일본의 산기경의(山崎敬義) 등이 올바른 학통의 유학자들이라는 생각을 피력했다. 엄한중은 이에 대한 답서에서, 관란의 생각에 대체로 동의하고, 이황 이외의 조선의 유학자들을 소개하고, 또한 일본의 산기경의에 대해 들어보지 못하여 유감이라고 했다. 그러나 명나라 구준에 대해서는 "이른 바 구준(丘濬)이란 자는 이룬 학문이 궤이(詭異)하고, 입론(立論)은 유주(謬譸)합니다. 악비(岳飛)를 반드시 회복(恢復)하지 못했을 것이라고 여기고, 진회(秦檜)를 송나라 충신이라고 칭했습니다. 의견이 이와 같으니, 그 나머지는 알 만합니다. 이는 변별하지 않을 수 없습니다"라고 다른 견해를 표명했다. 관란은 이에 대한 답서에서 "구문장(丘文莊)이 악비(岳飛)를 반드시 회복(恢復)하지 못했을 것이라고 여겼는데, 이는 시세(時勢)에서 각자 보는 바가 있었기 때문이었습니다. 처음부터 도의(道義)와 심술(心術)의 허물로 여기지 않습니다. 하물며 금병(金兵)의 강함이 송(宋)나라에 비하여 열배인데, 승패의 자취를 서생(書生)의 종이 위의 말로써 갑자기 쉽게 판단할 수는 없습니다. 진회(秦檜)를 송나라 충신이라고 했는데, 이는 노인이 고기(高奇)함을 좋아하여, 중론(衆論)의 폐단을 교정하려고 그랬을 뿐입니다"라고 하고, "다만 그 조예(造詣)의 깊고 얕음과 식취(識趣)의 높고 낮음에 있어서는, 참으로 문청(文淸)에게 미치지 못함이 있습니다. 그러나 경유의 정당함과 믿음의 두터움에 있어서는, 대개 또한 주명(朱明) 한 시대에서 쉽게 얻을 수 없는 바입니다.(제가 서문에서 '경유의 정당함과 믿음의 두터움'으로써 문장(文莊)을 논했는데, 다시 살펴주시기를 바랍니다.)"라고 덧붙였다.

관란은 퇴계 이황에 대해 평하기를 "저는 퇴계(退溪)의 『계몽전의(啓蒙傳疑)』를 읽고서, 설명한 바가 번잡하여서 옛날의 결정정미(潔靜精微)함을 잃어버렸다고 항상 의심했습니다. 『기상시책(氣象蓍策)』 한 그림

은 더욱 견강분착(牽强紛錯)합니다. 그러나 그 강학(講學)의 순정(醇正)
함과 양심(養心)의 치밀함에 대해서는 저 잘못을 가져와서 이 아름다
움을 덮어버린 적이 없습니다. 제가 퇴계를 논의한 것은 참람됩니다.
그 작은 것을 생략하고 큰 것을 취하는 것이 또한 상론(尙論)의 체(體)
라고 함이 당연할 뿐입니다"라고 했다.

　이 밖에는, 관란과 엄한중은 주자학이 유학의 정통이라는 관점에서
서로의 의견이 같았다.

반형집

班荊集

반형집 권상

강도(江都)의 국담(菊潭) 목인량(木寅亮)[1] 지음

정덕(正德) 기원(紀元) 신묘(辛卯)년 겨울 10월에 조선국(朝鮮國) 통신사(通信使) 조태억(趙泰億) 등이 내빙(來聘)했다. 신(臣) 양(亮)은 삼가 명(命)을 받들고, 동인(同寅)[2] 몇 명을 따라서 후관(候館)[3]에 가서 명함을 통했다. 그 학사서기(學士書記) 등과 창화(唱和)한 약간을 잘 베낀 것이 두 권이었다. 이미 어람(御覽)을 겪어서, 보관하여 흔상(欣賞)[4]하려 한다. 임진(壬辰 : 1712)년 봄 왕정월(王正月) 곡단(穀旦)[5]에 목인량(木寅亮)이 적다.

---

1 목인량(木寅亮) : 자는 여필(汝弼), 호는 국담(菊潭)·죽헌(竹軒). 목하국담(木下菊潭)이라 함. 목하순암(木下順庵)의 아들이다.
2 동인(同寅) : 동료(同僚).
3 후관(候館) : 조망할 수 있는 작은 누대. 객관에 있는 누대를 말함.
4 흔상(欣賞) : 완상(玩賞).
5 곡단(穀旦) : 청량한 날.

○정사 조대년께 문후 드리는 계

候正使趙大年啓

목인량(木寅亮)

삼가 생각건대, 수절(繡節)[6]이 구름에 빛나니, 경건하게 북해(北海) 빈객(賓客)의 비단 돛을 맞이할 날이 머지않았습니다. 우두커니 서서 동행(東行)하는 진인(眞人)[7]을 상상하니, 한강(漢江)에서는 즐거움이 넘치고, 상역(桑域)[8]에서는 기뻐서 뛰어오릅니다. 삼가 정사(正使) 겸 재(謙齋) 조공(趙公)의 대(臺) 아래에 올립니다. 하악(河岳)이 수려함을 양육했고, 금학(琴鶴)[9]의 유풍(遺風)이고, 명망이 전선(銓選)[10]을 관장했습니다. 하늘의 별들에서 신발소리를 듣고,[11] 손님과의 교제에서 헛소문을 스스로 끊었습니다. 좌중의 풍월(風月) 속에 금경(金鏡)이 혼탁함을 비추니, 고계보(高季輔)[12]의 정명(精明)[13]을 우러릅니다. 옥산(玉山)이 빛을 떨치니, 배숙야(裴叔夜)[14]의 준수하고 단정한 모습에

---

6 수절(繡節) : 수의(繡衣)와 부절(符節). 사자(使者)의 복식과 징표를 말함.

7 진인(眞人) : 품행이 단정한 사람.

8 상역(桑域) : 부상(扶桑)의 지역. 부상은 전설 속에 동해에 있다는 신목(神木)으로 해가 뜨는 곳이라고 함. 주로 일본을 지칭함.

9 금학(琴鶴) : 금과 학은 고상한 선비가 즐기는 물건임.

10 전선(銓選) : 관리를 전형하여 선발하는 직책.

11 신발소리를 듣고 : 『한서(漢書)·정숭전(鄭崇傳)』에서, 정숭이 애제(哀帝) 때 상서복야(尙書僕射)를 지냈는데, 여러 번 간쟁을 하자, 황제가 "나는 정상서의 신발 끄는 소리를 알 수 있다"고 했다. 이후 청리(聽履)는 황제의 측근 중신을 말하게 되었다.

12 고계보(高季輔) : 고풍(高馮, 596~654), 자는 계보(季輔), 당(唐)나라 덕주(德州) 수현(蓚縣) 사람. 당태종(唐太宗) 때 이부시랑(吏部侍郎)으로 관리 선발을 담당했는데, 당태종이 금경(金鏡)을 하사하여 그의 청감(淸鑒)을 표창했다.

13 정명(精明) : 정밀하고 밝은 감식.

읍(揖)을 합니다. 학청(鶴廳)[15]에서 서류(庶類)[16]를 가지런하게 하니, 현량(賢良)이 함께 우의(羽儀)[17]에 의지합니다. 용문(龍門)에서 방명(芳名)[18]을 높이니, 준예(俊乂)[19]들이 모두 인렵(鱗鬣)[20]에 속하고, 관풍(觀風)[21]의 정밀한 감식은 계찰(季札)[22]의 음악 감상을 비웃고, 누대에 오른 나그네수심은 왕찬(王粲)[23]의 고향생각과 같습니다. 대개 예의를 질문함은 군자국(君子國)이 대풍(大風)[24]을 흠모하는 것이고, 성인(聖仁)을 생각함은 형제도(兄弟島)에서 승적(勝迹)을 드리운 것입니다.

---

14 배숙야(裴叔夜) : 배해(裴楷). 자는 숙칙(叔則). 서진(西晉)의 명사. 『진서(晉書)·배해전(裴楷傳)』에 "배해(裴楷)는 풍신(風神)이 고매(高邁)하고 용의(容儀)가 준상(俊爽)했는데 …… 당시 사람들이 옥인(玉人)이라고 했다. 또 칭송하기를 배숙(裴叔 : 배해)을 보고는 옥산(玉山)에 가까운 것처럼 사람을 비춘다고 했다"고 했음.

15 학청(鶴廳) : 당나라 때 고공원외랑(考功員外郎)의 관청(官廳). 설직(薛稷)이 그린 학이 있어서 붙여진 이름임.

16 서류(庶類) : 만물(萬物).

17 우의(羽儀) : 고위직에 있으면서 재덕을 지녀서, 남들이 존중하고 모범으로 삼는 것.

18 용문(龍門)에서 방명(芳名) : 방명은 미명(美名). 아름다운 명성. 동한(東漢) 때의 이응(李膺)은 명망이 있는 고사(高士)로서 당시 사람들이 그의 가문(家門)에 오르는 것을 등용문(登龍門)이라고 했음.

19 준예(俊乂) : 준애(俊艾). 재덕이 출중한 사람.

20 인렵(鱗鬣) : 용의 비늘과 갈기털. 용을 말함.

21 관풍(觀風) : 국풍(國風)을 관람함.

22 계찰(季札) : 춘추시대 오(吳)나라 공자(公子 : 기원전576~기원전484). 오왕(吳王) 수몽(壽夢)의 아들. 연릉(延陵)에 봉해져서 연릉계자(延陵季子)라고 함. 여러 나라를 편력하며 유명 인사들과 교유하고, 각국의 국풍을 듣고 품평을 하였음.

23 왕찬(王粲) : 동한(東漢) 말의 문인. 생몰은 177~217. 자는 중선(仲宣), 건안칠자(建安七子) 중의 한 사람. 일찍이 난리를 피하여 형주(荊州)로 가서 유표(劉表)에게 의지했음. 이때 고향을 그리는 〈등루부(登樓賦)〉를 지었다.

24 대풍(大風) : 대국(大國)의 풍도(風度).

금화(金花) 장식의 풍모(風帽)[25]는 노국(魯國)의 소우(簫竽)[26]와 나란히 아름답고, 밝은 무늬의 고비(皐比)[27]는 숙신(肅愼)의 호시(楛矢)[28]와 나란히 진기합니다. 말을 펴서 전대(專對)[29]함은 참으로 대행(大行)[30]의 전형(典刑)으로서, 명을 받들면 지극히 근면해야 하니, 어찌 일신의 병들고 피곤함을 묻겠습니까? 천 년 전 자장(子長)[31]이 다시 강회(江淮)의 부유(浮遊)[32]를 찾고, 금일의 유랑(劉郎)이 이미 정휘(旌麾)의 영광스러운 발탁[33]을 빛냈습니다. 예의이고 예의라고 하며 모두가 규찬(珪瓚)[34]의 전서(典瑞)[35]를 보고, 사신이여, 사신이여! 소리치며 다

---

25 풍모(風帽) : 절풍모(折風帽). 고구려인이 썼던 모자. 이백(李白)의 〈고구려(高句麗)〉 시에 "金花折風帽"라고 했음.

26 소우(簫竽) : 소(簫)는 순(舜)임금의 음악인 소소(簫韶). 우(竽)는 대나무로 만든 황관 악기(簧管樂器)의 일종.

27 고비(皐比) : 호피(虎皮).

28 호시(楛矢) : 호(楛)나무로 만든 화살. 『국어(國語)·노어(魯語)』에 "숙신씨(肅愼氏)가 호시(楛矢)와 석노(石砮)를 공물로 바쳤다. 그 길이는 1척(尺) 1지(咫)였는데, 선왕(先王) 이 그 영덕(令德)이 먼 곳까지 미친 것을 밝히고자, 그것으로써 후인들에게 보여서 영원히 살피도록 했다. 그래서 그 괄(栝)에다 새기기를 '숙신씨의 공시(貢矢)'라고 했다"고 했다.

29 전대(專對) : 사신으로 가서 사안에 따라 응답하는 것.

30 대행(大行) : 대행인(大行人). 주(周)나라 관명(官名). 천자와 제후간의 교제의 예의를 담당함.

31 자장(子長) : 서한(西漢) 사마천(司馬遷 : 기원전145~기원전90)의 자.

32 강회(江淮)의 부유(浮遊) : 강회는 장강(長江)과 회수(淮水). 부유는 만유(漫遊), 오유(遨遊). 사마천이 젊은 시절 천하를 유람할 때 강회 지역을 두루 돌아다녔다고 한다.

33 유랑(劉郎)이 …… 영광스러운 발탁 : 당나라 유우석(劉禹錫)이 다시 현도관(玄道觀)을 찾았다는 고사가 있는데 이를 전도유랑(前途劉郎)이라고 함. 한 번 갔다가 다시 오는 자를 기리킴.

34 규찬(珪瓚) : 규옥(珪玉)으로 만든 술잔. 제사에 사용함.

35 전서(典瑞) : 전례(典禮)의 상서로움.

투어 장수(章綬)[36]의 광화(光華)를 보았습니다. 용호방(龍虎榜)[37] 중에서 버들잎을 쏘아 세 잎을 관통했고, 기린전(麒麟殿)[38] 위에서 붓을 휘둘러 백편에 이르렀습니다. 끝없이 넓은 마음속의 회포는 운몽(雲夢)[39]의 팔구(八九)를 삼켜도 부족하고, 소요하는 우핵(羽翮)[40]은 푸른 바다를 삼천리로 쳐올려도 남음이 있습니다. 성가(星駕)[41]가 내달려서 스스로 강산(江山)의 도움을 만나니, 운범(雲帆)[42]이 편안하게 완전히 신명(神明)의 복록에 의지합니다. 저의 소찬(素餐)[43]은 하수(河水)가의 벌단(伐檀)[44]에 부끄럽고, 용렬한 재능은 도랑 안이 썩어서 끊긴 것과 같습니다. 일찍이 복참(服驂)[45]의 내달림을 보고, 멀리서 수레를 몰 생각을 했습니다. 삼가 구혼(九閽)[46]을 두들겨서 공손히 편지를

---

36 장수(章綬) : 관인(官印)과 관인을 묶는 끈.

37 용호방(龍虎榜) : 당나라 정원(貞元) 8년에 구양첨(歐陽詹)・한유(韓愈)・이강(李絳) 등 23인이 이지(李贄)의 방(榜)에 나란히 급제하였는데, 모두가 준걸이었기 때문에 당시에 그들을 '용호방'이라 불렀음.

38 기린전(麒麟殿) : 한(漢)나라 때 궁전 이름.

39 운몽(雲夢) : 운몽택(雲夢澤). 고대 초(楚) 지역의 광대한 늪지의 이름.

40 우핵(羽翮) : 새의 날개. 새를 말함. 여기서는 『장자(莊子)』에 나오는 붕(鵬)을 말함. 바닷물을 3천 리로 쳐서 올리고, 9만 리를 날아간다고 함.

41 성가(星駕) : 사자(使者)가 탄 수레.

42 운범(雲帆) : 백색의 돛.

43 소찬(素餐) : 공로도 없이 봉록을 받는 것.

44 벌단(伐檀) : 『시(詩)・위풍(衛風)』의 편명. 그 서(序)에 "〈벌단〉은 탐욕을 풍자한 것이다. 지위에 있으면서 비루함을 탐하고, 공로도 없이 봉록을 받으니, 군자는 벼슬에 나갈 수 없는 것이다"고 했음. 비루한 자가 시위소찬(尸位素餐)함을 풍자한 것임.

45 복참(服驂) : 고대에 수레를 끄는 4필의 말 중 가운데에 있는 말을 복(服)이라고 하고, 곁에 있는 말을 참(驂)이라고 함.

46 구혼(九閽) : 대궐 문.

꾸몄습니다. 삼가 나라의 근본을 돌아보고, 대려(帶礪)[47]에다 맹세하고, 수고롭게 단청(丹靑)에다 공(功)을 그렸습니다. 연함(淵涵)[48]을 우러러 생각하니, 작은 정성을 굽어 살펴주십시오. 삼가 아룁니다.

○부사 임용에게 문후하는 계
候副使任用譽啓
목인량(木寅亮)

삼가 생각건대, 삼성(三星)[49]이 빛을 펴니, 곧 음양(陰陽)이 함삼(函三)[50]하는 때에 있습니다. 한 가지 상례(相禮)[51]가 바로 천지득일(天地得一)[52]의 가을에 응하여 강산이 더욱 빛나니, 백성들이 즐겁게 바라봅니다. 삼가 부사(副使) 정암(靖菴) 임공(任公)의 대(臺) 아래에 올립니다. 동전(東箭)[53] 같은 재표(材標)이고, 남금(南金)[54] 같은 기이한 진

---

47 대려(帶礪) : 의대(衣帶)와 지석(砥石). 『사기(史記)・고조공신후자연표(高祖功臣侯者年表)』에 "봉작(封爵)의 맹세에 '황하(黃河)를 의대가 되게 하고, 태산(泰山)을 숫돌이 되게 하도록, 국가를 영원히 안녕하게 하여 후손에 이르도록 한다'고 했다"고 했음.

48 연함(淵涵) : 학문이 깊고 넓은 것.

49 삼성(三星) : 『시경・당풍(唐風)・주무(綢繆)』에 "三星在天"이라 했는데, 모전(毛傳)에는 "삼성은 참성(參星)이다"라고 했고, 정현(鄭玄)의 전(箋)에는 "삼성은 심성(心星)이다"라고 했음.

50 함삼(函三) : 천(天)・지(地)・인(人) 삼기(三氣)를 포함하는 것.

51 상례(相禮) : 찬례(贊禮).

52 천지득일(天地得一) : 득일은 절대의 도(道)를 얻는 것. 『노자(老子)』에 "하늘은 일을 얻어 맑아지고, 땅은 일을 얻어 편안해진다(天得一以淸, 地得一以寧)"이러고 했음.

53 동전(東箭) : 동남(東南)의 죽전(竹箭). 걸출한 인재를 비유함. 『이아(爾雅)・석지(釋地)』에 "동남의 아름다운 것에는 회계(會稽)의 죽전(竹箭)이 있다 …… 서남의 아름다운

보(珍寶)인데, 월전(月殿)[55]의 반열(班列)에 오르니, 소매에 계궁(桂
宮)[56]의 천향(天香)을 이끕니다. 금화성(金華省)[57]에서 책을 권하니, 도
포에 연촉(蓮燭)[58]의 총채(寵彩)[59]가 빛납니다. 군덕(君德)을 성취시키
고, 조용히 모범을 헌납하니, 오늘날의 정이천(程伊川)[60]을 봅니다.
강잠(講箴)을 기록하여 권하고, 풍설(諷說)[61]의 위곡함(委曲)으로써 지
난날의 이문간(李文簡)을 비웃습니다. 손에 천장(天章)[62]을 잡고, 풍근
월부(風斤月斧)[63]로써 만고(萬古)의 득실을 간수(刊修)[64]합니다. 몸은
운구(雲衢)[65]에 있으면서, 일감성형(日鑑星衡)[66]으로써 일자포폄(一字
褒貶)[67]을 균등하게 합니다. 웅장한 말은 오록(五鹿)의 뿔[68]을 꺾고,

것에는 화산(華山)의 금석(金石)이 있다.”고 했음.
54 남금(南金) : 남방에서 생산되는 동(銅). 걸출한 인재를 비유함.
55 월전(月殿) : 월궁(月宮). 등과(登科)하여 관리가 됨을 비유함.
56 계궁(桂宮) : 월궁(月宮).
57 금화성(金華省) : 문하성(門下省).
58 연촉(蓮燭) : 연꽃 모양의 촛불.
59 총채(寵彩) : 총애의 광채.
60 정이천(程伊川) : 정이(程頤, 1033~1107), 자는 정숙(正叔), 이천선생(伊川先生)이라
   불림. 북송(北宋)의 낙양(洛陽) 사람으로 형 정호(程顥)와 낙학(洛學)을 창시했음.
61 풍설(諷說) : 도청도설(道聽塗說).
62 천장(天章) : 천문(天文). 좋은 문장(文章)을 말함.
63 풍근월부(風斤月斧) : 문장의 능사를 다함을 비유함. 소식(蘇軾)의 〈王文玉輓詞〉에
   “才名誰似廣文寒, 月斧雲斤琢肺肝”이라 했음.
64 간수(刊修) : 수정(修正).
65 운구(雲衢) : 조정을 비유함.
66 일감성형(日鑑星衡) : 해와 같은 거울과 별과 같은 저울.
67 일자포폄(一字褒貶) : 원래 『춘추(春秋)』의 필법이 근엄하여, 한 글자도 곧 포폄을 붙
   이고 있음을 말함. 포폄이 엄격함을 말함.

담론은 바람을 일으켜 높이 올립니다. 한 물수리의 재능을 내달려서, 하늘의 은하수까지 곧장 날아오릅니다. 옥절(玉節)을 빛내니, 팔도(八道)의 규광(奎光)[69]이 문득 열립니다. 공손히 금간(金簡)[70]을 보내니, 백년의 전례(典禮)가 허실(虛室)[71]에 머문 상서로움을 이룹니다. 이는 몽장(蒙莊)[72]의 생백(生白)[73]에 버금가며, 여러 경서(經書)가 배에 가득하니, 오회(吳恢)의 살청(殺青)[74]을 수고롭게 하지 않습니다. 편옥편언(片玉片言)을 하늘 위 맑은 바람이 해타(咳唾)[75]로 떨어뜨리고, 일금일자(一金一字)가 붓 끝의 채운(彩雲)으로 광휘를 발합니다. 하물며 건곤이 맑고 수레와 서적이 함께 섞여있음을 말할 필요가 있겠습니까? 두 나라가 금탕(金湯)[76]의 견고함을 지키고 있어서, 천리에서 정모(旌旄)[77]의 위엄을 압니다. 곧장 황하(黃河))의 근원으로 나아가니, 잠시

---

68 오록(五鹿)의 뿔 : 서한(西漢) 때 오록충종(五鹿充宗)이 양립(梁立)의 『역(易)』에 능통했는데, 권세를 등에 지고 여러 유자들과 역에 대해 토론했다. 어느 누구도 감히 반론을 제기하지 못했는데, 오직 주운(朱雲)만이 여러 번 그에게 반박하여 물리쳤다. 그래서 세상에서 말하기를 "오록(五鹿)이 악악(嶽嶽)한데, 주운(朱雲)이 그 뿔을 꺾었다"고 했다.

69 규광(奎光) : 규수(奎宿)의 빛. 규광이 빛나면 문운(文運)이 창성하고, 과거를 열어서 인재를 취하는 징조라고 함.

70 금간(金簡) : 금질(金質)의 간책(簡冊). 제왕의 조서를 말함.

71 허실(虛室) : 심경(心境)을 말함.

72 몽장(蒙莊) : 몽현(蒙縣) 출신의 장자(莊子).

73 생백(生白) : 『장자(莊子)·인간세(人間世)』에 "저 결자(闋者)를 보니, 허실(虛室)에서 순백(純白)이 나와서, 길상(吉祥)이 머문다"고 했음. 사람이 청허(淸虛)하고 욕심이 없으면, 도심(道心)이 스스로 생겨남을 말함.

74 『후한서(後漢書)·오우전(吳佑傳)』에 "회(恢)가 살청간(殺青簡)하여 경서(經書)를 베끼려고 했다"고 했음. 살청(殺青)은 대나무의 진액을 삶아서 제거하는 것.

75 해타(咳唾) : 담소(談笑).

76 금탕(金湯) : 금성탕지(金城湯池).

한 뗏목의 천상객(天上客)[78]과 나란하고, 멀리 월굴(月窟)을 찾으니,
삼도(三島)[79]의 지행선(地行仙)[80]과 방불합니다. 황해(黃海)의 한 줄기
구름에서 아름다운 글을 짓고, 백두산(白頭山)의 천추의 눈 속에서
청표(淸標)[81]를 비춥니다. 기주(箕疇)[82]의 수복(壽福)의 모범을 우러러
흠모하고, 삼가 상역(桑域 : 일본)의 맹회(盟會)를 찾음을 축하합니다.
저는 말발굽자국에 괸 물의 지류(支流)이고, 매미나 떼까마귀의 약한
날개인데, 자지(紫芝)[83]의 풍도(風度)를 옆에서 듣고, 적석(赤舃)[84]의
빛을 멀리서 바라보았습니다, 스스로 쌀겨와 쭉정이의 앞을 돌아보
니, 어찌 입으로 논할 수 있겠습니까? 혹시 연도(鉛刀)[85]일지라도 한
번 베는 소용이 있을까 하여서, 설촉(薛燭)[86]이 알아줌을 오래 기다렸
습니다. 노태(駑駘)[87]가 천리(千里)의 마음을 품고, 손양(孫陽)[88]의 돌

---

77 정모(旌旄) : 군대에서 사용하는 지휘하는 깃발.
78 전설에 한(漢)나라 장건(張騫)이 황하의 근원을 찾아서 뗏목을 타고 갔는데, 은하수에
올라가서 견우와 직녀를 만났다고 함.
79 삼도(三島) : 동해에 있다는 삼신산(三神山).
80 지행선(地行仙) : 땅을 걸어 다니는 신선.
81 청표(淸標) : 준일(俊逸)한 모습.
82 기주(箕疇) : 기자(箕子)가 말했다는 홍범구주(洪範九疇). 여기서는 조선을 대칭한 것임.
83 자지(紫芝) : 당나라 원덕수(元德秀)의 자. 청렴했는데 〈한사부(寒士賦)〉를 지어서 자
신의 뜻을 나타냈음. 방관(房琯)이 그를 볼 때마다 "자지(紫芝)의 미우(眉宇)를 보면 사람
에게 명리의 마음을 잊게 한다"고 했음.
84 적석(赤舃) : 고대 왕이나 제후가 신었던 가죽신의 일종.
85 연도(鉛刀) : 무딘 칼.
86 설촉(薛燭) : 춘추시대 월(越)나라 사람. 검(劍)을 잘 감식했음.
87 노태(駑駘) : 열등한 말.
88 손양(孫陽) : 백락(伯樂). 춘추전국시대의 사람으로서 말을 잘 감식했음.

아봄을 바란 것이 부끄럽습니다. 삼가 홍우(鴻羽)[89]를 받들고, 약간의 근충(芹衷)[90]을 바칩니다. 용광(龍光)[91]을 욕되게 범하며, 작약(雀躍)[92]을 이길 수 없습니다. 삼가 아룁니다.

○종사 이미백께 문후하는 계
　候從事李美伯啓

　　　　　　　　　　　　　　　　목인량(木寅亮)

　삼가 생각건대 작은 비둘기가 해황(海荒)[93]에서 나니, 팔도(八道)의 풍운이 학개(鶴蓋)[94]를 따르고, 망아지가 원습(原隰)[95]을 내달리니, 천리의 초목이 예모(蜺旄)[96]를 맞이합니다. 국신(國信)[97]이 관광(觀光)[98]하니, 왕사(王事)에 휴식함이 없습니다. 삼가 종사(從事) 남강(南岡) 이공(李公)의 대(臺) 아래 올립니다. 용문(龍門)의 세주(世冑)[99]이고, 압강(鴨江)의 명류(名流)인데, 운각(芸閣)[100]에서 비서(秘書)를 찾고, 팔삭

---

89 홍우(鴻羽) : 경미(輕微)한 물건을 말함.
90 근충(芹衷) : 미박(微薄)한 정성.
91 용광(龍光) : 남의 풍채에 대한 경칭.
92 작약(雀躍) : 참새의 도약. 지극한 기쁨을 말함.
93 해황(海荒) : 바다 먼 곳.
94 학개(鶴蓋) : 모양이 나는 학과 같은 수레.
95 원습(原隰) : 넓고 평탄한 저습지.
96 예모(蜺旄) : 무지개를 그린 채색 깃발.
97 국신(國信) : 국신사(國信使). 국가의 사신(使臣).
98 관광(觀光) : 나라의 성대한 덕의 광휘를 관람함.
99 세주(世冑) : 세가(世家)의 자제. 귀족의 후예를 말함.

(八索)[101]과 구구(九丘)[102]의 서적을 모두 읽었습니다. 경유(經帷)[103]에서 상세하게 묻고, 오고삼반(五誥三盤)[104]의 요지를 부연하여 폅니다. 이부(吏部) 2백년의 문장(文章)이 완전히 영주십팔인(瀛洲十八人)[105]의 선탁(選擢)과 동기(同機)[106]인데, 모두 회피하지만, 오의(奧義)를 발휘합니다. 말마다 오경(五經)의 관할(輨轄)[107]에 비견하여, 청화(清華)[108]에 밀접하고, 순순(詢詢)히 사자(四子)[109]의 해제(楷梯)를 진술하여, 하늘을 받든 관주(管柱)가 천추의 포폄(褒貶)을 기주(記注)하고, 서리를 낀 간편(簡編)이 만고의 흥망을 수시(垂示)합니다. 가슴에는 옥배(玉杯)의 번로(繁露)[110]를 축적하여, 전혀 인간세상의 연화(烟火)의 기(氣)가 없습니다. 생각은 금해(金薤)의 임랑(琳琅)을 펴는데 모두가 하늘

---

100 운각(芸閣) : 운향각(芸香閣). 비서성(秘書省)의 별칭.
101 팔삭(八索) : 고대 서적의 이름. 팔괘(八卦)의 설에 관한 서적.
102 구구(九丘) : 고대 서적의 이름. 구주(九州)의 지(志)에 관한 서적.
103 경유(經帷) : 경연(經筵). 제왕이 경사(經史)를 진론(進論)하기 위해 특별히 설치한 어전(御前)의 강석(講席).
104 오고삼반(五誥三盤) : 오고는 『상서(尙書)』의 「대고(大誥)」・「강고(康誥)」・「주고(酒誥)」・「소고(召誥)」・「낙고(洛誥)」. 삼반은 『상서(尙書)』의 「반경(盤庚)」. 상・중・하 3편으로 되어 있음.
105 영주십팔인(瀛洲十八人) : 당태종(唐太宗)이 두여회(杜如晦)와 방현령(房玄齡) 등 18명의 학사를 뽑아서 문학관(文學館)에 기거하게 하고, 정사(政事)를 묻고, 전적(典籍)을 토론했는데, 당시 사람들이 그들을 '등영주(登瀛洲)'라고 했음.
106 동기(同機) : 동시(同時).
107 관할(輨轄) : 수레의 비녀장. 바퀴가 빠지지 않도록 하는 쇠. 중요부분을 말함.
108 청화(清華) : 청려화미(淸麗華美)한 문장을 말함.
109 사자(四子) : 사자서(四子書). 사서(四書).
110 번로(繁露) : 이슬.

위의 별빛입니다. 안탑(雁塔)에 높이 써진 글자는 규루(奎婁)의 빛을 머금고, 오해(鰲海)에 멀리 떠있는 문(文)은 파란(波瀾)의 흐름을 되돌립니다. 하늘가의 경가(鯨駕)¹¹¹는 적선(謫仙)¹¹²의 호재(豪才)이고, 원래 집안에서 관문(關門)의 용광(龍光)을 섬겼는데, 노군(老君)¹¹³의 진기(眞氣)입니다. 모두 북두성 같은 명망으로서 공후(箜篌) 한 곡을 먼저 연주합니다. 고국(故國)에서 죽엽(竹葉)¹¹⁴ 세 잔을 생각합니다. 어찌 상서(尙書)를 돌아보고, 당당(堂堂)한 담기(膽氣)¹¹⁵를 바라겠습니까? 양장구절(羊腸九折)의 길을 되돌리지 못합니다. 헌헌(軒軒)한 봉자(丰姿)는 스스로 봉모(鳳毛)의 오색 문양에 버금갑니다. 대개 봉함이 주무왕(周武王)의 시대에 해당한다고 들었고, 기국(箕國)? 聖 나라를 연 것은 당요(唐堯)의 시대였습니다. 단향(檀香)이 신을 내려오게 하고, 옥촉(玉燭)이 요상(曜象)하니, 웅천(熊川)의 천 첩(疊)의 물결이 일지 않고, 규장(珪璋)으로 수빙(修聘)하니, 마도(馬島)의 한 작은 배의 나루가 탈이 없습니다. 저 양(亮)은 건곤(乾坤)의 부유(腐儒)¹¹⁶이고, 저력(樗櫟)¹¹⁷ 같은 산재(散材)¹¹⁸인데, 어찌 목씨(木氏)¹¹⁹를 본받아서

---

111 경가(鯨駕) : 고래가 끄는 수레.
112 적선(謫仙) : 이백(李白)에 대한 미칭.
113 노군(老君) : 태상노군(太上老君). 도교(道教)에서 부르는 노자(老子)에 대한 존칭.
114 죽엽(竹葉) : 죽엽청(竹葉淸). 죽엽청(竹葉靑). 고대의 술 이름.
115 담기(膽氣) : 담량과 용기.
116 부유(腐儒) : 부패한 유자(儒者). 겸칭임.
117 저력(樗櫟) : 참죽나무와 상수리나무. 목재 감으로 적합하지 않은 나무들임.
118 산재(散材) : 쓸모없는 나무.
119 목씨(木氏) : 목화(木華). 서진(西晉)의 사부가(辭賦家). 자는 현허(玄虛). 『문선(文

〈해부(海賦)〉를 짓겠습니까? 먼저 이군(李君)이 경순(經筍)을 칭함을 우러르고, 오기(五伎)[120]의 미천함이 한낱 쥐의 궁벽함과 같음을 부끄러워했습니다. 아홉 번 조아리며 상상하며, 용등(龍登)을 간절히 바라며, 미천한 정성을 펴서, 삼가 편지를 썼는데, 주신(主臣)[121]을 이길 수 없습니다.

○학사 이중숙께 문후 드리는 계
候學士李重叔啓

목인량(木寅亮)

삼가 생각건대 오산(鼇山)[122]에서 지보(地步)[123]를 차지하고, 갱장(羹墻)[124]에서 도유(道腴)[125]를 봅니다. 경랑(鯨浪)[126]이 천풍(天風)을 타니, 진벌(津筏)[127]에서 학류(學流)를 건넙니다. 규수(奎宿)[128]가 상(象)을 드

選)』에 〈해부(海賦)〉 1편이 전함.

120 오기(五伎) : 오기서(五技鼠). 석서(鼫鼠). 날다람쥐. 날다람쥐는 날 수 있지만 지붕을 넘을 수 없고, 기어오를 수 있지만 나무 끝까지 오르지 못하고, 헤엄칠 수 있지만 계곡을 건너가지 못하고, 구멍을 팔 수 있지만 몸을 감추지 못하고, 달릴 수 있지만 사람보다 앞서지 못하는 재주를 가졌으므로, 재주는 많지만 하나도 정통하지 못함을 말함.

121 주신(主臣) : 황공(惶恐).

122 오산(鼇山) : 한림원(翰林院)을 말함.

123 지보(地步) : 지위(地位).

124 갱장(羹墻) : 『후한서(後漢書)·이고전(李固傳)』에 "옛날 요(堯)임금이 죽은 후, 순(舜)임금이 삼년 동안 앙모(仰慕)하였는데, 앉아 있을 때는 담장 안에서 요임금을 보았고, 식사할 때는 국그릇 안에서 요임금을 보았다"고 했음. 전배나 성현을 추념하는 것.

125 도유(道腴) : 정미(精美)한 학설을 말함.

126 경랑(鯨浪) : 큰 파도.

리우니, 유림(儒林)에서 빛을 더합니다. 삼가 학사(學士) 동곽(東郭) 이 군(李君) 문하(門下)에 올립니다. 금마(金馬)[129]의 숭반(崇班)[130]이고, 목 천(木天)[131]의 묘선(妙選)[132]입니다. 사성(使星)[133]이 멀리서 비추니, 궁 촉(宮燭)의 금련(金蓮)이 희미하고, 은금(恩錦)이 높이 매달리니, 화전 (花磚)[134]의 홍약(紅藥)[135]과 비슷합니다. 사선(謝仙)[136]이 소미(燒尾)[137] 하니, 봄 물결이 삼급(三級)인데, 진린(震鱗)[138]과 월자(月姊)[139]가 향을 나눕니다. 가을바람 속에 한 가지 계수나무에 올랐습니다. 말이 천 하에 묘한데, 굴소송부(屈騷宋賦)[140]를 섞어놓았습니다. 마땅히 원두 (源頭)[141]를 다 배워서, 육해반강(陸海潘江)[142]이 모두 지류에 속합니다.

---

127 진벌(津筏) : 강을 건너는 뗏목.

128 규수(奎宿) : 규성(奎星). 28수(宿) 중의 하나. 문장을 주관한다고 함.

129 금마(金馬) : 금마서(金馬署). 한림원(翰林院)을 말함.

130 숭반(崇班) : 고위(高位). 높은 관직.

131 목천(木天) : 목천서(木天署). 학사(學士)들이 있는 비각(秘閣)의 별칭.

132 묘선(妙選) : 정선(精選).

133 사성(使星) : 사자(使者)를 말함. 후한(後漢) 이합(李郃)이 조정에서 사신 두 명을 파 견했을 때, 두 사성(使星)이 익주분야(益州分野)를 향하는 것을 보고 사신이 올 것을 알았다고 함.

134 화전(花磚) : 화문(花紋)의 벽돌. 바닥에 까는 벽돌임.

135 홍약(紅藥) : 작약(芍藥).

136 사선(謝仙) : 뇌부(雷府)의 신(神)의 이름. 불을 내는 것을 주관함.

137 소미(燒尾) : 물고기가 용문(龍門)에 올라 용이 될 때 번개가 그 꼬리를 태운다고 함.

138 진린(震鱗) : 용. 『역(易) · 설괘(說卦)』에 "震爲龍"이라 했음.

139 월자(月姊) : 월궁(月宮)의 항아(姮娥).

140 굴소송부(屈騷宋賦) : 굴원(屈原)의 〈이소(離騷)〉와 송옥(宋玉)의 부(賦).

141 원두(源頭) : 물의 발원처(發源處). 사물의 근원을 말함.

142 육해반강(陸海潘江) : 남조(南朝) 양(梁)나라 종영(鍾嶸)의 『시품(詩品)』에 "육기(陸

가슴에 구학(丘壑)을 늘어놓아서, 곡령(鵠嶺)의 천 길을 높이 세워놓고, 손으로 연운(煙雲)을 말아서, 용만(龍灣)의 만 이랑에서 함영(涵泳)[143]합니다. 석실금궤(石室金匱)[144]의 비서(秘書)를 엿보니, 청려(青黎)[145]가 빛을 토하고, 조책구도(鳥策龜圖)[146]의 서적을 찾으니, 적관(赤管)[147]이 괴이한 일을 기술합니다. 〈황하부(黃河賦)〉를 완성하니, 열 명 서리(書吏)의 손이 청상(青箱)[148]에 다 베껴 넣지 못합니다. 학문이 풍부한 오항(五行)의 눈이 얼마나 정밀한지, 한 글자가 화영(華榮)보다 낫고, 얼마나 노고로운지, 하늘을 보완하는 와석(媧石)[149]입니다. 정음(正音)으로 아곡(雅曲)을 연주하니, 척지남금(擲地南金)[150]을 기다리지 않습니다. 중구(中廏)[151]의 총마(驄馬)의 오색 갈기를 꽃으로 오리고, 궐하(闕下)의 동쪽에서 향안리(香案吏)[152]를 맡아서, 봉지(蓬

機)의 재능은 바다와 같고, 반악(潘岳)의 재능은 강과 같다"고 했음.
143 함영(涵泳) : 깊이 들어가서 깨치는 것.
144 석실금궤(石室金匱) : 국가에서 수장한 중요한 문헌을 보관하는 장소.
145 청려(青黎) : 청려등(青黎燈). 밤에 독서하는 등불을 말함. 한(漢)나라 성제(成帝) 때 유향(劉向)이 천록각(天祿閣)에서 밤에 독서를 하고 있는데, 어떤 노인이 나타나서 청려장(青藜杖)에 불을 피워서 비춰주며 「오행홍범(五行洪範)」의 글을 주었다고 함.
146 조책구도(鳥策龜圖) : 조책(鳥策)은 조전서(鳥篆書)로 쓴 간책(簡策). 구도(龜圖)는 낙서(洛書). 모두 고대의 서적을 말함.
147 적관(赤管) : 붉은 색의 붓.
148 청상(青箱) : 서책을 보관하는 상자.
149 와석(媧石) : 여와(女媧)의 돌. 전설에 하늘이 구멍이 난 곳을 여와가 돌을 단련하여 메웠다고 함.
150 척지남금(擲地南金) : 척지금성(擲地金聲). 땅에 내던져서 금석(金石)의 소리를 시험하는 것. 우미(優美)한 사장(辭章)을 비유함.
151 중구(中廏) : 궁중의 거마방(車馬房).

池)의 회(繪)를 하얗게 자르니, 칠보상(七寶床) 앞에서 옥부선(玉府仙)
을 다투어 선망하는데, 적수(積水)[153]의 제항(梯航)은 거의 보이지 않
습니다. 언면(言面)에 있어서는, 퇴파지주(頹波砥柱)[154]에 전형(典刑)이
있고, 노성(老成)함에 있어서는, 경제의론(經濟議論)에 스스로 부합합
니다. 거천(巨川)의 주즙(舟楫)이고, 뛰어난 재표(才標)가 홀로 등림(鄧
林)[155]의 동량(棟梁)에 부응합니다. 하늘 밖에서 출중하여, 한 조각 청
경(靑鏡)[156]에서 훈업(勳業)을 봅니다. 나라 안에서 화답이 적은데, 천
편의 〈백설곡(白雪曲)〉[157]을 홀로 갱장(鏗鏘)하게 울립니다. 오유(遨
遊)하며 비선(飛仙)을 끼고, 봉래도(蓬萊島)에 정절(旌節)을 멈추고서,
풍류(風流)가 승적(勝迹)을 방문하고, 도화원(桃花源)에서 멀리 노를
젓습니다. 대개 진토(塵土)의 창자를 선태(蟬蛻)[158]하고, 부여방박(扶
輿磅礴)[159]한 기(氣)를 양성하고, 호해지(湖海志)[160]를 응양(鷹揚)[161]하
고, 질탕뇌락(跌宕磊落)한 재능을 떨치는 자입니다. 저 양(亮)과 같은

---

152 향안리(香案吏) : 황제를 수행하여 모시는 관리.
153 적수(積水) : 강해(江海) 등을 말함.
154 퇴파지주(頹波砥柱) : 황하(黃河)의 급류 속에 솟아있는 지주산(砥柱山).
155 등림(鄧林) : 전설 속의 수림(樹林). 과보(夸父)가 버린 지팡이가 변하여 등림이 되었
     다고 함.
156 청경(靑鏡) : 청동경(靑銅鏡).
157 백설곡(白雪曲) : 고대 초(楚)나라 영(郢)에서 불렀던 악곡. 매우 고상한 곡으로 화답
     하는 자가 적었다고 함.
158 선태(蟬蛻) : 환골탈태(換骨奪胎).
159 부여방박(扶輿磅礴) : 기세가 충만하고 광대한 모양.
160 호해지(湖海志) : 호협한 뜻.
161 응양(鷹揚) : 크게 펼치는 것.

자는 멸몽(蠛蠓)[162]같은 작은 재능이고, 두소(斗筲)[163]같은 작은 그릇입니다. 일찍이 선자(先子)의 폐업(敝業)을 계승하여, 동쪽에서 성인(聖人)의 유경(遺經)[164]을 연구하고, 조충(雕蟲)의 전몽(顓蒙)[165]을 탐하여 껴안았습니다. 참으로 몰자(沒字)의 유와(謬訛)를 전하고, 완연(頑然)한 괴석(卍石)이 타산(他山)의 공옥(攻玉)[166]에서 구함이 없습니다. 작은 약한 부들이 가을 이전에 시들까 두렵습니다. 문득 누각 아래 장미꽃의 붉음을 보고서, 강가의 부평초의 푸름이 몹시 부끄러웠습니다. 삼가 짧은 편지를 부쳐서 삼촌(三寸)의 혀를 대신합니다. 쇠가 장인의 담금질로 나아가면, 훗날 광망(光芒)이 하늘을 쏠 것을 어찌 알겠습니까? 물고기가 하류(河流)에서 소생하여, 장래에 신화(神化)하여 비를 일으킬 것을 기뻐합니다. 계(啓)에 임하여 지극한 부끄러움과 송구함을 이길 수 없습니다.

---

162 멸몽(蠛蠓) : 진디등에. 모기보다 작은 벌레라고 함.

163 두소(斗筲) : 두(斗)와 소(筲). 둘 다 용량이 작은 용기(容器)임.

164 유경(遺經) : 고대에서 남겨 전하는 경서(經書).

165 전몽(顓蒙) : 우매(愚昧).

166 타산(他山)의 공옥(攻玉) : 『시(詩)·소아(小雅)·학명(鶴鳴)』에 "他山之石, 可以爲錯"이라 했는데, 정현(鄭玄)의 주에 "他山之石, 可以攻玉"이라 했음.

○정사 겸재 조공께 받들어 올리다

奉呈正使謙齋趙公

목인량(木寅亮)

용절[167]이 약목진[168]에 빛을 떨치니 龍節光揚若木津
맑은 바람이 길에 가득하여 먼지를 털어내네 淸風滿道拂行塵
이방에 온 삼천 객을 다투어 보는데 蹋殊爭覩三千客
패옥 울리는 제일인을 먼저 맞이하네 鳴佩先迎第一人
들어가서는 국균[169]을 잡고 품조[170]를 전형하고 入秉國鈞銓品藻
나가서는 인보[171]를 닦아 기진[172]을 늘어놓네 出修隣寶席奇珍
빈객의 자리에서 백형[173]이 있는 곳을 묻지 않았는데 賓筵莫問白珩在
우뚝 선 옥산[174]이 비추는 것이 새롭네 屹立玉山照映新

167 용절(龍節) : 사신의 정절(旌節).

168 약목진(若木津) : 부상(扶桑)의 나루. 일본을 말함.

169 국균(國鈞) : 국병(國柄).

170 품조(品藻) : 품평(品評).

171 인보(隣寶) : 이웃나라와의 우호. 『좌전(左傳) · 은공(隱公)6년』에 "親仁善隣, 國之寶也"라고 했음.

172 기진(奇珍) : 기이하고 진기한 물건.

173 백형(白珩) : 패옥(佩玉) 상부의 횡옥(橫玉).

174 옥산(玉山) : 용모가 아름다움을 말함. 『진서(晉書) · 배해전(裴楷傳)』에 "배해(裴楷)는 풍신(風神)이 고매(高邁)하고 용의(容儀)가 준상(俊爽)했는데 …… 당시 사람들이 옥인(玉人)이라고 했다. 또 칭송하기를 배숙(裴叔 : 배해)을 보고는 옥산(玉山)에 가까운 것처럼 사람을 비춘다고 했다"고 했음.

○부사 정암 임공께 받들어 올리다

奉呈副使靖菴任公

목인암(木寅菴)

해가 선주에 비춰 만 장으로 붉고	日照仙舟萬丈紅
도원에 길이 있어 무릉[175]에 통하네	桃源有路武陵通
계림의 먼 꿈은 새벽구름 너머에 있고	雞林懸夢曉雲外
학포에서 머리 돌림이 밤 달빛 안이네	鶴浦回頭夜月中
패옥을 늘어놓음을 도와서 행하니 개부[176]에 마땅하고	
	展幣輔行當介副
빈초[177]를 채취하여 정성으로 왕공에게 올리네	采蘋明信薦王公
문간[178]으로 한 번 낚아 자라를 끌어내는 솜씨인데	文竿一釣掣鰲手
동해에서 임씨[179]의 기풍에 다시 놀라네	東海重驚任氏風

---

175 무릉(武陵) : 선경(仙境)을 말함. 도연명(陶淵明)의 「도화원기(桃花源記)」에서 유래
　　되었다.

176 개부(介副) : 부사(副使).

177 빈초(蘋草) : 일명 전자초(田字草). 네가래. 일종의 수생식물로 나물과 제수로 사용함.

178 문간(文竿) : 취우(翠羽)로 장식한 간(竿). 장식한 낚싯대를 말함.

179 임씨(任氏) : 임공자(任公子). 『장자(莊子) · 외물(外物)』에서, 임공자(任公子)가 큰
　　갈고리로 50마리의 소를 미끼로 하여서, 회계산(會稽山)에 걸터앉아 동해에 낚싯대를
　　드리우고 대어를 낚아서 인근 천리 땅의 백성들에게 먹였다고 했음.

○종사 남강 이공께 받들어 올리다
奉呈從事南岡李公

목인량(木寅亮)

세 봉황이 육십주[180]로 나란히 날아오니	三鳳齊飛六十州
상스러운 구름이 오색을 보내 바다 뗏목에 흐르네	祥雲送色海査流
하늘에 드리운 붕새 날개는	垂天鵬翼賦中坡
북두성에 비추는 용광[181]은 시야 속에 떠있네	映斗龍光望裏浮
정교는 멀리 문화현을 생각하고	政敎遙思文化縣
객의 수심은 잠시 무창루에 기대었네	客愁暫倚武昌樓
이 행차는 오로지 이웃나라 우호를 닦는 것인데	此行專爲修隣好
한사[182]가 부질없이 먼 곳에서 노니네	漢使徒勞絶域遊

○국담 사안에 삼가 사례하다
謹謝菊潭詞案

정사(正使) 조태억(趙泰億)

항공하게 시와 변려문을 보내시어 지나치게 장식해 주셨는데, 사채(詞采)가 찬란히 비추고, 돌보아주시는 뜻이 근면하고 화려합니다. 비루한 자신을 돌아보면, 어찌 받들 수 있겠습니까? 진준(陳遵)[183]의

---

180 육십주(六十州) : 일본 전국(全國). 육십여국(六十餘國)으로 구분했음.
181 용광(龍光) : 고대 명검인 용천검(龍泉劍)의 빛.
182 한사(漢使) : 조선 통신사를 말한 것임.
183 진준(陳遵) : 서한(西漢) 때 사람. 자는 맹공(孟公), 두릉(杜陵) 사람. 가위후(嘉威侯)에 봉해졌음. 글씨를 잘 써서, 남에게 척독을 보내면, 모두 간직하여 영광으로 삼았다고 함.

척독(尺牘)을 영광으로 삼을 수 없는데, 육가(陸賈)[184]의 천금(千金)을 어찌 보배라고 자랑하겠습니까? 돌아가는 행장을 장식하기 위하여 열 번 싸서 진보로 간직하려고 합니다. 다만 여행 끝에 병을 앓고 있기 때문에 긴 말을 지을 수가 없어서, 단지 운자를 밟은 율시 한 수로써 삼가 감사의 뜻을 폅니다. 비록 아도(雅度)로써 용서해주시기를 바라지만, 어찌 스스로의 마음에 부끄러움을 이길 수 있겠습니까? 돌아갈 길에 기일이 있는데, 경개(傾蓋)가 오히려 늦었습니다. 언제나 지우(芝宇)[185]를 한 번 접하여, 난초의 향을 받들게 될 런지요? 공경하고 기원합니다.

외로운 뗏목이 만 리로 창진[186]을 건너니	孤槎萬里度滄津
슬프게 집안 편지가 먼지로 막힌 듯하네	惆悵家書若隔塵
나는 스스로 월음[187]으로 고향을 생각하는데	我自越吟懷故土
그대는 정호[188]로써 행인에게 문안하네	君將鄭縞問行人

---

184 육가(陸賈) : 한(漢)나라 초에 고조(高祖)의 객이 되어, 남월(南越)로 사신 가서 남월왕 위타(尉佗)를 설득하여 한나라의 신하가 되게 했음. 이때 천금을 하사받았는데, 나중에 5명의 아들들에게 공평하게 나눠주었다고 함. 중산대부(中山大夫)를 지냈고, 저서로 『신어(新語)』가 있음.

185 지우(芝宇) : 상대방의 용모에 대한 경칭.

186 창진(滄津) : 해상(海上)의 교량(橋梁).

187 월음(越吟) : 전국시대 월나라 사람 장석(莊舃)이 초(楚)나라에 출사하여 작위가 집규(執珪)에 이르렀는데, 비록 부귀했지만 고국을 잊지 못하고 병중에 월나라 노래를 부르며 고향생각을 붙였다고 함.

188 정호(鄭縞) : 오(吳)나라 계찰(季札)이 정(鄭)나라에 사신을 가서 정자산(鄭子山)에게 호대(縞帶)를 선물하니, 정자산이 답례로 전의(紵衣)을 주었다고 함.

기이한 숲의 죽전[189]이 어찌 아름다움을 독점하겠는가?

奇林竹箭寧專美

보배롭게 뱉어낸 여주[190]가 도리어 진보를 피하네　寶唾驪珠却避珍

순옹이 서업을 남겨놓음을 함께 이야기하니　　　共說順翁留緒業

언제 유쾌하게 봉모[191]의 새로움을 볼 것인가?　　何時快覩鳳毛新

○목학사 국담의 사안에 받들어 사례하다
奉謝木學士菊潭詞案

부사(副使) 임수간(任守幹)

일전에 화려한 글을 받았는데, 또 맑은 시를 받았습니다. 사채(詞采)가 적석(赤舃)[192]하고, 예의(禮意)가 근실하고 진지하였습니다. 저는 원래 고루(固陋)한데 어찌 감당할 수 있겠습니까? 다만 발리(跋履)[193]로 인하여 걸린 병이 더욱 심해져서, 정신과 생각을 모아서 변려문을 지을 수가 없기 때문에 단지 짧은 율시로써 삼가 융숭한 뜻을 메우려고 합니다. 비록 용서를 받더라도, 어찌 부끄러움과 송구함을

189　죽전(竹箭) :『이아(爾雅) · 석지(釋地)』에 "동남에서 아름다운 것으로는 회계(會稽)의 죽전(竹箭)이 있다"고 했음.

190　여주(驪珠) : 전설 속의 여룡(驪龍)의 턱 아래 있다는 보주(寶珠)

191　봉모(鳳毛) : 남의 자식이 재능이 있어서 그 분과 같음을 칭송하여 하는 말. 남의 자식에 대한 미칭임.

192　적석(赤舃) : 고대의 천자나 제후가 신었던 붉은 색의 신. 가장 존중한다는 의미로 순수한 붉은 색으로 장식하고 다른 색은 섞지 않았다고 함. 금석(金舃)이라고도 함.

193　발리(跋履) : 여행의 신고(辛苦).

이길 수 있겠습니까?

양곡[194]에 빈객이 오니 새벽 해가 붉고   暘谷來賓曉旭紅

봉래산 만 리 길이 멀리 통했네   蓬山萬里路遐通

장쾌한 유람 호탕하게 세상을 초월하고   壯遊浩蕩超寰外

유교의 전파가 바다 안에서 넘치네   儒教流傳溢海中

경거를 아끼지 않고 멀리 온 객에게 던져주니   不惜瓊琚投遠容

바야흐로 궁야[195]가 선공을 계승했음을 알겠네   方知弓冶繼先公

연릉[196]의 정밀한 감식이 나에게 어찌 있겠는가?   延陵精鑒吾何有

사명 받들고 대국의 풍요를 헛되이 관람하네   奉使虛觀大國風

○국담의 사안에 사례하다
酬謝菊潭詞案

종사(從事) 이방언(李邦彦)

문교는 종래에 무주를 말하는데   文教從來說武州

그대가 혁세에서 가장 명류라고 들었네   聞君奕世最名流

관직은 화개[197]에 의지하여 선반이 고귀하고   官依華蓋仙班貴

---

194 양곡(暘谷) : 전설 속의 해가 뜨는 곳. 일본을 말함.

195 궁야(弓冶) : 부자(父子)의 세대가 서로 전하는 사업. 『예기(禮記)·학기(學記)』에 "양야(良冶)의 아들은 반드시 배워서 구(裘)를 만들고, 양궁(良弓)의 아들은 반드시 배워서 기(箕)를 만든다"고 했음.

196 연릉(延陵) : 연릉계자(延陵季子). 오(吳)나라 계찰(季札). 각국을 내방하여 그 국풍(國風)을 관람하고 정밀한 평을 내렸음.

붓이 긴 무지개를 토하여 보배로운 채색이 떠있네 　筆吐長虹寶彩浮
함께 말하니 개부석[198]을 자랑할 만하고 　　　共語堪誇開府石
근심 풀려고 다시 부양루[199]에 오르네 　　　消憂且上富陽樓
좋은 기약에 슬프게 소매 붙잡지 못함을 바라보니 佳期悵望違攀袂
어찌 술 단지 들고 좋은 유람을 할 것인가? 　那得携樽作勝遊

○정사 겸재 조공께 다시 받들어 답하다
再奉酬正使謙齋趙公
　　　　　　　　　　　　　　　　　목인량(木寅亮)

항공하게 귀한 화답을 받드니, 한 편의 정언(鼎言)[200] 수행(數行)에
글자마다 용주(龍珠)가 찬란하고, 누루(縷縷)[201]히 잠사(蠶絲)가 빛납
니다. 겨와 쭉정이가 명공(明公)의 체질을 받을 줄을 생각하지 못했
습니다. 몹시 부끄러워 땀이 납니다. 단지 선인(仙人)과 범인(凡人)이
서로 격해 있음을 한스럽게 여기고, 봉황의 돌아봄에 어울리지 못하
여 한낱 슬픔만 더할 뿐입니다. 삼가 전운(前韻)에 의거하여 받들어

---

197 화개(華蓋) : 별 이름. 자미원(紫微垣)에 속함. 문장을 주관한다고 함.
198 개부석(開府石) : 송(宋)나라 주혼(周煇)의 『청파잡지(清波雜志)』에 "조무구(晁無
　咎)가 말하기를 '송개부(宋開府)의 철석심장(鐵石心腸)을 의심하다'고 했다"고 했음. 송
　개부는 당(唐)나라의 유명한 재상 송경(宋璟)의 별칭. 현종(玄宗) 때 개부의동삼사(開府
　儀同三司)를 지냈음.
199 부양루(富陽樓) : 부양현(富陽縣)의 성루(城樓). 위(魏)나라 왕찬(王粲)이 부양루에
　올라서 부(賦)를 지었음.
200 정언(鼎言) : 분량(分量)있는 언론(言論). 상대방의 글에 대한 겸칭으로 사용함.
201 누루(縷縷) : 끊이지 않고 이어지는 모양.

사례하고, 겸하여 영정(郢政)[202]을 바랍니다.

만방의 옥백이 다투어 나루에 통하니	萬方玉帛競通津
맑고 밝아서 동해의 먼지가 날리지 않네	淸晏不揚東海塵
서신이 농두[203]의 천리 사신에게 이르니	信至隴頭千里使
참수두남[204]의 사람을 우러르네	望高參首斗南人
월금[205]으로 어찌 행장주머니를 논하겠는가?	越金何論裝行橐
조벽[206]으로 명세[207]의 진보를 몰래 던져주네	趙璧暗投命世珍
연세 많은 양학사[208]를 잘 아니	最識大年揚學士
고금의 아름다운 명성으로 지은 글이 새롭네	英名今古屬文新

○부사 정암 임공께 다시 받들어 답하다
再奉答副使靖菴任公

목인량(木寅亮)

지난번 속된 말을 올렸는데, 문득 고아한 화답을 받들었습니다. 상세하고 온화한 말을 더해 준 것은 전아(典雅)하고 화려하여서, 십

---

202 영정(郢政) : 부정(斧正). 자신의 글을 바로 잡아달라는 겸사.
203 농두(隴頭) : 농산(隴山). 농두음신(隴頭音信)은 먼 곳에서 오가는 편지를 말함.
204 참수두남(參首斗南) : 참성(參星) 머리 방향의 북두성 남쪽.
205 월금(越金) : 월(越)에서 생산되는 금(金). 남금(南金)과 같음. 금(金)은 구리.
206 조벽(趙璧) : 전국시대 조(趙)나라의 국보인 벽옥(璧玉).
207 명세(命世) : 당대에서 저명함. 치국의 재능을 지닌 자를 칭송하는 말로 주로 쓰임.
208 양학사(揚學士) : 한(漢)나라 양웅(揚雄)을 말함. 양웅으로 비유한 것임.

붕(十朋)²⁰⁹의 하사를 어찌 더하겠습니까? 다만 불초(不肖)가 노망무사(鹵莽無似)²¹⁰하여 이를 감당할 수 없음이 부끄럽습니다. 삼가 원운(原韻)에 의거하여 받들어 올립니다. 감히 보답하는 것이 아니고, 잠시 사례의 정성을 펴려는 것입니다. 겸하여 영정(郢政)을 바랍니다.

청조가 붉은 운금을 물고 오니	靑鳥啣來雲錦紅
찬란한 경보에 붙인 소리가 통하네	粲然瓊報寄聲通
여정은 옥을 잡고 서하²¹¹ 가에 있고	行程捞玉西河上
여론²¹²으로 서적을 교감하며 동관²¹³ 안에 있네	餘論校書東觀中
달 앞에서 물어보는 삼이백²¹⁴이고	伯問月前三李白
해외에 문장을 전한 대소공²¹⁵이네	文傳海外大蘇公
재명이 원래 깊은 그대 집의 일인데	才名元溘君家事
팔영²¹⁶의 풍천에서 구풍을 상상하네	八詠豊川想舊風

---

209 십붕(十朋) : 열 대(對)의 패화(貝貨). 붕(朋)은 통화(通貨)로 사용하는 2매(枚)의 패(貝).

210 노망무사(鹵莽無似) : 조소(粗疏)함을 비할 데 없음.

211 서하(西河) : 공자(孔子)의 제자 자하(子夏)가 교수(教授)했던 곳.

212 여론(餘論) : 굉박(宏博)한 의론.

213 동관(東觀) : 동한(東漢) 때 낙양(洛陽)의 남궁(南宮) 안에 있었던 관 이름. 반고(班固) 등이 『한서(漢書)』를 수찬했던 곳임.

214 삼리백(三李白) : 삼리(三李)는 당나라 이백(李白)과 이하(李賀)와 이상은(李商隱)을 말함.

215 대소공(大蘇公) : 송(宋)나라 소식(蘇軾).

216 팔영(八詠) : 남조 제(齊)나라 심약(沈約)이 동양군수(東陽郡守)로 있을 때 원창루(元暢樓)를 세우고 8수의 시를 읊었는데 이를 팔영시라고 함. 나중에 후인이 원창루를 팔영루라고 이름을 고쳤음.

○종사 남강 이공께 다시 받들어 답하다
再奉答從事南岡李公

목인량(木寅亮)

고아한 화답 일 장(章)을 받드니, 참으로 지렁이로 물고기를 끌어낸 듯합니다. 사의(詞誼)가 모두 지극하고, 조욕(藻縟)[217]이 시선을 빼앗습니다. 불초(不肖)의 비리(鄙俚)함을 돌아보면, 이러한 두터운 돌봄을 받은 것이 얼마나 행운입니까? 다만 더욱 부끄러울 뿐입니다. 또 원운(原韻)에 의거하여 받들어 사례하고, 겸하여 영정(郢政)을 바랍니다.

탁위한 문장은 유유주[218]이고	卓偉文章柳柳州
파란이 바다 하늘의 흐름을 끊으려 하네	波瀾欲截海天流
서리 가해진 한묵엔 위풍이 일어나고	霜加翰墨威風動
구름이 옹위한 절정엔 상서로운 채색이 떴네	雲擁節旄瑞色浮
한 길의 복성[219]의 구슬이 북두성에서 운행하고	一路福星珠運斗
서산의 상기[220]로 눈이 누대에서 밝네	西山爽氣雪明樓

---

217 조욕(藻縟) : 번밀(繁密)한 색채(色彩).

218 유류주(柳柳州) : 유주자사(柳州刺史)를 지낸 당나라 유종원(柳宗元). 문장과 시로 저명했음.

219 복성(福星) : 목성(木星). 세성(歲星). 복을 주관한다고 함.

220 서산(西山)의 상기(爽氣) : 『세설신어(世說新語)·간오(簡傲)』에 "왕자유(王子猷)가 환거기(桓車騎)의 참군(參軍)이 되었는데, 환이 왕에게 '경(卿)은 부(府)에 오래 있었으니, 당상요리(當相料理)에 비하겠소'라고 했다. 왕은 처음에는 대답하지 않고, 다만 고시(高視)하며, 수판(手版)으로 얼굴을 괴고서 '서산(西山)에 아침이 오니, 보내는 상기(爽氣)가 있소'라고 했다. 서산상기는 사람의 성격이 소오(疏傲)하여 봉영(奉迎)을 잘하지 못함을 말함.

예로부터 명성 아래 헛된 인사가 없다던데　　　　從來名下無虛士
봉사[221]를 저버리지 않고 만 리로 여행왔네　　　不負奉辭萬里遊

**10월 28일 객관(客館)에서 처음 모이다.
석상에게 이학사(李學士)에게 청했다.**

목인량(木寅亮)

인빙(隣聘)을 어기지 않고, 해로(海路)에 파도가 없어서, 사대(使臺)와 빈종(賓從)이 안온(安穩)하니, 양 조정의 경사라고 할 만합니다. 비록 그렇지만 험한 곳을 건너오며 풍상(風霜)을 무릅썼으니, 현로(賢勞)[222]의 만상(萬狀)을 말로 다 할 수 없을 뿐입니다. 불녕(不佞)[223]은 성씨가 목(木)이고, 이름은 인량(寅亮)이고, 자는 여필(汝弼)이고, 별호(別號)는 국담(菊潭)입니다. 감히 귀하의 성자(姓字)와 과거에 오른 해를 물어봅니다.

복(復)

이현(李礥)

불곡(不穀)[224]은 성은 이(李)이고, 이름은 현(礥)이고, 자는 중숙(重叔)이고, 호는 동곽(東郭)이고, 갑오(甲午)년에 태어났습니다. 을묘(乙卯)년에 진

---

221 봉사(奉辭) : 군주(君主)의 정사(正辭)를 받드는 것.
222 현로(賢勞) : 노고(勞苦).
223 불녕(不佞) : 불초(不肖)와 같은 겸칭.
224 불곡(不穀) : 불초(不肖)와 같은 겸칭.

사과(進士科)에 올라서, 계유(癸酉)년에 문과장원(文科壯元)이 되었고, 정축(丁丑)년에 또 문과중시급제(文科重試及第)에 올랐습니다. 태상통판첨정(太常通判僉正)과 지부원외랑(地部員外郎)을 지내고, 나가서 안릉태수(安陵太守)가 되었습니다. 제술관(製述官)으로서 명을 받들고 왔을 뿐입니다.

○의표(儀表)를 접하니, 문득 등룡(登龍)의 회포가 흡족합니다. 비리한 말 일률(一律)을 지어서 동곽(東郭) 이학사(李學士)께 올립니다.

　　　　　　　　　　　　　　　　　　　　　　목인량

오색 바다 구름이 봉래를 두르고	海雲五色遶蓬萊
한 조각 비단 돛이 밝은 햇살에 열렸네	一片錦帆映日開
익부의 문성225이 먼저 북쪽으로 공수하고	益部文星先北拱
함관의 자기226가 동쪽에서 왔네	函關紫氣自東來
현자를 예우하여 일찍 영선227에 올랐고	禮賢蚤中登瀛選

---

225 익부(益部)의 문성(文星) : 익부는 촉(蜀)의 익주(益州). 문성은 문창성(文昌星), 문곡성(文曲星). 문재(文才)를 주관한다고 함. 후한(後漢)의 화제(和帝)가 즉위하여 각주로 사자(使者)를 미복(微服) 차림으로 파견하여 풍요(風謠)를 채집하게 하였는데, 사자 두 사람이 익주(益州)에 당도하여 이합(李郃)의 처소에서 투숙하게 되었다. 이합이 그들을 대뜸 조정에서 보낸 사자임을 알아차리므로 두 사자는 "어떻게 알아보았는가."고 물었다. 이합은 "두 별[星]이 익주 분야(分野)로 향하고 있어 알았습니다." 하였다. 《後漢書 卷72 李郃傳》

226 함관(函關)의 자기(紫氣) : 함곡관(函曲關)의 자색 운기(雲氣). 노자(老子)가 서유(西遊)할 때 함곡관에 자기가 떠 있었다고 함.

227 영선(瀛選) : 군주의 선발. 당태종(唐太宗)이 문학관(文學館)을 두고 인재를 모았는

사자를 수행하여 먼 여행하는 국경을 넘은 재능이네

隨使遠遊出境才

진인[228]의 하늘수레를 맞이하여 　　迎得眞人天□駕

현담[229]하는 설경대[230]를 묻고자 하네 　　玄談欲問說經臺

○삼가 국담 사백의 운에 차운하다
敬次菊潭詞伯韻

이현(李礥)

바다는 봉산[231]으로 격하고 땅은 동래[232]로 격했는데 海隔蓬山地隔萊

비단 돛이 높이 채색구름을 털고 열렸네 　錦帆高拂彩雲開

기러기 오리의 물 섬 가를 따라 지나고 　仍從雁鶩洲邊過

멀리 교룡굴 위로 왔네 　　　　遠自蛟龍窟上來

경내가 청도[233]에 접하니 준사가 많고 　境接淸都多俊士

기가 신령한 산악에 모여 기재가 모였네 　氣鍾神嶽萃奇才

상봉하여 동도의 승경지를 물으니 　相逢試問東都勝

늙은 나무 천수를 잊은 달빛 가득한 대라네 樹老天忘月滿臺

데, 사람들이 등영주(登瀛洲)라고 했음.

228 진인(眞人) : 도교(道敎)에서 말하는 선인(仙人).

229 현담(玄談) : 노장(老莊)의 도를 변석(辨析)하는 담론.

230 설경대(說經臺) : 경서(經書)을 해설하는 대.

231 봉산(蓬山) : 전설 속의 봉래산(蓬萊山).

232 동래(東萊) : 경상도 동래.

233 청도(淸都) : 전설 속의 천제(天帝)가 거주하는 궁궐.

○다시 전운에 의하여 동곽 이학사께 받들어 답하다
再依前韻, 奉酬東郭李學士

목인량

후관을 완전히 수리하여 풀을 베어내고	候館完修闢草萊
궁중비단을 사람 비추며 깔았다고 전하네	傳呼宮錦照人開
하늘이 도는 봉악은 영재를 길러내고	天廻鳳嶽毓英出
달빛 솟아나는 압강은 문장을 펼치며 오네	月涌鴨江摛藻來
만 리 바람을 탄 종각[234]의 뜻이고	萬里乘風宗慤志
하늘에서 날개 치는 여양[235]의 재능이네	九霄振翮汝陽才
종횡하는 굳센 붓이 서리 기운을 끼고	縱橫健筆挾霜氣
늠렬하게 다시 백대[236]에 오르나 싶네	凜烈還疑登栢臺

---

234 종각(宗慤) : 송나라 남양(南陽) 사람. 자는 원간(元干). 어려서 그 포부를 묻자, "장
풍(長風)을 타고 만 리의 물결을 깨뜨리고 싶다"고 했음.

235 여양(汝陽) : 여양왕(汝陽王) 이진(李璡). 이진은 당 예종(唐睿宗)의 손자이자 숙종
의 조카로서 봉호가 여양왕이었다. 외모가 청수하고 성품이 고상하여 두보(杜甫), 이백
(李白)과 함께 절친한 우의를 다졌다. 두보의 〈팔애시(八哀詩)〉 가운데 하나인 〈증 태자
태사 여양군왕 진을 애도하며[贈太子太師汝陽郡王璡]〉 시에 "한중 고을 저 아우 매우
흡사해, 고결함이 그 형을 보는 것 같네.[宛彼漢中郡 文雅見天倫]"라 하여, 이진의 아우
한중왕(漢中王) 이우(李瑀)의 고결한 기풍이 그의 죽은 형을 닮았다고 했다.

236 백대(栢臺) : 백량대(栢梁臺). 한무제(漢武帝)가 장안성(長安城) 안 북문에 세웠던
대. 군신들이 모여서 술을 마시며 시를 수창했음.

○삼가 국담 사백의 운에 차운하다. 대개 재첩이다
　敬次菊潭詞伯韻. 蓋再疊也

이현(李礥)

내 고향은 아득히 동래에 격해 있어서	吾鄕迢遞隔東萊
세모에 나그네 회포를 괴롭게 풀지 못하네	歲暮羈懷苦未開
수척한 대나무의 나는 소리 문에 닿아 돌고	瘦竹飛聲當戶轉
저녁 산 맑은 색이 발로 들어오네	晩山晴色入簾來
푸른 놀 기이한 기운을 놀라며 처음 보니	靑霞奇氣驚初見
황갑[237]의 허명이 아부하는 재능이 부끄럽네	黃甲虛名媿諛才
한 자리에 둥글게 앉으니 참으로 유쾌한 뜻인데	一席團圓眞快意
빈번히 망향대에 오르지 마오	不須頻上望鄕臺

○별도로 일률을 읊어서 동곽 이학사께 받들어 올리다
　別賦一律, 奉呈東郭李學士

목인량

선인의 패옥소리 찰랑찰랑 바닷가로 내려오니	仙佩珊珊降海濱
넓은 언덕 천 이랑에 기가 청신하네	汪陂千頃氣淸新
얼룩무늬가 몹시 윤택한 남산 표범[238]이 있고	班文深澤南山豹

---

237 황갑(黃甲) : 과거 갑과(甲科) 진사 급제자의 명단.

238 남산(南山) 표범 : 『열녀전(列女傳)·도답자처(陶答子妻)』에 "첩이 듣건대 남산(南山)에 현표(玄豹)가 있는데, 안개비가 내리는 7일 동안 먹지 않은 것은 무엇 때문인가? 그 털을 윤택하게 하여서 문장(文章)을 이루려는 것입니다. 그래서 숨어서 해(害)를 멀리합니다. 개와 돼지는 먹는 것을 가리지 않고 그 몸을 살찌우기 때문에 살아서 반드시

교활한 동곽의 토끼[239]를 누가 아는가?	狡俊誰如東郭鵔
양국의 의관은 풍속이 다른데	兩國衣冠風異俗
백년 옥백으로 덕이 이웃을 이루었네	百年玉帛德成隣
비단 도포가 나란히 기경[240]의 그림자를 띠니	錦袍倂帶騎鯨影
금란전[241] 위의 사람임을 알겠네	知是金鑾殿上人

○국담 사선의 운에 서둘러 차운하다
走次菊潭詞仙韻

이현(李礥)

객관 쓸쓸하고 적막한 물가인데	客館寥寥寂寞濱
하늘 맑은 물색에 새 근심이 이네	天晴物色擾愁新
공명은 장수[242]의 편 안의 기러기고	功名莊叟篇中雁
조사[243]는 한공[244]의 전 속의 토끼이네	藻思韓公傳裏鵔

죽을 뿐입니다"라고 했음. 남산표는 은자를 비유함.

239 동곽(東郭)의 토끼[東郭鵔] : 『전국책(戰國策)·제책(齊策)』에 "한자로(韓子盧)는 천하에서 가장 빠른 개이고, 동곽준(東郭鵔)은 해내의 교활한 토끼이다"고 했음.

240 기경(騎鯨) : 당나라 이백(李白)을 기경자(騎鯨子)라고 함.

241 금란전(金鑾殿) : 당나라 궁전의 이름. 문인학사(文人學士)가 대조(待詔)하는 장소. 한림학사(翰林學士)를 금란객(金鑾客)이라 함.

242 장수(莊叟) : 장자(莊子)에 대한 경칭. '『장자(莊子)·산목(山木)』에, 장자가 친구 집을 갔더니 친구가 '수자(豎子)에게 기러기를 죽여서 삶아라'고 명했다. 수자가 '잘 우는 놈과 울지 못하는 놈 중에 어느 것을 잡을까요?'라고 하니, 주인이 '잘 울지 못한 놈을 잡아라'고 했다는 고사가 있음.

243 조사(藻思) : 문장의 재사(才思).

244 한공(韓公) : 당나라 한유(韓愈). 한유의 「모영전(毛穎傳)」에 "동곽(東郭)에 사는 것

일동에 준사가 많음이 이미 기쁜데　　　　　已喜日東多俊士

장차 날 저문 후 좋은 이웃에 의탁함을 기약하네　將期日後托芳隣

조경245의 의발이 천고에 전하는데　　　　　晁卿衣鉢傳千古

한묵에 예전부터 인재가 있었네　　　　　翰墨從來自有人

○용호 엄서기께 올리다
呈龍湖嚴書記

　　　　　　　　　　　　　　　　　　　　목인량

행인이 오려하니 까치가 까악까악 울고　　行人欲至鵲槎槎

풍채가 바다 놀을 받듦을 먼저 보네　　　丰彩先看奉海霞

여울에서 낚시 하며 수고롭게 찾는데　　灘水釣綸勞物色

창랑246 시격의 특별한 재능이 화려하네　滄浪詩格別才華

몸을 지키는 장검으로 번개를 이끌고　　防身長劍挈流電

옷칠 한 발이 달린 술잔으로 뱀 그림247을 비웃네　漆足一巵笑畫蛇

은 준(逡)이다"고 했음.

245 조경(晁卿) : 일본인 안배중마려(安倍仲麻呂)의 당나라 식의 이름. 당나라에 가서 이
　　백(李白)·왕유(王維) 등과 교유했음.

246 창랑(滄浪) : 송나라 엄우(嚴羽). 호는 창랑포객(滄浪逋客). 『창랑시화(滄浪詩話)』
　　에서, 시에는 학식이 아닌 별도의 재능이 있다고 했음.

247 뱀 그림 : 화사첨족(畫蛇添足)을 말함. 초(楚)나라의 제사를 맡은 사람이 그 하인들에
　　게 큰 잔에 담긴 술을 주자, 하인 들이 뱀을 빨리 그리는 사람이 술을 독차지 하자고
　　했다. 이에 한 사람이 뱀을 다 그리고 나서 솜씨를 뽐내기 위해 발까지 그렸는데, 나중에
　　뱀을 그린 사람이 뱀에게는 발이 없다고 하며 술잔을 차지했다고 한다. 사족은 쓸데없는
　　일을 말함.

깃발 그림자 벼루 안에서 용이 움직이고　　　　旗影硯中龍忽動

마호[248]의 승적은 그대 집에 속하네　　　　　馬湖勝迹屬君家

○**국담 사백이 준 운을 받들어 차운하다**

奉次菊潭詞伯惠韻

엄한중(嚴漢重)

사인이 한사[249]를 방문함을 몹시 사례하는데　　多謝詞人訪漢槎

오히려 기이한 기운의 푸른 놀이 울창함을 보네　尚看奇氣鬱青霞

문장 수련에는 스스로 기구[250]가 있고　　　　攻文自有箕裘在

붓을 쥐고 바야흐로 비단수의 화려함을 보네　　握管方看錦繡華

취흥으로 술동이 앞에서 초록 술을 따르고　　　醉興當尊傾綠蟻

장한 마음으로 그림 그려 청사[251]을 떨쳐내네　壯心扰畵拂青蛇

그대가 시서 가업을 잃지 않음이 사랑스러운데　憐君不墜詩書業

일역에서 선두를 다투는 대가이네　　　　　　　日域爭雄是大家

---

248 마호(馬湖) : 사천성(四川省)에 있는 호수 이름.

249 한사(漢槎) : 한나라 사신의 배. 조선통신사를 말함.

250 기구(箕裘) : 조상의 사업을 말함.

251 청사(青蛇) : 고대 검(劍)의 이름.

○범수 남서기께 올리다
呈泛叟南書記

목인량

긴 바람 만 리로 부상에 이르니	長風萬里到扶桑
승경의 명산에서 몇 시편을 지었는가?	勝槪名山成幾章
동해의 빙잠[252]은 봄에 비단을 짜고	東海冰蠶春織錦
남해의 주방[253]은 밤에 빛을 발하네	南溟珠蚌夜生光
부용검[254] 차가운데 기가 북두성에 비끼고	芙蓉劒冷氣橫斗
귀뚜라미 우는 침상 추운데 세월이 또 양기가 생기네	
	蟋蟀牀寒歲又陽
나라동맹 하는 문자의 지혜는 어디 쓸 건가?	何用國盟文子智
기쁜 마음으로 붓을 휘두르며 화려한 당을 대했네	歡心揮筆對華堂

○국담 사백의 운을 받들어 차운하다
奉次菊潭詞伯示韻

남성중(南聖重)

남아의 뜻은 봉상[255]을 쏘는데 있는데	男兒志在射蓬桑
또 다시 시 삼백 장을 암송하네	且復誦詩三百章

---

252 빙잠(冰蠶) : 전설 속의 누에.
253 주방(珠蚌) : 진주를 생산하는 조개.
254 부용검(芙蓉劒) : 고대 명검의 이름.
255 봉상(蓬桑) : 뽕나무로 만든 활과 쑥대 화살. 고대에 아들을 낳으면 뽕나무 활과 쑥대
    화살로 사방으로 쏘게 하여 남아가 사방에 뜻을 두어야 함을 상징했음.

이웃나라에 전대[256]함은 소망하지 않았는데	專對隣邦非有望
빈객의 장막에 첨가되어 관광이 행운이네	忝居賓幕幸觀光
아득한 해로는 삼도[257]에 이르고	茫茫海路窮三島
끊임없는 세월은 동지에 가깝네	冉冉天時近一陽
금일 여행의 회포가 스스로 위로되니	今日旅懷聊自慰
시인과 묵객들이 고당에 가득하네	騷人墨客滿高堂

○제공들에게 문득 받들다
頓奉諸公

이현(李礥)

해외에 진선이 있으니	海外有眞仙
여러 현인들이 이들이네	群賢無乃是
일동의 빼어남을 비로소 아니	方知日東秀
산하의 아름다움뿐만이 아니네	不特山河美

○동곽 이학사의 운에 화답하다
和東郭李學士韻

목인량

범궁[258]이 속세 밖에 있는데	梵宮世塵外

---

256 전대(專對) : 사신의 응대.
257 삼도(三島) : 삼신산(三神山)을 말함.

서로 만나 망시[259]를 이야기 하네   相値話亡是

금일 시 짓는 자리에서   今日風騷壇

시봉으로 자미[260]를 추대하네   詩鋒推子美

○ 좌상의 제공들에게 써서 받들다
録奉座上諸公

엄한중(嚴漢重)

양국의 시선 모임이   兩國詩仙會

천년의 범우[261] 사이에 있네   千年梵宇間

훗날 서로 생각하더라도   他日倘相懷

만 리 구름 낀 산으로 격해 있으리라   萬里隔雲山

○ 용호의 운에 화답하다
和龍湖韻

목인량

푸른 바다 삼천리가   滄海三千里

---

258 범궁(梵宮) : 불교의 사찰.

259 망시(亡是) : 망시공(亡是公). 한나라 사마상여(司馬相如)의 「자허부(子虛賦)」에 나
오는 가상인물. 실재하지 않는 사람이나 사물을 말함.

260 자미(子美) : 당나라 두보(杜甫)의 자.

261 범우(梵宇) : 불교의 사찰.

뱃머리 객의 대화 사이에 있네 査頭客話閒

돌아갈 기한이 이 밤인 듯한데 歸期若爲夕

엉긴 자기가 추운 산에 가득하네 凝紫滿寒山

○서둘러 써서 석상 제공들에게 받들다
走筆奉席上諸公

남성중(南聖重)

옛 절의 종소리에 저물고 古寺鐘聲暮

높은 좌석의 촛불그림자 차갑네 高座燭影寒

타향에 머문 천리 객이 羈栖千里客

기쁘게 하룻밤의 안면을 얻었네 喜得一宵顔

○범수의 운에 화답하다
和泛叟韻

목인량

웅장한 재능이 육지와 바다를 기울이니 雄才傾陸海

작은 기예가 교한[262]에 부끄럽네 小伎愧郊寒

넘치는 흥치로 하늘의 붓을 날리니 逸興飛天筆

서리바람이 취한 얼굴에 부네 霜風吹醉顔

---

262 교한(郊寒) : 당나라 맹교(孟郊) 시의 차가운 시풍. 소식(蘇軾)이 맹교와 가도(賈島)
  의 시를 평하여 "교한도수(郊寒島瘦)라고 했음.

○ 헤어짐에 임하여 다시 좌상의 제공들에게 받들다
臨散, 又奉座上諸公

이현(李礥)

양국에 천리가 없으니	兩國無千里
여러 현자들이 한 때를 함께 했네	群賢共一時
정 깊어 교정을 의탁하고	情深仍託契
술 다하자 다시 시를 논하네	酒盡更論詩
여관에 누가 방문하였는가?	旅泊誰相訪
단란한 모임 쉽게 기약하지 못하네	團圓未易期
홍애[263]에게 빼어난 글이 있는데	洪崖有奇藻
좋은 모임을 어길까 두렵네	佳會恐差池

정사기실(正使記室) 홍경호(洪鏡湖)에게 마침 기기(忌期 : 忌日)가 있어서, 와서 모이지 못했기 때문에 언급했다.

○ 동곽 이학사께서 주신 운을 받들어 화답하다
奉和東郭李學士所敎韻

목인량

| 청량한 수서사를 | 瀟灑水西寺 |
| 적선[264]이 전날 유람했었네 | 謫仙遊異時 |

---

263 홍애(洪崖) : 신선의 이름.
264 적선(謫仙) : 당나라 이백(李白)의 별칭.

찬 하늘에 비낀 검이 비추고	寒天斜斂照
높은 누각에서 취하여 시를 적네	高閣醉題詩
한 밤중의 술자리에 가지 못했는데	不及三更飲
어찌 한 모임의 기회가 없겠는가?	豈無一會期
돌아가는 명월을 끌어와서 기증하니	携歸明月贈
어찌 영아지[265]를 기다리랴?	何待影娥池

○다시 한 절구를 읊어 제공들의 사안에 받들다
又賦一絶, 奉諸公詞案

남성중(南聖重)

어제저녁 고아한 모임을 가졌는데	昨夕成高會
오늘밤 또 좋은 유람을 하네	今宵又勝遊
은근한 한 술동이로	慇懃一樽酒
서로 주는 흥취가 멈추지 않네	相與興難休

○법수의 운에 화답하다
和泛叟韻

목인량

세 자루 붉은 촛불 그림자가	三條紅燭影

---

265 영아지(影娥池) : 한무제(漢武帝) 때 미앙궁(未央宮)에 있었던 연못 이름. 맑은 달빛
이 어린 연못을 말함.

여러 신선들 유람을 높이 비추네　　　　　　　高照列仙遊

무중[266]은 천년의 모임에서　　　　　　　　　武仲千年會

시 짓는 붓을 멈추지 않네　　　　　　　　　　詩成筆不休

○석상에서 율시 한 수를 읊어 양의 기생에게 보이다
席上賦一律, 似良醫奇生

　　　　　　　　　　　　　　　　　　　　　목인량

장상[267]의 전수가 지금 기이한데　　　　　　　長桑傳授于今奇

압수[268]가 통해 흘러서 상지[269]의 물을 뜨네　鴨水通流挹上池

나라에 공을 전한 것이 삼절[270] 후인데　　　　及國傳功三折後

회춘으로 양보[271]하는 십전[272] 때이네　　　　回春陽報十全時

송화는 쌀알 같아서 향기가 밥에서 나고　　　　華松似粒香生飯

해조[273]는 오이 같은데 열매가 가지에 가득하네　海棗如瓜子滿枝

---

266 무중(武仲) : 후한(後漢) 부의(傅毅)의 자. 일찍이 난대령사(蘭臺令史)가 되어서 하
　　필(下筆)을 스스로 멈출 수 없었다고 함.

267 장상(長桑) : 장상군(長桑君). 전국시대의 신의(神醫). 편작(扁鵲)에게 금방(禁方)을
　　전했다고 함.

268 압수(鴨水) : 압록강(鴨綠江).

269 상지(上池) : 상지수(上池水). 장상군이 편작에게 약을 주고 상지수로 먹게 하였음.

270 삼절(三折) : 삼절굉(三折肱). 팔을 여러 번 부러뜨린 후에야 그 치료법을 터득한다는
　　것. 양의(良醫)를 말함.

271 양보(陽報) : 인간 세상에서 보답하는 것. 음보(陰報)의 반대.

272 십전(十全) : 병을 열 번 치료하면 열 번 완치하는 것.

273 해조(海棗) : 사록 야자수(椰子樹).

행낭 들고 천 리 길에서　　　　　　料得行囊千里路

반은 이두[274]를 거두고 반은 헌지[275]이네　　半收李杜半軒岐

○삼가 국담 사백께서 주신 운에 차운하다
敬次菊潭詞伯辱贈韻

기두문(奇斗文)

일역의 풍연이 빼어남을 독점하고　　　　　日城風煙擅絶奇

부사산은 병풍이 되고 바다는 못이 되었네　　富山爲障海爲池

객당에서 빗소리 듣는 외로운 등불의 밤에　　客堂聽雨孤燈夜

절간에서 종소리 들려오는 달 지는 때이네　　僧院聞鐘落月時

세모에 신룡은 큰 골짜기에 숨고　　　　　　歲暮神龍藏大壑

날 추워 추운 참새는 성근 가지에서 자네　　天寒凍雀宿踈枝

깊고 오래된 질병을 누워서 치료하니　　　　沈淹舊疾臥醫得

평생 잘못 의술을 배운 것을 스스로 비웃네　　自笑平生誤學岐

11월 5일 재회하다.

---

274 이두(李杜) : 이백(李白)과 두보(杜甫). 시를 말함.

275 헌기(軒岐) : 헌원씨(軒轅氏)와 그 신하 기백(歧伯). 의술(醫術)을 말함.

○동곽 이학사께 받들어 올리다
奉呈東郭李學士

목인량

지난번 항공하게 맑은 의범(儀範)을 접하고, 종일 고아한 모임을 가진 것은 희세(希世)의 한 큰 쾌거였습니다. 환패(還旆)[276]가 멀지 않다고 듣고서, 지금 특별히 많은 눈을 무릅쓰고 왔습니다. 속으로 대규(戴逵)[277]를 방문하다고 여겼는데, 비록 자유(子猷)[278]의 재능에는 부끄럽지만, 흥이 다했다는 탄식을 없게 해주시겠습니까? 이어(俚語)를 웃으며 고쳐주시기를 바랍니다.

웅도가 동쪽으로 큰 바다의 흐름과 접하고	雄都東接大瀛流
신선의 노가 이곽[279]의 배에 잠시 머물렀네	仙棹暫留李郭舟
흰색 모은 매화는 눈 속에서 밝고	綜素梅花明雪裏
황색 띤 귤과 유자는 강 머리네 가득하네	帶黃橘柚滿江頭

---

276 환패(還旆) : 돌아가는 깃발. 사신이 돌아감을 말함.

277 대규(戴逵, 326~396) : 동진(東晉)의 화가 및 음악가. 자는 안도(安道), 회계(會稽) 섬현(剡縣 : 浙江 嵊州)에 거주했음. 왕휘지(王徽之)가 눈 오는 밤에 대규가 그리워서 배를 타고 방문했다가 문 앞에서 되돌아갔다는 고사가 있음. 남이 왜 들어가서 만나지 않았느냐고 묻자 흥이 다하여 돌아왔을 뿐이라고 했다.

278 자유(子猷) : 왕휘지(王徽之)의 자.

279 이곽(李郭) : 『후한서(後漢書)・곽태전(郭太傳)』에 "곽태(郭太)의 자는 임종(林宗)이고, 태원(太原) 계휴(界休) 사람이다. 가세(家世)가 빈천(貧賤)했다.…… 낙양(洛陽)으로 유람 와서 처음으로 하남윤(河南尹) 이응(李膺)을 보았다. 이응이 그를 기특하게 여기고 마침내 서로 친했다. 이에 명성이 경사에 진동했다. 나중에 향리로 돌아갈 때 의관을 갖춘 유자들이 하수가에 이르렀는데, 수레가 수천 량이었다. 인종(林宗)은 다만 이응과 함께 배를 타고 건너갔다. 여러 빈객들은 그것을 바라보고 신선이라고 여겼다"고 했음.

하늘 사이에 쌍룡검[280]이 다행히 합쳐지니	霄間幸合雙龍劒
천상에서 오봉루[281]를 새로 수리하네	天上新修五鳳樓
난릉의 좋은 술을 다 기울려 취하고[282]	美酒蘭陵頃盡醉
가행은 객중의 수심을 잘 그려냈네	歌行好寫客中愁

○국담 사백의 안하에 차운하여 받들다
次奉菊潭詞伯案下

이현(李礥)

석진[283]의 명성 있는 유자들이 모두 명류인데	席珍聲儒摠名流
이곽의 신선 풍채로 모두 한 배에 있네	李郭仙風共一舟
늘그막에 꽃이 시야에 붙는 것이 스스로 사랑스로운데	
	老境自憐花着眼
상봉 자리에서 눈이 머리에 가득함을 괴이 여기지 마오	
	逢場休怪雪盈頭
교정을 이미 허락하여 시 모임을 함께 하고	交情已許同詩社

---

280 쌍룡검(雙龍劒) : 진(晉)나라 장화(張華)가 두성(斗星)과 우성(牛星) 사이에 자기(紫氣)가 항상 머물러 있는 것을 보고 뇌환(雷煥)을 파견하여 예장(豫章) 풍성(豊城)에서 보검 두 자루를 얻었다. 각각 한 자루씩 가졌는데, 나중에 장화가 죽고나서 보검은 분실되었다. 뇌환이 죽자 그 아들이 보검을 가지고 연평진(延平津)을 건너다가 물에 빠뜨렸다. 사람을 시켜 물속에서 검을 찾게 했는데 검은 보이지 않고 다만 두 마리 용만 보았다고 한다.
281 오봉루(五鳳樓) : 당나라 현종(玄宗) 때 낙양(洛陽)에 있던 누대 이름.
282 난릉(蘭陵)의 …… 취하고 : 이백(李白)의 〈객중행(客中行)〉에 "蘭陵美酒鬱金香, 玉椀盛來琥珀光"이라 했음.
283 석진(席珍) : 석상(席上)의 진보(珍寶). 유자(儒者)의 아름다운 재학(才學)을 말함.

좋은 모임이 거연히 또 절의 누대에 있네　　　　嘉會居然又寺樓

세월이 가면서 다 지난다고 하지 마오　　　　　莫道年光行且盡

한 번 담소와 농담을 배워서 나그네 수심을 없애네

　　　　　　　　　　　　　　　　　　　　　—學談謔失羈愁

○다시 원운에 의거하여 동곽 이학사께 받들어 답하다

　再依原韻, 奉答東郭李學士

　　　　　　　　　　　　　　　　　　　　　　　　목인량

합잠[284]한 재회에서 명류들에게 읍하니　　　　盍簪再會揖淸流

지금 해동의 신숙주[285]를 보네　　　　　　　　今見海東申叔舟

자리에서 옛 맹약을 계승하여 천리마 꼬리를 잡고[286]

　　　　　　　　　　　　　　　　　　　　　席繼舊盟攀驥尾

새로운 연구로 용두[287]를 읊네　　　　　　　　鼎聯新句賦龍頭

찬 구름 엉기고 바람은 휘장을 침범하니　　　　寒雲粘? 風侵幌

284　합잠(盍簪) : 여러 벗들이 모여서 빠르게 오는 것.

285　신숙주(申叔舟, 1417~1475) : 본관은 고령. 자는 범옹(泛翁), 호는 희현당(希賢堂)·
　　보한재(保閑齋). 1443년 통신사 변효문(卞孝文)의 서장관으로 일본에 가서 우리의 학문
　　과 문화를 과시하는 한편 가는 곳마다 산천의 경계와 요해지(要害地)를 살펴 지도를 작성
　　하고 그들의 제도·풍속, 각지 영주들의 강약 등을 기록했다. 돌아오는 길에 쓰시마 섬[對
　　馬島]에 들러 세견선(歲遣船)을 50척, 세사미두(歲賜米豆)를 200섬으로 제한하는 내용
　　의 계해조약(癸亥條約)을 체결했다.

286　천리마 꼬리를 잡고[攀驥尾] : 쉬파리는 불과 수 보(步) 밖에 날지 못하지만, 천리마
　　의 꼬리에 붙으면 능히 천리를 갈 수 있다는 것. 후진이 선달의 덕을 통하여 명성 이루는
　　것을 말함.

287　용두(龍頭) : 걸출한 인물 혹은 과거에 장원한 사람을 말함.

언 비가 꽃이 되고 눈이 누대에 가득하네	凍雨成花雪滿樓
시야 끊긴 관하의 천리 시선인데	望斷關河千里目
하늘 끝의 어느 곳에 향수를 부치는가?	天涯何處寄鄕愁

○경호 홍서기께 올리다

呈鏡湖洪書記

목인량

지난번 이학사를 방문하여 종일 석상에서 창화했는데, 학사의 시에 "홍애(洪崖)에게 뛰어난 글이 있는데, 좋은 모임을 어길까 두렵네."라고 했습니다. 이에 족하(足下)가 빼어난 인물임을 알았습니다. 하늘이 기이한 인연을 내려주어서 문득 식한(識韓)[288]을 받들고, 기뻐서 위로가 되고, 기뻐서 위로가 되었습니다. 곧 붓을 들고 비리한 말 1수를 지어서 한 웃음거리로 드립니다.

하감[289]의 풍류가 평소 소문과 맞고	賀監風流愜素聞

288　식한(識韓) : 식형(識荊)과 같음. 이백(李白)의 「여한형주서(與韓荊州書)」에 "저는 천하의 담사(談士)들과 서로 모여서 말하기를 '살아서 만호후(萬戶侯)에 봉해지지 않고, 다만 한형주(韓荊州)를 한 번 알고 싶다'고 했습니다"고 했음. 한형주는 한조종(韓朝宗). 식한은 처음 면식함을 말함.

289　하감(賀監) : 당나라 하지장(賀知章, 659~744), 자는 계진(季眞), 호는 사명광객(四明狂客), 원주(越州) 회계(會稽 : 절강성 杭州) 사람. 비서감(秘書監)을 지냈기 때문에 하감이라 불렸음. 그의 시가 호방광방(豪放曠放)하여 시광(詩狂)이라 불렸음. 만년에 도사가 되기를 청하여 향리로 돌아갔다. 황제가 경호(鏡湖) 섬천(剡川) 한 구비를 하사하도록 했다.

경호[290]의 수려한 경색이 찬 구름을 비추네　　　鏡湖秀色映寒雲

빼어난 재능이 원래 산동의 묘수[291]에 속한데　　奇才原屬山東妙

한 번 돌아보고 끝내 기북의 말무리[292]를 비워버렸네

　　　　　　　　　　　　　　　　　　　一顧終空冀北群

금마와 석거[293]에서 아선을 담당하고　　　　　金馬石渠當亞選

붉은 연꽃과 푸른 물은 맑은 향을 빌렸네　　　紅蓮綠水借淸芬

술동이로 타향에서 취함을 꺼리지 마오　　　　莫嫌尊酒他鄉醉

필설과 교정으로 자세히 문장을 논하네　　　　筆舌交情細論文

○국담이 주신 운을 받들어 차운하다
奉次菊潭惠韻

홍순연(洪舜衍)

일본의 유교를 지난날 일찍이 들었는데　　　日邦儒教昔曾聞

집안에서 곤주[294]를 독점하고 붓이 구름을 둘렀네　家擅崑珠筆遶雲

---

290 경호(鏡湖) : 지금의 강소성(江蘇省) 서주시(徐州市) 남교(南郊)에 있는 호수.

291 산동(山東)의 묘수 : 전국시대 진(秦)나라 목공(穆公) 때의 말 감별사 백락(伯樂)을 말함. 이름은 손양(孫陽), 기(期 : 지금의 산동성 成武縣) 사람.

292 기북(冀北)의 말무리 : 기북은 준마의 생산지로 유명함. 한유(韓愈)의 「원처사부하양군서(送溫處士赴河陽軍序)」에 "백락이 기북의 들을 한 번 방문하자, 말무리가 마침내 비워졌다"고 했음.

293 금마(金馬)와 석거(石渠) : 금마는 한(漢)나라의 금마문(金馬門). 문학사(文學士)들이 출사하는 관아를 말함. 석거(石渠)는 석거각(石渠閣). 한(漢)나라 때 장서각(藏書閣)의 이름.

294 곤주(崑珠) : 곤륜산(崑崙山)에서 나는 주옥(珠玉). 곤륜산은 중국 서쪽에 있다는 산으로 서왕모(西王母)가 거주하는 곳이라고 함.

우연히 사신 배를 좇아 빈번히 기예를 비교하고 　偶逐仙槎頻校藝

좋은 인사를 만날 때마다 스스로 무리를 이루네 　每逢佳士自成群

시단에선 병병[295]히 모두가 좋은 글을 짓고 　騷壇炳炳皆摛藻

난실에선 훈훈[296]히 모두가 향을 퍼뜨리네 　蘭室熏熏總播芬

각자 시장을 쥐고 서로 이끄는 뜻이 있으니 　各把詩章相導意

곧 천하가 모두 같은 문장임을 아네 　卽知天下儘同文

○다시 원운을 사용하여 경호 홍서기께 답하다

再用原韻, 答鏡湖洪書記

목인량

편편[297]한 서기의 좋은 명성을 들었는데 　翩翩書記令名聞

사조가 현묘함에 든 양자운[298]이네 　詞藻入玄揚子雲

바다를 희롱하는 변새 기러기가 조전[299]을 늘어놓고

戲海塞鴻排鳥篆

하늘로 솟은 야생 학이 닭 무리에서 나오네 　摩霄野鶴出雞群

십년 좋은 술로 포도주가 익었고 　十年美酒蒲桃熟

---

295 병병(炳炳) : 문채가 선명한 모양.

296 훈훈(熏熏) : 향기가 자욱한 모양.

297 편편(翩翩) : 풍채가 아름다운 모양.

298 양자운(揚子雲) : 양웅(揚雄, 기원전53~18), 자는 자운(子雲). 서한(西漢)의 학자 겸 문인. 『태현경(太玄經)』 등 다수의 저서가 있음.

299 조전(鳥篆) : 전체(篆體)의 고문자(古文字). 형상이 새의 발자국처럼 생겨서 부르는 칭호.

한 곡 고아한 노래엔 우거진 계수 향이 퍼지네　　一曲高歌叢桂芬
시의 많은 변태를 탐하는지 어찌 물으랴?　　何問耽詩多變態
사성[300]에 민첩하여 휴문[301]을 계승했네　　四聲敏捷繼休文

○용호 엄서기께 올리다
呈龍湖嚴書記

　　　　　　　　　　　　　　　　　　목인량

풍채를 두 번 만나니 도가 오히려 남아있고　　風表再逢道尙存
동강[302]의 한 갈래에 연원이 있네　　桐江一派有淵源
십주[303]의 구름 낀 섬에서 신선 자취를 찾고　　十洲雲島尋仙跡
만상의 구류[304]가 법언[305]으로 들어가네　　萬象九流入法言
용 그림자는 황량한 땅의 등불을 몰래 켜고　　龍影暗御荒地燭

---

300 사성(四聲) : 주로 한자(漢字) 소리의 높낮이와 장단(長短), 강약(強弱)에 따라 나눈
　운(韻)의 네 가지 유형(類型)으로서 평성(平聲), 상성(上聲), 거성(去聲), 입성(入聲)의
　총칭(總稱). 평성 이외(以外)의 것을 측성(仄聲)이라 하고 모두 합(合)하여서 평측(平仄)
　이라고 함.

301 휴문(休文) : 남조(南朝) 심약(沈約, 441~513)의 자. 여러 서적에 박통하고 시문에
　뛰어났음. 제량(齊梁) 시애에 소연(蕭衍)이 중시하여 건창현후(建昌縣侯)에 봉해지고,
　상서령(尙書令)을 지냈다. 저서에 『사성보(四聲譜)』 등이 있다.

302 동강(桐江) : 동한(東漢) 때 은사(隱士) 엄광(嚴光)이 은거했던 부춘산(富春山)에 흐
　르는 강.

303 십주(十洲) : 도가(道家)에서 말하는 신선이 산다는 열 개 섬.

304 구류(九流) : 각종(各種).

305 법언(法言) : 서한(西漢)의 양웅(揚雄)이 『논어(論語)』를 모방하여 지은 책. 그 내용
　은 방사무술(方士巫術), 상룡치우(像龍致雨), 신선불사(神仙不死) 등을 반대하였다.

붕새 여정은 북쪽 바다의 곤어를 완전히 변화시켰네[306]　鵬程全化北溟鯤

돌아올 때 무성의 일을 물으면　歸來如問武城倍

마땅히 현가 소리[307]가 문에 가득하다고 말하리라　應說絃歌聲滿門

○삼가 국담 사백의 고운에 차운하다

謹次菊潭詞伯高韻

　　　　엄한중(嚴漢重)

이웃나라와 빙례를 닦는 옛 전례가 남아있어　修聘隣邦舊典存

성사가 팔월에 황하의 근원으로 거슬러가네[308]　星槎八月溯河源

고향 산은 멀리 삼천리로 격해 있고　故山遠隔三千里

좋은 작품을 서로 오칠언으로 수창하네　佳作相酬五七言

기개와 도량을 황홀히 보니 악작이 의례하고　氣宇怳瞻儀鸑鷟

묵지를 다퉈 보니 붕곤[309]을 끌어오네　墨池爭覰掣鵬鯤

---

306 붕새 …… 변화시켰네 : 『장자(莊子)·소요유(逍遙遊)』에서 북명(北溟)의 곤(鯤)이라
는 물고기가 붕(鵬)새로 변하여 남쪽으로 9만리를 날아간다고 했음.

307 현가(絃歌) 소리 : 공자(孔子)의 제자 자유(子游)가 무성(武城)의 수령이 되었을 때
예악(禮樂)으로써 가르쳐서, 읍인들이 모두 현가를 불렀다고 함.

308 성사(星槎)가 …… 거슬러가네 : 전설에 서역으로 사신을 간 한(漢)나라 장건(張騫)이 황
하의 근원을 찾아서 뗏목을 타고 갔는데, 은하수에 올라가서 견우와 직녀를 만났다고 함.

309 붕곤(鵬鯤) : 『장자(莊子)』, 「소요유(逍遙遊)」에, "북쪽 바다에 물고기가 있는데, 그
이름을 곤(鯤)이라고 한다. 곤의 크기는 몇천 리나 되는지 알 수가 없다. 이것이 변하여
새가 되면 붕(鵬)이 된다. 붕의 등도 길이가 몇 천리나 되는지 알 수가 없다." 하였다.
붕곤은 큰 재능을 가진 사람을 말한다.

그대의 시례가 많아서 유업을 전하고   多君詩禮傳遺業

남은 경사는 면면히 덕망 높은 집안에 쌓이네   餘慶綿綿積德門

○범수 남서기께 드리다
呈泛叟南書記

목인량

백번 단련한 남금은 여수[310] 가에 있고   百鍊南金麗水邊

빛나는 마사[311]는 해동 하늘에 있네   光芒馬射海東天

자기[312]는 궤안에 기대어 형상이 탑과 같고   子綦隱几形方嗒

경숙[313]이 수레에 타니 도가 스스로 전하네   敬叔乘車道自傳

세모에 매화 보내는 월사를 만나고[314]   歲暮遺梅逢越使

이른 나이에 계수나무에 올라[315] 소선[316]을 생각하네

早年攀桂憶蘇仙

일찍이 호곡선생[317]의 후예에 대해 들었는데   曾聞壺谷先生裔

---

310 여수(麗水) : 절강성에 있는 강. 『한비자(韓非子)·내저설(內儲說)』에 "형남(荊南) 땅, 여수 안에서 금이 나는데, 사람들이 금을 몰래 채취함이 많다)고 했음.

311 마사(馬射) : 기사(騎射).

312 자기(子綦) : 『장자(莊子)·제물론(齊物論)』에 나오는 남곽자기(南郭子綦). 가상의 초(楚)나라 은자(隱者).

313 경숙(敬叔) : 춘추시대 공자(孔子)의 제자 남궁괄(南宮括)의 자.

314 북위(北魏) 육개(陸凱)의 〈증범엽시(贈范曄詩)〉에 "折梅逢驛使, 寄與隴頭人. 江南無所有, 聊贈一支春."이라 했음. 월사(越使)는 강남의 역리(驛吏).

315 계수나무에 올라[攀桂] : 과거에 합격하는 것을 계수나무를 꺾는다고 함.

316 소선(蘇仙) : 송나라 소식(蘇軾)에 대한 미칭.

| 대대로 부상에 옛 인연이 있네 | 世世扶桑有舊緣 |

○이학사께 받들어 올리고, 겸하여 홍·엄·남 세 분 서기에게 올리다
奉呈李學士, 兼呈洪·嚴·南三書記

목인량

오늘은 싸락눈이 아취를 더하는데, 하물며 좌상의 네 군자께서 사미(四美)[318]를 갖추었으니 말할 필요가 있겠습니까? 북경(北京)의 진공부(眞空府)에 본원사(本願寺)가 있다고 들었는데, 지금 객관(客館)의 이름이 서로 맞으니 어찌 한 기이한 일이 아니겠습니까? 우연히 찬 붓을 던져서, 웃음거리로 올리고자 합니다.

한묵의 정신이 세상에서 으뜸인데	翰墨精神冠世雄
한 용과 세 봉황의 기운이 무지개 같네	一龍三鳳氣如虹
신발은 동곽선생의 눈을 맑게 하고[319]	履淸東郭先生雪
홀은 남궁군자[320]의 풍모를 회복하네	圭復南宮君子風

---

317 호곡선생(壺谷先生) : 남용익(南龍翼, 1628~1692), 자는 운경(雲卿), 호는 호곡(壺谷). 1646년(인조 24) 진사가 되고, 1648년 정시문과에 급제하여 시강원설서·병조좌랑·홍문관부수찬 등을 지냈음. 1655년(효종 6) 통신사의 종사관으로 일본에 다녀왔음.
318 사미(四美) : 여러 설이 있는데, 그중 한(漢)나라 가의(賈誼)의 『신서(新書)』에서는 치(治)·안(安)·현(顯)·영(榮)을 사미라고 했음.
319 신발은 …… 맑게 하고 : 한(漢)나라 동곽선생(東郭先生)이 가난하여 밑창이 떨어진 신발을 신고 눈을 밟고 다녔다고 함. 『史記·滑稽傳』에 보임.

거북 앞의 시언을 해상에 전하고	龜前詩言傳海上
엄준[321]의 역복을 도성 안에서 가르치네	嚴遵易卜敎都中
문장이 모두 기린을 묶는 솜씨이고	文章共足縛麟手
사령[322]의 상서로움이 같음을 유쾌히 보네	快覩四靈祥瑞同

○국담의 사안에 차운하여 받들다
次奉菊潭詞案

이현(李礥)

필력이 부악의 웅장함과 같음을 보고	筆力看如富嶽雄
그대의 호기가 긴 무지개를 끌어옴을 사랑하네	愛君豪氣掣長虹
천애의 장관이 남국에서 다하니	天涯壯觀窮南國
꿈속에 흐르는 빛은 또 북풍이네	夢裏流光又北風
한 해의 가서는 구름바다 밖에 있고	一學家書雲海外
백년의 교의는 술잔 속에 있네	百年交義酒杯中
남아가 태어난 곳이 모두 형제들인데	男兒落地皆兄弟
방언이 같고 다름을 말하지 마오	休說方音較異同

----

320 남궁군자(南宮君子) : 공자의 제자 남궁경숙(南宮敬叔).

321 엄준(嚴遵) : 자는 군평(君平), 서한(西漢) 촉군(蜀郡) 사람. 출사하지 않고, 점을 쳐서 생계를 꾸렸음.

322 사령(四靈) : 인(麟) · 봉(鳳) · 용(龍) · 구(龜) 등 신령한 네 동물.

○다시 국담 사안에 받들다
又奉菊潭詞案

홍순영(洪舜衍)

그대의 의기가 스스로 호웅함을 보니　　　　看君意氣自豪雄
붓 아래 문화에 채색 무지개가 서렸네　　　　筆下文華偃彩虹
성가가 곧장 당나라 율에 침범하고　　　　　聲價直侵唐代律
용용323은 한나라 풍보다 덜하지 않네　　　　春容不減漢家風
선계가 하늘 밖에 떠있다고 일찍이 들었는데　曾聞仙界浮天外
규성의 빛이 바다 안에 빛남을 지금 보네　　今見奎輝耀海中
숙세의 인연이 오히려 끝나니 않았으니　　　夙世偁非緣未了
이방에서 어찌 담소를 함께 함을 얻었겠는가?　殊方那得笑談同

○삼가 국담 사종이 보여준 운에 차운하다
謹次菊潭詞宗示韻

엄한중(嚴漢重)

사원을 주맹하여 세상에서 으뜸이라 말하는데　主盟詞苑世稱雄
사조가 도도하여 붓이 무지개 같네　　　　　藻思滔滔筆似虹
경학은 위가324의 옛 사업을 전하고　　　　　經學韋家傳舊業
문장은 소씨325의 유풍을 계승했네　　　　　文章蘇氏繼遺風

323　용용(春容) : 문장이 전아(典雅)한 것.
324　위가(韋家) : 한(漢)나라 위현(韋賢).
325　소씨(蘇氏) : 송나라 소식(蘇軾).

침상을 나란히 한 화기는 담화와 해학 속에 있고　連床和氣談諧裏

상봉의 깊은 정은 한묵 안에 있네　　　　　　傾蓋深情翰墨中

두 나라의 강토가 다르다고 말하지 마오　　　莫道兩邦疆土異

한 당에서 시와 술을 다행히 서로 함께 하네　一堂詩酒幸相同

○다시 원운에 의거하여 동곽 이학사와 삼서기께 올리다
　再依原韻, 呈東郭李學士三書記

　　　　　　　　　　　　　　　　　　목인량

용문으로 오르는 곳에서 여러 영웅들에게 읍하니　龍門登處揖群雄

비단실로 시 이루니 비단무지개 나네　　　　　　綿繭詩成飛錦虹

명가를 포폄하는 팽조[326]의 학문이고　　　　　襃貶名家彭祖學

총영이 못을 이룬 계진[327]의 풍류이네　　　　　寵榮爲沼季眞風

객관에 들려오는 선범[328] 소리 육시[329] 안이고　館傳仙梵六時裏

당에 모인 덕성[330]은 백리 안에 있네　　　　　　堂聚德星百里中

좌상의 제군들을 누구에게 비할 수 있는가?　　　座上諸君誰得比

영천[331]의 높은 재능과 같음을 다시 보네　　　　穎川復見長才同

---

326 팽조(彭祖) : 전설 속의 인물로서 양생(養生)을 잘 하여 8백 살까지 살았다고 함.

327 계진(季眞) : 당나라 하지장(賀知章)의 자. 만년에 도사가 되려고 향리로 은퇴했을 때 황제가 경호(鏡湖) 한 구비를 하사했음.

328 선범(仙梵) : 도교 신도들이 경서를 읽는 소리. 여기서는 불경을 암송하는 소리를 비유한 듯함.

329 육시(六時) : 낮 3시와 밤 3시.

330 덕성(德星) : 덕행이 있는 사람들을 비유하는 말.

○삼가 국담 사백의 안하에 받들다
頓奉菊潭詞伯案下

이헌(李礥)

문장은 바다와 웅장함을 다툴만하고	文章堪與海爭雄
굳센 붓은 검이 무지개를 토한 듯하네	健筆看如劒吐虹
누가 한 모퉁이 부상의 바다 밖을 아는가?	誰識一隅桑海外
천추의 대아의 유풍이 있네	千秋大雅有遺風

○이학사께서 비루한 율시 앞 4구의 운으로 절구 1수를 지어 보여주어서, 그 운에 의거하여 받들어 답하다
李學士用鄙律前四句韻, 成一絶見教, 依韻奉答

목인량

시단의 선백[332]이 문사의 으뜸을 차지하니	騷壇仙伯擅詞雄
뛰어난 기상이 표연히 옥무지개를 토하네	逸氣飄然吐玉虹
객중의 장한 마음을 읊을 수가 있겠는가?	客裏壯心能賦否
강릉[333] 구만리의 대붕의 바람이네	江陵九萬大鵬風

---

331 영천(穎川) : 영천사장(穎川四長). 동한(東漢)의 순숙(荀淑)·한소(韓韶)·진식(陳寔)·종호(鍾皓) 등 사현령(四縣令). 청고(淸高)하여 덕행으로 세상에 명성이 있었음.

332 선백(仙伯) : 선인(仙人)의 장(長). 시문이 뛰어난 사람을 비유함.

333 강릉(江陵) : 중국 형주성(荊州城). 지금의 호북성 형주시(荊州市). 장강(長江) 중류에 있음.

○나 또한 본받아서 비루한 율시 뒤 4구의 운을 사용하여 동곽 이학사께 올리다

余亦效顰用鄙律後四句韻, 奉呈東郭李學士

목인량

돛을 달고 얼마나 수고롭게 바다의 월명주를 주었던가?

挂席何勞拾海月

앉아서 눈을 대하고 한 주렴 안에 있네

坐來對雪一簾中

파교(灞橋)의 나귀³³⁴가 천년 후인데

灞橋驢子千年後

이날 온 당 안에 시사(詩思)가 동일하네

此日滿堂詩思同

○국담 사안에 차운하여 받들다

次奉菊潭詞案

이현(李礥)

대아의 유풍이 오랫동안 적막한데

大雅遺風久寂寞

일동에 빛이 돌아 해가 방중에 있네

日東熙運日方中

임랑의 화려한 글이 사람 시선을 놀라게 하고

琳琅麗藻驚人目

시는 개천³³⁵의 격률과 동일하네

詩與開天格律同

---

334 파교(灞橋)의 나귀 : 파교는 일명 소혼교(銷魂橋). 섬서성 장안현(長安縣) 동쪽에 있음. 당나라 정계(鄭綮)에게 어떤 사람이 근래의 가작(佳作)을 물으니, 답하기를 "파교의 눈보라 속 나귀의 등에 있다"고 했다. 『전당시화(全唐詩話)・정계(鄭綮)』에 보임.

335 개천(開天) : 당나라 현종(玄宗)의 연호인 개원(開元)과 천보(天寶). 성당(盛唐) 시기에 해당함.

○관의 길전종이와 양의 상백헌이 필어로 창화하는데, 석상에
서 상백헌에게 보이다

官醫吉田宗怡與良醫甞百軒筆語唱和, 席上示甞百軒

목인량

봄 산의 오엽[336]이 선가로 들어오고	春山五葉入仙歌
날아 지나가며 큰 바다물결을 낭랑히 읊조리네	飛過朗吟大海波
수광을 갈아내니 방촌의 달빛인데	磨出壽光方寸月
동의보감이 사람을 비춤이 많네	東醫寶鑑照人多

○국담 사백에게 차운하여 받들다

次奉菊潭詞伯

기두문(奇斗文) 상백헌(甞百軒)

객창의 찬 밤에 슬픈 노래 울리고 　　　　　客窓寒夜動悲歌
길은 푸른 바다 만 리 물결로 막혔네 　　　路隔滄溟萬里波
애초에 나라를 치료하는 솜씨가 아님이 스스로 부끄럽고

自愧初非醫國手

천한 재능인데 누가 사람을 살리는 것이 많다고 하는가?

賤才誰道活人多

---

336 오엽(五葉) : 인삼(人蔘).

○다시 운에 의거하여 상백헌 의백께 답하다
再依韻, 答甞百軒醫伯

목인량

새 시를 반드시 설아[337]에게 부쳐 노래하게 하니 新詩須付雪兒歌

천 편을 씻어내니 비단 같은 물결이 치네 濯出千章錦水波

다만 빼어난 약방문으로 고질이 치료됨을 기다리고

惟待奇方醫痼疾

연하와 천석의 벽[338]은 어찌 그리 많은가? 烟霞泉石癖何多

○국담 사백의 두 율시 운에 다시 화답하다
追和菊潭詞伯兩律韻

남성중(南聖重)

그대는 소단의 제일의 영웅인데 君是騷壇第一雄

자리에서 의기가 긴 무지개를 토하네 當筵意氣吐長虹

시는 영의 백설곡[339]의 천년의 음향을 좇고 詩追郢雪千年響

흥취는 붕새 하늘의 만 리 바람[340]에 있네 興在鵬天萬里風

---

337 설아(雪兒) : 당나라 이밀(李密)의 애희(愛姬). 가무에 능했음. 이밀은 빈료(賓僚)의
문장에 기려(奇麗)하여 마음에 드는 것이 있으면 설아에게 부쳐서 음률에 맞추어 노래하
게 했다고 함.

338 연하(烟霞)와 천석(泉石)의 벽(癖) : 산수(山水)를 사랑하는 깊은 마음. 이를 연하고
질(煙霞痼疾) 혹은 천석고황(泉石膏肓)이라고 함.

339 영(郢)의 백설곡(白雪曲) : 영은 춘추전국시대 초(楚)나라 도성. 이곳의 노래인 〈백설
곡〉은 고아하여 화답하는 사람이 드물었다고 한다.

340 붕새 하늘의 만 리 바람 :『장자(莊子)・소요유(逍遙遊)』에서 북명(北溟)의 곤(鯤)이

좋은 선비가 명예 아래 있음을 보니	佳士可看名譽下
객의 수심을 담소 중에 온통 잊네	客愁渾忘笑談中
원래 해내가 모두 형제들인데	元來海內皆兄弟
수레와 서적이 사방 이웃나라에서 같을 뿐이겠는가?	
	不但車書四國同

배를 부상의 늙은 나무 옆에 매놓으니	舟繫扶桑老樹邊
길이 끝난 양곡341 한 물가의 하늘이네	路窮暘谷一涯天
이방의 절서는 양기가 처음 회복되었는데	殊方節序陽初復
고국의 음서를 기러기가 전하지 않네	故國音書雁不傳
때때로 진동342을 만나 약초를 구하고	時遇秦童求藥草
반드시 봉래도343를 찾아 신선을 묻네	須尋蓬島問神仙
우리 집안은 두 세대에 사신의 역을 하니	吾家兩世浮槎役
마땅히 당시에 인연이 다하지 않았으리라	應有當時未了緣

반형집(班荊集) 상권 끝.

라는 물고기가 붕(鵬)새로 변하여 남쪽으로 9만리를 날아간다고 했음.

341 양곡(暘谷) : 전설 속의 해가 뜬다는 곳. 일본을 말함.

342 진동(秦童) : 진시황(秦始皇)이 불로초를 구하기 위해 동해로 파견했던 서불(徐市) 등 동남동녀(童男童女)들을 말함.

343 봉래도(蓬萊島) : 봉래산(蓬萊山). 전설 속의 동해에 있다는 삼신산(三神山)의 하나.

반형집 권하

강도(江都) 국담(菊潭) 목인량(木寅亮) 저

○용호 엄서기께 드리는 편지
與龍湖嚴書記書

목인량(木寅亮)

지난번 후관(候館)을 재차 방문했을 때, 하늘이 한 기이함을 빌려주어서, 풍설(風雪)이 크게 일어나서 성근 발이 온통 하얗게 되고, 시장음비(詩腸吟脾)[1]에 통했습니다. 대개 네 분이 여룡(驪龍)[2]을 탐색했는데, 나의 그대가 먼저 여의주를 얻었는데, 어찌 족하(足下)를 위해서 발굴한 것이겠습니까? 아! 각자 하늘 동쪽 북쪽의 사람들인데, 문득 여기에서 평상을 나란히 하고 모인 것은 또한 기이한 만남입니다. 저의 고루(固陋)함이 선인이 전해준 부분을 잘못 계승한 것을 어찌 말할 수 있겠습니까? 여러 번 유양(揄揚)[3]을 받으니, 부끄러워 땀이

---

1 시장음비(詩腸吟脾) : 시사(詩思).
2 여룡(驪龍) : 전설 속의 흑룡. 턱 아래에 여의주가 있다고 한다.

나고, 부끄러워 땀이 납니다. 일전에 객관에서 족하의 글씨를 친히
모았는데, 용이 도약하고 호랑이가 누워있어서 희헌(羲獻)⁴의 법에
핍근했습니다. 지금 보는 자들이 몹시 선망합니다. 흰 종이 수 폭(幅)
을 부쳤으니, 족하께서 마음을 두시고, 흔쾌히 한 번의 휘호를 허락
해주시지 않겠습니까? 남겨서 소매 속의 3년의 글자로 삼도록 해주
심이 불가하겠습니까? 아름답지 못한 미물(微物)이 애오라지 천리의
안면(顔面)으로 충당하고자 할 뿐입니다. 웃으며 용납해주시면 다행
이겠습니다. 날이 추위를 겪어서 길을 갈 때 자애(自愛)하시기를 바
랍니다. 초초불일(草草不一).⁵

○국담 사백께 답하는 편지
復菊潭詞伯書
엄한중(嚴漢重)

지난번에 재차 귀하께서 왕림해 주심을 받았습니다. 맑은 제작에
화답하며, 좋은 대화를 이루었습니다. 참으로 숙세(夙世)의 좋은 인
연이고, 당대(當代)의 미담(美譚)입니다. 삼가 생각건대 족하께서는
가계가 명문 출신으로서 아름다운 가업을 이었습니다. 비록 이방에
있는 사람일지라도 어찌 흠복(欽服)의 회포를 이길 수 있겠습니까?

---

3 유양(揄揚) : 찬양.
4 희헌(羲獻) : 진(晉)나라 서법가(書法家) 왕희지(王羲之)와 왕헌지(王獻之) 부자.
5 초초불일(草草不一) : 초솔(草率)하게 상세하게 진술하지 못함. 편지 말미에 상투적으
로 사용하는 말.

하물며 함께 고묵(觚墨)⁶을 잡고, 부고(桴鼓)⁷를 차례로 화답하고, 스스로의 즐거움이 기쁘고 다행함에 있어서겠습니까? 이전에는 관리하기 어려웠는데 원령(圓靈)⁸을 보내주신 것은 참으로 두터운 돌보심에서 나왔습니다. 지니고서 용의를 단정히 할 때 감히 마음속의 하사를 잊겠습니까? 보내주신 서신 안의 글씨를 써달라는 일은 삼가 상세히 알았습니다. 저는 평소 서가(書家)의 혜경(蹊逕)⁹에 우매하고, 겨우 문자나 기록하고 편지나 지을 뿐 병장(屛障 : 병풍)에 호(號)를 장식하고, 금석(金石)에 이름을 새기는 것에 있어서는 참으로 앉은뱅이가 발길질을 잘하고, 장님이 보는 것을 잘 한다는 격인데, 도리어 좋은 칭찬을 받들었습니다. 허가(許假)하심이 너무 지나쳐서 송구하고 부끄럽고 송구하고 부끄럽습니다. 지금 이 종이를 받들어 돌려보냄이 마땅한 바인데, 이미 곡진한 가르침을 받들어서 어길 수가 없었습니다. 이에 감히 당돌하게 글을 올리니, 부끄럽고 부끄럽습니다. 1장은 글씨를 잘못 써서 다른 종이로 바꾸었습니다. 국장(國章)을 청하셨는데, 어찌 찍어서 드러내겠습니까? 행(行)이 비낀 것을 면하지 못하니, 더욱 절실히 근심하며 탄식합니다. 새로 사귄 벗과의 즐거움이 오히려 흡족하지 못한데, 왕정(王程)¹⁰에 기한이 있어서 이별의 날

---

6 고묵(觚墨) : 목간(木簡)과 먹.
7 부고(桴鼓) : 북채와 북. 신속하게 서로 응함을 말함.
8 원령(圓靈) : 원래 하늘을 뜻하는 말인데, 여기서는 거울을 말함. 사장(謝莊)의 〈월부(月賦)〉에 "원령수경(圓靈水鏡)"이라고 했음.
9 혜경(蹊逕) : 문경(門逕).
10 왕정(王程) : 나라일의 일정.

이 가깝습니다. 종이에 임하여 붓을 멈추고 슬퍼할 만합니다. 물리
가 통하지 않음을 잘 헤아려주시기를 바랍니다.

○이학사께 드리는 편지
贈李學士書

목인량

　서리의 위세와 바람의 세력이 날로 더해 가서 맑은 의용(儀容)을
받들지 못했습니다. 정신을 매일 내달려도, 몸소 좋은 승경지를 밟으
시는지 어쩐지 모르겠습니다. 환패(還旆)가 이미 가깝다는 소식을 듣
고, 행장을 재촉하는 번거로움을 알 만합니다. 전일의 성대한 모임은
다시 찾을 수 없습니다. 매일 고아한 작품을 들고 읊조려 암송하며
피곤함을 잊을 뿐입니다. 저는 평소 이청련(李靑蓮)[11]의 관폭도(觀瀑
圖)를 좋아했습니다. 지난번 객관 안에 묘수(妙手)가 있다고 듣고서,
달려가서 한 번 붓을 휘둘러 줄 것을 청했는데 생면(生面)을 열어서
삼천척(三千尺)의 호기(豪氣)를 완연히 붙잡을 만했습니다. 곧 옛날
선인(先人)에게 이 그림에 적은 시가 있음을 생각했는데, "호기(豪氣)
가 천하의 인사임을 일찍 알았는데, 눈은 사해(四海)를 높이 쳐다보
며 깊은 정이 있네, 여산(廬山)은 맑게 은하수를 끌어와서, 분양(汾
陽)[12]에게 나누어주어 갑병(甲兵)을 씻게 하네"라고 했습니다. 한 번

---

11 이청련(李靑蓮)의 관폭도(觀瀑圖) : 이청련은 당나라 이백(李白). 호가 청련거사(靑蓮
　居士)임. 이백의 시 〈망여산폭포(望廬山瀑布)〉를 그린 것을 말함.

펴볼 때 저도 모르게 슬펐습니다. 족하께서 연필(椽筆)[13]을 휘둘러 이 시를 적어주신다면 자식으로 하여금 감념(感念)의 마음을 풀어줄 수 있을 것입니다. 하물며 이학사(李學士)로서 이한림(李翰林)[14]에게 적는 것은 또한 천고의 기이한 일일 것입니다. 족하의 붓 아래 달리는 용이 그림 속의 타고 있는 고래[15]를 막아서 날아오르며 번쩍일 것입니다. 열렬히 바라지만 알현을 받들 바가 없습니다. 천만(千萬) 나라를 위하여 자애(自愛)하시기를 바랍니다.

○국담 사백께 답하는 편지
　復菊潭詞伯書

　　　　　　　　　　　　　　　　　　　이현(李礥)

　주신 서찰은 삼가 이미 받들어 열람하고, 움직이는 마음을 진중하게 아끼심을 살피니 참으로 위안이 되었습니다. 지난번 진귀하게 보내주신 전후의 시통(詩筒)은 만만(萬萬)으로 출중한 높은 뜻을 지극히 날리니, 어찌 세상에 있는 것이겠습니까? 감전(感篆)[16]이 참으로 깊습니다. 관폭도시(觀瀑圖詩)는 졸렬함을 잊고 써서 올린 것일 뿐입니다.

---

12 분양(汾陽) : 분양왕(汾陽王)에 봉해진 당나라 곽자의(郭子儀, 697~781). 안사(安史)의 난을 진압하고, 토번(吐蕃)을 격파하여 나라를 안정시키는데 큰 공을 세웠다.

13 연필(椽筆) : 서까래 같은 붓. 굳센 필력을 말함.

14 이한림(李翰林) : 당나라 이백. 한림공봉(翰林供奉)을 지냈음.

15 타고 있는 고래 : 전설에 이백이 고래를 타고 신서늬 나라로 떠났다고 하여, 이백을 기경자(騎鯨子)라고 한다.

16 감전(感篆) : 은혜에 감동하여 잊지 못하고 마음에다 새김.

저는 사신의 일을 다 마치지 못하여 장차 여기에서 오래 머물려고 합니다. 한 번 왕림하시어 평온함을 베풀어주시기를 바라고 바랍니다. 아름답지 못한 미물(微物)이 잠시 천한 정성을 펴서 종자에게 명하여 남겨두도록 했습니다. 상세히 갖추지 못함을 헤아려주시기를 바랍니다.

○정사 겸재 조공이 조선국으로 돌아감을 받들어 전송하다. 병서
奉送正使謙齋趙公歸朝鮮國 幷序

목인량

천하고금에서 봉사(奉使 : 사신)의 어려움을 말하는데, 정당합니다. 대개 대체(大體)에 통하고, 사명(辭命)에 통달하고, 경제(經濟)의 온전한 재능을 갖춘 자가 아니라면, 누가 그것을 감당할 수 있겠습니까? 비록 그렇지만 봉사에 어떤 어려움이 있습니까? 승평무사(昇平無事)한 때를 만나서 동맹을 닦아서 우호를 계승하고, 무궁하게 국보(國寶)를 빛나게 하는 것을 어찌 어렵고 쉬움으로써 논할 수 있겠습니까? 정덕(正德) 기원(紀元) 겨울 10월에 조선 정사(正使) 겸재(謙齋) 조공(趙公)이 찬소(纘紹)[17]를 축하하기 위하여 왔습니다. 바야흐로 지금 두 조정은 즐겁고 편안하고, 백성들은 성대하게 재물이 풍부합니다. 비록 재치(載馳)[18]의 노고가 있더라도, 전례(典禮)가 처음부터 끝까지 조

---

17 찬소(纘紹) : 계승(繼承).
18 재치(載馳) : 수레와 말이 빠르게 가는 것.

금도 어긋남이 없습니다. 지금 장차 성초(星軺 : 사신의 수레)를 되돌리려합니다. 불초(不肖)는 비록 직접 알현하지 못했지만, 속으로 공을 위하여 축하하였습니다. 삼가 근체시 3수를 지어서 받들어 보내고, 겸하여 영정(郢政)을 바랍니다.

전례가 이웃의 덕을 온전히 하고	典禮全隣德
서신을 가지고 만 리로 돌아가네	齎書萬里歸
자라의 몸이 바다를 받들고[19] 솟아나고	鰲身擎海涌
붕새의 날개가 구름을 치며 나네	鵬翼搏雲飛
겨울날을 자여[20]가 사랑하는데	冬日子餘愛
서리바람 치는 관도가 두렵네	霜風關道威
좋은 현자가 성대한 시대를 만났으니	好賢遭盛世
치의[21]를 읊을 것을 미리 상상하네	預想賦緇衣

○ 두 번째 수(其二)

빼어난 인재가 먼 고향생각을 하며	雄才懸遠思
명을 받들고 귀향에 임함을 즐거워하네	將命好當歸

---

19 자라의 몸이 바다를 받들고 : 전설 속에 큰 자라가 삼신산(三神山)을 머리로 받치고 있다고 함.

20 자여(子餘) : 조쇠(趙衰)의 자. 춘추시대 진(晉)나라 문공(文公) 때 대부(大夫)를 지냈음. 『춘추좌씨전(春秋左氏傳)・문공(文公) 7年』의 조쇠와 그의 아들 조순(趙盾)의 인물을 평하는 말에 "조쇠는 겨울날의 태양이고, 조순은 여름날의 태양이다(趙衰冬日之日也, 趙盾夏日之日也.)"고 했다.

21 치의(緇衣) : 경사(卿士)가 청조(聽朝)하는 정복(正服).

술 권하며 위로의 노래 울려나고	勸酒勞歌動
붓을 휘두르니 일기가 나네	揮毫逸氣飛
강산에서 가면서 도움을 얻고	江山行得助
초목들 또한 위엄을 아네	草木亦知威
옥절이 풍진 밖에 있으니	玉節風塵表
어찌 흰 옷을 더럽힐 것인가?	何曾染素衣

○세 번째 수(其三)

동방에서 통신사의 빙례를 닦고	東方修信聘
천 기마 거느린 사신이 귀환하네	千騎使君歸
바다 달은 돛을 비추며 떨어지고	海月照帆落
산 구름은 높이 일어나 날리네	山雲拂高飛
남조[22]에서 전선[23]에 응하고	南曹膺典選
이웃나라는 위세를 편안히 여기네	隣國憺稜威
즐겁게 떠나가는 고향으로 돌아가는 객인데	好去還鄕客
하늘 바람이 비단 옷에 부네	天風吹錦衣

---

22 남조(南曹) : 당나라 때 이부(吏部)의 속관(屬官). 관리의 실적을 심사하여 승진시키는
   업무를 담당했음.
23 전선(典選) : 관리를 선발하는 직책.

○부사 정암 임공이 조선국으로 돌아감을 받들어 전송하다. 병서

奉送副使靖菴任公歸朝鮮國 幷序

목인량

일찍이 소로천(蘇老泉)의 「송석창언인(送石昌言引)」[24]을 읽어보니, "대장부가 태어나서 장군이 되지 못하고, 사신이 되었으니 구설(口舌) 사이에서 절충하면 족할 것입니다"라고 했습니다. 저는 이것은 부득 이한 말일 뿐이라고 생각합니다. 대장부가 대저 천하의 맑고 편안한 때를 당하여 절부를 지니고 사신으로 나가서, 만 리 밖에서 종소리 북소리가 갱장(鏗鏘)히 울리고, 옥백(玉帛 : 폐물)이 서로 뒤섞이고, 길 에 가득한 구경꾼들에게 사신의 아름다움을 송도하게 한다면 장관이 지 않겠습니까? 지금 정암(靖菴) 임공(任公)이 사명을 받든 것이 참으로 이와 같습니다. 체류하여 겨를이 있으면 시를 읊고 문장을 지어서 스스로 즐기니, 어찌 그리 편안하시고 한가롭고 고아하십니까? 빙례 (聘禮)를 이미 마치고, 사신의 수레가 장차 돌아가려 합니다. 삼가 근체 시 3수를 지어서 받들어 전송하고, 겸하여 영정(郢政)을 바랍니다.

규장[25]이 국신[26]을 비추고　　　　　　　　　珪璋昭國信

만고의 선린을 닦네　　　　　　　　　　　　萬古善隣修

누가 조정의 책서를 주어서 두르게 했는가?　　誰贈繞朝策

---

24 소로천(蘇老泉)의 「송석창언인(送石昌言引)」 : 송나라 소순(蘇洵)의 〈送石昌言舍人 北使引〉을 말함.

25 규장(珪璋) : 귀중한 옥 제품의 예기(禮器).

26 국신(國信) : 국가 간에 증송(增送)하는 예물.

곽태의 배를 서로 바라보네   相望郭泰舟

부상 나루는 해 돋는 양곡[27]에 매달려 있고   桑津懸旭浴

봉래도는 공중에 걸쳐서 떠있네   蓬島架空浮

역로에 서리바람이 무거우니   驛路風霜重

마땅히 일본 갖옷을 지었네   應裁日本裘

○제2수(其二)

봉루[28]에서 손 흔들고 떠나가니   鳳樓揮手去

문채가 더욱 닦여지네   文彩轉添修

보갑 속에 서리 빛 검이 있고   寶匣霜華劒

비단 도포는 달밤의 배에 있네   錦袍月夜舟

바람 앞에서 풀이 굳셈을 알고   風前知艸勁

물 위에서 부평초가 떠있음을 보네   水上望萍浮

선객이 부소산 길에 있는데   仙客富山路

눈 속에 밝은 학창구[29]가 있네   雪明鶴氅裘

○제3수(其三)

임군은 원래 명철한 선비인데   任君元哲士

의표가 이전의 수교를 계승했네   儀表繼前修

서리는 옥용절에 날리고   霜拂玉龍節

---

27 양곡(暘谷) : 전설 속의 해가 돋는 곳.

28 봉루(鳳樓) : 궁궐 안의 누대. 혹은 누대의 미칭.

29 학창구(鶴氅裘) : 새 깃으로 만든 갖옷.

하늘은 채익의 배에서 도네	天廻彩鷁舟
인생에는 만남과 헤어짐이 많은데	人生多聚散
세상일을 부침에 붙였네	世事付沈浮
월탁[30]에 천금이 있는데	越橐千金直
호액구[31]는 어떠한가?	何如狐腋裘

○종사 남강 이공이 조선국으로 돌아감을 받들어 전송하다. 병서
奉送從事南岡李公歸朝鮮國 幷序

목인량

대장부가 평소에 서로 만나면, 반드시 "내가 뜻을 얻었다"고 말합니다. 그러나 장차 이와 같이 되어서, 그 실로 뜻을 얻음에 이르면, 겨우 한 이해(利害)를 만나게 됩니다. 백번 단련하여 강화(剛化)해도 원대한 지향이 유약하게 된다면 또한 슬퍼할 만합니다. 하물며 해외 만 리로 사신이 떠나감에 있어서겠습니까? 방금 남강(南岡) 이공(李公)이 국신(國信)을 닦기 위하여 사명을 받들고 왔는데, 수일 간 체류하며 위의(威儀)가 어긋나지 않고, 전례(典禮)를 이루니, 그 평일에 온축한 바를 알 수 있습니다. 사신의 깃발이 장차 돌아가려 합니다. 삼가 비루한 시 3수를 지어서 받들어 전송하고, 아울러 영정(郢政)을 바랍니다.

---

30 월탁(越橐) : 한(漢)나라 육가(陸賈)가 남월(南越)에 사신을 갔을 때, 남월왕 조타(趙佗)가 그에게 자루 한 개를 주었는데 천금에 해당하는 진보(珍寶)가 들어있었음.
31 호액구(狐腋裘) : 여우의 겨드랑이 털로 만든 갖옷.

난새와 봉황이 남쪽 언덕에서 춤추니	鸞鳳南岡舞
빛나는 한묵의 숲을 보네	覽輝翰墨林
도유³²의 한 점 고기를 맛보고	道腴嘗一臠
이별의 뜻은 외로운 읊음에 맡기네	別意託孤吟
봉시³³는 사방에 대한 뜻이고	蓬矢四方志
동금³⁴은 천리의 마음이네	桐琴千里心
영가³⁵ 여러 곡을 남겨두고	郢歌留數闋
요량³⁶의 음에 견주려고 하네	欲擬遶梁音

○제2수(其二)

이씨 집안은 재자가 풍부한데	李家才子富
옛날을 떨쳐 일으켜 사림을 독점했네	振古擅詞林
장차 서경부³⁷를 지으려고	將作西京賦
먼저 동무음³⁸을 지었네	先爲東武吟

---

32 도유(道腴) : 도(道)의 아름다움. 도의 정수(精髓)를 말함.
33 봉시(蓬矢) : 쑥대로 든 화살. 고대에 남자가 태어나면 뽕나무 활과 쑥대 화살로 사방에 쏘게 하여, 사방에 대한 넓은 뜻을 지니게 했음.
34 동금(桐琴) : 오동나무로 만든 금(琴).
35 영가(郢歌) : 초나라 도성 영(郢)의 노래. 〈백설곡(白雪曲)〉과 〈양춘곡(陽春曲)〉 등이 있었는데, 고상하여 화답하는 자가 적었다고 함.
36 요량(遶梁) : 『열자(列子)·탕문(湯問)』에 "옛날 한아(韓娥)가 동쪽으로 제(齊)나라에 갔다가 식량이 떨어지자, 노래를 팔아서 식량을 빌렸는데, 이미 떠나간 후 여운이 대들보를 감싸고 삼일 동안 끊이지 않았다"고 했음. 노래가 아름다워서 잊지 못하게 하는 것을 말함.
37 서경부(西京賦) : 한(漢)나라 장형(張衡)이 지은 부의 이름.
38 동무음(東武吟) : 〈동무음행(東武吟行)〉. 악부(樂府) 초조곡(楚調曲)의 이름.

각자의 하늘에서 명월의 꿈을 꾸고   各天明月夢

양쪽 땅에서 백운의 마음[39]이 있네   兩地白雲心

전후의 소단에서   前後騷壇上

누가 고아한 음률을 이었던가?   有誰賡雅音

○제3수(其三)

수레 돌려 타고 가니   廻車言駕邁

어느 날에 계림을 대할 건가?   何日對雞林

바다 안개 속 고래가 천 척이고   海霧鯨千尺

조수 바람 속 용이 한 번 신음하네   潮風龍一吟

관을 넘으며 자기를 남기고[40]   度關存紫氣

나라에 보답하러 단심을 보이네   報國見丹心

어디서 돌아가는 기러기의 편지를 얻어서   安得歸鳴信

다시 하늘 밖의 소식을 전할 건가?   重傳天外音

---

39 백운의 마음 : 남조 제(齊)나라 사조(謝朓)의 〈拜中軍記室辭隨王箋〉시에 "白雲在天, 龍門不見"이라고 했는데, '백운편(白雲篇)'은 친우를 그리는 것을 비유하게 되었음.
40 관을 넘으며 자기(紫氣)를 남기고 : 전설에 노자(老子)가 서역으로 가기 위해 하곡관(函谷關)을 지나갈 때 자기가 서려있었다고 한다.

○국담의 사안에 받들어 사례하다
奉謝菊潭詞案

조태억(趙泰億)

계절의 날이 남지[41]인데	天時日南至
나랏일로 객은 서쪽으로 돌아가네	王事客西歸
길은 가는데 익숙하여 장애가 없고	路熟行無碍
몸은 경쾌하여 나는 듯하네	身輕快若飛
말은 차갑게 눈발을 뚫고 가고	馬寒衝雪色
담비 옷 따뜻하여 바람의 위세를 피하네	貂暖避風威
오히려 처음 떠날 때의 수레비녀장 기름칠과	尙憶初脂舝
단오 때의 가는 갈옷을 생각하네	端陽細葛衣

만 리에서 한 번 객이 되니	萬里一爲客
반년 동안 돌아가지 못했네	半年於未歸
내일 네 필 말의 수레가 출발하면	明朝四牡發
몇 날이나 조각 돛을 날리려나?	幾日片帆飛
떠나며 파신의 보호를 얻고	去得波神護
가면서 병예[42]의 위세를 거두리라	行收屛翳威
새 봄엔 궁궐 문 안에서	新春閶闔裏
기쁘게 곤룡의[43]를 뵈리라	好覲袞龍衣

---

41 남지(南至) : 동지(冬至).

42 병예(屛翳) : 전설 속의 풍사(風師). 바람의 신.

43 곤룡의(袞龍衣) : 임금의 예복.

한 번 만남의 경개가 더디고	一會遲傾蓋
나의 행차 이미 돌아감을 고했네	吾行已告歸
동전⁴⁴으로 먼 전별에 바쁜데	桐牋勤遠贐
화한⁴⁵이 다시 추가로 날아드네	華翰更追飛
온자⁴⁶는 참으로 말할 만한데	溫子眞堪語
왕상⁴⁷이 어찌 위엄이 있겠는가?	王商豈有威
여주⁴⁸를 소매 가득히 가져가니	驪珠携滿袖
사신의 옷에서 빛이 나네	光動使臣衣

부(附)

경개(傾蓋 : 상봉)하여 비록 함께 돌아보지 못했지만, 체통(遞筒)이 사모함을 몹시 위로했습니다. 하물며 이 전별의 시장(詩章)이 더욱 두터운 정의(情誼)를 표출했음에 있어서겠습니까? 화전(華牋 : 편지) 또한 이 마음으로 주셔서 감격하여 절합니다. 저는 사례할 바를 모르겠습니다. 율운(律韻)은 바쁘고 어지러운 중에 흡족하게 화답할 수 없었습니다. 단지 율시 3수로써 작은 정성을 약간 폈습니다. 아름답

---

44 동전(桐牋) : 벽동지(碧桐紙). 종이의 일종.

45 화한(華翰) : 남의 편지에 대한 미칭.

46 온자(溫子) : 온자승(溫子升, 495~547), 자은 붕거(鵬擧), 북위(北魏)의 저명한 문인. 중군대장군(中軍大將軍)을 지냈다.

47 왕상(王商) : 서한(西漢) 때 원제(元帝) 때 우장군(右將軍)을 지내고, 성제(成帝) 때 승상을 지냈는데, 왕봉(王鳳)의 참언으로 파직되었음.

48 여주(驪珠) : 주고받은 시문을 비유한 말임.

지 못한 토의(土宜)[49]가 애오라지 호저(縞紵)[50]의 의례를 갖추었습니다. 아울러 미소로 받아주시기를 바랍니다. 불비(不備).

○목학사의 사안에 삼가 답하다
敬酬木學士詞案

임수간(任守幹)

일본의 군주가 사신을 버린 적이 없어서	日君曾乏使
폐물로 보답하여 사신의 의례가 닦여졌네	報幣聘儀修
여름에 처음 부절을 잡았는데	朱夏初持節
겨울에 비로소 배를 되돌리네	玄冬始返舟
긴 여정에 눈보라가 어둡고	長程風雪暗
넘치는 바다물결에 달과 별이 떠있네	漲海月星浮
돌아가는 행장을 정돈함을 재촉하니	整頓歸裝促
너덜너덜한 한 낡은 갖옷이네	蒙戎一敝裘

내일 돌아갈 길을 당하여 다급히 받들어 화답하여서, 일일이 삼가 답할 수 없었습니다. 부디 헤아려주시기를 바랍니다.

---

49 토의(土宜) : 토산(土産). 나의 겸칭.
50 호저(縞紵) : 심후(深厚)한 우의(友誼)를 말함. 오계찰(吳季札)이 정(鄭)나라에 사신 가서 자산(子産)에게 호대(縞帶)를 선물하고, 자산이 계찰에게 저의(紵衣)를 선물한데서 유래함.

○국담께서 주신 이별시의 운에 삼가 차운하여 이별시로 남기다
謹次菊潭贈別韻留別

이방언(李邦彦)

| 반년 간 먼 나라를 여행하며 | 半年遊絶域 |
| 한 달을 지림⁵¹에 체류했네 | 一月滯祇林 |

반년 간 먼 나라를 여행하며　　　　　　半年遊絶域

한 달을 지림51에 체류했네　　　　　　一月滯祇林

영인52의 곡에 잇달아 화답하고　　　　聯和郢人曲

근심으로 장석53의 노래를 이루었네　　愁爲莊舄吟

경개의 모임을 이루지 못하니　　　　　未成傾蓋會

식형54의 마음이 더욱 간절하네　　　　從切識荊心

하물며 다시 서쪽으로 돌아간 후에　　況復西歸後

좋은 소식을 맡길 곳이 없음에랴!　　　無由托好音

행색(行色)이 급박하여, 고운(高韻)에 모두 화답할 수 없어서 지극히 비루한 탄식을 사용했습니다.

---

51 지림(祇林) : 불교 사찰.

52 영인(郢人) : 초(楚)나라 도성 영(郢) 사람.

53 장사(莊舄) : 전국시대 월(越)나라 사람. 초(楚)나라에 출사했으나 월나라를 잊지 못하고 병중에 월나라 노래를 불렀음.

54 식형(識荊) : 식한(識韓)과 같음. 이백(李白)의 「여한형주서(與韓荊州書)」에 "저는 천하의 담사(談士)들과 서로 모여서 말하기를 '살아서 만호후(萬戶侯)에 봉해지지 않고, 다만 한형주(韓荊州)를 한 번 알고 싶다'고 했습니다"고 했음. 한형주는 한조종(韓朝宗). 식형은 처음 면식함을 말함.

○동곽 이학사가 조선국으로 돌아감을 받들어 전송하다. 병서

奉送東郭李學士歸朝鮮國 幷序

목인량

제가 듣건대 "문장(文章)은 경국(經國)의 대업(大業)이고, 불후(不朽)한 성사(盛事)이다"[55]라고 했습니다. 아! 문(文)은 또한 위대합니다! 그 사람의 기(氣)가 건곤(乾坤)의 방박(磅礴)[56]함을 모아서 고시활보(高視闊步)[57]하고, 박식방통(博識旁通)[58]하고, 한 마디를 내면 울창하고 환하고 천연(天然)한 문장을 이루니, 대업(大業)은 여기에서 세워지고, 성사(盛事)는 여기에서 전해집니다. 정덕(正德) 신묘(辛卯) 원년(元年) 겨울 10월에 조선 제술관(製述官) 동곽(東郭) 이군(李君)이 삼사대(三使臺)와 함께 왔습니다. 저는 재차 객관에서 알현했는데, 대개 기우(氣宇)[59]가 탁월하고 위대하고, 고대(高大)하고, 말을 토하면 문장을 이룸이 황하(黃河)의 물결을 터서 동쪽으로 방패왕양(滂沛汪洋)[60]하여 막을 수 없는 것과 같습니다. 그대가 만 리를 넘어온 것을 돌아보면, 명발(溟渤)[61]·산천·초목·조수(鳥獸)·충어(蟲魚)와 기뻐할 만한 것, 분노할 만한 것, 슬퍼할 만한 것, 즐거워할 만한 것 등과 크고 작은

---

55 문장(文章)은…… 성사(盛事)이다 : 삼국 위(魏)나라 조비(曹丕)의 『전론(典論)』에서 한 말임.

56 방박(磅礴) : 충만(充滿).

57 고시활보(高視闊步) : 기우(氣宇)가 헌앙(軒昂)함.

58 박식방통(博識旁通) : 널리 알고 널리 통함.

59 기우(氣宇) : 흉금(胸襟). 도량(度量).

60 방패왕양(滂沛汪洋) : 물의 흐름이 광대하고 많은 모양.

61 명발(溟渤) : 명해(溟海)와 발해(渤海). 대해(大海)를 말함.

만휘(萬彙 : 만상)를 합쳐 모아서 장차 자신의 문기(文氣)로 삼고, 곤곤 (混混)한 붓 아래에 변화의 드러남이 백 가지로 나와서 실마리를 엿 볼 수가 없습니다. 참으로 두 나라에 대업(大業)을 세우고, 불후한 곳에 성사를 전하려는 것입니까? 지금 장차 돌아간다고 합니다. 애 오라지 이별의 생각을 진술하여 오언배율 50운(韻)을 지어서 받들어 전송하고, 아울러 고쳐주시기를 바랍니다.

양 조정에 하늘의 해가 빛나고	兩朝天日耀
만고의 지도가 웅장하네	萬古地圖雄
문유의 성대함을 보지 않았다면	不覩文儒盛
어찌 군자의 기풍을 알겠는가?	安知君子風
홍범구주[62]의 기자조선이 있었고	範疇箕朝在
관개[63]는 한나라 의례가 융성했네	冠蓋漢儀隆
봉황은 삼도[64]에서 날며 대치하고	鳳翥三都峙
용은 팔도에 서리어 통하네	龍蟠八道通
인가의 연기는 성곽 밖에 있고	人煙城郭外
많은 물화가 시전 안에 있네	星貨市廛中
녹수[65]의 물결은 거울을 매달고	綠水波懸鏡
백산[66]의 눈은 허공을 비추네	白山雪照空

---

62 홍범구주(洪範九疇) : 전설 속에 천제(天帝)가 우(禹)에게 하사했다는 천하를 다스리는 9가지 대법(大法).

63 관개(冠蓋) : 관원의 관복과 수레.

64 한성(漢城), 평양(平壤), 개성(開城)을 가리킨다.

65 녹수(綠水) : 압록강(鴨綠江).

문천[67]은 푸른 띠로 열리고	蚊川開翠帶
계악[68]은 푸른 봉우리가 우뚝하네	雞岳屹靑葱
국경은 연경[69] 북쪽에 접하고	境接燕京北
이웃나라와의 수교는 상역[70] 동쪽에 있네	隣修桑域東
다행히 천년의 모임에 응하여	幸膺千載會
함께 사문[71]의 총명함을 기뻐하네	共喜四門聰
옥백으로 명신[72]을 전하고	玉帛傳明信
단서[73]로 시종을 맹약하네	丹書誓始終
바다구름이 채익선을 맞이하고	海雲迎彩鷁
행로에선 화총마[74]를 피하네	行路避華驄
추집[75]으로 나랏일에 힘쓰고	雛集勞王事
녹명[76]으로 상공에게 연회를 베푸네	鹿鳴宴上公

66 백산(白山) : 백두산(白頭山).

67 문천(蚊川) : 경주(慶州)에 있는 물 이름.

68 계악(雞岳) : 계림(鷄林)의 산악.

69 연경(燕京) : 중국 북경(北京)의 별칭.

70 상역(桑域) : 부상(扶桑) 지역. 일본을 말함.

71 사문(四門) : 사방의 문호(門戶).

72 명신(明信) : 성심경의(誠心敬意).

73 단서(丹書) : 붉은 붓으로 쓴 조서(詔書).

74 화총마(華驄馬) : 오화마(五花馬). 대완(大宛)에서 생산되는 준마.

75 추집(雛集) : 『시경·소아(小雅)·사모(四牡)』를 말함. 〈사모〉에 "翩翩者雛, 載飛載下. 集于苞栩, 王事靡盬"이라고 했음. 〈사모〉는 사신(使臣)이 왕사(王事)에 근로함을 위로 하는 노래임.

76 녹명(鹿鳴) : 『시경·소아(小雅)·녹명(鹿鳴)』을 말함. 〈녹명〉은 빈객에게 연회를 베푸 는 노래임.

식형[77]하는 객은 비루한 자질인데	識荊客陋質
어리[78]하며 아몽[79]을 탄식하네	御李嘆阿蒙
상봉하여 문득 알아서 사랑하고	傾蓋忽知愛
글을 짓는 것이 다시 무궁하네	屬辭更不窮
정신적 교제로 너와 나를 잊고	神交忘爾汝
덕 있는 도량에서 겸허함을 보네	德量見謙沖
널리 분별함은 전거골[80]과 같고	博辨專車骨
정밀한 음률은 초미동[81]과 같네	精音焦尾桐
반열을 점검하여 옥순[82]을 추대하고	點班推玉筍
점괘를 물어서 사롱[83]을 획득했네	問卜獲紗籠

---

77 식형(識荊) : 이백(李白)의 「여한형주서(與韓荊州書)」에 "저는 천하의 담사(談士)들과
서로 모여서 말하기를 '살아서 만호후(萬戶侯)에 봉해지지 않고, 다만 한형주(韓荊州)를
한 번 알고 싶다'고 했습니다"고 했음. 한형주는 한조종(韓朝宗). 식형은 처음 면식함을
말함.

78 어리(御李) : 동한(東漢) 이응(李膺)에게 현명(賢名)이 있었는데, 당시 사대부들이 한
번 알현하는 것을 영광으로 삼아서 등용문(登龍門)이라고 했음. 순상(荀爽)이 이응을 배
알하고, 아울러 그의 수레를 몰고서는 이를 자랑하였다고 함.

79 아몽(阿蒙) : 어리석은 여몽(呂蒙). 여몽은 삼국 오(吳)나라 손권(孫權)의 장수. 무예에
는 출중했지만 학식이 없어서 어리석은 아몽이란 말을 들었다. 그러나 나중에 학식을
닦아서 '괄목상대(刮目相對)'라는 고사의 주인공이 되었다.

80 전차골(專車骨) : 수레를 가득 채우는 뼈. 사물의 큼을 말함. 『사기(史記)·공자세가(孔
子世家)』에 "오(吳)나라가 월(越)나라를 정벌하고, 회계(會稽)에 떨어진 뼈를 얻었는데,
한 마디가 수레를 가득 채웠다"고 했음.

81 초미동(焦尾桐) : 초미금(焦尾琴). 후한(後漢) 채옹(蔡邕)이 아궁이 속에서 타고 있는
오동나무를 구하여 만들었다는 금(琴) 이름.

82 재능이 우월한 사람을 옥순반(玉筍班)이라고 함.

83 사롱(紗籠) : 재상의 지위에 오르는 운명. 당나라 이번(李藩)이 출사하기 전에 어떤 승
려가 그를 사롱중인(紗籠中人)이라고 했는데, 과연 나중에 재상에 올랐다고 함.

부는 오색구름의 해를 얻고	賦得五雲日
기백과 도량은 백 길 무지개이네	氣度百丈虹
기이함을 탐색하여 유혈[84]을 엿보고	探奇窺酉穴
도를 찾아서 공동산[85]을 지나네	訪道歷崆峒
승사의 수레 멈춘 곳에	僧舍鸞停處
붕잠[86]이 술자리에 모여 함께 하네	朋簪燕集同
먼 봉우리엔 저녁 푸름이 무겁고	遙岑重晚翠
떨어진 잎은 남은 붉은 색을 매몰하네	墜葉埋殘紅
울타리엔 영남의 국화가 머물고	籬駐嶺南菊
강에는 초땅 언덕의 단풍이 어지럽네	江紛楚岸楓
다시 소생한 매화는 꽃술이 곱고	返魂梅蕊嫩
뼈를 드러낸 산악의 용모는 민둥머리이네	露骨嶽容童
좌석에서 지미[87]의 수려함을 접하니	坐接芝眉秀
방에는 짙은 난 향기를 머금었네	室含蘭氣濃
독수리를 쏘니[88] 참으로 적중하고	射鵰眞貫彀
전자를 새김은[89] 조충[90]에 비하네	刻篆比雕蟲

---

84 유혈(酉穴) : 소유산(小酉山) 석혈(石穴). 그 안에 진인(秦人)의 장서 천 권이 있다고 함.

85 공동산(崆峒山) : 전설에 광성자(廣成子)가 공동산(崆峒山)에 거주했는데, 황제(黃帝)가 찾아가서 도를 물었다고 함.

86 붕잠(朋簪) : 좋은 벗들이 취합하는 것.

87 지미(芝眉) : 미우(眉宇)에 지채(芝彩)가 있는 것. 귀상(貴相) 혹은 남의 용모를 칭하는 경침임.

88 독수리를 쏘니[射鵰] : 사조수(射鵰手)는 활을 잘 쏘는 자를 말함. 또한 재능이 출중한 자를 비유함.

89 전자(篆字)를 새기니 : 문장의 정밀한 묘사를 말함.

홀로 장성의 형세를 차지하니	獨擅長城勢
누가 편수91를 거느리고 공격하겠는가?	誰將偏帥攻
고래 타고92 지은 천 수가 빼어나고	跨鯨千首逸
말에 기대어93 지은 만 언이 공교롭네	倚馬萬言工
서기가 왕광94에게 읍하고	書記揖王廣
남아가 공융95을 만났네	男兒逢孔融
마음을 깊이 나라에 허락하고	寸心深許國
외로운 검으로 늠름히 자신을 방어하네	孤劒凜防躬
대수는 소장96의 필이고	大手蘇張筆
교정은 원백97의 시통이네	交情元白筒
영가는 원래 화답이 적은데	郢歌原寡和
낙양의 종이 값이 갑자기 폭등했네	洛紙頓增崇
일찍이 정인지98를 생각했고	曾想鄭麟趾

---

90 조충(雕蟲) : 작은 기예를 비유함.

91 편수(偏帥) : 부장(部將).

92 과경(跨鯨) : 전설에 이백(李白)이 고래를 타고 떠나갔다고 하여서 이백을 기경자(騎鯨子)라고 함.

93 의마(倚馬) : 동진(東晋) 원호(袁虎)가 말에 기대어 만언(萬言)을 지어냈다고 함. 재사(才思)가 민첩함을 말함.

94 왕광(王廣) : 삼국 위(魏)나라 사람. 자는 공연(公淵), 가평(嘉平) 원년에 사마의(司馬懿)가 정변을 일으켜서 종실(宗室) 조상(曹爽)을 죽이자, 그 부친 왕릉(王淩)과 함께 비밀리에 폐제(廢帝)를 세우려고 모의했다. 일이 발각되어 죽임을 당했다.

95 공융(孔融) : 한(漢)나라 말의 문인. 건안칠자(建安七子) 중의 한 사람. 소부(少府)·태중대부(太中大夫) 등을 관직을 지냈는데, 나중에 조조(曹操)에게 피살되었음.

96 소장(蘇張) : 당나라 소정(蘇挺)과 장설(張說). 모두 문장으로 유명하여 대수필(大手筆)이라 불렸음.

97 원백(元白) : 당나라 원진(元稹)과 백거이(白居易). 평생 우정을 나누며 시를 수창했음.

다시 신범옹[99]에 대해 들었네	更聞申泛翁
장원을 독점하여 중과에 합격하고	占魁中重科
사명을 받들고 빼어난 공을 세웠네	奉使立奇功
목은[100]은 시집을 남겼고	牧隱留詩集
용재[101]에겐 총화가 있네	慵齋存話叢
양촌[102]은 사조가 풍부하고	陽村詞藻富
거정[103]은 창수가 충분하네	居正唱酬充
그대는 명성의 광채를 계승할 만한데	君可繼聲彩
내 어찌 넓은 덕에서 목욕할 수 있겠는가?	吾何沐德洪
학문의 근원은 반안[104]에서 헤매고	學源迷畔岸
둔한 기량은 숫돌에 의지하네	鈍器賴磨礱
광대한 도량은 가슴속 물결을 넘치게 하고	汪度漲襟浪
빼어난 웅호함은 마음의 구리를 단련하네	英豪鍊膽銅

---

98 정인지(鄭麟趾) : 조선 초의 문신·학자. 자는 백저(伯睢), 호는 학역재(學易齋). 세조(世祖) 때 좌의정 등을 지냈음.

99 신범옹(申泛翁) : 신숙주(申叔舟). 조선 초의 문신·학자. 자는 범옹(泛翁), 호는 희현당(希賢堂)·보한재(保閑齋). 1443년 통신사 변효문(卞孝文)의 서장관으로 일본에 다녀왔음. 영의정을 지냈음.

100 목은(牧隱) : 이색(李穡, 1328(충숙왕 15)~1396(태조 5))의 호. 고려 말의 문신·학자. 저서로 『목은집(牧隱集)』이 있음.

101 용재(慵齋) : 성현(成俔, 1439~1504)의 호. 저서로 『용재총화(慵齋叢話)』 10권이 있음.

102 양촌(陽村) : 권근(權近 : 1352(공민왕 1년)~1409(태종9))의 호. 자는 가원(可遠), 『양촌집(陽村集)』 등 여러 저술이 있음.

103 거정(居正) : 서거정(徐居正, 1420(세종 2)~1488(성종 19)). 조선 전기의 문신·학자. 본관은 달성(達城). 자는 강중(剛中), 호는 사가정(四佳亭). 저서로 『사가집(四佳集)』 등 많은 저술이 있음.

104 반안(畔岸) : 변제(邊際). 주변.

범연[105]의 종은 은밀히 비추고	梵筵鐘隱映
객관의 달빛은 영롱하네	客館月玲瓏
어름의 채색은 금정(金井)[106]에 엉기고	氷彩凝金井
서리는 비단 창에서 밝네	霜華明綺櫳
고향 바라보니 하늘 아득하고	望鄉天杳杳
꿈을 깨니 비가 흐릿하네	驚夢雨濛濛
양탄자 자리를 따뜻하게 할 겨를이 없는데	未暇煖氍席
일찍이 수레바퀴통을 기름칠 했네	蚤旣膏轂缸
구주에 작은 배가 떠있고	九州浮片棹
큰 바다는 높은 하늘에 침범하네	大海浸高穹
나귀 등엔 부봉[107]의 눈이 있고	驢背富峯雪
자라 머리[108]엔 양곡의 아침 어스름이 있네	鰲頭暘谷曨
옥루[109]에 신기루가 생기고	玉樓生蜃氣
패궐[110]은 용궁을 받들었네	貝闕捧龍宮
섬의 나무는 냉이처럼 점과 같고	島樹點如薺
섬륜[111]은 활처럼 굽었네	蟾輪曲似弓
만가[112]에선 주인이 됨이 많은데	蠻家多作主

---

105 범연(梵筵) : 불사(佛事)를 행하는 도장(道場).
106 금정(金井) : 우물 난간을 아로새겨 장식한 우물.
107 부봉(富峯) : 부사산(富士山)의 봉우리.
108 오두(鰲頭) : 전설 속에 큰 자라가 삼신산(三神山)을 머리로 받히고 있다고 함.
109 옥루(玉樓) : 전설 속의 천제나 신선이 거주한다는 곳.
110 패궐(貝闕) : 붉은 조개껍질로 장식한 궁궐. 전설에 하백(河伯)이 거주한다고 함.
111 섬륜(蟾輪) : 달의 별칭.
112 만가(蠻家) : 중국 남방 이민족인 만인(蠻人)의 집. 주로 남쪽에 있는 집을 말함.

역점에선 자주 하인을 부르네　　　　　驛店屢呼僮

먼 나라에선 특수한 볼거리가 지극하니　絶城極殊觀

장한 마음을 전봉[113]에 맡기네　　　　壯心任轉蓬

이별로 세모를 슬퍼하는데　　　　　　別離悲歲暮

두뇌는 겨울 횃불을 비웃네　　　　　　頭腦笑冬烘

다만 각자의 하늘에서 꿈꾸며　　　　惟有各天夢

신유[114]로 팔홍[115]으로 들어가네　　　神遊入八鴻

○경호 홍서기가 조선국으로 돌아감을 전송하다
送鏡湖洪書記歸朝鮮國

　　　　　　　　　　　　　　　　목인량

우는 요동학[116]이　　　　　　　　　嘹唳遼東鶴

의용을 정돈하고 옛 거처로 돌아가네　整儀返故居

선루에 춤을 남겨놓은 날　　　　　　仙樓留舞日

불교 사원에서 처음 교의를 맺었네　　佛院締交初

노포[117]의 천편의 시집이고　　　　　老圃千篇集

---

113 전봉(轉蓬) : 바람에 이리저리 날리는 쑥대. 정처 없음을 말함.

114 신유(神遊) : 정신이 육체를 떠나 유람하는 것.

115 팔홍(八鴻) : 팔방(八方).

116 요동학(遼東鶴) : 요동(遼東)의 정령위(丁令威)가 도를 배워 신선이 된 후 백학(白鶴)으로 변하여 고향으로 돌아왔다고 한다. 고향을 그리는 심회나 다시 고향으로 돌아옴을 비유함. 진(晉)나라 도연명(陶淵明)의 『수신기(搜神後記)』에 보임.

117 노포(老圃) : 송나라 홍추(洪芻)의 호. 강서시파(江西詩派)의 중요한 시인이었음. 『노포집(老圃集)』 2권이 있음.

용재[118]의 오필의 서책이네	容齋五筆書
하늘 이역에서 이별하니	別離天異域
어디에서 운거[119]를 바라보아야 하나?	何處望雲車

○제2수(其二)

호수 면에 쌍 거울이 열리고	湖面開雙鏡
그대 전송하며 삭막한 거처를 탄식하네	送君嘆索居
가는 배는 천리 밖에 있고	行舟千里外
수레의 출발은 일양[120]의 처음이네	發軔一陽初
선인의 어깨를 치는 손은 격해 있지만	仙隔拍肩手
문자는 소매 속의 글에 남겨놓았네	字留置袖書
숫돌처럼 두루 길이 곧은데	如砥周道直
남으로 가는 수레를 빌리지 못하네	不借指南車

○용호 엄서기가 조선국으로 돌아감을 전송하다
送龍湖嚴書記歸朝鮮國

목인량

만 이랑의 호수 하늘이 넓은데	萬頃湖天闊

---

118 용재(容齋) : 송나라 홍매(洪邁)의 호. 『용재수필(容齋隨筆)』 16권이 있는데 모두 오
   필(五筆)로 구성되어 있음.
119 운거(雲車) : 전설 속의 선인(仙人)의 수레.
120 일양(一陽) : 동지(冬至).

한 객성[121]이 높이 임했네　　　　　　　　　高臨一客星

술잔 비춰 먼저 색을 빌려주니　　　　　　　照樽先假色

자리 재촉하며 문득 망형하였네　　　　　　促席頓忘形

문정[122]의 문채가 화려하고　　　　　　　　文正詞華麗

원유[123]의 먹 글자가 향기롭네　　　　　　元瑜墨字馨

찬 구름의 강가에서 이별하며　　　　　　　寒雲江上別

머리 돌리니 몇 봉우리가 푸르네　　　　　回首數峯青

○ 제2수(其二)

서로 천애 밖이 아닌데　　　　　　　　　　相不天涯外

삼성과 상성[124] 두 별이 격했네　　　　　　參商隔二星

재능은 내달리는 기린의 발이고　　　　　才馳騏驥足

글씨는 도약하는 규룡의 형상이네　　　書跳虯龍形

천 길 소나무가 수려함을 머금고　　　　千丈松含秀

한 가지 매화가 향기를 부치네　　　　　一枝梅寄馨

높이 나는 서리 눈발 속의 날개이니　　高飛霜雪翮

해동청[125]을 가까이 하기가 어렵네　　難狎海東青

---

121 객성(客星) : 사신을 말함.

122 문정(文正) : 송나라 범중엄(范仲淹). 저서로 『문정집(文正集)』이 있음.

123 원유(元瑜) : 삼국 위(魏)나라 완우(阮瑀)의 자. 건안칠자(建安七子) 중의 한 사람.
　저서로 『완원유집(阮元瑜集)』이 있음.

124 삼성(參星)과 상성(商星) : 항상 동서로 떨어져 있어서 서로 만날 수 없는 별.

125 해동청(海東青) : 해동(海東)에서 나는 매. 조선의 매를 말함.

○범수 남서기가 조선국으로 돌아감을 전송하다
送泛叟南書記歸朝鮮國

목인량

범궁에 객탑을 매달아 놓고	梵宮懸客榻
고사가 남주로 가네	高士卽南州
처음 보고 신선 무리가가 아닌가 싶었는데	初見疑仙侶
다시 만나서 좋은 유람을 이었네	再逢繼雅遊
완우[126]의 글은 말 위에서 지은 것이고	阮書因馬上
진림[127]의 격서는 바람 앞에서 뛰어나네	陳檄愈風頭
이별하면 호땅과 월땅[128]인데	離別方胡越
언제 한 배를 함께 탈 것인가?	何時同一舟

○제2수(其二)

남팔[129]은 진짜 남자인데	南八眞男子
웅장한 경치를 구주에서 다 보았네	壯觀窮九州
이 고을에서 지금 작별하니	此鄕今作別
먼 이국에서 함께 노는 것이 막히리라	絶域隔同遊

---

126 완우(阮瑀) : 삼국 위(魏)나라에서 기실(記室)을 지냈음. 건안칠자(建安七子) 중의 한 사람이었음.

127 진림(陳琳) : 삼국 위(魏)나라에 출사하여 완우(阮瑀)와 함께 기실(記室)을 지냈음. 군중(軍中)의 격서(檄書)는 그의 손에서 나온 것이 많았음. 건안칠자 중의 한 사람.

128 호(胡)땅과 월(越)땅 : 남북으로 멀리 떨어져 있는 지역을 말함.

129 남팔(南八) : 당나라 남제운(南齊雲). 장순(張巡)과 함께 휴양성(睢陽城)에서 안록산(安綠山)의 반란군을 막다가, 성이 함락되어 항복을 강요당했으나 굴복하지 않고 죽었음.

어해에서 홍안을 다하고	魚海盡紅眼
계림에서 백두를 열었네	雞林開白頭
선랑이 머물 수 없으니	仙郞留不得
시야에 무릉(의 배[130]가 끊기었네	望斷武陵舟

○이별시의 운을 받들어 차운하여 국담 사백의 안하에 올리고, 겸하여 절구 한 수로 사례하다

奉次別時韻, 呈菊潭詞伯案下, 兼謝一絶

엄한중(嚴漢重)

힘든 길의 여행이 오래인데	間關征役久
머리털이 세었음을 이미 깨닫네	已覺鬂毛星
호해에 공연히 자취를 남기고	湖海空投迹
건곤에 마구 형적을 붙였네	乾坤謾寓形
국담에게 새로 교정을 맡기니	菊潭新托契
난가에서 암암리에 향기를 맡네	蘭家暗聞馨
빈번히 고헌[131]의 방문을 받아서	頻荷高軒過
만난 곳에서 기쁘게 반가운 눈을 비비네	逢場喜拭靑

동해에서 일출을 맞이하여 인도하고	東海寅賓日
서쪽하늘에서 사성을 되돌리네	西天返使星

---

130 무릉(武陵)의 배 : 무릉도원(武陵桃源)을 찾는 배.

131 고헌(高軒) : 남의 수레에 대한 미칭.

웅장한 유람에 유쾌한 뜻을 기울이고	壯遊傾快意
먼 여행에 피로한 몸이 부끄럽네	遠役愧勞形
섣달이 가까워 매화 혼이 움직이고	臘近梅魂動
시 보내오니 문채가 향기롭네	詩來藻彩馨
서로 이별한 후를 감당할 수 없는데	不堪相別後
머리 돌려 부사산의 푸름을 보네	回首富山靑

누가 벽동지132를 부쳤는가?	誰寄碧桐紙
완전히 백저전133보다 낫네	全勝白楮牋
가지고 돌아가서 상자에 남겨두었다가	携歸留篋笥
그대를 그리는 시편을 적으리라	可寫憶君篇

(위는 종이를 보내준 것에 사례한 것임(右謝惠紙))

○원운을 다시 사용하여 용호 엄사종께 답하고, 겸하여 보여
주신 절구 한 수에 답하다
再用原韻, 答龍湖嚴詞宗. 兼和見敎一絶

목인량

하늘 끝에 문채 나는 깃발이 멀고	天際文旌遠
빛은 동벽성134에 머물렀네	光留東壁星

---

132 벽동지(碧桐紙) : 벽동으로 만든 종이.
133 백저전(白楮牋) : 하얀 닥나무 종이.
134 동벽성(東壁星) : 문장을 주관하는 별 이름. 28수(宿) 중의 하나.

여막을 받든 마음이 어찌 만족하겠는가?	承廬心豈厭
양원[135]의 읊음이 더욱 드러나네	梁苑賦尤形
전후로 노래를 잇지 못했는데	前後無音繼
시 안에 덕의 향기가 있네	詩中有德馨
알운가[136] 한 곡의	遏雲歌一曲
남은 음향에 진청[137]을 생각하네	餘響憶秦靑

추위와 더위가 객중에서 변하고	寒署客中變
이별할 때 묘성[138]이 정면이네	別時正昴星
강달을 눈 부릅뜨고 바라보고	江雲望決眥
다리의 달그림자는 몸을 따르네	梁月影隨形
〈백설곡〉은 주현에서 울리고	白雪朱絃響
황류(黃流)[139]는 옥 술잔에서 향기롭네	黃流玉瓚馨
귀국하는 날을 생각해보면	猶思歸國日
마땅히 버들가지가 푸를 때이리라	應及柳條靑

| 사람은 삼한 가는 길로 향하는데 | 人向三韓道 |

---

135 양원(梁苑) : 서한(西漢) 양효왕(梁孝王)이 건축한 동원(東苑). 지금의 하남성(河南省) 사구시(商丘市) 동남에 있었음. 거대한 정원으로서 당시 명사들인 사마상여(司馬相如), 매승(枚乘), 추양(鄒陽) 등이 상객으로 출입했음. 토원(兎園)이라고도 불림. 『사기(史記)·양효왕세가(梁孝王世家)』에 보임.

136 알운가(遏雲歌) : 요량(嘹亮)하고 아름다운 노래 소리.

137 진청(秦靑) : 『열자(列子)·탕문(湯問)』에 나오는 노래 잘하는 사람의 이름. 슬픈 노래를 부르니 가던 구름이 멈추었다고 함.

138 묘성(昴星) : 28수(宿) 중의 하나. 그 정기를 타고 나면 현귀(顯貴)해진다고 함.

139 황류(黃流) : 술. 울금초(鬱金草)로 황금색을 낸 술.

십양전[140]의 시가 새롭네	詩新十樣牋
가빈이 나를 좋아하여 준 것인데	嘉賓惠好我
남겨서 〈녹명편〉[141]에 견주네	留擬鹿鳴篇

(보내온 운에 화답하다(和答來韻))

보유(補遺)

○국담 사백의 이별시의 운을 받들어 차운하다
奉次菊潭詞伯別韻

홍순연(洪舜衍)

시절의 사물은 날로 변하고	時物日以變
세월은 흘러가 머물지 않네	歲華流不居
사람은 해외에 머묾이 오래인데	人淹海外久
천둥이 땅 안에서 처음 나오네	雷出地中初
쌓인 물에 고래물결이 헤매고	積水迷鯨浪
찬 구름엔 기러기편지가 끊겼네	寒雲斷雁書
그대와 다시 석별하려고	與君還惜別
잠시 수레를 멈추었네	聊爲駐征車

한 상자의 동화(桐華)[142]의 선물이 저호(紵縞)의 기증보다 훨씬 낫습

---

140 십양전(十樣牋) : 십양만저(十樣蠻牋). 촉(蜀) 지역에서 생산되는 10가지 색의 전지
(箋紙).
141 녹명편(鹿鳴篇) : 『시경·소아(小雅)·녹명(鹿鳴)』을 말함. 〈녹명〉은 빈객에게 연회
를 베푸는 노래임.

니다. 감개하고 받고서 복복(僕僕)[143]하고, 삼가 사례하며 올립니다.

○ 현하의 객야에 국담을 생각하고 율시 1수를 읊어서 받들어
부치다
懸河客夜思, 菊潭吟得一律, 奉寄

이현(李𪼒)

금리[144]의 문장이 큰 명성을 차지하고	錦里文章擅大名
조정에 가득한 재준들은 모두 문생들이네	滿朝才俊總門生
영화는 복사꽃 오얏꽃 같아서 다퉈 아름다움을 말하고	
	榮同桃李爭稱美
경사는 지초와 난초를 길러 명성을 떨어뜨리지 않았네	
	慶毓芝蘭不墜聲
나의 행차 처음 익조[145]를 따른 것이 애석한데	自惜吾行初從鷁
선골이 이미 고래를 탄 것[146]이 아름답네	可憐仙骨已騎鯨
서쪽으로 돌아가며 또 현량과 이별하니	西歸又與賢郎別
작은 촛불의 찬 밤에 홀로 슬퍼하네	小燭寒宵獨愴情

---

142 동화(桐華) : 동화연(桐花煙). 오동기름을 태운 연기재로 만든 먹.

143 복복(僕僕) : 한두 번 읍(揖)하며 예를 행하는 것.

144 금리(錦里) : 두보(杜甫)의 〈남린(南鄰)〉시에 나오는 금리선생(錦里先生). 〈남린(南
鄰)〉시에 "錦里先生烏角巾, 園收芋栗未全貧"이라 했음.

145 익조(鷁鳥) : 익조를 그린 배를 말함.

146 선골(仙骨)이 이미 고래를 탄 것 : 전설에 이백(李白)이 고래를 타고 신선세계로 떠나
갔다고 함. 이백을 기경자(騎鯨子)라고 부름.

화면(畵面)의 시 1수는 삼가 보내주신 글에 의거하여 올렸습니다. 지난 번 속으로 정밀함이 부족함을 탄식했는데, 이별의 회포가 특히 간절하여 슬픕니다. 삼가 율시 1수로써 대면하여 이별함을 대신할 뿐입니다.

○이학사에게 수창하여 답하다. 병서

酬答李學士 并序

목인량

동곽(東郭) 이군(李君)이 중동(仲冬) 하완(下浣 : 하순)에 조선국(朝鮮國)으로 돌아가는데, 앞뒤의 운연(雲烟)이 아득하여서 단지 부지런히 몽상(夢想)만 할 뿐입니다. 지난번 길이 먼 고을 현하(懸河 : 폭포)를 경유했을 때 편지 안에 회포를 보이고, 율시 1수의 우통(郵筒)을 보내왔습니다. 봉함을 열어보니 구절구절이 간절했습니다. 멍하니 천리의 면담을 접하고 감개와 부끄러움을 뼈에 새겼습니다. 아! 이역에서 이별하고, 재회는 기약이 없습니다. 오직 하늘에 한 점 영서(靈犀)[147]를 생각했는데, 생각하고 생각해도 통하지 않았습니다. 귀신이 장차 통하게 할 것이라고, 오히려 어찌 말하겠습니까? 마침내 화답을 받든 것이 모두 3장(章)인데, 아울러 두터운 정의(情誼)에 사례합니다.

---

147 영서(靈犀) : 마음이 서로 통함을 말함. 전설에 무소의 뿔에 흰 문양이 있어서 감응이 영민(靈敏)하다고 함.

역로의 한매가 평소의 명성을 전하고 　　　驛路寒梅傳素名

편지 오니 춘신이 수중에서 생겨나네 　　　書來春信手中生

신선 배가 삼도에서 허공의 그림자를 띄우니 　仙帆三島浮空影

먼 강의 객침에서 기이한 소리에 놀라네 　　客枕遠江驚異聲

구름 이는 묵지엔 갈증 난 천리마가 내달리고[148] 雲動墨池犇渴驥

물결 도는 푸른 바다에선 미친 고래를 제압하네 瀾廻蒼海掣狂鯨

사원엔 현하의 물이 다 마르지 않고 　　　詞源不竭懸河水

동명으로 흘러가는 만 리의 정이네 　　　流灑東溟萬里情

○제2수(其二)

일찍이 한림의 자묵(子墨)[149]의 명성을 들었는데 曾識翰林子墨名

맹약을 찾아 멀리 저선생[150]에게 의탁했네 　尋盟遙託楮先生

기국[151]은 오래 팔조교[152]를 받들어서 　　箕國久仰八條教

주도[153]가 다시 대아의 소리를 일으켰네 　周道再興大雅聲

술잔 들고 거문고의 〈별학곡〉[154]을 탄식하고 把酒瑤琴嗟別鶴

바다 가르는 화개[155]를 큰 고래가 선망하네 破溟華蓋羨長鯨

---

148 갈증 난 천리마가 내달리고[犇渴驥] : 갈기분천(渴驥奔泉)과 같음. 서법이 교건(矯健)한 필세(筆勢)를 말함.

149 자묵(子墨) : 한(漢)나라 양웅(揚雄)의 〈장양부(長楊賦)〉에 나오는 허구적 인명.

150 저선생(楮先生) : 당나라 한유(韓愈)의 「모영전(毛穎傳)」에 나오는 종이를 칭한 이름.

151 기국(箕國) : 기자조선(箕子朝鮮).

152 팔조교(八條教) : 기자가 제정했다는 팔교의 교령.

153 주도(周道) : 주(周)나라의 도(道).

154 별학곡(別鶴曲) : 금조고(琴操古)의 이름.

새로 적은 '폭포구천색(瀑布九天色)'에서	新題瀑布九天色
넉넉히 적선[156]의 고금의 정을 보네	剩見謫仙今古情

화폭(畵幅)을 황공하게 다시 써 주었다. 손을 댄 곳은 우중(邇中)인데 이러한 애정을 배풀어 주심을 받으니 더욱 감개하다.

○제3수(其三)

안릉부자가 그대 이름인데	安陵夫子蓋君名
진록으로 주신 말이 이 생애를 위로하네	眞錄贈言慰此生
계단 병풍에 육잠[157]을 휘둘러 쓴 솜씨이고	陛扆六箴揮翰手
산방에 만권의 독서 소리가 있네	山房萬卷讀書聲
편지가 붉은 잉어에 통하여[158] 먼저 기뻐하니	緘封先喜通朱鯉
채색 빌려 어찌 비단 고래를 짤 것인가?	緖段何須織錦鯨
차마 이별하지 못함이 어제 같은데	不忍別離猶昨日
세밑에 고인의 정을 그리네	因思歲晚故人情

155　화개(華蓋) : 귀인이 타는 화려한 수레.

156　적선(謫仙) : 당나라 이백(李白)의 별칭.

157　육잠(六箴) : 당나라 이덕유(李德裕)가 절서관찰(浙西觀察)이 되었을 때, 단려육잠 (丹扆六箴)을 올렸는데 소의(宵衣) · 正服정복) · 파헌(罷獻) · 납회(納誨) · 변사(辨邪) · 방미(防微)라고 했다.

158　편지가 붉은 잉어에 통하여 : 잉어는 편지를 상징함. 한(漢)나라 악부시(樂府詩) 〈음 마장성굴행(飮馬長城窟行)〉에 "客從遠方來, 遺我雙鯉魚, 呼兒烹鯉魚, 中有尺素書." 라고 했다.

부록(附錄)

○ 석상에서 동곽 이학사께 받들어 올리다
席上奉呈東郭李學士

아도경범(兒島景范) 천륙(天淥)

천지가 신기를 잉태하여	天地孕神氣
장백산[159]을 열어서 내니	擘出長白山
수려한 색이 우주에 펴지고	秀色彌宇宙
우뚝이 솟아 올라갈 수 없네	岧嶢絶躋攀
선생이 문득 잡아 뽑아서	先生忽攬掬
간과 폐 사이에 기울렸네	傾來肝肺間
고래의 힘은 바다를 차서 깨뜨리고	鯨力蹴溟破
바람은 돛 그림자에 한가롭네	天風颿影閑
선인이 학 수레를 당기니	仙人控鶴駕
구름 속에 옥팔찌가 울리네	雲中鳴玉環
붉은 수염이 고슴도치 가시털처럼 뻗고[160]	紫髯蝟毛磔
취하여 만고의 앞을 흘겨보네	醉眄萬古前
중과에 장원으로 합격하고	重科中大魁
묘한 문장은 해외에 전하네	妙文海外傳
나 역시 메이지 않는 사람인데	余亦不羈者
어찌 한 번 말채찍을 잡음을 아끼겠는가?	何惜一執鞭

---

159 장백산(長白山) : 백두산(白頭山)의 별칭.
160 고슴도치 가시털처럼 뻗고[蝟毛磔] : 위엄이나 분노를 비유함.

○천록 사백의 운을 받들어 차운하다
奉次天淥詞伯韻

이현(李礥) 동곽(東郭)

부악[161]은 울창하게 높은데	富嶽鬱岧嶢
우뚝 솟아 모든 산을 거느리네	卓立朝衆山
높은 봉우리는 천궐[162]에 가까우니	高峯逼天闕
만고에 누가 오를 수 있었겠는가?	萬古誰能攀
대륙 위에 웅장하게 서리고	雄蟠大陸上
깊은 바다 사이에서 멀리 솟아났네	逈出層溟間
나는 기봉[163]에서 왔는데	我自箕封來
준 한 번 한가함을 훔치네	準? 一偸閒
대나무가마에서 깊은 못을 굽어보니	筍輿俯深潭
봉종[164]의 패옥 소리가 울리네	瑲琮響玦環
나랏일의 일정에는 본래 기한이 있으니	王程自有限
삐꺽대며 높은 봉우리 앞을 지나가네	戞過危峰前
거주민 또한 일을 알아서	居人亦解事
승경지를 나를 위해 전해주네	勝概爲我傳
배회하며 떠나갈 수 없어서	徊徨不能去
종일 음편(吟鞭)[165]을 머물렀네	盡日停吟鞭

---

161 부악(富嶽) : 부사산(富士山).
162 천궐(天闕) : 천제(天帝)가 거주하는 곳.
163 기봉(箕封) : 기자(箕子)의 봉지(封地). 조선을 말함.
164 봉종(瑲琮) : 옥의 일종. 옥홀(玉笏)을 말하는 듯함.
165 음편(吟鞭) : 시인의 말채찍.

○경호 홍서기께 올리다
呈鏡湖洪書記

아경범(兒景范)

하늘 끝 바다구름이 구주를 두르고	天末海雲環九州
어룡의 고무(鼓舞)가 신선 배를 부르네	魚龍鼓舞邀仙舟
오호(五湖)[166]의 좋은 경치가 매단 돛에서 다하고	五湖烟景挂颿盡
만 길의 햇살이 붓을 비추며 떠 있네	萬丈日華照筆浮
우주의 사문(斯文)[167]이 막힘이 없으니	宇宙斯文無否塞
건곤의 우리 무리가 풍류에 읍하네	乾坤吾輩揖風流
지금 전례의 중흥회에서	如今典禮中興會
어찌 주남(周南)[168]에 만족하여 잠시 체류하였나?	何厭周南暫滯留

○천록이 주신 운을 받들어 차운하다
奉次天渌惠韻

홍순연(洪舜衍) 경호(鏡湖)

일역의 산하가 육십주(六十州)인데	日域山河六十州
바다가 띠를 둘러 땅이 배와 같네	重溟環帶地如舟
집집마다 귤과 유자의 향풍이 멀리 가고	千家橘柚香風遠

---

166 오호(五湖) : 여러 설이 많으나, 주로 중국 강남의 태호(太湖)와 부근의 4개 호수를 말함.
167 사문(斯文) : 문인(文人) 혹은 유사(儒士).
168 주남(周南) : 『시경』의 편명.

삼도(三島)의 안개 놀에 맑은 기운이 떠있네   三島烟霞瀨氣浮

객로의 세월이 뗏목 위에서 다하고   客路光陰槎上盡

추운 밤 내리는 눈발이 침석 옆으로 흐르네   寒宵雨雪枕邊流

인정은 예로부터 고향을 그리워하니   人情自古懷鄕土

돌아가는 행장을 다시 체류하게 하지 마오   莫使歸裝更滯留

○용호 엄서기께 올리다
呈龍湖嚴書記

아경범(兒景范)

문성[169]이 큰 바다에서 나니   文星飛大海

광염이 높은 누대를 비추네   光熖照層樓

기개가 삼천계를 누르고   氣壓三千界

하늘 맑은 육십주(六十州)이네   天淸六十州

어찌 행장에 월탁[170]을 논하랴?   何論裝越橐

서로 만나 오구[171]를 보네   相値看吳鉤

객중에 마구 취하는데   客裏須縱醉

서리가 푸른 갖옷에 가득하네   霜華滿翠裘

---

169 문성(文星) : 문창성(文昌星), 문곡성(文曲星). 문재(文才)를 주관한다고 함.

170 월탁(越橐) : 한(漢)나라 육가(陸賈)가 남월(南越)에 사신을 갔을 때, 남월왕 조타(趙佗)가 그에게 자루 한 개를 주었는데 천금에 해당하는 진보(珍寶)가 들어있었음.

171 오구(吳鉤) : 도검(刀劍)의 이름. 만형(彎形)의 칼.

○천록 사안에 차운하여 받들다
次奉天泐詞案

엄한중(嚴漢重)

선사가 먼 이방에 엄류하니	仙槎淹絶域
글 짓는 자리에 높은 매화가 드러나네	詞席敞高梅
안개와 달은 봉래도에 가깝고	煙月隣蓬島
문장은 무주에서 성대하네	文章盛武州
찬바람이 지붕모서리에서 울고	寒風鳴屋角
나는 눈발은 발의 걸쇠를 치네	飛雪撲簾鉤
스스로 우습구나 삼한의 객이	自笑三韓客
나그네 수심으로 해진 갓옷을 잡네	羈愁攬敝裘

○범수 남서기께 올리다
呈泛叟南書記

예경범(兒景范)

내 남궁적[172]에게 읍하니	吾揖南宮适
복규[173]를 천고에서 들었네	復圭千古聞
성모의 채색 붓을 휘둘러서	猩毛揮彩筆
비단종이에 붉은 구름을 베껴내네	繭紙寫紅雲

172　남궁괄(南宮适) : 춘추 말의 노(魯)나라 사람. 자는 자용(子容). 공자(孔子)가 그를 군자(君子)라고 칭찬하고, 자기의 질녀에게 장가들게 하였음.

173　복규(復圭) : 복직(復職).

해문에서 누가 지기인가?	海門誰知己
천애에서 다행히 그대를 만났네	天涯幸遇君
한 동이 술로 만족할 수 없으니	一樽如不厭
머물러서 즐겁게 문장을 논하네	留滯好論文

○석상의 설흥을 이학사께 올리다
席上雪興呈李學士

예경범(兒景范)

초제[174]에서 옥절이 머무니	招提留玉節
세모에 나그네 회포가 아득하네	歲暮客懷賒
문 두드리는 바람은 대숲을 울리고	敲戶風鳴竹
발을 마는 눈발은 꽃이 되네	捲簾雪作花
화로 끼고 언 서책에 입김을 불며	擁爐呵凍笈
술을 데워 말의 뜻을 즐기네	暖酒湛語義
곧 산음의 흥[175]이 나서	卽是山陰興
편주로 대가를 방문하네	扁舟訪戴家

----

174 초제(招提) : 사찰.

175 산음(山陰)의 흥 : 회계(會稽) 산음현(山陰縣)에 살았던 왕휘지(王徽之)가 눈 오는 밤에 친구 대규(戴逵)가 그리워서 배를 타고 방문했다가 문 앞에서 되돌아갔다는 고사가 있음. 남이 왜 들어가서 만나지 않았느냐고 묻자 흥이 다하여 돌아왔을 뿐이라고 했다.

○천록 사안에 차운하여 받들다
次奉天淥詞案

이현(李礥)

객중에 때때로 자리를 재촉하고	客間時席促
하늘 밖 도로가 아득하네	天外道途賒
은근한 향기는 오히려 귤에서 나오니	暗馥猶生橘
추위의 위세도 꽃을 억누르지 못하네[176]	寒威未勒花
나그네 수심은 백발을 부끄러워하고	羈愁羞白髮
기이한 기운은 푸른 놀이네	奇氣□靑霞
술잔 속의 아취를 얻으니	到得盃中趣
어찌 괴롭게 고향을 생각하랴?	何須苦憶家

○백안 고선생이 홍서기에게 준 운에 차운하여 삼서기께 올리다
次白雁高先生贈洪書記韻, 呈三書記

아경범(兒景范)

성근 발에서 눈을 보니 저녁 추위가 열리고	疎簾看雪暮寒開
백전장 안에서 기세가 웅장하네	白戰場中氣壯哉
객의 옷을 장식하는 꽃잎 한 조각인데	裝點客衣花一片
풍류가 사장[177]의 재간을 시험하려 하네	風流欲試謝莊才

---

176 원주에 "동짓달에 오히려 작은 꽃이 있어서 언급했다"고 했다.
177 사장(謝莊) : 남조 송(宋)나라 양하(陽夏) 사람. 자는 희일(希逸). 7세에 문장을 지었고, 원가(元嘉) 연간에 이부상서(吏部尙書)·금록광록대부(金綠光錄大夫) 등을 지냈음.

○헤어지려 할 때 다시 이학사께 올리다

將散, 又呈李學士

예경범(兒景范)

문성의 별빛 무거운 취성당[178]에	文星芒重聚星堂
〈설시〉 지은 파옹[179]이 홀로 으뜸이었네	題雪坡翁獨擅場
부악과 백산[180]은 품평 밖에 있으니	富嶽白山評品外
각자의 하늘에서 스스로 찬 빛을 꿈꾸네	各天自是夢寒光

○천륵 사백이 황공하게 주신 운을 받들어 차운하다

奉次天泐詞伯辱示韻

이현(李礥)

작은 못의 삼나무 귤나무가 화려한 당을 에워싸고	小池杉橘擁華堂
앞뒤의 맑은 유람을 함께 한 장소에서 이루었네	前後清遊共一場
내 취하여 혼혼하니 그대 또한 가시오	吾醉昏昏君亦去
눈 내린 창에 석양의 남은 빛이 반짝이네	雪窓殘日閃餘光

반형집 하권 끝.

---

178 취성당(聚星堂) : 송(宋)나라 구양수(歐陽脩)가 여음태수(汝陰太守)로 있을 때 소설일(小雪日)에 객을 모아서 금체시(禁體詩)을 지었던 당(堂) 이름.

179 파옹(坡翁) : 송나라 소식(蘇軾). 〈취성당설시(聚星堂雪詩)〉를 지었음.

180 부악(富嶽)과 백산(白山) : 부사산(富士山)과 백두산(白頭山).

班荊集 卷上

江都 菊潭木寅亮著

正德紀元辛卯冬十月，朝鮮國通信使趙泰億等來聘，臣亮恭承命，從同寅數輩，抵候館，通刺，與其學士書記等唱和若干，繕寫兩卷，既經御覽，藏擬欣賞．壬辰春王正月穀旦，木寅亮識

○候正使趙大年啓　　　　　　　　　　　　　　木寅亮

伏以繡節耀雲，虔迎北海賓客，錦帆指日，佇想東行眞人，歡洽漢江，喜騰桑域．恭惟正使謙齋趙公臺下，河岳毓秀，琴鶴遺風，望掌銓選．聽履霄間星辰，私絕賓交，蜚談坐中風月．金鏡照濁．仰高季輔之精明；玉山揚輝，楫裴叔夜之俊整．鶴廳齊庶類，賢良共附羽儀．龍門峻芳名，俊乂咸屬鱗鬣，觀風精鑒，笑季札之賞音，登樓羈愁，同王粲之思土．蓋問禮義，則君子國欽大風；懷聖仁，則兄弟島垂勝迹．金花風帽，媲美於魯國之箭筈，炳彪皋比，擬珍於肅愼之楛矢，抒辭專對，良云大行之典刑，將命克勤，豈問一身之瘝瘝？千年子長復尋江誰之浮遊．今日劉郎已耀旌麾之榮擢，禮云禮云，具瞻珪瓚之典瑞；使乎使乎，爭覘章綬之光華，龍虎榜中穿楊而貫三葉，麒麟殿上揮筆而就百篇，磅礡襟懷，吞雲夢八九而不足，逍遙羽翮，搏滄溟三千而有餘，星駕馳驅，自際江山之助，雲帆安隱全賴神明之休．亮素餐愧河上伐檀，庸材同溝

中之朽斷. 蚤瞻服駿之賁, 遙懸執御之懷, 謹叩九閶, 恭修尺牘, 伏顧
國本, 定盟於帶礪, 賢勞畫功於丹靑. 仰惟淵涵, 頻鑒塵悃. 謹啓

○ 候副使任用譽啓　　　　　　　　　　　　　　　　　木寅亮
　伏以三星布華, 乃在陰陽函三之會, 一介相禮, 正膺天地得一之秋,
江山增輝, 黎庶快覩. 恭惟副使靖菴任公臺下. 東箭材標, 南金奇珍,
陞班月殿, 袖惹桂宮之天香, 勸書金華, 袍耀蓮燭之寵彩, 成就君德,
從容納規, 覸程伊川於今時, 錄勸講箴, 諷說委曲, 笑李文簡於往年.
手挾天章, 風斤月斧, 刊修萬古之得失; 身居雲衢, 日鑑星衡, 平鈞一
字之襃貶. 雄詞, 折五鹿之角; 談論, 生風高擧. 馳一鶚之才, 翶翔沖
漢. 光耀玉節, 而八道之奎光忽開. 虔齋金簡, 而百年之典禮, 以成虛
室止祥, 寔副蒙莊之生白, 群經滿? 不勞吳恢之殺靑, 片玉片言, 天上
淸風落咳唾. 一金一字, 毫端彩雲動光輝. 況惟乾坤澄淸, 車書同混?
兩邦鎭金湯之固, 千里知旌旄之威. 直窮河源, 聊比一槎天上客; 遠採
月窟, 彷彿三島地行仙. 擒麗藻於黃海一道雲映, 淸標於白山千秋雪.
仰欽箕疇壽福之範, 竊慶 桑域盟會之尋. 亮蹄涔支流, 蜩鷰弱羽, 仄
聞紫芝之度, 遙望赤鳥之光. 自顧糠粃之前, 何足齒牙之論? 倘鉛刀而
有一割之用, 佇俟薛燭之知, 愧駑駘而抱千里之心, 冀廻孫陽之顧, 祗
捧鴻羽, 少致芹衷. 瀆冒龍光, 不任雀躍, 謹啓

○ 候從事李美伯啓　　　　　　　　　　　　　　　　木寅亮
　伏以雛飛海荒, 八道之風雲隨鶴蓋; 駒馳原隰, 千里之艸木迎蜺旌.
國信觀光, 王事無鹽. 恭惟從事南岡李公臺下. 龍門世胄, 鴨江名流.
芸閣搜秘, 讀盡八索九丘之書, 經帷備問敷暢五誥三盤之旨. 吏部二
百年之文章, 全同機瀛洲十八人之選擇, 皆避頭, 發揮奧義, 言言批五

經之輨轄, 密邇淸華, 詢詢陳四子之楷梯, 擎天管柱記注, 千秋之褒貶
挾霜簡編垂示　萬古之興亡. 胸貯玉杯之繁露, 絶無人間烟火之氣, 思
發金薤之琳琅, 盡是天上星斗之芒. 雁塔高署, 字含奎婁之耀, 鰲海遙
浮, 文廻波瀾之流, 天?鯨駕. 謫仙之豪才, 原家事關門龍光, 老君之眞
氣, 悉斗望. 箜篌一曲先操, 故國想竹葉三杯, 豈顧尙書, 期堂堂膽氣.
不回羊腸九折之路, 軒軒丰姿, 自副于鳳毛五色之文, 盖聞封當周武
之世, 箕國? 聖邦開唐堯之年, 檀香降神, 玉燭曜象, 而熊川千疊波不
動, 珪璋修聘, 而馬島一葦津無恙. 亮乾坤腐儒, 樗櫟散材, 豈傚木氏
作海賦, 先仰李君稱經苟, 愧五伎之微徒同鼠窮九頓之想, 漫切龍登,
耑申芹悃, 恭修? 牘, 不任主臣.

○ 候學士李重叔啓　　　　　　　　　　　　　　　　木寅亮

伏以鼇山占地步, 見道腴於羹墻. 鯨浪乘天風, 濟學流於津筏. 奎宿
垂象, 儒林增華. 恭惟學士東郭李君門下. 金馬崇班, 木天妙選, 使星
遙照, 依稀宮燭之金蓮, 恩錦高懸, 彷彿花磚之紅藥, 謝仙燒尾, 而春
浪三級, 震鱗月姊分香, 而秋風一技攀桂, 語妙天下, 屈騷宋賦措之,
宜學窮源頭, 陸海潘江咸屬派, 胸羅丘壑, 屹立鵠嶺之千尋, 手捲煙
雲, 涵泳龍灣之萬頃, 窺石室金匱之秘, 而靑黎吐芒, 探烏策龜圖之
書, 而赤管志怪, 黃河賦成, 十吏之手, 不給靑箱學瞻. 五行之目, 何
精, 一字勝華榮, 何勞, 補天媧石. 正音奏雅曲, 不待擲地南金, 花剪
中廐驄五雲, 闕下東占香案吏, 雪切蓬池繪, 七寶床前, 爭羨玉府仙,
積水梯航, 無幾微見, 於言面, 頹波砥柱有典刑存, 於老成, 經濟議論
自副, 巨川之舟楫, 卓犖才標獨膺, 鄧林之棟梁, 天外離群, 一片靑鏡,
覽勳業, 國中寡和, 千篇白雪, 獨鏗鏘, 遨遊挾飛仙, 弭節蓬萊島, 風流
訪勝迹, 迥棹桃花源, 盖蟬蛻塵土腸, 而養扶輿磅礴之氣, 鷹揚湖海

志, 而抗跌宕磊落之才者也. 如亮者, 蟣蟎微才, 斗筲小器, 夙承先子之敝業, 而東究聖人之遺經, 叨抱雕蟲之顓蒙, 寔傳沒字之謬訛, 頑然出石無濟於他山之功, 蕞爾弱蒲, 恐致先秋之萎, 忽瞻閣下薇花之紫, 而深愧江濱萍艸之靑, 敬附尺一之書, 以代三寸之舌, 金就工冶, 安知他日光芒射天鱗蘇, 河流方喜將來神化興雨, 臨啓不堪懇悚之至.

○奉呈正使謙齋趙公   木寅亮

龍節光揚若木津, 淸風滿道拂行塵. 蹻殊爭覩三千客, 鳴佩先迎第一人. 入秉國鈞銓品藻, 出修隣寶席奇珍. 賓筵莫問白珩在, 屹立玉山照映新.

○奉呈副使靖菴任公   木寅菴

日照仙舟萬丈紅, 桃源有路武陵通. 雞林懸夢曉雲外, 鶴浦回頭夜月中. 展幣輔行當介副, 采蘋明信薦王公. 文竿一釣掣鰲手, 東海重驚任氏風.

○奉呈從事南岡李公   木寅亮

三鳳齊飛六十州, 祥雲送色海查流. 垂天鵬翼賦中坡, 映斗龍光望裏浮. 政教遙思文化縣, 客愁暫倚武昌樓. 此行專爲修隣好, 漢使徒勞絕域遊.

○謹謝菊潭詞案   正使趙泰億

辱惠詩儷, 過加奬飾, 詞采照爛, 眷意勤縟. 顧惟菲陋, 曷可堪承? 陳遵尺牘, 未足爲榮. 陸賈千金, 焉能誇寶, 行且十襲珍藏以賁歸裝. 第緣行餘病憊, 未能綴得長語, 只用步韻一律, 仰申謝意. 雖冀雅度見

恕, 豈勝私悰慼負, 復路有日, 傾盖尙遲, 何當一接芝宇, 獲襲蘭薫, 顒
顒企企.

孤槎萬里度滄津, 惆悵家書若隔塵. 我自越吟懷故土, 君將鄭縞問
行人. 奇扲竹箭寧專美, 寶唾驪珠却避珍. 共說順翁留緖業, 何時快覿
鳳毛新.

○ 奉謝木學士菊潭詞案
副使任守幹

日奉華藻, 副以清詩, 詞采赤舃, 禮意勤摯. 僕本固陋, 何以承堪?
第緣跋履之餘, 罹疾愈甚, 不能收聚神思, 構成儷文. 只將短律, 仰塞
隆旨. 雖荷恕諒, 曷勝愧惧?

暘谷來賓曉旭紅, 蓬山萬里路遐通. 壯遊浩蕩超寰外, 儒教流傳溢
海中. 不惜瓊琚投遠容, 方知弓冶繼先公. 延陵精鑒吾何有, 奉使虛觀
大國風.

○ 酬謝菊潭詞案　　　　　　　　　　　　　從事李邦彦

文教從來說武州, 聞君奕世最名流. 官依善蓋仙班貴, 筆吐長虹寶
彩浮. 共語堪誇開府石, 消憂且上富陽樓. 佳期悵望違攀袂, 那得携樽
作勝遊.

○ 再奉酬正使謙齋趙公　　　　　　　　　　　木寅亮

辱承瓊報, 一篇鼎言數行, 字字粲龍珠, 縷縷繰蠶絲, 不思糠粃之前
蒙, 明公之籈颭也. 慙汗惟極, 只憾仙凡兩隔, 弗諧鳳覿徒增悵愴爾.

謹依前韻, 奉謝兼祈郢政

　萬方玉帛競通津, 清晏不揚東海塵. 信至隴頭千里使, 望高參首斗南人. 越金何論裝行橐, 趙璧暗投命世珍. 最識大年揚學士, 英名今古屬文新.

　　○再奉答副使靖菴任公　　　　　　　　　　　　　木寅亮

　向奉俚詞, 忽承惠高和, 加以覼縷之溫言, 典雅華縟, 十朋之錫, 曷加焉. 只愧不肖之鹵莽無似, 無克當此爾. 謹依原韻, 以奉呈. 非敢報也. 聊申謝悰, 兼祈郢政

　靑鳥唧來雲錦紅, 粲然瓊報寄聲通. 行程撈玉西河上, 餘論校書東觀中. 伯問月前三李白, 文傳海外大蘇公. 才名元? 君家事, 八詠豊川想舊風.

　　○再奉答從事南岡李公　　　　　　　　　　　　　木寅亮

　承高和一章, 眞以蚓引魚, 詞誼共至, 藻縟奪目. 顧不肖之鄙俚, 何幸蒙此厚眷? 只增愧赧爾, 又依原韻, 以奉謝, 兼祈郢政.

　卓偉文章柳柳州, 波瀾欲截海天流, 霜加翰墨威風動, 雲擁節旄瑞色浮. 一路福星珠運斗, 西山爽氣雪明樓. 從來名下無虛士, 不負奉辭萬里遊.

　十月廿八日客館初會

　　○席上請李學士　　　　　　　　　　　　　　　　木寅亮

　隣聘不渝, 海路無浪, 使臺賓從安穩, 可謂兩朝之慶也. 雖然, 躋涉險阻, 觸冒風霜, 賢勞萬狀, 言靡罄爾. 不佞, 氏木, 名寅亮, 字汝弼, 別號菊潭. 敢問貴姓字・登科之年.

○ 復　　　　　　　　　　　　　　　　　　　　　　　　李礥

不榖, 姓李, 名礥, 字重叔, 號東郭, 生甲午, 乙卯登進士科, 癸酉爲
文科壯元, 丁丑又登文科重試及第. 歷太常通判僉正及地部員外郎,
出爲安陵太守, 以製述官承命來到耳.

○ 奉接儀表, 頓愧登龍之懷矣, 賦俚語一律, 奉呈東郭李學士
　　　　　　　　　　　　　　　　　　　　　　　　　　　　木寅亮

海雲五色遠蓬萊, 一片錦帆映日開. 益部文星先北拱, 函關紫氣自
東來. 禮賢蚤中登瀛選, 隨使遠遊出境才. 迎得眞人天? 駕, 言談欲問
說經臺.

○ 再依前韻奉酬東郭李學士　　　　　　　　　　　　　　木寅亮

候館完修闢草萊, 傳呼宮錦照人開. 天廻鳳嶽毓英出, 月涌鴨江摛
藻來. 萬里乘風宗慤志, 九霄振翮汝陽才. 縱橫健筆挾霜氣, 凜烈還疑
登栢臺.

○ 敬次菊潭詞伯韻, 蓋再疊也　　　　　　　　　　　　　李礥

吾鄕迢遞隔東萊, 歲暮覊懷苦未開. 瘦竹飛聲當戶轉, 晚山晴色入
簾來. 靑霞奇氣驚初見, 黃甲虛名媿誆才. 一席團圓眞快意, 不須頻上
望鄕臺.

○ 別賦一律, 奉呈東郭李學士　　　　　　　　　　　　木寅亮

仙佩珊珊降海濱, 汪陂千頃氣淸新. 班文深澤南山豹, 狡俊誰如東
郭狻. 兩國衣冠風異俗, 百年玉帛德成隣. 錦袍併帶騎鯨影, 知是金鑾
殿上人.

○ 走次菊潭詞仙韻　　　　　　　　　　　　　　李礥

客館寥寥寂寞濱, 天晴物色擾愁新. 功名莊叟篇中雁, 藻思韓公傳裏魏. 已喜日東多俊士, 將期日後托芳隣. 晁卿衣鉢傳千古, 翰墨從來自有人.

○ 呈龍湖嚴書記　　　　　　　　　　　　　　木寅亮

行人欲至鵲槎槎, 丰彩先看奉海霞. 灘水釣綸勞物色, 滄浪詩格別才華. 防身長劍掣流電, 漆足一厄笑畫蛇. 旗影硯中龍忽動, 馬湖勝迹屬君家.

○ 奉次菊潭詞伯惠韻　　　　　　　　　　　　嚴漢重

多謝詞人訪漢槎, 尚看奇氣鬱靑霞. 攻文自有箕裘在, 握管方看錦繡華. 醉興當尊傾綠蟻, 壯心扠畫拂靑蛇. 憐君不墜詩書業, 日域爭雄是大家

○ 呈泛叟南書記　　　　　　　　　　　　　　木寅亮

長風萬里到扶桑, 勝槪名山成幾章. 東海冰蠶春織錦, 南溟珠蚌夜生光. 芙蓉劍冷氣橫斗, 蟋蟀牀寒歲又陽. 何用國盟文子智, 歡心揮筆對華堂.

○ 奉次菊潭詞伯示韻　　　　　　　　　　　　南聖重

男兒志在射蓬桑, 且復誦詩三百章. 專對隣邦非有望, 忝居賓幕幸觀光. 茫茫海路窮三島, 冉冉天時近一陽, 今日旅懷聊自慰, 騷人墨客滿高堂.

○ 頓奉諸公　　　　　　　　　　　　　　　　　　　　李礥

海外有眞仙, 群賢無乃是. 方知日東秀, 不特山河美.

○ 和東郭李學士韻　　　　　　　　　　　　　　　　　木寅亮

梵宮世塵外, 相値話亡是. 今日風騷壇, 詩鋒推子美.

○ 錄奉座上諸公　　　　　　　　　　　　　　　　　　嚴漢重

兩國詩仙會, 千年梵宇間. 他日倘相懷, 萬里隔雲山.

○ 和龍湖韻　　　　　　　　　　　　　　　　　　　　木寅亮

滄海三千里, 查頭客話間. 歸期若爲夕, 凝紫滿寒山.

○ 走筆奉席上諸公　　　　　　　　　　　　　　　　　南聖重

古寺鐘聲暮, 高座燭影寒. 羈栖千里客, 喜得一宵顔.

○ 和泛叟韻　　　　　　　　　　　　　　　　　　　　木寅亮

雄才傾陸海, 小伎愧郊寒. 逸興飛天筆, 霜風吹醉顔.

○ 臨散又奉座上諸公　　　　　　　　　　　　　　　　李礥

兩國無千里, 群賢共一時. 情深仍託契, 酒盡更論詩. 旅泊誰相訪,
團圓未易期. 洪崖有奇藻, 佳會恐差池.

正使記室洪鏡湖適有忌期, 不來列會, 故云

○ 奉和東郭李學士所敎韻　　　　　　　　　　　　　　木寅亮

瀟灑水西寺, 謫仙遊異時. 寒天斜斂照, 高閣醉題詩. 不及三更飮,

豈無一會期? 携歸明月贈, 何待影娥池?

○ 又賦一絶奉諸公詞案　　　　　　　　　　　　南聖重
昨夕成高會, 今宵又勝遊. 慇懃一樽酒, 相與興難休.

○ 和泛叟韻　　　　　　　　　　　　　　　　　木寅亮
三條紅燭影, 高照列仙遊. 武仲千年會, 詩成筆不休.

○ 席上賦一律似良醫奇生　　　　　　　　　　　木寅亮
長桑傳授于今奇, 鴨水通流挹上池. 及國? 功三折後, 回春陽報十全
時. 華松似粒香生飯. 海棗如瓜子滿枝. 料得行囊千里路, 半收李杜半
軒岐.

○ 敬次菊潭詞伯辱贈韻　　　　　　　　　　　　奇斗文
日城風煙擅絶奇, 富山爲障海爲池. 客堂聽雨孤燈夜, 僧院聞鐘落
月時. 歲暮神龍藏大壑, 天寒凍雀宿踈枝. 沈淹舊疾臥醫得, 自笑平生
誤學岐.
　十一月五日再會

○ 奉呈東郭李學士　　　　　　　　　　　　　　木寅亮
嚮辱接清範, 雅會竟日, 希世之一大快也. 聞還旆不在遠, 今特衝?
雪來. 竊擬訪戴, 雖愧子猷之才, 使無興盡之嘆, 則不可乎? 俚語, 祈
笑政.
雄都東接大瀛流, 仙棹暫留李郭舟. 綜素梅花明雪裏, 帶黃橘柚滿
江頭. 霄間幸合雙龍劍, 天上新修五鳳樓. 美酒蘭陵頃盡醉, 歌行好寫

客中愁.

○ 次奉菊潭詞伯案下　　　　　　　　　　　　　李礥

席珍聲儒摠名流, 李郭仙風共一舟. 老境自憐花着眼, 逢惕休怪雪
盈頭. 交情已許同詩社, 嘉會居然又寺樓. 莫道年光行且盡, 一學談諧
失羈愁.

○ 再依原韻奉答東郭李學士　　　　　　　　　　木寅亮

盍簪再會揖淸流, 今見海東申叔舟. 席繼舊盟攀驥尾, 鼎聯新句賦
龍頭. 寒雲粘? 風侵幌, 凍? 成花雪滿樓. 望斷關河千里目, 天涯何處
寄鄕愁.

○ 呈鏡湖洪書記　　　　　　　　　　　　　　　木寅亮

曩訪李學士席上, 唱和竟日. 學士有詩曰: "洪崖有奇藻, 佳會恐差
池" 乃知足下之英豪. 天錫奇緣, 頓承識韓, 欣慰欣慰. 輒抗筆作俚語
一首, 供粲.

賀監風流愜素聞, 鏡湖秀色映寒雲. 奇才原屬山東妙, 一顧終空冀
北群. 金馬石渠當亞選, 紅蓮綠水借淸芬. 莫嫌高伯他鄕醉, 筆舌交情
細論文.

○ 奉次菊潭惠韻　　　　　　　　　　　　　　　洪舜衍

日邦儒教昔曾聞, 家擅崑珠筆遶雲. 偶逐仙槎頻校藝, 每逢佳士自
成群. 騷壇炳炳皆擒藻, 蘭室熏熏總播芬. 各把詩章相導意, 卽知天下
儘同文.

○ 再用原韻答鏡湖洪書記　　　　　　　　　　　　木寅亮

翩翩書記令名聞, 詞藻入玄揚子雲. 戲海塞鴻排鳥篆, 摩霄野鶴出
雞群. 十年美酒蒲桃熟, 一曲高歌叢桂芬. 何問耽詩多變態? 四聲敏
捷繼休文.

○ 呈龍湖嚴書記　　　　　　　　　　　　　　　木寅亮

風表再逢道尙存, 桐江一派有淵源. 十洲雲島尋仙跡, 萬象九流入
法言. 龍影暗御荒地燭, 鵬程全化北溟鯤. 歸來如問武城倍, 應說絃歌
聲滿門.

○ 謹次菊潭詞伯高韻　　　　　　　　　　　　　嚴漢重

修聘隣邦舊典存, 星槎八月溯河源. 故山遠隔三千里, 佳作相酬五
七言. 氣宇怳瞻儀鵷鷟, 墨池爭覵掣鵬鯤. 多君詩禮傳遺業, 餘慶綿綿
積德門.

○ 呈泛叟南書記　　　　　　　　　　　　　　　木寅亮

百鍊南金麗水邊, 光芒馬射海東天. 子綦隱几形方嗒, 敬叔乘車道
自傳. 歲暮遺梅逢越使, 早年攀桂憶蘇仙. 曾聞壺谷先生裔, 世世扶桑
有舊緣.

○ 奉呈李學士, 兼呈洪·嚴·南三書記　　　　　　木寅亮

今日薄雪添趣, 況座上之四君, 四美具矣. 聞北京眞空府有本願寺,
今客館名適愜, 焉亦一奇也. 偶爾投凍筆, 供捧腹云

翰墨精神冠世雄, 一龍三鳳氣如虹. 履淸東郭先生雪, 圭復南宮君子風.
龜前詩言傳海上, 嚴遵易卜敎都中. 文章共足縛麟手, 快覰四靈祥瑞同.

○ 次奉菊潭詞案　　　　　　　　　　　　　　　　李礥

筆力看如富嶽雄, 愛君豪氣掣長虹. 天涯壯觀窮南國, 夢裏流光又
北風. 一學家書雲海外, 百年交義酒杯中. 男兒落地皆兄弟, 休說方音
較異同.

○ 又奉菊潭詞案　　　　　　　　　　　　　　　　洪舜衍

看君意氣自豪雄, 筆下文華偃彩虹. 聲價直侵唐代律, 春容不減漢
家風. 曾聞仙界浮天外, 今見奎輝耀海中. 夙世倘非緣未耳, 殊方那得
笑談同.

○ 謹次菊潭詞宗示韻　　　　　　　　　　　　　　嚴漢重

主盟詞苑世稱雄, 藻思滔滔筆似虹. 經學韋家傳舊業, 文章蘇氏繼
遺風. 連床和氣談諧裏, 傾蓋深情翰墨中. 莫道兩邦疆土異, 一堂詩酒
幸相同.

○ 再依原韻, 呈東郭李學士·三書記　　　　　　　木寅亮

龍門登處揖群雄, 綿繭詩成飛錦虹. 褒貶名家彭祖學, 寵榮爲沼季
眞風. 館傳仙梵六時裏, 堂聚德星百里中. 座上諸君誰得比, 穎川復見
長才同.

○ 頓奉菊潭詞伯案下　　　　　　　　　　　　　　李礥

文章堪與海爭雄, 健筆看如劒吐虹. 誰識一隅桑海外, 千秋大雅有
遺風.

〇 李學士用鄙律前四句韻, 成一絕見教, 依韻奉答　　　　木寅亮
騷壇仙伯擅詞雄, 逸氣飄然吐玉虹. 客裏壯心能賦否, 江陵九萬大
鵬風.

〇 余亦效顰用鄙律後四句韻, 奉呈東郭李學士　　　　　木寅亮
挂席何勞拾海月, 坐來對雪一簾中, 灞橋驢子千年後, 此日滿堂詩
思同.

〇 次奉菊潭詞案　　　　　　　　　　　　　　　　　　李礥
大雅遺風久寂寞, 日東熙運日方中. 琳琅麗藻驚人目, 詩與開天格
律同.

〇 官醫吉田宗怡與良醫嘗百軒筆語唱和, 席上示嘗百軒　木寅亮
春山五葉入仙歌, 飛過朗吟大海波. 磨出壽光方寸月, 東醫寶鑑照
人多.

〇 次奉菊潭詞伯　　　　　　　　　　　　　　　奇斗文嘗百軒
客窓寒夜動悲歌, 路隔滄溟萬里波. 自愧初非醫國手, 賤才誰道活
人多.

〇 再依韻答嘗百軒醫伯　　　　　　　　　　　　　　木寅亮
新詩須付雪兒歌, 濯出千章錦水波. 惟待奇方醫痼疾, 烟霞泉石癖
何多.

○ 追和菊潭詞伯兩律韻　　　　　　　　　　　　　　南聖重

君是騷壇第一雄, 當筵意氣吐長虹. 詩追郢雪千年響, 興在鵬天萬里風. 佳士可看名譽下, 客愁渾忘笑談中. 元來海內皆兄弟, 不但車書四國同.

舟繫扶桑老樹邊, 路窮暘谷一涯天. 殊方節序陽初復, 故國音書雁不傳. 時遇秦童求藥草, 須尋蓬島問神仙. 吾家兩世浮槎役, 應有當時未耳緣.

班荊集券之上終.

班荊集 卷下

○ 與龍湖嚴書記書　　　　　　　　　　　　　　　木寅亮

頃者, 再訪候館, 天借一奇, 風雪大作, 踈簾一白, 透徹於詩腸吟脾. 蓋四子探驪龍, 吾子先得珠, 豈爲足下發歟? 噫! 各天東北之人, 忽爲斯連榻之集, 亦復奇遇也. 余之固陋, 誤繼先人之緒餘, 何足言? 屢蒙揄揚, 愧汗愧汗, 日在館, 親見足下之書, 龍跳虎臥? 逼羲獻之法. 今觀者, 健羨附白楮數幅, 足下有心, 掀髥許一揮否. 留爲袖中三年之字則不可乎. 不腆之微物, 聊充千里之顔面爾. 笑納惟幸, 日經寒爲道自愛, 草草不一.

○ 復菊潭詞伯書　　　　　　　　　　　　　　　嚴漢重

向者, 再蒙華斾之辱臨. 拤和淸製, 獲成良晤. 寔是夙世之好緣, 當代之美譚. 仰惟足下系出名門, 克纘令緒, 雖在異邦之人, 曷勝欽服之懷? 況共捨觚墨, 迭和枹鼓, 私惊喜幸, 難以營旣, 惠逻圓靈, 寔出厚眷. 持以整容之時, 敢忘中心之貺. 來諭寫字事, 謹悉. 僕素昧書家蹊逕, 僅能記文修牘, 而至於賁號屛障, 刊名金石, 眞於躄人善踢, 瞽者工觀, 而反承華獎, 許假太過, 悚恧悚恧. 今此紙本所宜奉還, 而旣承勤敎, 不可違孤. 兹敢唐突書呈, 騂面騂面. 一張誤書, 易以他紙. 國章倩奚印著, 未免行斜, 尤切欠歎. 新知之樂, 尙未款洽, 而王程有限,別日在邇. 臨楮停毫, 可堪悵惘, 不統希崇亮.

○ 贈李學士書　　　　　　　　　　　　　　　　　　木寅亮

霜威風力日加, 奉暌淸儀, 神日馳不知體履佳勝否, 聞還旆已逼促
裝之冗, 可知矣. 前日之盛集, 不可復尋也. 日把高作吟誦, 忘倦爾.
余素欲李靑蓮觀瀑圖. 頃聞館中有妙手, 趣請之一揮, 而開生面, 三千
尺之豪氣, 宛可掬焉. 旣思昔先人有題此圖詩, 曰豪氣早知天下士, 眼
高四海有深情, 廬山晴挽銀河水, 分與汾陽洗甲兵. 一展之際, 不覺愴
然. 足下能揮椽筆, 書題此詩, 使了人子感念之心乎. 況以李學士題於
李翰林, 亦千古之奇事也. 足下筆下之走龍, 抗畫中之乘鯨, 飛動閃礫
也. 望望無因奉謁, 千萬爲國自愛.

○ 復菊潭詞伯書　　　　　　　　　　　　　　　　　　李礥

惠札謹已奉覽, 審動止珍嗇, 良用慰淙. 向來, 珍餽詩筒長弟, 而至
飛高義出人萬萬. 惡有世哉? 感篆良深, 觀瀑圖詩, 忘拙書呈耳. 僕以
使事未竣, 將淹留於此, 一枉傾穩是企企, 不腆微物, 聊表賤悰, 命從
者留之. 不備照亮.

○ 奉送正使謙齋趙公歸朝鮮國幷序　　　　　　　　　　木寅亮

天下古今稱奉使之難, 尙矣. 蓋非通於大體, 達於辭命, 具經濟之全
才者, 孰能當之? 雖然, 奉使何難之有? 當昇平無事之時, 修盟繼好,
耀國寶於無窮者, 何以難易論之乎? 正德紀元冬十月, 朝鮮正使謙齋
趙公爲賀纘紹而來, 方今兩朝熙恬民人殷富, 雖載馳之勞, 典禮始終,
毫無虧缺. 今將回星軺. 不肖, 雖未執謁, 竊爲公慶之, 謹作近體三首,
奉送兼祈郢政.

典禮全隣德, 齎書萬里歸. 鰲身擎海涌, 鵬翼搏雲飛. 冬日子餘愛, 霜風關道威. 好賢遭盛世, 預想賦緇衣.

○ 其二

雄才懸遠思, 將命好當歸. 勸伯勞歌動, 揮毫逸氣飛. 江山行得助, 草木亦知威. 玉節風塵表, 何曾染素衣?

○ 其三

東方修信聘, 千騎使君歸. 海月照帆落, 山雲拂高飛. 南曹膺典選, 隣國憺稜威. 好去還鄉客, 天風吹錦衣.

○ 奉送副使靖菴任公歸朝鮮國幷序　　　　　　　木寅亮

嘗讀蘇老泉「送石昌言引」曰:"大丈夫, 生不爲將, 得爲使, 折衝口舌之間, 足矣." 余謂此不得已之辭爾. 夫大丈, 夫當四海清晏之秋, 持節出使萬里之外, 鐘鼓鏗鏘, 玉帛交錯, 使滿道觀者, 頌使乎之美, 不亦壯乎? 今靖菴任公之奉使也, 眞如此. 留滯有暇, 則賦詩屬文以自娛, 何其優游閑雅也? 聘禮旣竣, 星駕將旋. 謹作近體三首以奉送, 兼祈郢政.

珪璋昭國信, 萬古善隣修. 誰贈繞朝策, 相望郭泰舟. 桑津懸旭浴, 蓬島架空浮. 驛路風霜重, 應裁日本裘.

○ 其二

鳳樓揮手去, 文彩轉添修. 寶匣霜華劍, 錦袍月夜舟. 風前知艸勁, 水上望萍浮. 仙客富山路, 雪明鶴氅裘.

○ 其三

任君元哲士, 儀表繼前修. 霜拂玉龍節, 天廻彩鷁舟. 人生多聚散,
世事付沈浮, 越橐千金直, 何如狐腋裘?

○ 奉送從事南岡李公歸朝鮮國并書　　　　　　　　木寅亮

士大夫平昔相聚, 則必曰吾得志, 則爲將如此, 至其實得志. 而僅遇
一利害, 則百鍊剛化爲遶指柔, 亦可哀矣. 況使海外萬里乎? 方今南岡
李公爲修國信奉使來, 滯留數日, 威儀不愆, 典禮以成其平日之所蘊,
可知焉. 星斾將旋. 謹作鄙詩三首以奉送, 倂祈郢政.

鸞鳳南岡舞, 覽輝翰墨林. 道胹嘗一臠, 別意託孤吟. 蓬矢四方志,
桐琴千里心. 郢歌留數闋, 欲擬遶梁音.

○ 其二

李家才子富, 振古擅詞林. 將作西京賦, 先爲東武吟. 各天明月夢,
兩地白雲心. 前後騷壇上, 有誰賡雅音?

○ 其三

廻車言駕邁, 何日對雞林. 海霧鯨千尺, 潮風龍一吟. 度關存紫氣,
報國見丹心, 安得歸鳴信, 重傳天外音.

○ 奉謝菊潭詞案　　　　　　　　　　　　　　趙泰億

天時日南至, 王事客西歸. 路熟行無碍, 身輕快若飛. 馬寒衝雪色,
貂暖避風威. 尙憶初脂牽, 端陽細葛衣.

萬里一爲客, 半年於未歸. 明朝四牡發, 幾日片帆飛. 去得波神護,
行收屛翳威. 新春閶闔裏, 好覲袞龍衣.

一會遲傾蓋, 吾行已告歸. 桐牋勤遠貽, 華翰更追飛. 溫子眞堪語, 王商豈有威. 驪珠携滿袖, 光動使臣衣.

附

傾蓋雖未諧顧, 遞筒甚慰懸慕. 況兹貽章尤出厚誼, 華牋又是心貺感拜, 僕之不知攸謝. 律韻忙撓中未克洽和, 只以三律少伸微悰. 不腆土宜, 聊備縞紵之儀, 竝乞莞領, 不備.

○ 敬酬木學士詞案　　　　　　　　　　　　　任守幹
日君曾乏使, 報幣聘儀修. 朱夏初持節, 玄冬始返舟, 長程風雪暗, 漲海月星浮. 整頓歸裝促, 蒙戎一敝裘.
明當復路, 卒卒奉和, 未能一一仰酬, 幸須諒之.

○ 謹次菊潭贈別韻留別　　　　　　　　　　　李邦彦
半年遊絶城, 一月滯祇林. 聯和郢人曲, 愁爲莊寫吟. 未成傾盖會, 從切識荊心. 況復西歸後, 無由托好音.
行色率率, 未能幷和高韻, 極用鄙嘆.

○ 奉送東郭李學士歸朝鮮國幷序　　　　　　　木寅亮
余聞: "文章, 經國之大業, 不朽之盛事也." 噫! 文, 亦大哉! 必其人氣鍾乾坤之磅礴. 高視闊步, 博識旁通, 一言之出, 蔚乎炳焉. 天然成章, 大業於是立; 盛事於是乎傳. 正德辛卯元年冬十月, 朝鮮製述官東郭李君, 偕三使臺而來. 余再謁客館, 蓋氣宇卓偉磊嵬, 吐言成章, 如決河流而東, 滂沛汪洋, 不可止遏也. 顧君凌萬里溟渤·山川·草木·鳥獸·蟲魚, 可喜者, 可怒者, 可哀者, 可樂者, 巨細萬彙翕聚, 將爲吾之文氣, 混混筆下, 變現百出, 不可端倪焉. 眞立大業於兩國. 傳盛事於不朽者歟? 今將言族, 聊述離思, 作五言排律五十韻, 以奉送, 併祈改.

兩朝天日耀, 萬古地圖雄. 不覩文儒盛, 安知君子風? 範疇箕朝在, 冠蓋漢儀隆. 鳳翥三都峙, 龍蟠八道通. 人煙城郭外, 星貸市廛中. 綠水波懸鏡, 白山雪照空. 蚊川開翠帶, 雞岳屹靑葱. 境接燕京北, 隣修桑域東. 幸臀千載會, 共喜四門聰. 玉帛傳明信, 丹書誓始終. 海雲迎彩鴿, 行路避華驄. 雛集勞王事, 鹿鳴宴上公. 識荊客陋質, 御李嘆阿蒙. 傾蓋忽知愛, 屬辭更不窮. 神交忘爾汝, 德量見謙沖. 博辨專車骨, 精音焦尾桐. 點班推玉筍, 問卜獲紗籠. 賦得五雲日, 氣度百丈虹. 探奇窺西穴, 訪道歷崆峒. 僧舍鸞停處, 朋簪燕集同. 遙岑重晚翠, 墜葉埋殘紅. 籬駐嶺南菊, 江紛楚岸楓. 返魂梅蕊嫩, 露骨嶽容童. 坐接芝眉秀, 室含蘭氣濃. 射鵰眞貫穀, 刻篆比雕蟲. 獨擅長城勢, 誰將偏帥攻? 跨鯨千首逸, 倚馬萬言工. 書記揖王廣, 男兒逢孔融. 寸心深許國, 孤劍凜防躬. 大手蘇張筆, 交情元白筒. 郢歌原寡和, 洛紙頓增崇. 曾想鄭麟趾, 更聞申泛翁. 占魁中重科, 奉使立奇功. 牧隱留詩集, 慵齋存話叢. 陽村詞藻富, 居正唱酬充. 君可繼聲彩, 吾何沐德洪. 學源迷畔岸, 鈍器賴磨礱. 汪度漲襟浪, 英豪鍊膽銅. 梵筵鐘隱映, 客館月玲瓏. 氷彩凝金井, 霜華明綺櫳. 望鄕天杳杳, 驚夢雨濛濛. 未暇煖氍席, 蛋旣膏轂釭. 九州浮片棹, 大海浸高穹. 驢背富峯雪, 鰲頭暘谷曨. 玉樓生蜃氣, 貝闕捧龍宮. 島樹點如薺, 蟾輪曲似弓. 蠻家多作主, 驛店屢呼僮. 絶城極殊觀, 壯心任轉蓬. 別離悲歲暮, 頭腦笑冬烘. 惟有各天夢, 神遊入八鴻.

○ 送鏡湖洪書記歸朝鮮國　　　　　　　　　　　　　　木寅亮

嘹唳遼東鶴, 整儀返故居. 仙樓留舞日, 佛院締交初. 老圃千篇集,
容齋五筆書. 別離天異域, 處望雲車.

○ 其二

湖面開雙鏡, 送君嘆索居. 行舟千里外, 發軔一陽初. 仙隔拍肩手,
字留置袖書. 如砥周道直, 不借指南車.

○ 送龍湖嚴書記歸朝鮮國　　　　　　　　　　　　　　木寅亮

萬頃湖天濶, 高臨一客星. 照樽先假色, 促席頓忘形. 文正詞華麗,
元瑜墨字馨. 寒雲江上別, 回首數峯青.

○ 其二

相不天涯外, 參商隔二星. 才馳騏驥足, 書跳虯龍形. 千丈松含秀,
一枝梅寄馨. 高飛霜雪翮, 難狎海東青.

○ 送泛叟南書記歸朝鮮國　　　　　　　　　　　　　　木寅亮

梵宮懸客榻, 高士即南州. 初見疑仙侶, 再逢繼雅遊. 阮壽因高上,
陳橄愈風頭. 離別方胡越, 何時同一舟

○ 其二

南八眞男子, 壯觀窮九州. 此鄉今作別, 絶城隔同遊. 魚海盡紅眼,
雞林開白頭. 仙郎留不得, 望斷武陵舟.

○ 奉次別時韻, 呈菊潭詞伯案下, 兼謝一絶　　　　　　　嚴漢重

間關征役久, 已覺鬢毛星. 湖海空投迹, 乾坤謾寓形. 菊潭新托契,
蘭家暗聞馨. 頻荷高軒過, 逢場喜拭青.

東海寅賓日, 西天返使星. 壯遊傾快意, 遠役愧勞形. 臘近梅鬼動,
詩來藻彩馨. 可堪相別後, 回首富山青.

誰寄碧桐紙, 全勝白楮牋. 携歸留篋笥, 可寫憶君篇. 右謝惠紙

○ 再用原韻, 答龍湖嚴詞宗. 兼和見教一絶　　　　　　　木寅亮

天際文旄遠, 光留東壁星. 承廬心豈厭, 梁苑賦尤形. 前後無音繼,
詩中有德馨. 遏雲歌一曲, 餘響憶秦青.

寒署客中變, 別時正昴星. 姜雲望決眥, 梁月影隨形. 白雪朱絃響,
黃流玉瓚馨. 猶思歸國日, 應及柳條青.

人向三韓道, 詩新十樣牋. 嘉賓惠好我, 留擬鹿鳴篇. 和答來韻

補遺

○ 奉次菊潭詞伯別韻　　　　　　　　　　　　　　　　洪舜衍

時物日以變, 歲華流不居. 人淹海外久, 雷出地中初. 積水迷鯨浪,
寒雲斷雁書. 與君還惜別, 聊爲駐征車.

一篋桐華之惠, 全勝紵縞之贈. 感領僕僕仰謝乙乙.

○ 懸河客夜思菊潭吟得一律奉寄　　　　　　　　　　　李礥

錦里文章擅大名, 滿朝才俊總門生. 榮同桃李爭稱美, 慶毓芝蘭不
墜聲. 自惜吾行初從鶂, 可憐仙骨已騎鯨. 西歸又與賢郎別, 小燭寒宵
獨愴情.

畫面一詩謹依教書, 呈向時暗欠精可嘆, 別懷殊切悵恨, 敬以一律,

替面別耳.

○ 酬答李學士幷序　　　　　　　　　　　　　　　　　木寅亮

　東郭李君, 以仲冬下浣, 歸朝鮮國, 前後雲烟渺邈, 徒勤夢想. 頃者, 路經遠州懸河, 遞中見懷及, 一律郵筒至, 開緘句句勤懇, 怳接千里面談, 感愧鏤骨. 噫! 別離異域, 再會無期, 惟天一點靈犀, 思之思之思之而不通, 鬼神將通之, 尙何言哉? 竟奉和合三章, 倂謝高誼.

　驛路寒梅傳素名, 書來春信手中生. 仙帆三島浮空影, 客枕遠江驚異聲. 雲動墨池犇渴驥, 瀾廻? 海掣狂鯨. 詞源不竭懸河水, 流灑東溟萬里情.

○ 其二

　曾識翰林子墨名, 尋盟遙託楮先生. 箕國久仰八條教, 周道再興大雅聲. 把酒瑤琴嗟別鶴, 破溟華蓋羨長鯨. 新題瀑布九天色, 剩見謫仙今古情.

　畫幅辱改題, 落手裏, 遞中蒙玆眷註, 尤爲感.

○ 其三

　安陵夫子蓋君名, 眞籙贈言慰此生. 陛辰六箴揮翰手, 山房萬卷讀書聲. 緘封先喜通朱?, 縟叚何須織錦鯨. 不忍別離猶昨日, 因思歲晚故人情.

附錄

○ 席上奉呈東郭李學士　　　　　　　　　　　　　　　兒島景范天泐

　天地孕神氣, 擘出長白山. 秀色彌宇宙, 岧嶢絶躋攀. 先生忽攬搰,

傾來肝肺間. 鯨力蹴溟破, 天風飄影閑. 仙人控鶴駕, 雲中鳴玉環. 紫
髥蜎毛磔, 醉眄萬古前. 重科中大魁, 妙文海外傳. 余亦不羈者, 何惜
一執鞭?

○ 奉次天泖詞伯韻　　　　　　　　　　　　　　　李礥東郭

富嶽鬱岧嶢, 卓位朝衆山. 高峯逼天闕, 萬古誰能攀? 雄蟠大陸上,
逈出層溟間. 我自箕封來, 準? 一偸閒. 筍輿俯深潭, ?峯琮響玦環. 王
程自有限, 憂過危峰前. 居人亦解事, 勝槩爲我傳. 徊徨不能去, 盡日
停吟鞭.

○ 呈鏡湖洪書記　　　　　　　　　　　　　　　　兒景范

天末海雲環九州, 魚龍鼓舞邀仙舟. 五湖烟景挂飄盡, 萬丈日華照
筆浮. 宇宙斯文無否塞, 乾坤吾輩揖風流. 如今典禮中興會, 何厭周南
暫淹留?

○ 奉次天泖惠韻　　　　　　　　　　　　　　　　洪舜衍鏡湖

日域山河六十州, 重溟環帶地如舟. 千家橘柚香風遠, 三島烟霞灝
氣浮. 客路光陰槎上盡, 寒宵高雪枕邊流. 人情自古懷鄕土, 莫使歸裝
更淹留.

○ 呈龍湖嚴書記　　　　　　　　　　　　　　　　兒景范

文星飛大海, 光熖照層樓. 氣壓三千界, 天淸六十州. 何論裝越橐,
相値看吳鉤. 客裏須縱醉, 霜華滿翠裘.

○ 次奉天泐詞案　　　　　　　　　　　　　　　　嚴漢重

仙槎淹絶域, 詞席敞高梅. 煙月隣蓬島, 文章盛武州. 寒風鳴屋角,
飛雪撲簾鉤. 自笑三韓客, 羈愁攬敝裘.

○ 呈泛曳南書記　　　　　　　　　　　　　　　　兒景范

吾揖南宮适, 復圭千古聞. 猩毛揮彩筆, 繭紙寫紅雲. 海門誰知已,
天涯幸遇君. 一樽如不厭, 留滯好論文.

○ 席上雪興呈李學士　　　　　　　　　　　　　　兒景范

招提留玉節, 歲暮客懷賒. 敲戶風鳴竹, 捲簾雪作花. 擁爐呵凍?, 暖
酒湛流霞. 卽是山陰興, 扁舟訪戴家.

○ 次奉天泐詞案　　　　　　　　　　　　　　　　李礥

客間時席促, 天外道途賒. 暗馥於生橘, 寒威未勒花至月猶有細花
故云. 羈愁羞白髮, 奇氣□靑霞, 到 得盃中趣, 何須苦憶家?

○ 次白雁高先生贈洪書記韻, 呈三書記　　　　　兒景范

疎簾看雪暮寒開, 白戰場中氣壯哉. 裝點客衣花一片, 風流欲試謝
莊才.

○ 將散又呈李學士　　　　　　　　　　　　　　　兒景范

文星芒重聚星堂, 題雪坡翁獨擅場, 富嶽白山評品外, 各天自是夢
寒光.

○ 奉次天泐詞伯辱示韻 　　　　　　　　　　　　李礥

小池杉橘擁華堂, 前後淸遊共一場. 吾醉昏昏君亦去, 雪窓殘日閃餘光.

班荊集卷之下終

지기한담

支機閒談

지기한담

관란(觀瀾) 삼택집명(三宅緝明)[1]

○통신정사 평천(平泉) 조공(趙公)[2]의 대 아래에 받들어 올리
는 계(奉呈通信正使, 平泉趙公臺下啓)

관란(觀瀾)

삼가 생각건대, 하늘의 덮음은 치우침이 없어서 황천(皇天)[3]이 동
인(同仁)[4]의 제도를 확장하였습니다. 방여(方輿 : 대지)는 한계가 있지

---

1 삼택집명(三宅緝明, 1674~1718): 강호시대(江戸時代) 중기의 유학자(儒學者). 수호번
(水戸藩)의 유신(儒臣). 석암(石庵)의 아우로서 이름은 집명(緝明), 자는 용회(用晦), 호
는 관란(觀瀾)·서산(瑞山). 처음에는 천견경재(淺見絅齋)에게 배웠고, 나중에 목하순암
(木下順庵)의 문하의 준영(俊英)이 되었다. 수호(水戸)의 사관편수(史官編修)가 되어 총
재(總裁)로 승진했다. 정덕(正德) 연간(1711~1716)에 신정백석(新井白石)의 추천으로 막
부의 유관(儒官)으로 전직했다. 저서로 『중흥감언(中興鑑言)』·『조자아(助字雅)』·『관란
집(觀瀾集)』 등이 있다.
2 평천(平泉) 조공(趙公): 조태억(趙泰億, 1675~1728). 본관은 양주(楊州). 자는 대년(大
年), 호는 겸재(謙齋)·태록당(胎祿堂). 1702년(숙종 28) 식년문과에 급제하여 검열·지
평·정언·북평사(北評事)·수찬·부교리 등을 지냈다. 1707년 문과중시에 급제하고, 이듬
해 문학·교리를 지낸 후 이조정랑을 거쳐 우부승지에 올랐다. 이듬해 철원부사로 나갔다가
1710년 대사성에 올라 통신사로 일본에 다녀왔다. 1712년 왜인의 국서(國書)가 격식에
어긋났다는 이유로 문외출송(門外黜送)되었다가 이듬해 풀려나왔다. 좌의정을 지냈다.
3 황천(皇天): 상제(上帝). 천제(天帝).

만, 방국(邦國)은 교목(交睦)⁵의 동맹을 숭상합니다. 황하(黃河)가 맑아지고 바다가 고요한[河淸海恬]⁶ 때를 만나서 사신의 배[使鷁]⁷가 떠서 상서로움을 머금으니, 어지럽게 의례가 성대하고 예물이 풍부합니다. 빈홍(賓鴻)⁸이 열을 지어 즐거움을 펴고 각각의 하늘을 함께 메우고, 군성(群姓)⁹이 함약(咸若)¹⁰합니다. 삼가 통신정사(通信正使) 평천(平泉) 조공(趙公 : 趙泰億)의 대(臺) 아래에 올립니다. 우주(禹疇)¹¹에 복(福)이 엉기고, 기역(箕域)¹²에 신령함이 모여서, 충화(冲和)¹³를 실컷 먹은 온화한 자질이시며, 마땅한 도리에서 노니신 궤궤(几几)¹⁴한 용모이십니다. 독서와 시를 암송함이 많은데 어찌 내경(內經)¹⁵ 이외를 공부하겠습니까? 추수(秋水)¹⁶를 가슴에 품지 않을 수 없습니다.

---

4 동인(同仁) : 함께 인덕(仁德)을 행하는 것.

5 교목(交睦) : 교린화목(交隣和睦).

6 황하(黃河)가 … (河淸海恬) : 태평성대를 말함.

7 사신의 배[使鷁] : 익(鷁)은 물에 잘 뜬다는 새로서 배를 대칭함. 배의 안전을 위해 배 앞에 익조를 그린다고 함.

8 빈홍(賓鴻) : 홍안(鴻雁). 여기서는 빈객(賓客)을 말함.

9 군성(群姓) : 일군(一郡)의 대성망족(大姓望族).

10 함약(咸若) : 제왕(帝王)의 교화를 칭송하는 것. 즉 만물이 모두 그 품성을 따르고, 그 시기에 응하여 그 마땅함을 얻는 것. 『書·皐陶謨』에 "禹曰 : '咸若時, 惟帝其難之'"라고 했음.

11 우주(禹疇) : 우(禹)의 구주(九疇). 즉 우임금이 천하를 다스린 9가지 대법(大法).

12 기역(箕域) : 기자(箕子)의 봉역(封域). 조선을 말함.

13 충화(冲和) : 원기(元氣). 진기(眞氣).

14 궤궤(几几) : 안중(安重)한 모양.

15 내경(內經) : 중국 최초의 의서(醫書) 이름. 소문(素問)·영추(靈樞)의 양경(兩經)으로 나눔. 20권.

16 추수(秋水) : 가을 물과 같이 맑은 청랑(淸朗)한 기질(氣質)을 말함.

월평(月評)[17]을 잡으면 거울 빛이 매달립니다. 손으로 구름장막을 잡고, 천장(天章)[18]을 되돌리고, 필력(筆力)을 펴서 제재(題材)에 이릅니다. 요직(要職)에서 환호(煥號)[19]를 겸하여 실천하고, 청도(清塗)[20]의 여망(輿望 : 여러 사람의 기대)이 귀숙되는 바이니, 어찌 조야(朝野)[21] 전체의 흡족함이 아니겠습니까? 임금의 말을 살피지 않고, 어찌 멀고 가까움을 말로 삼겠습니까? 엄숙한 조정에서 성취를 내리시니 곧 행하고, 여러 시종들이 공업을 계승하여 질주합니다. 소중랑(蘇中郎)[22]이 절조를 유지한 것은 적심(赤心)이었고, 당자방(唐子方)[23]이 배로 건넌 것은 평소의 믿음이었는데, 곤령(坤靈)[24]이 현감(玄感)[25]하고, 수족(水族)[26]이 몰래 달아났습니다. 마침내 형승(形勝)[27]의 구불구불한 길을 지나서 도성(都城)의 큰 마을에 이르러서 추가(騶呵)[28]를 갖추어

---

17 월평(月評) : 월단평(月旦評). 인물을 품평하는 것. 『後漢書·許劭傳』에 "初, 劭與靖俱有高名, 好共覈論鄕黨人物, 每月輒更其品題, 故汝南俗有'月旦評'焉"이라 했음.

18 천장(天章) : 천문(天文). 하늘에 분포한 일월성신 등을 말함. 빼어난 문장을 비유함.

19 환호(煥號) : 제왕의 지령(旨令), 은지(恩旨).

20 청도(清塗) : 청귀(清貴)한 길. 유관(儒館)·액원(掖垣)·경유(經帷) 등의 직책을 말함.

21 조야(朝野) : 조정(朝廷)과 재야(在野).

22 소중랑(蘇中郎) : 한무제(漢武帝) 때 중랑장(中郎將)을 지낸 소무(蘇武, 기원전40~기원전60). 자는 자경(子卿). 천한(天漢) 원년(기원전100)에 흉노(匈奴)에 사신으로 갔다가 19년 동안 억류되었다. 그러나 끝까지 흉노에 굴복하지 않다가 마침내 고국으로 돌아왔음.

23 당자방(唐子方) : 당개(唐介, 1010~1069), 자는 자방(子方). 송(宋)나라 신종(神宗) 때의 재상.

24 곤령(坤靈) : 대지(大地)의 신령(神靈).

25 현감(玄感) : 그윽이 감응(感應)함.

26 수족(水族) : 물고기를 비롯한 수생동물의 총칭.

27 형승(形勝) : 지세(地勢)가 높고 험요(險要)한 곳.

길을 이끌고, 별들처럼 이어지는 행렬을 끼고 호위합니다. 규폐(圭幣)²⁹를 받들어 올리니 조정 반열의 관리들이 숲처럼 서고, 공경하게 엎드려 헌납하니 작은 허물을 다투지 않고, 제창(躋蹌)³⁰을 쉽게 하니 훌륭한 의식이 어긋남이 없고, 장명(將命)³¹의 공경함을 이루니 우호를 계승하는 돈독함을 영원히 폈습니다. 마우풍(馬牛風)³²을 서로 매달게 하고, 의대수(衣帶水)³³를 걸어둔 듯합니다. 가례(嘉禮)를 닦으니, 흉기(凶器)가 줄어들고, 진분(塵氛)³⁴이 없어져서 초목이 번식합니다. 이 공적이 나라에 있고 백성에게 있으니, 방렬(芳烈)³⁵이 마땅히 죽소(竹素)³⁶에 새겨질 것입니다. 어느 날 수레를 내달려 영광되게 귀국하면, 정현(鼎鉉)³⁷에 오르기를 기다려서 다투어 송도(頌禱)의 말을 올릴 것이니, 스스로 즐거운 경사를 성대하게 할 것입니다. 저 집명(緝明)은 품수(品羞)가 용루(庸陋)하고, 자태에는 기괴(琦瑰)³⁸함이

---

28 추가(騶呵) : 추갈(騶喝). 고관(高官)이 출입할 때 길을 비키라고 갈도(喝道)를 전하여 외치는 차역(差役).

29 규폐(圭幣) : 규옥(圭玉)과 속백(束帛).

30 제창(躋蹌) : 제제창창(躋躋蹌蹌). 진퇴(進退)가 절도 있고, 공경함에 예의가 있는 것.

31 장명(將命) : 봉명(奉命).

32 마우풍(馬牛風) : 발정기의 소와 말이 서로 미칠 수 없는 것처럼 상관(相干)이 없고 관계(關係)가 없는 것.

33 의대수(衣帶水) : 의복의 허리띠 넓이만한 좁은 물줄기. 아주 가까움을 말함.

34 진분(塵氛) : 먼지의 기운.

35 방렬(芳烈) : 성대하고 아름다운 공업(功業).

36 죽소(竹素) : 죽백(竹帛). 사책(史冊)을 말함.

37 정현(鼎鉉) : 재상(宰相)을 말함.

38 기괴(琦瑰) : 기괴(琦魁). 비범함.

없으니, 상경(上卿)에게 맞이하여 반열(班列)을 갖추라고 말하지 못합니다. 어찌 빈차(賓次)[39]에 명함을 넣어서, 인린(仁隣)의 의범(懿範)[40]을 바라보고, 대아(大雅)의 여풍(餘風)을 혜택 받기를 바라겠습니까? 하물며 왕언(王言)을 대신하는 보불(黼黻)[41]이고, 한 나라 사문(斯文)[42] 중의 사명(司命)[43]이고, 관리 선발을 관장하여 자황(雌黃)[44]하고, 팔도(八道)의 많은 선비들을 지형(持衡)[45]하니, 평생을 점치려는 자들이 만나기를 다투어 바랍니다. 그 어찌 송(宋)나라의 어리석은 사람이 품고 있는 연석(燕石)[46]을 국공(國工)[47]이 버리는 바입니까? 무슨 까닭입니까? 기북(冀北)[48]의 준마가 바람을 좇아가도 상사(相士)[49]가 돌아보지 않고, 규장(珪璋)[50]이 현란(絢爛)하게 빛을 쏘아도 끝내 나아가지 못하고 머뭇거립니다. 태산과 북두성 같은 우뚝한 앙고(仰高)[51]를 바랄 수가 없고, 첨응기영(瞻凝企詠)[52]의 지극함을 이길 수 없습니다.

---

39 빈차(賓次) : 빈객을 접대하는 장소.
40 의범(懿範) : 아름다운 도덕풍범.
41 보불(黼黻) : 문사(文辭)를 수식하는 것.
42 사문(斯文) : 문인(文人). 독서인.
43 사명(司命) : 조령(詔令)을 주관함.
44 자황(雌黃) : 의론(議論), 평론(評論).
45 지형(持衡) : 공평하게 인재를 품평함.
46 연석(燕石) : 연산(燕山)에서 나오는 옥(玉)과 비슷하면서 옥이 아닌 돌.
47 국공(國工) : 명장(名匠).
48 기북(冀北) : 기주(冀州)의 북쪽지역. 예로부터 준마의 생산지로 유명했음.
49 상사(相士) : 재능을 감별하는 사람.
50 규장(珪璋) : 두 종류의 옥으로 만든 예기(禮器).
51 앙고(仰高) : 자신보다 신분이 높은 사람과의 결교(結交).

삼가 계(啓)를 올립니다.

정덕(正德) 원년 중동(仲冬) 초2일.

○임부사⁵³께 올리는 계

呈任副使啓

관란(觀瀾)

삼가 생각건대, 국경을 넘는 중대한 임무인 빙린(聘隣)의 큰 의례
는 스스로 구절규선(矩折規旋)⁵⁴의 용모를 익숙히 하고, 경서에 밝고
시무에 통달한 학문을 풍부히 하고, 또한 높은 절조(節操)를 마음에
지니고, 웅변(雄辨)이 전에 없던 바가 아니라면 누가 그것에 부합하
여 그 선발에 어려움이 없기를 바라겠습니까? 삼가 통신부사(通信副
使) 청평(靑坪) 임공(任公 : 任守幹)의 대(臺) 아래에 아룁니다. 추북(樞
北)⁵⁵에서 정화(精華)를 잉태하여 양육하고, 해동(瀣東)⁵⁶에서 윤택함
을 머금고, 한림(翰林)에서 사조(詞藻)를 펴고, 재능이 사류(士類)에서

---

52 첨응기영(瞻凝企詠) : 앙모(仰慕)하여 시를 읊어 정을 표하는 것.

53 임부사(任副使) : 임수간(任守幹, 1665~1721). 본관은 풍천(豊川). 자는 용여(用汝),
  호는 돈와(遯窩). 1710년 통신부사가 되어 일본에 파견되었으나 대마도주의 간계에 속아
  투옥, 파직되었다. 나중에 승지를 지냈다.

54 구절규선(矩折規旋) : 고대 예를 행할 때의 법도에 맞는 동작. 『한시외전(韓詩外傳)』
  에 "立則磬折, 拱則抱鼓, 行步中規, 折旋中矩"라고 했음.

55 추북(樞北) : 북두칠성의 제1성인 추성(樞星) 북쪽. 전설에 황제(黃帝) 헌원씨(軒轅氏)
  의 모친 부보(附寶)가 추성이 교외의 들을 비추는 것을 보고, 감응하여 인태하여 수구(壽
  丘)에서 황제를 낳았다고 했음.

56 해동(瀣東) : 발해(渤海) 동쪽. 조선을 말함.

출중하고, 경석(經席 : 經筵)에서 도유(道腴)[57]를 충고하여, 정성이 임금의 마음에 이릅니다. 수요가 있는 곳으로 날아가려 하지만 스스로의 드러냄을 돕지 않고, 다년간 갑(匣) 안에 있던 뇌검(雷劍)[58]이 금일 문하(門下)에 있으니, 모추(毛錐)[59]는 몸소 행함이 아님을 알겠습니다. 망망자자(惘惘刺刺)[60]한 아녀자의 소매를 끌어당기는 자태를 지음이 없으니, 만일 시험 삼아 잘 들어본다면, 헌헌굉굉(軒軒轟轟)[61]한 대장부의 승풍(乘風)[62]의 회포를 펴려고, 일위(一葦)[63]로 파도의 온갖 변화를 넘어서, 가을의 이슬과 서리를 맞으며 지나왔습니다. 비유건대, 헤엄치는 물고기가 현명(玄溟)[64]에서 나와서 형상을 이루려고 꿈틀대다가, 날개를 치며 단혈(丹穴)[65]로 내려와서 갱장(鏗鏘)한 소리를 내고, 우레를 띠고 구름을 이끌고, 누대를 씻고 우사(寓舍)를 덮습니다. 궁정에 끌어와서 섬돌에서 춤추고, 상서로움을 울어서 조정을 일으킵니다. 장차 벽옥(璧玉)을 구하려는 자는 안색이 부끄러울 것이고,

---

57 도유(道腴) : 도(道)의 아름다움. 도의 정수(精髓).

58 뇌검(雷劍) : 고대 보검의 이름.

59 모추(毛錐) : 모추자(毛錐子). 모필(毛筆)의 별칭. 그 모양이 송곳 같고, 털을 묶어 만들어졌기 때문에 그렇게 이름이 붙어진 것임.

60 망망자자(惘惘刺刺) : 실의(失意)하여 말이 많은 모양.

61 헌헌굉굉(軒軒轟轟) : 의태(儀態)가 헌앙(軒昂)하고, 기세가 호대(浩大)하고 장렬한 모양.

62 승풍(乘風) : 승풍파랑(乘風破浪). 사람의 지향(志向)이 원대하고, 기백이 웅장하여, 용맹을 떨치며 전진하는 것.

63 일위(一葦) : 작은 배.

64 현명(玄溟) : 명해(溟海). 북명(北溟). 전설 속의 북방에 있다는 바다.

65 단혈(丹穴) : 전설 속의 산 이름. 봉황이 산다고 함.

형옥(珩玉)을 물으려는 자는 말이 막힐 것입니다. 마땅히 동방군자(東方君子)로서 자처하니, 진정 북간(北間)의 인물들을 놀라게 합니다. 어찌 와서 해의 아름다운 놀을 두르고, 아름다운 명예를 받들고 높이 오르니, 구름 속에 우는 한 점 기러기가 성공을 머금고 먼저 전합니다. 그 반명(反命)[66]할 때를 상상해보면, 나라 안에서 사방을 기울려 길에서 손뼉을 치게 하고, 힘써 조정으로 돌아가면 삼접(三接)[67]의 은총이 몸에 가해지고, 백성들이 길게 노래하는 바이고, 복록이 거듭 이를 것입니다. 저 집명(緝明)은 뽕나무 그늘 속의 우둔한 대추나무이고, 쑥밭 언덕의 썩은 나뭇가지인데, 일찍이 또한 성인을 배우고 현인을 희망했지만 재능이 참으로 성취할 수 없었습니다. 어려서부터 장년까지 주대(株待)[68]를 고치지 못했습니다. 지난날 청란(靑鸞)이 급히 돌아갔을 때를 생각하니, 문득 30년이 흘렀습니다. 어느 날 다행히 자기(紫氣)[69]가 자욱하게 이르니, 완연(宛然)히 오백 년의 기이한 기약입니다. 다만 광진(光塵)[70]을 우러르고, 세상에서 유명한 위사(偉士)[71]를 알았습니다. 사방으로 전해진 성망(聲望)[72]이 봉황소리를 들은 나약한 사람을 일으켜주는데, 기운이 무성하고 갱장하게 임하여

---

66 반명(反命) : 복명(復命). 사신이 사행을 마치고 귀국하여 군주에게 결과를 보고하는 것.
67 삼접(三接) : 하루에 3번 접견함. 은총이 많음을 말함.
68 주대(株待) : 옛것을 지키는데 얽매어서 변통을 모르는 것.
69 자기(紫氣) : 자색의 구름기운. 상서로운 기운을 말함.
70 광진(光塵) : 상대방의 풍채에 대한 경칭.
71 위사(偉士) : 재능이 탁월한 사람.
72 성망(聲望) : 많은 사람들이 우러러 바라는 명성.

안색을 펴고 나아갈 수 없습니다. 뿜어내는 주옥이 떨어지는데 누가
묶어서 실어갑니까? 성사(星槎)[73]에 의지하여 나루를 물어보면, 거의
하한문장(河漢文章)[74]의 근원으로 거슬러갈 수 있을 것입니다. 선장
(仙杖)에 힘입어 약(藥)을 구하면, 곧 골짜기 개울의 온조(蘊藻)[75] 나물
을 아울러 바칠 수 있습니다. 오직 간절히 경도하여 의지한 나머지,
참람되게 욕되게 함을 잊었습니다. 삼가 계를 올립니다.

○삼택 학사께 답하는 서장
   復三宅學士狀
                                            임수간(任守幹)

   삼가 생각건대, 『희경(羲經)』[76]에서 드러낸 상(象) 중 귀한 것은 야
외(野外)의 동인(同人)[77]에 있습니다. 추성(鄒聖)[78]이 친교를 논한 것에

---

73 성사(星槎) : 전설 속의 은하수에 왕래한다는 뗏목. 양(梁)나라 종름(宗懍)의 《형초세시
   기(荊楚歲時記)》에 "무제(武帝)가 장건(張騫)을 대하(大夏)에 사신을 보냈는데, 황하의
   근원을 찾아서 몇 달을 가서 한 곳에 이르렀다. 주부(州府)와 같은 성곽을 보았는데 실내
   에 한 여자가 베를 짜고 있고, 또 한 장부가 소를 끌고 강물을 먹이고 있는 것을 보았다.
   장건이 '이 곳이 어디입니까?'라고 물으니, 답하기를 '엄군평(嚴君平)에게 물을 수 있소'
   라고 했다. 이에 한 지기석(支機石)을 주어서 돌아왔다. 촉(蜀)에 가서 엄군평에게 물으
   니, 군평이 '모 연월(年月)에 객성(客星)이 우녀(牛女)를 범했다'고 했다. 지기석은 동방
   삭(東方朔)에게 감식되었다"고 했다. 이후 성사는 사신의 배를 말하게 되었다.
74 하한문장(河漢文章) : 박대(博大)하고 정심(精深)한 문장.
75 온조(蘊藻) : 수초(水草)의 이름. 주로 제수(祭需)로 사용함. 좌사(左思)의 〈촉도부(蜀
   都賦)〉에 "雜以蘊藻, 糅以蘋蘩"이라 했는데, 유규(劉逵)의 주에 "온조(蘊藻)와 빈번(蘋
   蘩)은 모두 수초이다"라고 했다.
76 『희경(羲經)』 : 『주역(周易)』의 별칭. 복희(伏羲)가 팔괘를 만들었다고 하여 부르는 이름.

는 반드시 천하의 선사(善士)를 선택하라고 했습니다. 만일 취사(趣舍)[79]에 구별이 없다면, 어찌 강역(疆域)에 구분이 있겠습니까? 이 때문에 오계자(吳季子)[80]는 국풍(國風) 연주를 관람할 때 한 번 보고서 허리띠를 풀었고, 진대부(晉大夫)[81]는 인재를 살필 때 짧은 말에도 당(堂)을 내려갔습니다. 예로부터 이러했으니, 지금 옛것을 법으로 삼을 만합니다. 우러러 생각건대, 삼택(三宅) 학사(學士)께서는 해가 뜨는 지역에서 지령(地靈)[82]이 모인 인물입니다. 젊은 시절에는 박문(博文)[83]하여, 육적(六籍)[84]의 방윤(芳潤)[85]으로 양치질했고, 중세(中歲)에는 반약(反約)[86]하여, 마음의 허명(虛明)[87]을 살폈습니다. 곧장 사장(詞

---

77 동인(同人) : 『주역』 괘의 이름. 남과 화합하여 함께 함을 뜻함. 『周易 · 同人』에 "同人 于野, 亨."이라 했음.

78 추성(鄒聖) : 맹자(孟子). 추(鄒)는 맹자의 고향.

79 취사(趣舍) : 취사(取捨).

80 오계자(吳季子) : 계찰(季札, 기원전576年~기원전484年). 춘추시대 오(吳)나라 사람. 오왕(吳王) 수몽(壽夢)의 소자(少子). 연릉(延陵)에 봉해져서 연릉계자(延陵季子)라고 함. 당시 여러 나라에 사신을 가서 많은 인사들을 사귀었음. 노(魯)나라에 가서는 주(周)나라 음악 국풍(國風)을 관람하고, 각 음악의 의미를 탁월한 견해로 말하여 사람들의 감탄을 자아냈음.

81 진대부(晉大夫) : 조쇠(趙衰). 춘추시대 진(晉)나라 문공(文公)의 대부(大夫)를 지냈음 그를 평가하기를 겨울날의 태양과 같다고 했음.

82 지령(地靈) : 토지나 산수의 영수(靈秀)한 기운. 빼어난 인물을 지령인걸(地靈人傑)이라고 함.

83 박문(博文) : 고대 문헌에 통효(通曉)한 것.

84 육적(六籍) : 육경(六經). 시경 · 서경 · 예기 · 악기 · 춘추 · 주역.

85 방윤(芳潤) : 방향윤택(芳香潤澤). 문사(文辭)의 정화(精華)를 말함. 진(晉)나라 육기(陸機)의 「문부(文賦)」에 "傾群言之瀝液, 漱六籍之芳潤"이라 했음.

86 반약(反約) : 되돌아와서 요점(要點)으로 귀납(歸納)하는 것.

87 허명(虛明) : 내심의 청허순결(淸虛純潔).

場)[88]으로 고삐를 잡고 달려가서, 유신(庾信)[89]과 서릉(徐陵)[90]의 유의
(遺意)[91]를 깊이 얻었습니다. 허주(虛舟)[92]를 학해(學海)에 띄우고, 염
락(濂洛)[93]의 남은 흐름으로 멀리 거슬러 올라갔습니다. 아름다운 성
가(聲價)가 남금(南金)[94]의 진보(珍寶)를 독점하고, 영예(令譽)가 동쪽
땅의 명망(名望)이 되었습니다. 봉래산(蓬萊山)이 지척이어서, 연하(煙
霞)가 회수(懷袖)[95] 사이에 있습니다. 붕해(鵬海)[96]가 삼천리인데, 돌
개바람이 붕새의 날개를 일으키는 아래에 이 사람이 있으니, 아마
나랏일에 능하지 않겠습니까? 저는 삼한(三韓)의 옛 강역의 일개 행
리(行李)[97]로서, 바다와 육지 육천 리를 지나왔으나 마음이 어찌 독현
(獨賢)[98]을 꺼리겠습니까? 『시경(詩經)』 삼백 편을 외웠으나, 재능은

---

88 사장(詞場) : 문단(文壇).
89 유신(庾信, 513~581) : 자는 자산(子山), 남양(南陽) 신야(新野 : 지금의 河南) 사람.
　부친 유견오(庾肩吾)를 따라서 소강(蕭綱)의 궁정에 출입했으며, 나중에 서릉(徐陵)과 함
　께 소강의 동궁학사(東宮學士)가 되었다. 궁체시(宮體詩)에 능하여 서릉과 함께 '서유체(徐
　庾体)'라고 불렸다. 양(梁)나라가 망하자, 북조(北朝) 위(魏)나라에 머물며 거기대장군(車
　騎大將軍)·개부의동삼사(開府儀同三司) 등을 지냈다. 『유자산집(庾子山集)』이 전함.
90 서릉(徐陵, 507~583) : 자는 효목(孝穆), 동해(東海) 담(郯) 사람. 서리(徐摛)의 아들.
　남조 양(梁)나라 진(陳)나라 때의 시인. 유신(庾信)과 함께 궁체시에 뛰어나서 '서유체(徐
　庾体)'라고 불렸다. 상서좌복야(尙書左僕射)·중서감(中書監) 등을 지냈음.
91 유의(遺意) : 앞 사람이 남긴 지취(旨趣).
92 허주(虛舟) : 가볍고 민첩한 배.
93 염락(濂洛) : 북송(北宋) 이학(理學)의 두 학파인 염계(濂溪)의 주돈이(周敦頤)와 낙양
　(洛陽)의 정호(程顥)와 정이(程頤).
94 남금(南金) : 남방의 동(銅). 남방의 귀중한 물건, 혹은 남방의 우수한 인재를 말함.
95 회수(懷袖) : 회포(懷抱).
96 붕해(鵬海) : 남명(南溟). 남해(南海).
97 행리(行李) : 사자(使者).

전대(專對)[99]에 부끄럽습니다. 마침 이역(異域)에 와서 다행히 동심(同心)을 만났는데, 사조(詞藻)[100]를 먼저 주셨습니다. 작은 양과 기러기[101]로 폐물을 삼았을 뿐만 아니라, 간담(肝膽)을 함께 허락하셨으니, 어찌 초(楚)나라와 월(越)나라가 서로 현격함을 논하겠습니까? 이 날 봉함을 여니, 정(情)이 말을 수식하는 밖에서 드러났습니다. 이전 날 경개(傾蓋)했던 길에서 목격했던 것 중에서 대략 평소의 회포를 폈으니, 부디 맑게 살펴주시기를 바랍니다. 위와 같이 삼가 아룁니다. 신묘년 중동(中冬)에 서하(西河) 임수간(任守幹) 돈수(頓首).[102]

객중(客中)[103]에 즐거움이 없고, 게다가 머리가 아파서 읊조릴 흥이 삭막하여 청신한 시편에 대하여 받들어 화답하지 못했습니다. 장계(長啓)를 받들어 받게 되었는데, 사채(詞彩)[104]가 굉려(宏麗)[105]하여 사람에게 눈을 비비게 했습니다. 다만 장식(獎飾)[106]이 지나치게 융숭하여, 제가 감당할 바가 아니라서 부끄러움이 비록 많지만, 모과(木瓜)[107]로나마 보답이 없을 수 없어서, 초초(草草)[108]한 상어(狀語)로써

---

98 독현(獨賢) : 독로(獨勞). 『시경·소아(小雅)·북산(北山)』에 "大夫不均, 我從事獨賢" 이라 했는데, 모전(毛傳)에 "현(賢)은 노(勞)이다"라고 했음.

99 전대(專對) : 사신을 맡았을 때 독자적으로 일에 따라서 응답하는 것.

100 사조(詞藻) : 시부(詩賦).

101 작은 양과 기러기[羔雁]는 경(卿)과 대부(大夫)의 폐백임.

102 돈수(頓首) : 편지 끝에 상용하는 공경한다는 겸사.

103 객중(客中) : 고향을 떠나 타향이나 외국에서 머무는 것.

104 사채(詞彩) : 사장(詞章)의 문채(文彩).

105 굉려(宏麗) : 부려(富麗).

106 장식(獎飾) : 칭예(稱譽).

성의(盛意)[109]에 우러러 답합니다.

○이종사[110]께 올리는 편지
呈李從事書

관란(觀瀾)

평안삼택(平安三宅) 집명(緝明)은 삼가 통신종사관(通信從事官) 남강(南岡) 이공(李公 : 李邦彦)의 대(臺) 아래에 편지를 받들어 올립니다. 여러 대부(大夫)들께서 서쪽으로 오신다는 소식을 듣고, 머리를 들고 일어나 생각하기를, 아침에 들어오면 저녁에 알현할 것이고, 저녁에 들어오면 아침에 알현하리라 했습니다. 그러나 예(禮)에는 그 금함이 있어서, 천한 관리는 전지(奠贄)[111]를 얻을 수 없었습니다. 다만 기다렸다가 길에서 바라만 보고서 아침에 무연(憮然)[112]히 물러나야 했습니다, 비록 그렇지만 마음속에 간직한 바를 그만 둘 수가 없어서, 감히 그 말을 꾸며서 집사(執事)를 간알(干謁)했습니다. "우주 사이에서 나뉘어 나라를 이룬 것이 얼마나 있습니까? 풍양(風壤)과 습습(襲

---

107 모과(木瓜) : 『시경·魏風·木瓜』에 "投我以木瓜, 報之以瓊琚"라고 했음. 여기에서 모과는 자신의 변변치 못한 글이라는 겸사로 사용했음.

108 초초(草草) : 초솔(草率).

109 성의(盛意) : 성정(盛情). 성대한 정.

110 이종사(李從事) : 이방언(李邦彦) : 본관은 전주. 자는 미백(美伯), 호는 남강(南岡). 우부승지를 지냈다.

111 전지(奠贄) : 예물을 올리고 알현하는 것.

112 무연(憮然) : 슬프고 실의한 모양.

習)에는 각각 그 마땅히 따라서 가르쳐야 할 것이 있는데, 또한 강유(剛柔)·문질(文質)·번간(繁簡)·완급(緩急)의 차이가 없을 수 없습니다. 그 하늘을 근원하고 품성을 따라서 민이(民彝)[113]와 서로 같은 것은 대개 원근도 없고, 고금도 없이 모두 있습니다. 귀경(貴境)이 땅을 이루어서, 산천이 그 수수(秀粹)[114]를 쌓고, 인물들이 그 관화(寬和)[115]를 받았습니다. 단성(檀聖)[116]이 교화를 연 것이 참으로 오래되었습니다. 중세(中世)에 이르러서 기자(箕子)가 와서 그 수토(水土)[117]를 계승하여, 구주(九疇)[118]에 의거하여 팔조(八條)를 반포했습니다. 현명한 군주·명철한 보좌·순유(醇儒)[119]와 걸사(傑士)[120]들이 서로 이어서 나와서 시서(詩書)와 경사(經史) 등의 전적(典籍)과 관상(冠裳)과 조두(俎豆 : 祭器) 등의 기물(器物)들을 더욱 채취하여 정치를 수식하고, 민속을 이루었습니다. 그 교화가 앙연(盎然)히 날로 흥성합니다. 그 또한 문치(文治)를 숭상하는 성대한 나라라고 할 만합니다. 집명(緝明)은 일동(日東)의 천한 사람입니다. 저는 약관(弱冠)에 독서를 알았는데, 성품이 노둔하여 진보할 수 없었습니다. 항상 골골(矻矻)[121]히 괴롭게

---

113 민이(民彝) : 인륜(人倫).
114 수수(秀粹) : 수미(秀美)하고 정순(精純)함.
115 관화(寬和) : 관후(寬厚)하고 겸화(謙和)함.
116 단성(檀聖) : 단군(檀君).
117 수토(水土) : 국토(國土).
118 구주(九疇) : 홍범구주(洪範九疇).
119 순유(醇儒) : 학식이 정수(精粹)하고 순정(純正)한 유자(儒者).
120 걸사(傑士) : 걸출한 재사(才士).
121 골골(矻矻) : 부지런한 모양.

생각하던 때에 이전삼모(二典三謨)[122]를 취하여 읽어보니, 그 뜻이 표연(飄然)히 기도(冀都)[123]로 들어가서, 우정(虞廷)[124]에 서서 그 도유우불(都兪吁咈)[125]로써 겸양하고 경려(警勵)[126]하는 모습을 보는 것 같음이 있었습니다. 계속하여 『주관(周官)·의례(儀禮)』를 취하여 읽어보니, 뜻이 또한 표연히 풍호(豊鎬)[127]에 이르러서, 이락(伊洛)[128]에 배를 띄우고 그 승강읍손(升降揖遜)의 아름다움과 제도품장(制度品章)의 상세함을 보는 것 같음이 있었습니다. 『시경』과 『춘추』를 읽은 연후에 여러 나라들을 편력(遍歷)하여, 그 풍요(風謠)와 정령(政令)이 흥쇠(興衰)하고 치체(治替)하는 까닭을 살펴보았습니다. 공씨(孔氏)[129]의 글을 읽은 연후에 추노(鄒魯)[130]를 경유하여 수사(洙泗)[131]를 건너서 그 현

---

122 이전삼모(二典三謨) : 이전은 『상서(尙書)』의 「요전(堯傳)」과 「순전(舜傳)」, 삼조는 「대우모(大禹謨)」·「고요모(皋陶謨)」·「익직(益稷)」.

123 기도(冀都) : 기주(冀州)의 도성. 기주는 중국 중원(中原) 지역. 고대 요(堯)·순(舜)·우(禹)가 모두 기주에 도읍하였음.

124 우정(虞廷) : 우순(虞舜)의 조정(朝廷).

125 도유우불(都兪吁咈) : 4글자 모두 감탄사. 군신(君臣)이 정치를 논하면서 문답하며, 융합하고 화락한 모습을 말함. 『書·益稷』에 "禹曰 : '都! 帝, 愼乃在位' 帝曰 : '兪!'"라고 했고, 『堯典』에 "帝曰 : '吁, 咈哉!'"라고 했음.

126 경려(警勵) : 경계하고 면려(勉勵)함.

127 풍호(豊鎬) : 풍호(豊鄗). 주(周)나라의 옛 도성. 문왕(文王)이 풍(豊)에 도읍했고, 무왕(武王)이 호(鎬)로 천도했고, 주공(周公)이 낙읍(洛邑)을 경영했다.

128 이락(伊洛) : 이수(伊水)와 낙수(洛水).

129 공씨(孔氏) : 공자(孔子).

130 추노(鄒魯) : 추(鄒)나라와 노(魯)나라. 추나라는 맹자(孟子)의 고향이고, 노나라는 공자(孔子)의 고향임.

131 수사(洙泗) : 수수(洙水)와 사수(泗水). 두 물물기가 모두 공자의 고향 곡부(曲阜) 북쪽을 흘러가는데, 공자가 수수와 사수 사이에서 문도들을 모아서 강학하였음.

송강론(絃誦講論)하는 성대함을 살피고, 저회(低回)함이 오래였습니다. 한(漢)나라로 가서 당(唐)나라를 지나서, 정주(程朱)[132]의 설을 읽은 연후에 변경(汴京)[133]에서 오래 서 있다가, 강을 거슬러가서 다시 그 성명(性命)[134]을 담론하고, 전해지지 않은 뒤에서 도학(道學)을 표명함을 보았습니다. 마침내 수레를 돌려서 돌아오려고 했으나 뜻이 만족하지 못했습니다. 이에 귀경(貴境) 인사들의 논술(論述)를 취하여 받들어 외워보니, 방불하게 신숭산(神嵩山)[135]의 높은 곳에 오른 듯 했습니다. 한수(漢水)[136]의 넓은 곳을 따라서 그 문헌이 징험한 바를 찾아가보니, 과연 낙민(洛閩)[137]과 동류(同流)로서 땅이 접해 있었습니다. 아! 저의 유람이 그 또한 끝났습니다. 여기에서 벗어나면 오랑캐가 되고, 여기에서 탄생하지 못하면 요괴가 됩니다. 그 기(氣)를 받음이 치우치고 잡박하기 때문에 은벽함을 찾는 바이고, 궤탄함을 행하는 바인데, 논리의 정상으로써 만난 것이라고 할 수 없습니다. 이에 흡연(翕然)히 거두어 돌아와서 한 방에 우뚝 앉아서, 시험 삼아서 가져온 바를 꺼내어서 우리나라 봉강(封疆)의 안과 제 마음의 방촌(方

---

132 정주(程朱) : 정호(程顥)·정이(程頤) 형제와 주희(朱熹).
133 변경(汴京) : 하남성 개봉현(開封縣)의 옛 명칭. 북송(北宋)의 도읍이었음.
134 성명(性命) : 만물의 천부(天賦)와 품수(稟受)를 말함. 주희(朱熹)는 만물이 받은 바를 성(性)이라 하고, 하늘이 부여한 바를 명(命)이라고 한다고 했음.
135 신숭산(神嵩山) : 개성(開城) 북쪽에 있는 산. 고려 왕건(王建)이 여기에 도읍했음. 송악(松嶽)이라고 함.
136 한수(漢水) : 서울의 한강(漢江).
137 낙민(洛閩) : 낙학(洛學)과 민학(閩學). 즉 정주학(程朱學)을 말함. 북송의 정이(程頤)·정호(程顥)는 낙양인(洛陽人)이고, 남송의 주희(朱熹)는 복건(福建)에서 강학하였음.

寸)의 안에서 그것을 헤아려보았습니다. 대저 백 세대를 기다려도 의혹이 없고, 사해(四海)를 표준으로 해도 차이가 없는 것이 대개 한 두 가지 징험된 것이 있는 듯했습니다. 어찌 먼 곳에서 구했는데, 가까운 곳에서 얻게 되었습니까? 이 말을 살펴보면, 또한 모두 조고가(操觚家)[138]가 일찍이 말한 바가 있어서 많은 사람들이 함께 알고 있습니다. 그런데 어리석은 제가 나중에 언급한 것은 세상의 대현(大賢) 군자(君子)들과 더불어 말할 바가 아닙니다. 지금 집사(執事)께서는 그 시서(詩書)를 익히시고, 점마(漸摩)[139]의 교화에 더욱 익숙하시고, 게다가 빼어난 덕망이 융숭하신데, 와서 원역(遠役 : 먼 곳의 행역)을 담당하시니, 우리 무리에게 예도문물(禮度文物)의 아름다움과 주선거지(周旋擧止)의 예의를 우러러 보게 했습니다. 배운 바를 면전에서 징험할 수 있다면, 비록 본래 천박하고 우매하여 능히 얻지 못할지라도, 지난날 정신을 쏟아서 행묵(行墨) 사이를 두루 노닐었던 것과 비교하면 장차 크게 차이가 있을 것입니다. 그 구구(區區)하게 스스로 좋아하는 바를 진술하여 지엄한 경청을 더럽힌 것은 마땅하지 않겠습니까? 송구하고 부끄러움을 이길 수 없습니다. 헤아려 살펴주시기를 우러러 바랍니다."

---

138 조고가(操觚家) : 문필가.
139 점마(漸摩) : 침윤(浸潤). 교육하여 감화(感化)시키는 것.

○조정사께 보내는 서
送趙正使序

관란(觀瀾)

"조선국에서 사신을 파견하여, 조모(趙某)가 온 것은 경사를 잇고 또한 우호를 닦고자 함입니다." 유사(有司)가 객관의 의례(議禮)를 받아서, 일제히 말하기를 "양국이 서로 화협하니, 11월 병술삭(丙戌朔)에 그 폐물을 당과 뜰에 진열했습니다"라고 했습니다. 조공(趙公)이 이에 왕서(王書)를 받들고 깃발을 세우고, 고취악을 연주하고 문아래 이르니, 수레가 두 무장병사를 거느리고 객이 오르는 계단으로 나아갔습니다. 아관(峩冠)[140]이 그 관모(冠帽)이고, 첨의(襜衣)[141]가 그 아래 옷[裳]이고, 쟁쟁(錚錚)한 소리가 그 패옥소리이고, 공손히 수레를 맞잡아 끌어가고, 읍(揖)하고 나아가고, 절하고 물러나고, 주선(周旋)하고 위치로 돌아와서는 응여(凝如)[142]합니다. 그 옹여(雍如)[143]함은 예(禮)를 마친 것입니다.

주국(主國)[144]의 천한 관리인 삼택집명(三宅緝明)은 관모를 바로하고서 두 번 절하고, 감히 그 귀국을 축하드립니다. "홍범(洪範)이 위대한 것은 오직 그 편사(偏私)함이 싹트지 않고, 욕사(欲邪)[145]함이 범

---

140 아관(峩冠) : 고관(高冠).
141 첨(襜) : 무릎 앞까지 가리는 짧은 옷. 위군(圍裙).
142 응여(凝如) : 안연(安然). 조용히 움직이지 않는 모양.
143 옹여(雍如) : 화락한 모양.
144 주국(主國) : 빈국(賓國)의 반대로서 일본을 말함.
145 욕사(欲邪) : 욕망(慾望)과 사악함.

하지 않고, 인의(仁義)로써 펴고, 중정(中正)으로써 지켜서, 일신(一身)의 지극함을 세우는 바가 있기 때문입니다. 위에서 황자(皇王)가 된 자는 천지와 함께 할 수 있는데, 그 햇빛과 달빛을 내리는 바를 함께 하고, 그 비추는 바를 균등히 하여서, 나누어 주는 은혜를 널리 미칠 수 있습니다. 아래에서 신서(臣庶)가 된 자는 꾀함이 있고 이룸이 있으면, 천공(天工)을 도움으로써 풍부한 곡식의 영화를 보존할 수 있습니다. 어찌 복이 모이는 바가 지극함에 있고, 지극함이 세워지는 바가 자신에게 있지 않겠습니까? 공(公)은 평소에는 우교(禹敎)[146]와 기조(箕條)[147]의 유풍(流風)의 유택(遺澤) 안에서 양육되었고, 와서는 신흥조정의 새로운 교화의 탕탕평평(蕩蕩平平)[148]한 처음에서 노닐었는데, 그것이 몸과 용모에 지니게 된 바입니다. 걷는 절도와 행동거지와 말씨와 안색을 보면 일률적으로 예(禮)로써 합니다. 이와 같은 것은 참으로 마땅히 만사가 따르고 만물이 화순하고, 신인(神人)이 돌보아서, 그 왕래를 보호함에 혹시라도 소홀하지 않습니다. 이에 스스로 규(圭)를 받들고 배알하니, 우리나라에서 대우하는 바에 두터운 총애가 이전에 없던 것으로 가해짐이 있습니다. 반명(反命)[149]하는 날에는 마침내 장차 온 나라 사람들에게 재야에서 노래하고, 조정에서 송도하게 할 것입니다. 포가승상(襃嘉陞賞)[150]을 힘써 기대할 수

---

146 우교(禹敎) : 우(禹)의 교화(敎敎).
147 기조(箕條) : 기자(箕子)의 팔조금법(八條禁法).
148 탕탕평평(蕩蕩平平) : 광대하고 공평한 모양.
149 반명(反命) : 사신의 임무를 마치고 귀국하여 임금에게 결과를 아뢰는 것.
150 포가승상(襃嘉陞賞) : 표창하여 장려하고 관직을 승진시키는 것.

없더라도, 황구(黃耇)[151]에 이르고, 태배(駘背)[152]에 이르면, 그 국군(國君)이 궤장(几杖)을 친히 내려주고, 도(道)로써 자문할 것입니다. 이 말에 의혹이 있다면, 어찌 의혹을 살펴서 답변하지 않겠습니까?"

○이종사께 보내는 서
送李從事序

관란(觀瀾)

마도(馬島)의 서북쪽에 구름기운이 자욱함을 바라볼 수 있는데, 그 아래에 대개 인현군자(仁賢君子)의 나라가 있다고 합니다. 그곳 사람들은 항상 오지는 않습니다. 이 때문에 상세하게 설명함이 드뭅니다. 지금 남강(南岡) 이공(李公)께서 정사(正使) 조공(趙公)을 수행하여 와서 빙호(聘好)[153]를 닦았습니다. 가서 바라보니, 그 나아가 배알하고 자리에 머물고, 높은 관모 차림으로 홀(笏)을 뽑아 높이 받들고, 장엄하게 바라보니, 풍릉(風稜)[154]이 사방으로 발산하여 안색을 범할 수 없음이 있었습니다. 역참 안에서 지은 여러 편을 곧 얻어서 읽어보니, 대략 모두 문리(文理)는 엄격한데 의취는 완곡하고, 기세는 질탕한데 말은 화려했습니다. 서필(書筆)에 있어서도 편편(翩翩)[155]하여

---

151 황구(黃耇) : 원로(元老).
152 태배(駘背) : 연로(年老).
153 빙호(聘好) : 서로 방문하여 우호를 통하는 것.
154 풍릉(風稜) : 풍릉(風稜). 사람을 두렵게 하는 기세.
155 편편(翩翩) : 문채(文彩)가 우미(優美)한 것.

볼만하니, 어찌 옛날 춘추시대 인물 중의 굳세고 우아한 사람이라고
말하지 못하겠습니까? 저는 비록 대면하여 뵙지 못했지만, 그러나
마음속으로 공경하고 사모합니다. 옛날 오(吳)나라 계찰(季札)이 상
국(上國)을 두루 방문했는데, 제(齊)나라에서는 안자(晏子)[156]에게 읍
(邑)과 정권을 반납하라고 말했고[157], 정(鄭)나라에서는 자산(子産)[158]
에게 정책을 예(禮)로써 대체하라고 말했습니다.[159] 대저 읍을 반납
함은 개인의 대절(大節)이고, 정책을 바꾸는 것은 나라의 대권(大權)
입니다. 영(嬰 : 안자)과 교(僑 : 자산)는 모두 당시 제후가 선발한 인재
들인데, 그 한 차례 면담한 말을 받들고서 감히 괴상(乖喪)하다고 의
심하여 보지 않음이 어린애가 어머니의 꾸지람을 받고, 자제(子弟)가
스승의 훈계를 지키는 듯했습니다. 계찰의 기미를 아는 명철함과 유
물(遺物)[160]의 고대(高大)함이 남을 감동시키는 까닭이 있음을 볼 수
있습니다. 지금과의 거리가 수천 년인데 오히려 그 사람됨을 상상할
수 있습니다. 하물며 두 사람의 경우는 손을 잡고 마음을 깨우쳐주
었고, 정신으로 회합하고, 도(道)로써 맺어짐에 있어서겠습니까? 그

---

156 안자(晏子, 기원전595~기원전500) : 이름은 영(嬰), 자는 평중(平仲). 춘추시대 제
(齊)나라의 유명한 재상.
157 오나라 계찰은 제나라로 가서 안자(晏子)에게 장차 난리가 일어날 것이니, 정권과
읍을 반납하고 난리를 피하라고 설득했다.
158 자산(子産, ?~기원전522) : 성은 공손(公孫), 이름은 교(僑), 자는 자산(子産). 춘추
시대 정나라의 저명한 정치가 및 사상가. 평생 간개(簡介)하고, 정나라 재상을 역임했음.
159 오나라 계찰은 정나라에 가서 자산(子産)에게 정나라의 정치는 사치스러우니, 정나
라가 망하지 않으려면 예(禮)로써 다스려야 한다고 설득했다.
160 유물(遺物) : 유물식심(遺物識心). 일체의 외적인 형식을 버리고 피차의 심경이 일치
되는 것.

종신토록 밤낮으로 강회(江淮)[161]의 고소(姑蘇)[162]의 너머를 바라보았던 자가 생각함이 어떠했겠습니까? 공이 먼 곳으로 돌아가면, 만남을 기약할 수 없습니다. 땅은 끊어졌고 세월은 치닫고, 사물은 바뀌고 인정도 변합니다. 그런데 제가 바라보는 바는 단지 구름 낀 하늘의 아득함과 안개 낀 파도의 아득함뿐입니다. 그 능히 그리워하면서 끝까지 잊지 않는 것은 또한 스스로도 알 수 없고, 공에게 전하여 알릴 수도 없습니다. 이에 망연(茫然)히 이별하여 돌아갈 때에 임하여 다음과 같이 청합니다. "그 나라에 돌아가면, 그 산에 올라가서 대황(大荒)의 해 뜨는 곳을 좌측으로 돌아보시기를 바랍니다. 반드시 장차 고개를 빼고 우러러 사모하는 자가 있을 것인데, 그 이름은 집명(緝明)이고, 관활(觀瀾)을 호로 삼았습니다."

○이학사[163]께 드리는 편지
與李學士書

관란(觀瀾)

일본국(日本國) 평안삼택(平安三宅) 집명(緝明)은 조선국(朝鮮國) 이

---

161 강회(江淮) : 장강(長江)과 회수(淮水).
162 고소(姑蘇) : 고소산(姑蘇山). 강소성(江蘇省) 오현(吳縣) 서남쪽에 있음. 정상에 고소대(姑蘇臺)가 있음.
163 이학사(李學士) : 이현(李礥, 1654~?). 본관은 안악, 자는 중숙(重叔), 호는 동곽(東郭), 1675년에 진사, 1693년에 문과 장원, 1697에 문과중시급제(文科重試及第). 태상통판첨정(太常通判僉正), 지부원외랑(地部員外郞)을 지내고, 안릉(安陵) 현감 역임. 1711년 통신사 제술관(製述官)으로 일본에 다녀왔다.

학사(李學士) 족하께 편지를 올립니다. 저는 일찍이 한문(漢文)[164]을 읽고, 학업에 투신했는데, 탄식하기를 "도(道)에 있어서는, 하늘이 두루 부여하여서, 성(性)이 균등하다는 것은 배워서 알 수 있다. 문(文)의 경우는 마음에서 구성되고, 마음은 기(氣)에 의지하는데, 토양이 떨어져 있고 풍속이 다르기 때문에 배워서 능할 수가 없다."고 했습니다. 그것들을 외운 것이 이미 오래되어서, 귀국(貴國) 사대부(士大夫)들이 지은 것들을 취해다가 읽었습니다. 그 기조(氣調)[165]의 온경(溫勁)[166]함과, 성구(聲口)의 억양(揚抑)의 미홀요묘(微忽要眇)[167]함이 한(漢)나라와 어찌 다르겠습니까? 그리고 논자(論者)들도 또한 "동인(東人)의 언어는 본래 화이(華夷)로 구별되므로, 만약 명확하고 예리하지 못하다면, 천백 배 힘을 들여도 능히 이룰 수 없다. 일심의 묘(妙)에 의지하여 천지에 통하고, 그 득의함에 이른 것은 저들에게 많이 양보하지 않을 것이다"고 했습니다. 저의 마음은 그로 인하여 더욱 믿음을 지니게 되었습니다. 족하께서는 큰 나라의 수재로서 시서(詩書)에서 생장하여, 여러 번 시험보아서 거듭 합격했습니다. 천거되어 군(郡)을 다스리는 임무에서 징험되니, 전국의 인사들이 참으로 추대한 바가 기유(耆儒)[168]의 석망(碩望)[169]으로 삼았습니다. 지금 제

---

164 한문(漢文) : 한나라 시대의 여러 고문(古文).
165 기조(氣調) : 기운(氣韻), 재조(才調).
166 온경(溫勁) : 온화하고 굳셈.
167 미홀요묘(微忽要眇) : 세밀하고 정심미묘(精深微妙)함.
168 기유(耆儒) : 덕이 높은 노유(老儒).
169 석망(碩望) : 중망(重望). 고명(高名).

술관(製述官)을 맡아서 세 대부(大夫)를 보좌하여, 나란히 동쪽으로 왔는데, 수일이 되기도 전에 그 제영(題詠)과 모인(某人)의 시집서(詩集序)가 전한 것이 각 1편씩입니다. 입으로 외우고, 마음으로 생각하고, 손으로써 조처하지 않았는데, 대저 정아주창(整雅遒暢)[170]하고, 말은 완곡하고 제작은 엄격하고, 소리는 조화롭고 기세는 적합합니다. 만약 그 빈공(賓貢)[171]에 종사하게 하여, 원(元)나라 명(明)나라에 종적이 이어졌다면 여러 명사들과 더불어 누가 선후가 될지 모르겠습니다. 이는 이른 바 금석(金石) 사이에서 지은 것으로서 별과 달이 빛을 뒤섞고, 한문(漢文)과 당시(唐詩)가 여기에서 성대함을 이루어서 침침(駸駸)[172]히 합하고, 간음(間音)을 펴서 이룬 것입니다. 그 작품을 대면하여 보면 또한 장차 그 사람을 친히 보고자 할 것입니다. 저의 마음은 더욱 믿음이 있게 되었습니다. 이에 다시 거두었던 학업을 일으키며 말하기를 "옛날 지치(至治)[173]의 시대에는 예악과 교화가 빈빈(彬彬)[174]했다. 성대한 시대에는 관리함이 있어서 우상(右相)이 나와서 그것을 능하게 했다. 나 또한 어떤 사람이던가? 하면 이룰 수 있을 것이다."라고 했습니다. 지금 이후부터는 저로 하여금 힘을 헤아리지 말고, 재능을 살피지 않게 한다면 감히 뜻을 일으킴이 있지 않겠습니까? 천년 만 리의 밖에도 어찌 귀국의 제공(諸公)들이 나눠준 은

---

170 정아주창(整雅遒暢) : 가지런하고, 고아하고, 두루 창달함.
171 빈공(賓貢) : 다른 나라에서 추천하여 보낸 인재.
172 침침(駸駸) : 성대한 모양.
173 지치(至治) : 정치가 안정되고 창성하여 교화가 널리 베풀어지던 시대.
174 빈빈(彬彬) : 아름답고 성대한 모양.

택이 미칠 바가 아니겠습니까? 비록 그렇지만, 요좌(遼左)[175]도 이미 어렵게 여겼는데, 한국의 동쪽을 어찌 쉽게 얻겠습니까? 성품과 관습과 음성의 소리가 더욱 어긋나고, 복장과 기호도 더욱 다릅니다. 이는 본래 저와 같이 쇠잔하고 우매한 자가 힘써 바랄 수 있는 것이 아닙니다. 다만 다행히 시대가 정녕성명(靖寧聲明)[176]한 때에 속하여, 패시유택(霈施流澤)[177]이 끝이 없습니다. 저와 같은 소인도 병기를 짊어지는 노고를 면하고, 서판(書板)을 품는 재주를 지킬 수 있습니다. 지금 천하에서 과연 문(文)이 배워서 능할 수 있다는 것을 안다면, 부친이 끝내지 못하면 자식이 반드시 이룰 것이며, 자식이 맡지 못하면 손자가 반드시 그것을 계승할 것입니다. 우유유점(優游濡漸)[178]하고, 쉬려훈제(淬勵訓齊)[179]하며 백세로써 기약한다면, 귀국의 사대부들과 더불어 광영을 다투며 용맹을 팔며, 예문(藝文)의 장소에서 함께 내달림이 어찌 없겠습니까? 그때를 당하면, 저는 장차 3사(舍)[180]를 피하여 물러나게 될 것입니다. 어제 관사(舘事)에 요청하여 틈이 있어서 새로 배알하여 알게 되었는데, 좋은 글로 답해주셔서 내려주심을 받은 것이 많습니다. 저는 시집(詩什)의 일은 익힌 적이 없습니

---

175 요좌(遼左) : 요수(遼水)의 좌측. 중국을 말함.

176 정녕성명(靖寧聲明) : 태평한 문명의 시대.

177 패시유택(霈施流澤) : 은혜를 크게 베푸는 것.

178 우유유점(優游濡漸) : 우유(優遊)는 어떤 일에 조용히 힘을 쏟는 것. 유점(濡漸)은 적셔들어 발전되어 가는 것.

179 쉬려훈제(淬勵訓齊) : 쉬려(淬勵)는 격려(激勵). 훈제(訓齊)는 훈련(訓練)하여 가지런히 다스리는 것.

180 사(舍) : 거리의 단위. 사는 30리(里).

다. 그러나 그 영민(英敏)하고 탕일(宕逸 : 奔放하고 탈속함)함을 보니,
여는 바가 없는 것 같지만 정취(情趣)의 고아함과 재능의 온축함이
크고 화려함을 충분히 볼 수 있었습니다. 제가 제공들을 우러러 바
라는 바는 뜻이 특히 문(文)에 있습니다. 문이 지극하면, 도(道)는 거
의 다시 교화로써 입혀질 것입니다.

○홍서기[181]께 드리는 편지
與洪書記書

관란(觀瀾)

일본국 평안삼택(平安三宅) 집명(緝明)은 조선국 홍서기(洪書記) 족
하께 편지를 올립니다. 대개 물이 모이면 냇물이 되고, 냇물이 모이
면 바다가 된다고 들었습니다. 바다는 사물 중에서 가장 커서 출납
이 성대하고 넓으므로, 여도(輿圖 : 지도) 안의 궤도를 모두 기우려서
귀속시킵니다. 마땅히 한 번 본 자는 천하의 물을 이룸을 어렵게 여
깁니다. 귀하의 지경은 우리나라와 바다로 갈라져 있습니다. 족하의
탄생은 압강(鴨江)[182]의 물을 떠서 정화(精華)를 씻고, 한수(漢水)[183]를
따라서 윤택함을 받고, 홍함연이(泓涵演迤)[184]한 재능이 온적(蓄積)[185]

---

181 홍서기(洪書記) : 홍순연(洪舜衍, 1653~?) 본관은 남양, 경호는 그의 호, 자는 명구
(命九). 1677년에 생원(生員), 1705년에 문과(文科) 급제하여 흥덕군수(興德郡守)가 되
었다. 1711년에 일본 통신사 정사서기로 갔으며, 그 이후 중국사행(中國使行)에 제술관
(製述官)으로 갔다가 돌아오지 못했다.

182 압강(鴨江) : 압록강(鴨綠江).

183 한수(漢水) : 한강(漢江).

된 바입니다. 그 하루아침에 사명(使命)[186]을 보좌하게 되어, 아기(牙旗)[187]를 세우고, 첩고(疊鼓)[188]를 울리며, 하늘을 가리는 돛을 펼치고 배를 띄웠습니다. 잠깐 돌아보면, 하늘의 언덕과 땅의 뿌리에서 해와 달이 출입하는 바를 다 볼 수 있습니다. 우러러 보면, 북극의 북두성과 남북의 경위(經緯)가 나열된 바를 좇아갈 수 있습니다. 검푸른 아지랑이가 잠겨 흩어지고, 검은 파도가 멀리 에워쌉니다. 넓고 넘치는 물에 거꾸로 비친 경치에 잠기고, 멀고 아득한 물에서 원정(元精)[189]을 들이마십니다. 출렁이는 물결에 익조(鷁鳥)를 그린 배가 가는 바인데, 마음이 비워지고 정신이 떠가니, 발이 곤여(坤輿)[190]를 밟고 있는지를 스스로 알지 못하는 바가 있습니다. 이에 확연(廓然)히 먼 생각으로 혼돈(混沌)의 태초(太初)를 미루어 생각합니다. 먼지 낀 탁한 시대를 더럽게 여기고, 우하(虞夏)[191]를 우러릅니다. 문득 뗏목에 오를 뜻을 구제할 수 있습니다. 탕연(蕩然)히 회포를 펴고, 무저(無底)[192]에서 두 발을 씻고, 불애(不涯)[193]에 외로운 읊조림을 붙이고, 애로라

---

184 홍함연이(泓涵演迤) : 깊고 넓은 물이 흘러 퍼진 모양.

185 온적(蓄積) : 온축(蘊蓄).

186 사명(使命) : 사신(使臣).

187 아기(牙旗) : 깃대 위에 상아를 장식한 큰 깃발.

188 첩고(疊鼓) : 소격고(小擊鼓).

189 원정(元精) : 천지(天地)의 정기(精氣).

190 곤여(坤輿) : 땅.

191 우하(虞夏) : 유우씨(有虞氏)의 세대와 하(夏)나라 시대.

192 무저(無底) : 무저학(無底壑). 바닥이 없는 골짜기. 『列子·湯問』에 "발해(渤海) 동쪽에 몇 억만 리인지 알 수 없는데, 큰 골짜기가 있다. 실로 바닥이 없는 골짜기인데, 그 아래에 바닥이 없어서 귀허(歸虛)라고 부른다"고 했음.

지 홀로 서서 멀리 가리키며 한만(汗漫)한 유람을 따라갈 수 있습니다! 제(齊)나라 객(客)의 그 절개여! 노련(魯連)[194]은 어떤 사람입니까? 만종(萬鍾)[195]을 지푸라기로 여겨서 돌아보지 않고, 외로운 주군을 좇아서 영원히 멸망했습니다. 사생(死生)과 취사(取舍), 두 가지에서 능히 그 본분을 좇았는데, 남들이 어렵게 여기는 바입니다. 지금 먼 섬에서 흐릿하게 모습을 보고, 떠가는 물결에서 음향을 듣습니다. 그는 그 영황(嬴皇)[196]과 유주(劉主)[197]가 사치를 다하고 욕심을 다 했던 나머지에서 불사(不死)함을 구하여, 비선(飛仙)[198]을 바라고, 영약(靈藥)을 찾아서 그 감심(甘心)과 더불어 반드시 이를 것을 기약했습니다. 도리어 그 뼈가 썩지 않았는데, 장차 그 혼이 어디에 있겠습니까? 다만 공기(空氣)만 푸르고 아득하고, 높은 산봉우리만 드높습니다. 아! 족하의 행차는 먼 곳을 지나 험한 곳을 지나오고, 고금을 살펴서 심사(心思)를 다하고 이목(耳目)을 풀어놓은 바입니다. 이와 같은 지극함을 말에다 풀어놓고, 문(文)에다 펴놓음이 참으로 호연(浩然)함으로써 반안(畔岸)[199]하는 바가 없습니다. 펴서 무늬를 놓은 것

---

193 불애(不涯) : 한정이 없는 곳.

194 노련(魯連) : 노중련(魯仲連, 약 기원전300~약 기원전250). 전국시대 제(齊)나라 명사. 제나라를 위해 연(燕)나라를 격파하고, 또한 외교상으로 많은 공적을 쌓았으나 보상을 거절하고 나중에 동해로 들어가서 은거했음.

195 만종(萬鍾) : 우후(優厚)한 봉록(俸祿). 종(鍾)은 용량의 단위.

196 영황(嬴皇) : 진시황(秦始皇). 성씨는 영(嬴)이고, 이름은 정(政)이었음.

197 유주(劉主) : 한무제(漢武帝)를 말함. 진시황처럼 신선술을 신봉하여 불사약을 구했음.

198 비선(飛仙) : 허공을 나는 신선.

199 반안(畔岸) : 경계(境界)를 제한함.

은 잔물결이 되고, 울려서 큰 소리가 나는 것은 파도가 되고, 내뱉은 것은 산호(珊瑚)가 육리(陸離)²⁰⁰하고, 뿜어낸 것은 방합(蚌蛤)²⁰¹으로 흩어집니다. 옛일에 감개하여 격정을 촉발하고, 의사(意思)가 종횡으로 생겨납니다. 이에 폭풍이 세차고 파도가 솟아올라서, 엽진각투(鬣振角鬪)²⁰²하며 당황(堂皇)²⁰³의 궤석(几席) 위에서 서로 출몰합니다. 우리나라 사람들이 서로 모여서 "한객(韓客)은 거의 바다를 들어서 가슴속에 품었다. 그렇지 않다면 어찌 그 내놓음이 성대하고, 받아들임이 광대하겠는가?"라고 말한 연후에 물러났습니다. 천하의 문을 보면 대개 이룰 바가 없습니다. 어제 여러 사람들의 뒤를 따라가서 한 번의 상견을 얻었습니다. 자리로 나아가자, 곧 붓을 휘둘러서 좌우로 지휘(指揮)하여 천천히 몇 편의 시를 써냈는데, 마치 의도하지 않고 얻은 것 같았습니다. 각각 바라는 바를 만족하게 했는데, 그 기(氣)는 호방(豪放)하고, 그 음(音)은 굉대(宏大)하고, 의미는 심오하고, 그 사(詞)는 풍부했습니다. 이른 바 장강(長江)과 홍하(洪河) 같은 작품이라 하겠는데, 일단(一端)을 얻어서 보았습니다. 그 하사함이 큰 것은 아마 기이한 옥구슬을 생산한 바에 비할 수 있을 것입니다. 품고서 돌아가서 마음이 침묵할 수 없었습니다. 이에 '관수지설(觀水之說)'로서 보답하게 되었습니다. 이 뜻을 아울러 엄한중(嚴漢重)²⁰⁴과

---

200 육리(陸離) : 육리반박(陸離斑駁). 색채가 찬란함.
201 방합(蚌蛤) : 조개의 일종.
202 엽진각투(鬣振角鬪) : 갈기를 흔들고 비늘을 진동하며 뿔로 싸우는 격렬한 모양.
203 당황(堂皇) : 광대한 전당(殿堂).
204 엄한중(嚴漢重, 1665~?) : 본관은 영월(寧越). 자는 자정(子鼎). 1706년 정시(庭試)

남성중(南聖重)[205], 두 군자께 바치기를 바랍니다. 저는 군자(君子)는 만물을 적혀주는 것은 바다와 같다고 들었습니다. 그것이 졸렬하다고 해서 어찌 용납되지 못할 것을 근심하겠습니까?

○ 엄서기께 드리는 서
送嚴書記序

관활(觀瀾)

공맹(孔孟 : 공자와 맹자) 이후, 정주(程朱)[206]의 학문은 거리가 천 년이고, 천하의 학사(學士)들은 참으로 많습니다. 정주(程朱) 이후, 지금까지는 거리가 몇 백 년이고, 천하의 학사들 또한 더욱 많습니다. 위에서는 이것으로써 가르쳐서 인도하고, 아래에서는 이것으로써 벼슬을 구합니다. 부형들은 자제들을 독려하여 따라가게 합니다. 조정에서 제야까지 집집마다 암송하고 말함이 날로 그 성대함을 지극하게 합니다. 가령 공맹과 정주가 다시 살아나더라도, 또한 그 오랜 유행(流行)이 여기까지 이름을 돌아본다면 스스로 놀라게 될 것입니다. 그런데 마음을 찾고, 그 의미를 깨닫고, 그 전체를 몸소 체득한 사람은

병과에 합격. 고창(高敞) 군수를 지냈다. 1711년 통신사 때 부사서기(副使書記)로 파견되었다.

205 남성중(南聖重, ?~?). 본관 의령(宜寧), 범수는 그의 호, 자는 중용(仲容), 1655년 통신사 종사관(從事官)이었던 남용익(南龍翼, 1628~1692)의 아들. 1711년 통신사 종사서기(從事書記) 부사과(副司果).

206 정주(程朱) : 송나라의 유학자 정호(程顥) · 정이(程頤) 형제와 주희(朱熹)를 아울러 이르는 말.

어찌 그리 드뭅니까? 거의 쓸쓸하게 음향이 끊어지고 종적이 없어졌
습니다. 조송(趙宋)[207] 말에 그 경해(警咳)[208]를 계승했을 때, 친히 그
전형(典刑)을 제거했습니다. 근래 급문사숙(及門私淑)의 무리 가운데,
채원정(蔡元定)[209]·황간(黃幹)[210]·이동(李侗)[211]·주희(朱熹)[212] 제공(諸
公)은 오히려 그 중에서 걸출합니다. 원(元)나라에는 허노재(許魯齋)[213]
와 유정수(劉靜修)[214]가 있는데 다다른 바가 본래 만회할 수 없었습니
다. 명(明)나라에 이르러서 설문청(薛文淸)[215]와 구문장(丘文莊)[216]이 있

---

207 조송(趙宋) : 조(趙)씨 조광윤(趙匡胤)이 세운 송(宋)나라.

208 경해(警咳) : 담소(談笑), 담토(談吐).

209 채원정(蔡元定, 1135~1198), 남송의 유학자. 자는 계통(季通), 학자들이 서산선생
(西山先生)이라고 불렀다. 주희(朱熹)의 고제자로서 "주문영수(朱門領袖)" 혹은 "민학간
성(閩學干城)"이라고 불렸다.

210 황간(黃幹, 1152~1221) : 남송의 유학자. 자는 직경(直卿). 호는 면재(勉齋). 주희의
문인이면서 사위였음.

211 이동(李侗, 1093~1163) : 남송(南宋)의 유학자. 자는 원중(願中), 학자들이 연평선생
(延平先生)이라 불렸다. 주희(朱熹)가 일찍이 그의 문하에서 종유한 바가 있다.

212 주희(朱熹) : 자는 원회(元晦)·중회(仲晦), 호는 회암(晦庵)·회옹(晦翁)·운곡노인
(雲谷老人)·둔옹(遯翁). 존칭하여 주자(朱子)라고 한다. 주자학을 집대성하여 중국 사
상계에 가장 큰 영향을 미쳤다.

213 허노재(許魯齋) : 허형(許衡, 1209~1281)의 호. 원(元)나라 유학자. 자는 중평(仲
平). 주희의 학문을 받들고, 유인(劉因)과 함께 원나라 이대가(二大家)로 불렸음.

214 유정수(劉靜修) : 유인(劉因, 1249~1293)의 호. 원나라 유학자 겸 시인. 자는 몽길
(夢吉).

215 설문청(薛文淸) : 설선(薛瑄, 1389~1464). 문청(文淸)은 시호(諡號). 명나라 유학
자. 자는 덕온(德溫), 호는 경헌(敬軒). 하동학파(河東學派)의 창시인.

216 구문장(丘文莊) : 구준(丘濬, 1421~1495), 문장(文莊)은 시호(諡號). 명나라 유학자.
자는 중심(仲深), 호는 침암(琛庵)·옥봉(玉峰)·경태(琼台), 별호는 해산도인(海山道
人). 문연각대학사(文淵閣大學士)를 지냄.

는데, 비록 그 정신의 휘광(輝光)이 한 시대를 고무하여 진발(振拔)시키고, 백세(百世)를 윤택하게 교화시키지는 못했지만, 식견의 탁월함, 지킴의 약속(約束)함, 전수(傳授)의 두터움, 경유(經由)의 정당함이 한결같이 모두 연원(淵源)하는 바가 있어서, 저 점필(佔畢)[217]과 훈고(訓詁)를 섬기는 말단과 함께 하지 않고, 간첩허탄(簡捷虛誕)한 영역을 논함에 힘썼는데, 대개 만에 하나를 얻었습니다. 그 후 요수(遼水) 동쪽은 퇴계(退溪) 이자(李子 : 李滉)에 이르러서 주씨(朱氏 : 朱熹)를 오로지 숭상했습니다. 일찍이 저술한 것 한둘을 살펴보니, 어떤 것은 사단칠정(四端七情)을 변별하여서 제억(制抑 : 억제)의 방도를 확충했는데, 그로 인하여 더욱 판별되었습니다. 어떤 것은 자기를 인자(仁者)로 지목하고, 극치(克治)의 공(功)을 체인(體認)했는데, 그로 인하여 더욱 절실해졌습니다. 대개 성명(性命)의 미의(微意 : 미묘한 의미)로부터 장구(章句)의 서론(緖論)까지 깊이 침잠하고 긴밀히 하여서 현혹되지 않고 빠르지도 않고, 순순연(循循然)하게 그 지극한 바를 궁구하였는데, 마침내 낮은 데로 나아가고 내심으로 돌아와서 예(禮)로써 움직이고 의(義)로써 행했습니다. 또 그 후에 우리나라에서 산기경의(山崎敬義)[218]라는 분이 나왔는데, 역시 주씨(朱氏 : 朱熹)를 오로지 숭상했습니

---

217 점필(佔畢) : 경(經)의 의미는 알지 못하고 단지 문자만을 송독(誦讀)하는 것.

218 산기경의(山崎敬義) : 산기암재(山崎闇齋) 경도(京都) 사람. 이름은 가(嘉), 자는 경의(敬義), 호는 암재((闇齋). 곡시중(谷時中)과 길천유족(吉川維足)에게 배웠다. 처음에는 절장주(絶藏主)로 칭하며 선승으로 있었으나 나중에 유가로 귀속하고 환속했다. 그의 학문은 정주(程朱)를 받들고 윤상(倫常)을 밝히고 군신의 의리를 강조했다. 제자들이 전후로 6천여 명에 이르렀다. 회진후(會津侯) 보과정지(保科正之)의 존중과 믿음을 얻었다. 만년에 수가류신도(垂加流神道)를 창설했다. 천화(天和) 2년에 65세로 죽었다. 방대

다. 역(易)에 있어서는 태고(太古)의 정의(精義)를 원칙으로 삼았고, 모범에 있어서는 구봉(九峰)[219]의 전수(全數)를 밝혔습니다. 대개 염락관민(濂洛關閩)[220]으로부터, 양각표게(揚搉表揭)[221]하고, 경위(經緯)를 분석하여 찬술한 것을 세상에 남긴 것이 거의 수십 백 권입니다. 그 귀숙으로 삼은 바는 염귀(濂歸)[222]에서 벗어나지 않았고, 마땅히 충신독경(忠信篤敬)의 사이를 이루었습니다. 종신(終身)의 지론(持論)은 순순(諄諄)히 한(漢)나라의 동중서(董仲舒)[223], 수(隋)나라의 왕통(王通)[224], 당(唐)나라의 한유(韓愈)[225]를 말했는데, 미치지 못하는 생각이 없었고, 상세하지 않은 말이 없었습니다. 오직 기만하지 않는 살핌이 극단에 이르지 않은 까닭입니다. 아! 시대의 거리가 몇 세월입니까? 땅이 막힌 것이 몇 천리입니까? 그러나 그 뜻이 합치함은 좌측에서 집계(執契)[226]한 듯합니다. 악보에서 음을 살피고, 산가지에서 수를 계산하여,

---

한 저서가 전한다.

219 구봉(九峰) : 채침(蔡沈)의 존호.

220 염락관민(濂洛關閩) : 송나라 유학의 4개 학파. 염은 염계(濂溪) 주돈이(周敦頤), 낙은 낙양(洛陽)의 정호(程顥)·정이(程頤) 형제, 관은 관중(關中)의 장재(張載), 민은 복건(福建)에서 강학한 주희(朱熹)를 말함.

221 양각표게(揚搉表揭) : 평론하고 표방하여 내세움.

222 염귀(濂歸) : 염계(濂溪) 주돈이(周敦頤)의 귀숙처.

223 동중서(董仲舒, 기원전179~기원전104) : 한(漢)나라 무제(武帝) 때의 학자 겸 정치가. 제자백가를 폐지하고 유학을 신봉해야 한다고 주장했음.

224 왕통(王通, 584~617) : 수나라 말의 유학자. 자는 중엄(仲淹), 강주(絳州) 용문(龍門) 사람. 문인들이 문중자(文中子)라고 불렀음.

225 한유(韓愈, 768~824) : 당나라 문인 겸 유학자. 자는 퇴지(退之), 하양(河陽) 사람. 조적(祖籍)은 하북 창려(昌黎). 세칭 한창려(韓昌黎)라고 불렸다. 만년에 이부시랑(吏部侍郎)를 지내서 한이부(韓吏部)라고 불렸음. 당송팔가 중의 한사람이며, 유학을 제창했다.

이른 바 만 가지에서 하나를 얻은 것이라고 하겠는데, 장차 그것을
귀하의 나라와 우리나라에서 볼 것이니 어찌 위대하지 않겠습니까!
명(明)나라 사람 중에 일찍이 귀하의 나라의 문(文)을 논한 자가 있는
데, 그 뜻은 거만하게 중화문명(中夏文明)으로서 자처하고자 함이었습
니다. 그 학문한 바를 좇아서 바로잡아보니, 불도(佛道)를 숭상하고
노장(老莊)을 섞었고, 장구(章句)를 다듬고, 첨첨(沾沾)²²⁷히 기쁘게 재
자(才子)로서 서로 표방(標榜)했는데, 다시 옛 성현의 대법(大法)의 요
도(要道)²²⁸의 속함이 밖에 있음을 몰랐습니다. 이는 착하게 오랑캐를
변화시켰다고 말해도 옳은 것입니다. 그런데 온 세상이 창창(倀倀)²²⁹
히 오직 이름만을 좇아서 경앙모효(景仰慕效)함을 그만두지 않습니다.
부형(父兄)과 자제(子弟)들도 또한 모두 이것으로써 독려하여 좇아갑
니다. 지금 공맹(孔孟)과 정주(程朱)가 다시 살아나더라도, 또한 장차
후회하고 원망할 것입니다. 그 말의 유폐(流弊)²³⁰가 여기에 이르도록
허둥대지 않은 것이 마땅하겠습니까? 그 뜻을 능히 알고, 그 온전한
것을 체인(體認)한 자는 전혀 없거나 겨우 있습니다. 지금 우리나라에
서 산기씨(山崎氏)를 계승하여 일어난 자가 세상에서 결핍되지 않았습
니다. 귀하의 나라에서는 과거를 설치하고, 재준(材俊)들을 조성함이
또한 숲과 같습니다. 왕경(王京)에서 시골 마을에까지 시서(詩書)를

226　집계(執契) : 손에 빙증(憑證)을 쥐고 서로 증험하여 맞추는 것.
227　첨첨(沾沾) : 자긍(自矜)하는 모양.
228　요도(要道) : 중요한 방도.
229　창창(倀倀) : 따를 바가 없는 모양.
230　유폐(流弊) : 서로 이어서 이룬 폐단.

끼고, 인의(仁義)를 말하면서, 집안에서는 행실을 닦고, 나라에서는 공업을 세우려고 합니다. 그 능히 퇴계씨(退溪氏 : 이황)를 계승하여서 그 종지(宗旨)를 전한 것이 비비(比比)[231]하여 그런 것입니까? 근근(僅僅)히 남아 있는 것입니까? 능히 기반을 증가하여 영광(瑩光)이 그치지 않아서, 그 위로 올라선 자가 있습니까? 없습니까? 대개 일행 중의 제공(諸公)들은 모두 그런 사람들입니다. 특히 족하와 더불어 조용히 동해(東海)에서 또한 한마디의 사귐을 가졌는데, 그 되돌아감을 전송함에 이르러서 재물로써 하자니 가난하고, 말로써 하자니 비리합니다. 마침내 우리나라에도 도학(道學)으로써 자임(自任)하여 귀하 나라의 선현(先賢)들과 그 지취(指趣)를 함께 할 수 있는 사람이 있다는 것을 들어서 기증하게 되었습니다. 그것을 가지고 돌아가시기를 바랍니다.

○엄서기[232]께 드리는 부첩
  與嚴書記副帖

관란(觀瀾)

저는 우리나라의 많은 선비 중에서 매번 산기씨(山崎氏)를 추대하여 으뜸이라고 말했습니다. 속으로 원하는 바는 족하께 이 말을 가지

---

231 비비(比比) : 곳곳에 남아 있는 것.

232 엄서기(嚴書記) : 엄한중(嚴漢重, 1665~?). 본관은 영월(寧越). 자는 자정(子鼎). 1706년 정시(庭試) 병과에 합격. 고창(高敞) 군수를 지냈다. 1711년 통신사 때 부사서기(副使書記)로 파견되었다.

고 가도록 부탁하여, 회재(晦齋)와 퇴계(退溪)의 풍모를 배운 자들에게
다른 시대와 다른 지역에서도 또한 동조공취(同調共趣)[233]한 사람이
없던 적이 없음을 알게 하고자 함이었고, 감히 자랑하고자 함이 아니
었습니다. 이 바람을 헤아려주시기를 바랍니다. 금일 바다 앞에서
또한 다시 형제가 이별할 때, 장차 정을 이루기가 어렵겠습니다. 바
다와 육지가 아득합니다. 갈 길을 위해 보신(保愼)하시길 바랍니다.

○편지 앞에서 감회가 있어서 남은 종이에 적다
　　臨書有感, 因占餘楮.

　　　　　　　　　　　　　　　　　　　관란(觀瀾)

　　한 이별은 한 상봉에서 비롯됨을 곧 알았으니　　卽識一離由一逢
　　불평스런 검기가 끝내 풀리지 않네　　　　　　不平劍氣竟難融
　　고향사람들이 선산의 일은 물으면　　　　　　鄕人若問仙山事
　　유쾌함과 슬픔이 도처에 같다고 하시오　　　　愉快憂悲到處同

○관란의 편지에 답함
　　復觀瀾書

　　　　　　　　　　　　　　　　　　　엄한중(嚴漢重)

　　보내주신 편지를 삼가 받드니, 말의 뜻이 절실하고 진지했습니다.

---

233 동조공취(同調共趣) : 주장이나 지취(志趣)를 함께 하는 것.

청결하게 다시 재삼 읽어보니, 지우(芝宇)[234]를 대하는 듯했습니다. 저와 족하는 각각 바다와 육지 수천 리 밖에 있어서, 풍양(風壤 : 풍토) 이 스스로 다르고, 영향(影響)이 미치지 못합니다. 만일 양국의 수빙 (修聘)의 모임이 아니라면, 어찌 족하와 함께 한 자리에서 시편을 이 어서 화답하고, 마음속의 곡절을 토론할 수 있겠습니까? 참으로 오래 지 않아 먼 이별이 가까운데 있음을 보니, 제 즐거움을 망망(惘惘)[235] 히 잃어버린 듯합니다. 남에게 글을 주는 것을 의미로 삼은 것은 옛 사람이 행한 바인데, 시대가 내려와서 말세에 이르러서 이 도(道)가 거의 폐지되었습니다. 족하께서는 불녕(不佞)[236]을 무사(無似)[237]하다 고 여기지 않으시고, 성대한 깨우침을 내려주셨습니다. 고금을 평즐 (評騭)[238]하고, 도학(道學)을 강확(講確)[239]하셨습니다. 저는 비록 용로 (庸鹵 : 용렬)하지만, 어찌 감히 침묵하겠습니까? 대개 우리 도의 성쇠 는 세대가 아래이기 때문이거나, 양지(壤地)의 치우침에 차이가 있기 때문이 아닙니다. 그 어둡고 밝음은 실로 사문(斯文)[240]의 행운과 불 행에 관계가 있을 뿐입니다. 오히려 공맹(孔孟)을 감히 논의할 수 있

---

234 지우(芝宇) : 편지에 흔히 사용하는 상대방의 용안(容顔)에 대한 경칭. 『신당서(新唐書) · 원덕수전(元德秀傳)』에 "방관(房管)이 매번 덕수(德秀)를 볼 때마다 탄식하기를 '자지(紫芝)의 미우(眉宇)는 사람들에게 명리(名利)에 대한 마음을 모두 없애준다'고 했다"라고 했음.

235 망망(惘惘) : 멍한 모양.

236 불녕(不佞) : 본인에 대한 겸칭.

237 무사(無似) : 본인에 대한 겸칭. 불초(不肖)와 같음.

238 평즐(評騭) : 평가하여 정함.

239 강확(講確) : 풀이하여 확정지음.

240 사문(斯文) : 유학(儒學).

겠습니까? 정주(程朱)가 계승하여 연 긴절(緊切)함도 또한 어찌 헤아릴 수 있겠습니까? 연평(延平)²⁴¹ · 원정(元定)²⁴² · 면재(勉齋)²⁴³ · 서산(西山)²⁴⁴ 등은 시대를 구한 석재(碩才)이고, 도를 지킨 굉유(宏儒 : 큰유학자)라고 할 만합니다. 저 노재(魯齋)²⁴⁵와 정수(靜修)²⁴⁶는 비록 그 천자(天姿 : 타고난 자질)가 본래 아름답고, 학술이 자못 정밀하지만, 좌임(左衽)의 시대²⁴⁷에 때어나서, 우문(右文)²⁴⁸의 다스림을 돕지 못했습니다. 아! 애석합니다! 명(明)나라가 일어나자, 비록 정황돈(程篁墩)²⁴⁹ · 진백사(陳白沙)²⁵⁰ · 왕양명(王陽明)²⁵¹ 등 여러 사람들이 있었지

---

241 연평(延平) : 이동(李侗, 1093~1163), 남송(南宋)의 유학자. 자는 원중(願中), 학자들이 연평선생(延平先生)이라 불렀다. 주희(朱熹)가 일찍이 그의 문하에서 종유한 바가 있다.

242 원정(元定) : 채원정(蔡元定, 1135~1198), 남송의 유학자. 자는 계통(季通), 학자들이 서산선생(西山先生)이라고 불렀다. 주희(朱熹)의 고제자로서 "주문영수(朱門領袖)" 혹은 "민학간성(閩學干城)"이라고 불렀다.

243 면재(勉齋) : 황간(黃幹, 1152~1221)의 호. 남송의 유학자. 자는 직경(直卿). 주희의 문인이면서 사위였음.

244 서산(西山) : 진덕수(眞德秀, 1178~1235)의 존칭. 남송의 유학자.

245 노재(魯齋) : 허형(許衡, 1209~1281)의 호. 원(元)나라 유학자. 자는 중평(仲平). 주희의 학문을 받들고, 유인(劉因)과 함께 원나라 이대가(二大家)로 불렸음.

246 정수(靜修) : 유인(劉因, 1249~1293)의 호. 원나라 유학자 겸 시인. 자는 몽길(夢吉).

247 원(元)나라를 말함.

248 우문(右文) : 숭문(崇文).

249 정황돈(程篁墩) : 정민정(程敏政, 1445~1500). 명나라 유학자. 휴녕(休寧) 황돈(篁墩) 사람, 당시 사람들이 정황돈(程篁墩)이라 불렀음.

250 진백사(陳白沙) : 진헌장(陳獻章, 1428~1500), 어려서 부친을 따라 백사향(白沙鄉)으로 옮겨 살았기 때문에 후인들이 백사선생이라고 불렀음. 명나라 유학자. 자는 공보(公甫), 호는 실재(實齋), 별호는 벽옥노인(碧玉老人) · 옥대거사(玉臺居士) · 강문어부(江門漁父) 등이 있음.

만, 간혹 박잡(駁雜)한 병이 있었고, 또한 편계(偏係 : 치우쳐 이음)한 잘 못이 많습니다. 그러나 문청(文淸 : 薛瑄)의 학문에 이르러서, 순실(純 實)하고 허위가 없고, 박흡다문(博洽多聞)하니, 기꺼이 이 사람을 거벽 (巨劈)²⁵²으로 삼음이 옳지 않겠습니까? 이른 바 구준(丘濬)이란 자는 이룬 학문이 궤이(詭異)²⁵³하고, 입론(立論)은 유주(謬盩)²⁵⁴합니다. 악 비(岳飛)²⁵⁵를 반드시 회복(恢復)하지 못했을 것이라고 여기고, 진회 (秦檜)²⁵⁶를 송나라 충신이라고 칭했습니다. 의견이 이와 같으니, 그 나머지는 알 만합니다. 이는 변별하지 않을 수 없습니다. 우리나라의 퇴계(退溪) 이선생(李先生)은 만인(萬人)이 동방(東方)의 주자(朱子)라 고 호칭합니다. 그 조예(造詣)의 초매(超邁)함과 학문의 순정(純正)함 은 족하께서 이미 남김없이 거론했으므로, 지금 첩상(疊床)²⁵⁷을 할 필요가 없습니다. 퇴계(退溪) 이전에는, 정암(靜菴) 조선생(趙先生) 광 조(光祖)²⁵⁸ · 한훤(寒暄) 김선생(金先生) 굉필(宏弼)²⁵⁹ · 일두(一蠹) 정선

---

251 왕양명(王陽明) : 왕수인(王守仁, 1472~1529). 일찍이 귀주(貴州) 양명동(陽明洞) 에서 귀양살이를 했기 때문에, 세상에서 양명선생(陽明先生)이라 불렀음. 명나라 유학 자. 자는 백안(伯安). 심학(心學)을 주창하여 양명학(陽明學)을 세웠음.

252 거벽(巨劈) : 걸출한 인물.

253 궤이(詭異) : 괴이(怪異).

254 유주(謬盩) : 어긋남. 괴려(乖戾).

255 악비(岳飛, 1102~1142) : 자는 붕거(鵬擧). 송나라 장군. 금(金)나라에 대항하여 많 은 공을 쌓았으나, 주화파인 진회(秦檜)의 모함을 받고 죽임을 당했음.

256 진회(秦檜, 1090~1155) : 남송에서 두 차례 재상을 역임하면서 정권을 농단했음. 특 히 금나라와의 화의를 주장하고, 항금파인 악비(岳飛)를 죽였음.

257 첩상(疊床) : 첩상가옥(疊床架屋). 중복됨을 말함.

258 조광조(趙光祖, 1482~1519), 자는 효직(孝直), 호는 정암(靜庵). 본관은 한양(漢陽). 김굉필(金宏弼)에게 사사하고, 김종직(金宗直)의 학통을 잇는 사림파의 영수가 되었음.

생(鄭先生) 여창(汝昌)[260] · 회재(晦齋) 이선생(李先生) 언적(彦迪)[261] 등이 있었는데, 모두 지금 시대의 인재들로서 위기지학(爲己之學)[262]을 제창하여 천명(闡明)했는데, 나라에 있어서는 시구(蓍龜)[263]이고, 세상에 있어서는 표준(表準)이었습니다. 그 탁탁(卓卓)함을 거론할 만한 사람들을 어찌 척독(尺牘)에다 다 기록할 수 있겠습니까? 퇴계 이후에는, 한강(漢罔) 정선생(鄭先生) 구(逑)[264] · 율곡(栗谷) 이선생(李先生) 이(珥)[265] · 우계(牛溪) 성선생(成先生) 혼(渾)[266] 등이 있었는데, 모두 산림

왕도정치를 주창하다가 훈구파에게 반격을 당하여 유배되어 사사(賜死)되었음. 기묘팔현(己卯八賢) 중의 한사람.

259 김굉필(金宏弼, 1454~1504), 자는 대유(大猷), 호는 한훤당(寒暄堂) · 사옹(簑翁). 본관은 서흥(瑞興). 김종직(金宗直)의 문하에서 『소학』을 읽고 스스로 소학동자(小學童子)라고 했음. 형조좌랑(刑曹佐郞)을 지냈다. 무오사화(戊午士禍) 때 김종직의 일파로 몰려 귀양 갔다가, 갑자사화(甲子士禍) 때 사사되었다.

260 정여창(鄭汝昌, 1405~1504), 자는 백욱(伯勗), 호는 일두(一蠹), 본관은 하동(河東). 세자시강원설서(世子侍講院設書)와 안음현감(安陰縣監) 등을 지냈다. 무오사화 때 유배되어 사사되었다.

261 이언적(李彦迪, 1491~1553), 자는 복고(復古), 호는 회재(晦齋), 본관은 여주(驪州). 좌찬성(左贊成) 등을 지냈다. 양재역(良才驛) 벽서사건(壁書事件)의 연루자로 몰려서 강계(江界)로 유배되어 배소에서 죽었다.

262 위기지학(爲己之學) : 자기 자신을 위한 학문. 심신을 수양하는 경학을 말함.

263 시구(蓍龜) : 덕이 높고 명성이 무거운 사람.

264 정구(鄭逑, 1543~1620), 자는 도가(道可), 호는 한강(寒岡), 본관은 동래(東萊). 충주목사(忠州牧使) 및 공조참판(工曹參判) 등을 지냈다. 경학과 문장에 뛰어났고, 많은 제자를 양성했다.

265 이이(李珥, 1536~1584), 자는 숙헌(叔獻), 호는 율곡(栗谷), 본관은 덕수(德水). 우참찬(右參贊) 및 판돈령부사(判敦寧府事) 등을 역임했다. 기호학파(畿湖學派)의 영수로서 퇴계(退溪) 이황(李滉)과 쌍벽을 이루었다.

266 성혼(成渾, 1535~1598), 자는 호원(浩原), 호는 우계(牛溪), 본관은 창녕(昌寧). 좌찬성(左贊成)을 지냈다. 학설에 있어서 퇴계 이황의 이기호발설(理氣互發說)을 지지하

(山林)에서 덕을 기르고, 맑은 조정에서 우의(羽儀)[267]했습니다. 국가
에서는 빈사(賓師)[268]로 대우하였고, 사림(士林)에서는 태산과 북두성
처럼 우러렀습니다. 이들을 이어서 계속하여 나온 사람들이 대대로
결핍되지 않았습니다. 지금 유상(儒相)[269] 명재(明齋) 윤선생(尹先生)
증(拯)[270]이 있는데, 곧 그러한 사람입니다. 성조(聖朝)[271]의 예우(禮遇)
가 천고에서 가장 뛰어났습니다. 정초(旌招)[272]를 여러 번 번거롭게
했지만, 끝내 마음을 바꾸지 않았습니다. 지위가 태정(台鼎)[273]에 이
르렀지만, 자취는 구원(丘園)에 있었습니다. 연세가 높고 덕이 높아
서, 온 나라에서 경모(敬慕)합니다. 그 밖의 독서하며 지취를 구하고,
명성과 품행을 닦는 사람들은 다 손꼽을 수가 없습니다. 옛사람이
이른 바 도(道)가 동쪽에 있다고 했는데, 그 전함이 거짓이 아닙니다.
귀하의 나라를 우러러 생각건대, 풍속이 큰 변화를 숭상하여, 문교(文

고, 기발이승일도설(氣發理乘一途說)을 주장하는 율곡 이이와 6년 간 논쟁했다.

267 우의(羽儀) : 높은 지위에 있으면서 덕을 지니고 있어서, 남들에게 존경을 받고 모범
   이 되는 것.

268 빈사(賓師) : 관직에 있지 않으면서 임금의 존중을 받는 사람.

269 유상(儒相) : 유학(儒學)에 정통한 재상(宰相).

270 윤증(尹拯, 1629~1714), 자는 자인(子仁), 호는 명재(明齋)·유봉(酉峰), 본관은 파
   평(坡平). 우의정 및 판돈령부사로 불렀으나 나가지 않았다. 김집(金集) 등의 문인으로
   서, 송시열(宋時烈)의 문하에 출입했으나 나중에 절교했다. 소론의 영수로서 송시열 측
   노론과 당쟁을 벌였다.

271 성조(聖朝) : 본조(本朝)의 존칭. 혹은 임금의 대칭(代稱).

272 정초(旌招) : 정(旌)으로써 부르는 것. 정(旌)은 대부(大夫)를 부를 때 사용한 깃발.
   현사(賢士)를 부름을 말함.

273 태정(台鼎) : 삼공(三公)을 말함. 별에 삼태성(三台星)이 있고, 정(鼎)에 삼족(三足)
   이 있다고 하여 부르는 말.

敎)가 무성하게 일어나니, 마땅히 그 명유(名儒)의 무리가 나와서 사도(斯道)[274]를 부식(扶植)[275]했습니다. 산기씨(山崎氏)의 경우, 족하께서 언급한 바로써 논한다면, 대개 또한 분전(墳典)[276]에 엄관(淹貫)[277]하고, 심오한 의리(義理)[278]를 찾으니, 참으로 학문을 좋아하는 군자(君子)라고 할 만합니다. 그러나 강역(疆域)이 본래 나눠있어서 성문(聲聞)[279]이 미치지 못하므로, 유독 이방(異邦)의 사람들에게 성대한 명성을 들을 수 없게 하니, 몹시 한스럽습니다. 명(明)나라 사람이 운운한 설(說)은 참으로 한 웃음거리도 못됩니다. 우리나라는 은태사(殷太師)[280]가 교화를 실시한 후 나라의 풍속이 한 차례 변하여, 선비들의 취향이 바른 데로 돌아갔습니다. 우리 성조(聖朝)가 개창(開刱)된 후에는 더욱 지대(至大)해졌습니다. 문물이 빈빈(彬彬)하고, 홍유(洪猷)를 분식(賁飾)[281]했습니다. 비록 삼척동자일지라도 모두가 왕도(王道)를 귀하게 여기고, 패도(覇道)를 천하게 여기고, 유학을 숭상하고, 불도(佛道)를 배척할 줄을 압니다. 불도의 잡광(雜光)을 숭상하고, 대도(大道)를 모르는 자가 어찌 어긋남이 심한 자가 아니겠습니까? 제가 동쪽으로 왔을 때 여러 군자들과 서로 사장(詞章)을 화답한 것이

---

274 사도(斯道) : 유학(儒學).
275 부식(扶植) : 부지(扶持)하여 배식(培植)함.
276 분전(墳典) : 삼분오전(三墳五典). 널리 옛 전적(典籍)에 대한 통칭으로 사용됨.
277 엄관(淹貫) : 깊이 통하고 널리 아는 것.
278 의리(義理) : 유가(儒家) 경의(經義)의 학문.
279 성문(聲聞) : 음신(音信).
280 은태사(殷太師) : 은나라 태사였던 기자(箕子).
281 분식(賁飾) : 장식(裝飾), 문식(文飾).

많습니다. 그러나 궁격(窮格)[282]에 관한 설은 들어본 적이 없습니다. 지금 보내온 편지를 받들고서 들어보지 못한 말들을 들었습니다. 참으로 행운이고, 참으로 행운입니다. 다만 떠남에 임해서 졸졸(卒卒)[283]하여 간직한 생각을 다 표명하지 못했습니다. 대략 초초(草草)[284]한 몇 마디로 근근(僅僅)히 책임을 메웠습니다. 죄스럽고, 죄스럽습니다. 다만 용서하시고 관대함을 베풀어 주시기를 바랍니다. 이별의 날이 이처럼 촉박한데, 다시 만날 길이 없습니다. 종이 앞에서 깊은 슬픔을 고할 바가 없습니다. 불비(不備).

신묘년 중동(仲冬).

○화답하다(和)

엄한중(嚴漢重)

좋은 벗을 해외에서 만난 줄 누가 알았으랴?	誰料良朋海外逢
일단의 온화한 기운이 봄의 화락함을 흔드네	一團和氣蕩春融
〈여구〉[285]의 노래가 하교[286] 길에서 끊기고	驪駒唱斷河橋路
암담한 이별의 회포는 가는 이와 머문 이가 같네	黯黯離懷去住同

---

282 궁격(窮格) : 궁리도학(窮理道學) 및 격물치지(格物致知).
283 졸졸(卒卒) : 급박한 모양.
284 초초(草草) : 초솔(草率). 거칠고 간략함.
285 여구(驪駒) : 잃어버린 〈시경〉의 편명. 객이 떠나가며 부르는 이별의 노래임.
286 하교(河橋) : 교량(橋梁).

○엄서기께 답하는 편지(復嚴書記書)

관란(觀瀾)

제가 받들어 부친 것은 문(文)을 보냈을 뿐입니다. 떠남에 임한 급박할 때를 헤아리지 못했는데, 다시 가르침을 받고, 토론을 반복하게 되니, 참으로 감패(感佩)[287]하겠습니다. 마침 사고(事故)가 있어서 송포생(松浦生)[288]에게 편지를 통했는데, 그로 인하여 짧은 편지를 써서 감히 이처럼 사례하게 되었습니다. 대저 학자는 반드시 남을 이기고자 함을 통병(通病)으로 여깁니다. 참으로 이퇴계(李退溪)의 가풍(家風)에서 귀하게 여긴 바가 아닙니다. 족하께서 저의 답신을 시비를 다투고, 의기(意氣)를 다투는 것으로 여기지 않으심을 보고, 몹시 다행이었습니다. 보내온 편지에 "문청(文淸)을 거벽(巨擘)으로 삼는 것이 옳지 않겠습니까?"라고 하셨는데, 이 단락 뒤의 말의 맥락이 이해하기 어려웠습니다. 그것이 설씨(薛氏)를 숭상할 만하는 것이라면 바로 저의 뜻과 합치되는데, 숭상할 만하지 못하다는 것이라면 취향이 크게 다릅니다. 마땅히 조처해야 함은 물론입니다. 구문장(丘文莊)이 악비(岳飛)를 반드시 회복(恢復)하지 못했을 것이라고 여겼는데, 이는 시세(時勢)에서 각자 보는 바가 있었기 때문이었습니다. 처음부터 도

---

287 감패(感佩) : 마음에 감동되어 영원히 잊지 못하는 회포.

288 송포생(松浦生) : 송포하소(松浦霞沼 : 마쓰우라 가쇼, 1676~1728). 에도(江戶) 중기 쓰시마(對馬) 후츄번(府中藩)의 유자(儒者). 자(字)는 정향(禎卿), 호는 (霞沼)임. 목하순(木下順庵 : 기노시타 순안)의 문하에서 수학했으며 특히 시문에 재능을 발휘했다. 같은 목하순암의 문하인 우삼방주(雨森芳洲)와 특별히 친분이 깊었다. 편저(編著)『조선통교대기(朝鮮通交大紀)』(1725)는 중세부터 1716년까지 쓰시마와 조선과의 관계를 기술한 것으로 특히 임진왜란 이후의 부분은 사료적 가치가 높은 것으로 평가받고 있다.

의(道義)와 심술(心術)의 허물로 여기지 않습니다. 하물며 금병(金兵)의 강함이 송(宋)나라에 비하여 열배인데, 승패의 자취를 서생(書生)의 종이 위의 말로써 갑자기 쉽게 판단할 수는 없습니다. 진회(秦檜)를 송나라 충신이라고 했는데, 이는 노인이 고기(高奇)[289]함을 좋아하여, 중론(衆論)의 폐단을 교정하려고 그랬을 뿐입니다. 그러나 오랑캐와 중국을 분별하고, 내외(內外)를 바르게 했습니다. 그 종신토록 정력을 사용한 바가 바로 이 일부에 있었습니다. 세상 역사의 바른 계통을 환하게 볼 수 있는데, 어찌 관면(冠冕)을 찢어서 훼손하고, 금로(金虜)[290]라고 칭신(稱臣)함을 옳다고 여긴 자이겠습니까? 다만 그 조예(造詣)의 깊고 얕음과 식견과 취향의 높고 낮음에 있어서는, 참으로 문청(文淸)에게 미치지 못함이 있습니다. 그러나 경유의 정당함과 믿음의 두터움에 있어서는, 대개 또한 주명(朱明)[291] 한 시대에서 쉽게 얻을 수 없는 바입니다.(제가 서문에서 '경유의 정당함과 믿음의 두터움'으로써 문장(文莊)을 논했는데, 다시 살펴주시기를 바랍니다.) 또한 학맥을 바로잡아서 선배(先輩)를 논한 것은 스스로 마땅히 체성(體性)이 있으니, 곧 고덕(高德)과 위적(偉績)입니다. 왕수인(王守仁)의 경우, 문로(門路)에 구속되어서 어긋나게 달린 바가 있으니, 의리상 마땅히 버리고 돌아보지 않아야 합니다, 문장(文莊)의 경우는 그 학문이 바른데, 어찌 졸연(卒然)히 그 작은 하자를 적발하여, 그 대순(大醇)한 것을 버릴

---

289 고기(高奇) : 고초(高超)하고 걸출함.
290 금로(金虜) : 금(金)나라의 부로(俘虜).
291 주명(朱明) : 주씨(朱氏)가 세운 명(明)나라.

수 있겠습니까? 연의(衍義)의 보완과 학적(學的)의 편집을 또한 어찌
궤이(詭異)하고 유주(謬盩)하다고 논할 수가 있겠습니까? 저는 퇴계
(退溪)의 『계몽전의(啓蒙傳疑)』292를 읽고서, 설명한 바가 번잡하여서
옛날의 결정정미(潔靜精微)함을 잃어버렸다고 항상 의심했습니다. 「기
상시책(氣象蓍策)」한 그림은 더욱 견강분착(牽强紛錯 : 견강부회)합니
다. 그러나 그 강학(講學)의 순정(醇正)함과 양심(養心)의 치밀함에 대
해서는 저 잘못을 가져와서 이 아름다움을 덮어버린 적이 없습니다.
제가 퇴계를 논의한 것은 참람됩니다. 그 작은 것을 생략하고 큰 것
을 취하는 것이 또한 상론(尙論)의 체(體)라고 함이 당연할 뿐입니다.
귀국(貴國)의 학문이 은태사(殷太師)에게 근원을 두었다는 가르침을
삼가 들었습니다. 대개 홍범(洪範)의 전함이 없음을 퇴계가 근심으로
삼았습니다. 중간 2천여 년 동안 한 번 얻고, 한 번 잃었는데, 김대유
(金大猷)293에 이르러서 실로 비로소 정주(程朱)를 높일 줄을 알았습니
다. 그의 소득이 정달가(鄭達可)294와 더불어 누가 얕고 깊은지를 모

---

292 『계몽전의(啓蒙傳疑)』: 이황(1501~1570)이 주희(朱熹)의 『역학계몽(易學啓蒙)』에
   해석을 붙인 책. 1책. 목판본. 이 책만으로는 편찬연대를 알 수 없으나 조선총독부에서
   간행한 〈조선도서해제 朝鮮圖書解題〉에 따르면 1557년(명종 12)에 책이 완성되어 1600년
   (선조 33)에 간행한 것으로 되어 있다. 저자는 자서(自序)에 "수리(修理)에 관한 학문은
   오묘하여 쉽게 연구할 수 없으나 은오(隱奧)한 뜻에 가서는 밝히지 않을 수 없고 전인(傳
   印)의 잘못에 대해서도 바로잡지 않을 수 없기 때문에, 생각하다가 맞아 떨어지는 것이
   있고 옛 것을 상고하여 증거 있는 것은 그대로 적어서 고열(考閱)의 편리를 도모했다"고
   하였다. 본문에서는 〈역학계몽〉과 한방기(韓邦奇)의 〈계몽의견 啓蒙意見〉에서 각자의
   설(說)을 먼저 싣고 자기 의견을 덧붙였다. 규장각·장서각 등에 소장되어 있다.
293 김대유(金大猷) : 김굉필(金宏弼, 1454~1504). 자는 대유(大猷), 호는 한훤당(寒喧
   堂)·사옹(蓑翁). 본관은 서흥(瑞興), 시호는 문경(文敬). 『한훤당집(寒暄堂集)』이 있음.
294 정달가(鄭達可) : 정몽주(鄭夢周, 1337~1392), 고려말의 유학자. 자는 달가(達可),

르겠습니다. 달가(達可)의 문장(文章)·경제(經濟)·기절(氣節)·충개
(忠慨)는 전후(前後)로 이와 같은 것이 없었습니다. 단지 그 강설(講說)
한 바는 호운봉(胡雲峰)[295]의 『사서통(四書通)』과 꼭 들어맞을 뿐입니
다. 그 식견이 도달한 바를 대략 살펴서 추측할 수 있습니다. 이복고
(李復古)[296]가 나와서 정명(精明)함을 크게 가했는데, 퇴계에 이른 연
후에 그 성취를 모으고, 그 요점을 얻었습니다. 이것이 제가 귀국에
서 다만 퇴계만 말한 이유인데, 다른 사람은 언급할 겨를이 없었습니
다. 우리나라에 있어서는 오로지 산기경의(山崎敬義)만 거론했는데,
또한 이러한 뜻일 뿐입니다. 퇴계의 뒤를 계승한 사람에는 율곡(栗
谷)과 우계(牛溪) 제공(諸公) 등 많이 있습니다. 호학군자(好學君子)와
풍화(風化)의 성대함을 충분히 흠앙(欽仰)할 만합니다. 앞의 글에서
이른 바 명나라 사람이 귀국의 문을 논했다고 한 것은 왕세정(王世
貞)[297]을 지적한 것인데, 말이 그 문집에서 보입니다. 이른 바 불도를
숭상하고 노장을 섞었다고 한 것은 또한 세정(世貞)의 학문을 비판한
것입니다. 보내주신 편지에는 제 뜻을 상세히 알지 못한 듯했습니다.
다시 살펴보아 주시기 바랍니다. 보내주신 편지에서 또한 말씀하시

호는 포은(圃隱). 본관은 연일(延日). 시호는 문충(文忠).
295 호운봉(胡雲峰) : 호병문(胡炳文, 1250~1333). 원(元)나라 유학자. 자는 중호(仲
虎), 호는 운봉(雲峰). 무원(婺源) 사람. 저서에 26권으로 된 『사서통(四書通)』이 있음.
296 이복고(李復古) : 이언적(李彦迪, 1491~1553). 자는 복고(復古), 호는 회재(晦齋).
본관은 여주(驪州). 시호는 문원(文元). 『회재집(晦齋集)』이 있음.
297 왕세정(王世貞, 1529~1590) : 명(明)나라 문인 겸 학자. 자는 원미(元美), 호는 봉주
(鳳洲)·엄주산인(弇州山人). 강소(江蘇) 태창(太倉) 사람. 문학에 있어서는 이반룡(李攀
龍)과 함께 후칠자(後七子)의 영수였으며, 경사(經史)에 있어서도 많은 저술을 남겼다.

기를, 우리나라 풍속이 큰 변화를 숭상하여서, 문교(文敎)가 무성하게 일어났다고 하셨습니다. 그러나 그 실상은, 우리나라는 상세(上世)에는 문을 숭상하고, 중엽에는 무(武)를 섬겼습니다. 오늘에 이르러 조장회구(組章繪句)²⁹⁸의 공교함이 옛날에 미칠 수 없지만, 도검탁건(韜鈐橐鞬)²⁹⁹의 업(業)은 날로 더욱 정밀해져서, 오늘의 무로써 옛날의 문을 병탄했습니다, 이것이 또한 제가 눈을 비비고 바라보고자 한 까닭입니다. 아! 한 번 이별하면, 참으로 뒷물이 배를 돌릴 수 없습니다. 하늘이 좋은 인연에 인색하여, 저와 족하를 다시 책상을 마주할 수 없게 한 것이 한스럽습니다. 붓을 잡고 품은 생각을 다 풀려고 했으나, 종이에 임하여 망망(茫茫)하니, 어떻게 생각을 받들겠습니까? 불비(不備).

○조정사께 드리다
呈趙正使

관란(觀瀾)

대명 사빈이 먼 곳 손님을 인도하니	大命司賓延遠人
황금문이 넓은데 햇살이 새롭네	黃金闥豁日華新
구름 속의 신발 그림자가 주옥 계단을 지나가고	雲中潟影度珠砌
거리 위의 갈피리 소리가 성곽 문에 흐르네	陌上笳聲流綉闉

---

298 조장회구(組章繪句) : 장구(章句)를 짓고 수식하는 것.
299 도검탁건(韜鈐橐鞬) : 도검은 『육도(六韜)』와 『옥검편(玉鈐篇)』의 병칭. 모두 병서(兵書)임. 탁건은 화살을 넣는 통.

의례가 원란³⁰⁰을 본뜨니 참으로 세상의 상서로움이고

儀比鵷鸞眞世瑞

재능은 호련³⁰¹ 같으니 나라의 진보이네　材如瑚璉是邦珍

기쁜 화합이 무성한 기운을 맺어서　歡和結作氤氳氣

곧장 높은 성에서 하늘로 이어지네　直自層城薄九旻

○관란께 부쳐주신 작품을 받들어 사례하다
奉謝觀瀾寄示之作

조태억(趙泰億)

붉은 뜰의 종고소리 행인을 대접하는데　彤庭鐘鼓饗行人

아침 해 뜬 동관에 기쁜 기운이 새롭네　朝日東關喜氣新

아득한 운연 속에 만 집들이 열려 있고　縹紗雲烟開萬戶

들쭉날쭉한 궁궐들 성곽 문을 껴안고　參差官闕擁重闉

맹약을 편 흥성한 나라의 천년이 아름답고　申盟興國千年好

노래를 전파하는 사신의 한 글자가 진기하네　播詠詞臣隻字珍

간사가 파도 길의 험함을 근심하지 않고　幹事不愁波路險

일생의 충신을 푸른 하늘에 묻네　一生忠信質蒼旻

신묘년 동지(冬至)

300　원란(鵷鸞) : 일종의 봉황으로 태평성대에 나타나서 의례를 올린다고 함.

301　호련(瑚璉) : 인재를 말함. 호련은 본래 오곡(五穀)을 담아 신께 바치던 제기(祭器)이다. 하(夏)나라에서는 '호(瑚)'라 하고 은(殷)나라에서는 '연(璉)'이라 했는데, 제기(祭器) 중에서 귀한 것의 하나임. 공자(孔子)가 자공(子貢)의 인물(人物)됨을 평하여 '호련'이라 한 데서, 고귀한 인물이나 인재를 비유하게 되었음.

○별첩을 관란 사안에 드리다
別帖觀瀾詞案

조태억(趙泰億)

근래 시장(詩章)을 받았는데, 청경(淸警)[302]하고 맛이 있음을 몹시
깨달았고, 여어(儷語)[303]는 더욱 전아(典雅)하고 법칙이 있었습니다.
먼 곳 객의 돌아가는 자루에 이런 희귀한 것을 얻을 줄 헤아리지
못했습니다. 정이 넘치는 호대(縞帶)[304]의 기증은 감개함이 백 명의
벗을 얻는 것보다 낫습니다, 다만 장려하여 허락하심이 너무 지나쳐
서 사람을 부끄럽게 만듭니다. 도의상 마땅히 시편을 좇아서 화답을
받들어서 약간이나마 사례의 정성을 올려야하지만, 떠날 날짜가 이
처럼 촉박하여, 의흥(意興 : 흥취)이 동요하지 않습니다. 다만 보운(步
韻)[305]한 율시 한 수로써 두터운 정성을 우러러 갚으려하니 부끄러움
이 참으로 많습니다. 지활(脂轄)[306]에 이르기 전에 저에게 경개(傾
蓋)[307]해 주시기를 바랍니다.

---

302 청경(淸警) : 청신하고 경책(警策)함.
303 여어(儷語) : 변려문(騈儷文).
304 호대(縞帶) : 호저(縞紵). 원래 흰모시인데, 시편 및 편지를 비유함.
305 보운(步韻) : 차운(次韻).
306 지활(脂轄) : 수레바퀴의 비녀장에 기름칠을 하는 것. 먼 길을 떠나는 수레를 준비함
  을 말함.
307 경개(傾蓋) : 길에서 상봉하여 수레 덮개를 기우리고 대화하는 것. 상봉을 말함.

○임부사께 드리다
  呈任副使

관란(觀瀾)

큰 바다에 잠겨 있는 어룡에 대해 오래 들었는데	久聞瀛海閟魚龍
사자가 높은 관모를 쓰고 홀을 들고 공손하네	使者峩冠執瑞恭
양국의 산하가 울률308한 곳에 있는데	兩國河山存鬱嵂
이방의 예악이 화락함을 보네	殊方禮樂覩雍容
놀빛 옷자락은 봉래궐309로 날아오르고	霞裾飄上蓬萊闕
깃털 장식 수레는 함염봉310에 맑게 얽히네	羽蓋晴縈菡萏峰
이로부터 여러 신선들 취하지 않음이 없고	自是羣仙無不醉
해 주변의 푸른 원수가 은혜를 성대히 내리네	日邊碧沅賜恩濃

○이종사께 드리다
  呈李從事

관란(觀瀾)

서쪽 바다의 천참311이 넓은데	西洋天塹闊
다만 대대로의 교빙을 통하게 하네	特使世交通
여러 객들의 의관이 예스럽고	諸客衣冠古

---

308 울률(鬱嵂) : 산세가 굴절하여 이어지는 것.
309 봉래궐(蓬萊闕) : 전설의 삼신산의 하나인 봉래산의 궁궐. 신선이 거주하는 곳임.
310 함염봉(菡萏峰) : 함염은 부용(芙蓉)과 같음. 전설에 신선이 거주한다는 부용성(芙蓉城)이 있는데, 함영봉 역시 그런 의미로 사용된 듯함.
311 천참(天塹) : 천연의 참호(塹壕). 큰 강이나 바다를 말함.

대방의 사부가 웅혼하네	大邦詞賦雄
진정 은하수에 스치는 물수리 같으니	眞如摩漢鶚
겁남이 냇물에 모인 기러기 떼와 같네	怯比集川鴻
산하의 다름을 묻지 않으니	不問山河異
팔굉³¹²에서 정신이 오래 화락하네	八紘神久融

○삼택관란의 사안에 수창하여 사례하다
酬謝三宅觀瀾詞案

이언방(李邦彦)

편지와 좋은 시편을	尺牘兼佳什
연이어 보내 호의를 통하네	仍將好意通
재능의 높음은 정자산³¹³ 같고	才高推鄭産
문사의 풍부함은 양웅³¹⁴과 같네	文富似揚雄
상서로운 시대는 나는 봉황을 놀라게 하고	瑞世驚翔鳳
조정에서의 의례는 점홍³¹⁵을 상상하게 하네	儀朝想漸鴻

---

312 팔굉(八紘) : 팔방의 지극히 먼 땅.

313 정자산(鄭子産) : 자산(子産, ?~기원전522)은 성은 공손(公孫), 이름은 교(僑), 자는 자산(子産). 춘추시대 정나라의 저명한 정치가 및 사상가. 평생 간개(簡介)하고, 정나라 재상을 역임했음.

314 양웅(揚雄) : 전한(前漢)의 학자 겸 문인(기원전53~18). 자는 자운(子雲). 성제(成帝) 때에 궁정 문인이 되어 성제의 사치를 풍자한 문장을 남겼다. 후에 왕망(王莽) 정권을 찬미하는 글을 써 비난을 받기도 하였다. 작품에 〈감천부(甘泉賦)〉, 〈하동부(河東賦)〉, 저서에 《법언(法言)》, 《태현(太玄)》 따위가 있다.

315 점홍(漸鴻) : 물에서 강변 언덕으로 날아오른 기러기. 벼슬에 나아가는 것을 비유함.

| 어떻게 한 걸상자리를 마련할까? | 何由爲一榻 |
| 온화한 기운이 봄기운에 스며드네 | 和氣襲春融 |

황송하게 고상한 편지를 주셨는데, 식견이 높고 학문이 넓음을 충분히 볼 수 있어서 사람에게 망양지탄(望洋之嘆)[316]을 하게 합니다. 돌아갈 기일이 이미 촉박하여서, 스스로 졸졸(卒卒)하며 답장을 받들 수 없었습니다. 예의에 있어서 부끄럽고 부끄럽습니다.

신묘년 장지일(長至日).

○임부사를 전송하다
送任副使

관란(觀瀾)

접역[317]은 영표[318]를 두루고	鰈域環瀛表
상방[319]은 첫 햇빛의 곁에 있네	桑邦初曜邊
밝은 위엄의 빛이 임하여 빛나고	威明臨赫赫
인화가 널리 고르네	仁化普平平

---

316 망양지탄(望洋之嘆) : 남의 위대함을 보고, 자신의 역량부족을 탄식하는 것.

317 접역(鰈域) : 조선을 말함. 접어(鰈魚)는 비목어(比目魚), 즉 넙치. 『이아(爾雅)·석지(釋地)』에 "동방에 눈이 나란한 물고기(비목어)가 있다. 나란히 하지 않으면 갈 수 없다. 그 이름을 접어라고 한다"고 했다. 이로 인하여 동방의 나라인 조선을 접역이라고 했음.

318 영표(瀛表) : 영주(瀛洲)의 땅. 영주는 전설 속의 삼신산(三神山) 중의 하나.

319 상방(桑邦) : 부상(扶桑)의 나라. 일본을 말함. 부상은 전설 속의 동방에 있다는 뽕나무로서 해가 뜨는 곳이라고 함.

끝자락 햇볕이 후미진 물가에 이르고   末煦漸陬澨

남은 젖음이 풀싹의 날림에 미치네   餘霑及苗翾

태화[320]가 고루 왕성하게 퍼지고   泰和均豐鑠

영운[321]이 함께 크게 연장되네   令運共洪延

이웃나라와의 맹약은 항상 옛것을 찾아서   鄰約常尋舊

방문하는 기한을 영원히 어기지 않네   聘期永弗愆

이에 밝은 문서를 지어 받들고   聿修承顯構

곧 이역에 살펴서 보냈네   乃睠致殊埏

동풍의 시후를 점쳐서 살피고   占候東風律

밝은 빛이 남쪽으로 날아가는 궤도에 있네   光芒南翼躔

규를 잡고 넓은 물을 건너서   操圭超淼漫

폐물을 펼침이 이어지니   及幣展纏綿

조정은 전쟁을 일으키자는 말을 끊고   廷絶興戎口

백성들은 군량을 수송하는 어깨를 쉬네   氓休輪餉肩

닭소리를 기러기의 변방에서 듣고   雞聲聞雁徼

고래 고기로 교룡의 못에 미끼를 던지네   鯨肉餌蛟淵

화합하여 즐거움 나누는 마음을 가지고   協秉交歡裏

제사를 추억하며 맹약 이전을 가리키네   億祀指誓前

기봉[322]의 융체[323]가 멀고   箕封隆替緬

---

320 태화(泰和) : 태평(太平).

321 영운(令運) : 좋은 운수.

322 기봉(箕封) : 기자(箕子)의 봉역(封域). 조선을 말함.

323 융체(隆替) : 융성함과 쇠퇴함.

우범³²⁴은 고금에서 아득한데	禹範古今懸
희실³²⁵의 예를 여전히 인습하고	姬室禮猶襲
은나라의 바탕을 오히려 따라가네	殷家質尙沿
엄격한 과거는 빼어난 인재들을 육성하고	嚴科成俊秀
관대한 교화는 호현³²⁶들을 동요시키네	寬敎擾豪賢
뽑아서 취하니 인재 육성이 성대하고	抽取毓材盛
선발하여 맡기니 명을 받고 전념하네	撰任唧命專
구문³²⁷을 어찌 반드시 시험할 것인가?	歐文那須試
배감³²⁸이 진정 전형을 담당하네	裴鑒正當銓
감춘 뜻을 다하여 운간³²⁹을 점검하고	窮秘撿芸簡
정성을 펴서 세전³³⁰을 흔들고	陳誠撼細㲝
간혹 문사는 쪼아놓은 옥과 같고	或詞如琢玉
또한 분별이 세차게 솟는 샘물 같네	亦辨似洶泉
지척에서 기회를 만나 결단하고	咫尺逢機決
시종 절조를 지켜 온전하네	始終伏節全
깃발은 휘감겨 방초 우거진 들로 나가고	旟縈芳甸出

---

324 우범(禹範) : 우(禹)임금의 법.

325 희실(姬室) : 주(周)나라. 주왕조는 희씨(姬氏) 성이었음.

326 호현(豪賢) : 지위와 명망 있는 사람.

327 구문(歐文) : 송나라 구양수(歐陽脩)의 문장. 구양수는 문장으로 당송팔가(唐宋八家) 중의 한 사람이었음.

328 배감(裴鑒) : 진(晉)나라 배해(裵楷)는 이부랑중(吏部郎中)을 지내면서 인재를 잘 품 평하여 알맞은 관직에 추천하였음.

329 운간(芸簡) : 서간(書簡).

330 세전(細㲝) : 가늘게 짠 모직물. 양탄자.

소매는 옥초³³¹를 향해 들춰지네	袂向沃焦褰
잠부³³²에서 괴괴³³³함이 오르고	潛府騰瑰怪
주은아³³⁴는 아리따운 모습을 올리네	隱娥獻艷娉
거친 물결 속에 홀로 검을 잡고	橫波單把劍
물결을 열려고 한 번 채찍을 휘두르네	辟浪一揮鞭
높이 솟은 원량³³⁵의 등이고	碓矹黿梁背
날아오른 별수³³⁶의 꼭대기이네	翶翔鼈岫巓
순요³³⁷하게 바뀐 풍속을 보고	醇澆觀改俗
기름지고 척박한 산천을 돌아보네	腴瘠顧山川
맞이하는 기병들은 교외에서 대열을 나누고	迓騎郊分隊
머문 역정에서 격선³³⁸을 한다고 하네	頓亭道擊鮮
복장은 제나라 초나라처럼 다르지만	服裝殊齊楚
북과 피리소리 곧 크게 울려나니	擂吹乍訇闐
이방과 중국을 구별할 수 없는데	不詳夷夏別
과연 한나라 위나라에서 전한 것이네	果是漢魏傳

---

331 옥초(沃焦) : 전설 속의 동해(東海) 남부에 있다는 큰 석산(石山)의 이름.

332 잠부(潛府) : 수부(水府). 전설 속의 수신(水神)이나 용왕(龍王)이 거주한다는 곳.

333 괴괴(瑰怪) : 괴이(怪異).

334 주은아(朱隱娥) : 전설 속의 동해군(東海君) 풍수(馮修)의 부인.

335 원량(黿梁) : 큰 자라가 만든 다리. 『죽서기년(竹書紀年)』에 "목왕(穆王) 37년, 초(楚)나라를 정벌할 때 크게 구사(九師)를 일으켰는데, 동쪽으로 구강(九江)에 이르러 원효(黿鼉)를 질타하여 다리를 만들었다"고 했음.

336 별수(鼈岫) : 전설 속의 자라가 지고 있다는 삼신산(三神山)을 말함.

337 순요(醇澆) : 순박한 풍속이 천박하게 변하는 것.

338 격선(擊鮮) : 음식을 만들기 위해 살아있는 생선이나 짐승을 잡는 것.

붕각³³⁹엔 비단 발이 무리 짓고　　　　　棚閣錦簾簇

의장의 서릿발 창들이 나란하네　　　　　仗儀霜戟聯

패옥소리는 걸음 따라 울려나고　　　　　珮鳴隨步動

관모 기울어 경건함을 보이네　　　　　冠側見傾虔

종묘의 제기는 마땅히 귀물로 추대해야 하니　廟器應推貴

나라의 광영을 선동시킬 만하네　　　　　國華足可扇

수운³⁴⁰엔 상서로운 빛이 뜨고　　　　　需雲浮瑞彩

맑은 이슬은 은혜로운 물방울을 내리네　　湛露降恩涓

음악연주를 설치하여 대전에서 연주하고　爲設鈞庭奏

타전³⁴¹에 잔치자리를 크게 벌려놓았네　　大羅朶殿筵

함께 즐기며 땅을 팔지 않고　　　　　　合歡無賣土

은총 내림에 가변³⁴²이 있네　　　　　寵錫有加籩

화려하게 문객의 객사에 세우고　　　　　宏麗揭門館

풍요롭게 희견³⁴³을 배불리 먹게 하네　　優豊飫餼牽

어찌 널리 누추함을 구하여　　　　　　盍旁求弊陋

신선을 추천할 계책이 적겠는가?　　　　計少薦神仙

인력으로 만든 금성탕지³⁴⁴가 웅장하고　人力金湯壯

땅의 형세가 이룬 관새가 견고하네　　　地維關塞堅

---

339 붕각(棚閣) : 대나무와 나무 등으로 세운 막사.

340 수운(需雲) : 비를 내리려는 구름.

341 타전(朶殿) : 대전(大殿)의 동서 측당(側堂).

342 가변(加籩) : 대접하는 변두(籩豆)의 수를 더하여 줌. 평상의 예를 넘어서는 것.

343 희견(餼牽) : 돼지나 소 등의 희생(犧牲). 널리 양곡과 육류식품을 가리킴.

344 금성탕지(金城湯池) : 쇠로 만든 상과 끓는 물의 참호. 견고한 성을 말함.

용양[345]은 백만으로 이어지고	龍驤班百萬
호려[346]는 삼천을 끼었네	虎旅狹三千
군목[347]들은 의상을 갖추고 모이고	羣牧衣裳會
소후[348]들은 구슬과 수로 장식하고 상점에 있네	素侯珠繡廛
해마다 쌓아둔 곡식으로 인하여	年年因庾粟
매일 허공을 가리는 배들이 오가네	日日蔽空船
눈 쌓인 고개는 봄가을로 눌리고	雪嶺秋春鎭
푸른 바다의 형세가 이어지네	蒼溟形勢連
문득 고향이 아님을 헤아리고 탄식하며	忽茹非土歎
귀거래편을 읊으려 하네	欲賦曰歸篇
반딧불은 양화도[349]를 건너가고	螢度楊花渡
기러기는 약목[350]의 하늘을 날아가네	鴻飛若木天
미무[351]의 향은 일어나지 않고	蘪蕪香不起
호랑나비는 추워서 잠들지 못하네	蝴蝶冷無眠
바람 불어 울타리 꽃이 다 지고	颯矣籬英盡
어지럽게 새벽 싸락눈이 날리네	紛然曉霰翩
맑은 소리가 차가운 피리를 진동하고	淸哦振寒篇

---

345 용양(龍驤) : 중국의 오대(五代) 양(梁)나라에 있던 군대의 이름. 용맹한 군대를 말함.
346 호려(虎旅) : 호랑이 무리와 같은 용맹한 군대.
347 군목(羣牧) : 여러 지방관들.
348 소후(素侯) : 관직과 봉록이 없지만 왕후에 버금가는 부유한 사람들.
349 양화도(楊花渡) : 한강(漢江)에 있는 나루 이름.
350 약목(若木) : 전설 속의 신목(神木)의 이름. 해가 지는 곳이라고 함.
351 미무(蘪蕪) : 향초의 일종. 궁궁이의 싹.

먼 그리움은 놀빛 종이에 오르네	遙思上霞箋
슬픔이 일어나니 시인 두보를 생각하고	悲興懷詩杜
먼 여행에 역사가 사마천을 생각하네	遠遊憶史遷
누가 여행하며 본 풍부함을 펴서	誰披行監富
좌담의 현묘함을 실컷 먹게 하는가?	使飽坐譚玄
당의 곁채에선 구중 통역을 하고	堂廡九重譯
건곤은 인연을 마치지 못했는데	乾坤未了緣
금방 학의 수레를 재촉하여	須臾催駕鶴
아득히 맑은 안개로 향하네	縹緲向霽煙
다만 쑥밭 언덕의 달만 남아 있어서	惟有蓬丘月
밤마다 스스로 둥그네	夜夜自團圓

○이학사를 전송하다
送李學士

관란(觀瀾)

문득 전연사[352]와 이별하니	忽別全燕士
푸른 물결이 흐르려고 하지 않네	滄波欲不流
슬픈 노래 신기루 누각을 흔들고	悲歌搖蜃閣
길게 읍하고 선주를 내려가네	長揖下仙洲

---

352 전연사(全燕士) : 조선의 선비를 말함. 『사기(史記)·조선열전(朝鮮列傳)』에 요동(遼東)을 설명하기를 "처음 전연(全燕) 때부터, 일찍이 대략 진번(眞番)에 속했는데, 조선(朝鮮)이 관리를 두고 장새(鄣塞)를 축성했다"고 했음.

서리가 녹로검³⁵³을 치고　　　　　　　霜撲轆轤劍

구름은 비취구³⁵⁴에 얽히네　　　　　　　雲紆翡翠裘

황금대³⁵⁵로 올라가서　　　　　　　　　黃金臺上去

기름 같은 술을 가득 따르네　　　　　　　飽酌酒如油

○홍서기를 전송하다
送洪書記

관란(觀瀾)

이로부터 가인이 하늘 한 끝에 있으니　　　　自是佳人天一方

울리는 패옥을 차고 멀리 처음 바라보네　　　鳴環垂珮迥初望

몸의 문장은 가을구름의 푸름을 온통 썼고　　身章全被秋雲碧

노래하는 입은 가볍게 백설³⁵⁶의 향을 부네　歌口輕噓白雪香

요지³⁵⁷로 고개 돌려 길이 있음을 아니　　　回首瑤池知有路

봉도³⁵⁸에서 잠 못 이루고 서리 많음을 아네　不眠蓬島覺饒霜

섬섬옥수가 남은 달빛을 튕길 만한데　　　　可堪纖手彈殘月

다시 이란³⁵⁹를 좇아 마음껏 나네　　　　　復逐離鸞任意翔

---

353 녹로검(轆轤劍) : 옛날 보검의 이름. 검의 머리에 옥으로 녹로처럼 장식한 검.

354 비취구(翡翠裘) : 비취새(물총새)의 깃으로 장식한 털옷.

355 황금대(黃金臺) : 전국시대 연(燕)나라 소왕(昭王)이 천하의 현사를 부르기 위해 세운 대. 황금주머니를 매달아두었기 때문에 부르는 이름.

356 백설(白雪) : 고대 초(楚)나라 가요에 〈백설가〉가 있음.

357 요지(瑤池) : 전설 속의 서왕모(西王母)가 거주한다는 곳. 곤륜산(崑崙山)에 있다고 함.

358 봉도(蓬島) : 봉래도(蓬萊島). 동해에 있다는 삼신산 중의 하나.

○화답하다
和

홍순연(洪舜衍)

그대 문채가 동방을 천단함을 사랑하는데	愛君文彩擅東方
즉석에서 온화하게 다시 의젓이 바라보네	卽處溫然更儼望
기운은 절로 호웅하여 명성이 성대하고	氣自豪雄聲譽蔚
시는 여전히 전송되어 성명이 향기롭네	詩猶傳誦姓名香
타향의 이별의 한에 창자가 쇠가 아닌데	殊鄕離恨腸非鐵
먼 길 나그네 시름에 귀밑머리가 세려고 하네	遠路羈愁鬢欲霜
이별 후 소식을 어디에 부탁해야 하는가?	別後音信何處托
봄이 오니 기러기가 때마침 남쪽으로 나네	春來鴻雁會南翔

○남서기를 전송하다
送南書記

관란(觀瀾)

가을바람이 바다 위에 부니	金風吹海上
사람 마음이 바뀌는 듯하네	人心若有易
요학360이 때마침 날아올라서	遼鶴時乃起
층층의 구제361의 푸름 속에 있네	層層九霽碧

---

359 이란(離鸞) : 짝 잃은 난새. 또한 금곡(琴曲)에 〈쌍봉이란(雙鳳離鸞)〉이란 곡이 있음.

360 요학(遼鶴) : 요동학(遼東鶴). 요동 사람 정령위(丁令威)가 영허산(靈虛山)에서 도를 닦아서 학이 되어서 천년 만에 고향으로 돌아왔다고 함.

아침엔 용부[362]의 깊은 곳을 스쳐가고	朝掠龍府深
저녁엔 별봉[363]의 등성에서 쉬네	夕憇鼈峯脊
전각 건물들은 모두 주패들인데	殿宇皆珠貝
구부리고 쪼며 잠시 스스로 접근하네	俯啄暫自邊
누가 흰 구름 속의 지초를 캐서	誰採白雲芝
붉은 놀에 젖음을 돕는가?	副以紫霞潗
골짜기 안의 삽우선[364]이여	洞裏揷羽仙
이 뜻에 남은 애석함이 많네	此意多餘惜
길게 울며 떠나가며	長鳴憂而去
다만 마땅히 자취를 남기지 않네	只合不留跡

신묘년 10월 28일 빈관(賓館)에서의 창수(唱酬)

관란(觀瀾)

양 조정이 즐거움을 나누니, 바닷가까지 근심이 없습니다. 지금 사신의 수레가 멀리 와서 대대로의 화목을 펴서 닦았습니다. 실로 피차가 즐거운 경사로 여기는 바이고, 겸하여 또한 우리 무리와 여러 귀객(貴客)들이 한 당(堂)에서 주선하여 대국(大國)의 빛나는 의례를 보았습니다. 기쁜 제 마음이 퍼지는 것이 어찌 다하겠습니까? 다만

---

361 구제(九霽) : 도가(道家)에서 말하는 신선이 거주한다는 곳.
362 용부(龍府) : 전설 속의 용궁(龍宮).
363 별봉(鼈峯) : 전설 속의 자라가 지고 있다는 삼신산.
364 삽우선(揷羽仙) : 깃을 꽂은 신선. 여기서는 요학(遼鶴)을 말함.

동남(東南)의 풍토에 익숙한 적이 없고, 게다가 수륙(水陸) 만 리를 안개와 이슬을 무릅썼지만, 나아가 보았을 때 진진(津津)³⁶⁵한 기색(氣色)이 보는 눈에 넘쳐나서 포도 빛과 같음을 보았습니다.

○ 질문(問)   관란(觀瀾)

이회재(李晦齋)³⁶⁶와 이퇴계(李退溪)는 주자의 학문에 대하여, 평정(平正)하고 순수(醇粹)하여 그 종지(宗旨)를 얻었다고 할 만하니, 참으로 흠복(欽服)하는 바입니다. 회재는 퇴계가 지은 행장(行狀)이 있어서 살펴볼 수 있습니다. 퇴계의 사적(事跡)에 있어서도 또한 반드시 문인(門人)이나 자제들이 기록한 것이 있을 것인데, 전한 것을 얻어서 보지 못했습니다. 작리(爵里)와 세계(世系), 무슨 벼슬을 하였는지? 어느 조정에서 어느 조정까지인지? 족하께서 기억하는 바가 있다면 적어서 보여주시기를 청합니다.

○ 답(答)   이현(李礥)

퇴계 이선생의 학문의 순수(醇粹)함에 대해서는 귀국(貴國)의 여

---

365 진진(津津) : 충만하여 넘치는 모양.
366 이회재(李晦齋) : 이언적(李彦迪, 1491~1553). 본관은 여주(驪州). 초명은 적(迪). 자는 복고(復古), 호는 회재(晦齋)·자계옹(紫溪翁). 성리학의 이설(理說)을 정립하여 이황(李滉)의 사상에 커다란 영향을 주었다.

러 분들이 이미 평소에 들었기 때문에 다시 번거로운 말을 할 필요가 없습니다. 선생은 본래 경상도(慶尙道) 예천(醴川) 사람인데, 관직은 이상(二相)[367]에 이르렀고, 자는 경호(景浩)입니다. 그 평생의 사적 (事跡)에 대해서는 이미 명현(名賢)들의 찬차(撰次)[368]가 있습니다. 국가에서 특별히 서원(書院)을 설립하여 많은 선비들이 장수(藏 修)[369]하는 장소로 삼게 했습니다. 선묘(宣廟) 말년에 우대가 특별히 융숭했습니다. 우리 동방의 이율곡(李栗谷) 선생도 또한 그 문인입 니다.

○질문(問)   관란(觀瀾)

퇴계씨의 뒤를 계승하여 그 종풍(宗風)을 떨칠 수 있었던 사람 가운 데 이율곡(李栗谷)이 있으니, 기뻐할 만합니다. 율곡의 이름과 자는 무엇입니까? 논술(論述)이 있다면 얻어서 볼 것이 있습니까? 우리나라 에는 산기경의(山崎敬義)라는 분이 실로 주자학을 창도한 효시(嚆矢) 입니다. 원객(遠客)의 돌아갈 마음이 날로 염려되는 때를 당하여, 해문 (海門)이 차갑고, 또한 맹렬한 바람이 꺼림을 그치지 않고, 눈기운이 두루 처량하고, 온화한 기운에는 왕성하게 짙은 먼지가 가득합니다.

---

367 이상(二相) : 의정부의 좌찬성(左贊成)과 우찬성(右贊成)의 별칭. 삼정승(三政丞) 다 음가는 벼슬이라는 뜻으로 부르는 말.
368 찬차(撰次) : 기술(記述).
369 장수(藏修) : 전념하여 학문을 하는 것.

○다시 이학사께 드리다
再呈李學士

관란(觀瀾)

관사(館事)의 분주함과 한가함을 헤아려보니, 다시 만나기는 어렵겠습니다. 선패(旋斾)[370] 또한 기일이 촉박합니다. 감히 삼가 한 잔을 비루한 시편으로써 권합니다.

태어나서 사신의 보좌가 되니 호걸이라 칭할 만하고

生爲使佐足稱豪

무한한 긴 바람이 절모[371]를 전송하네　　　無限長風送節斾

은빛 송골매가 허공을 치니 가을색이 움직이고　銀鶻搏空秋色動

검은 자라가 물결을 부니 바다 빛이 높네　　玄鼇吹浪海光高

취한 노래는 또한 고구려 소리를 살피네　　酣歌且按勾麗韻

의기는 장차 일동도[372]를 던지려 하네　　意氣將投日東刀

이처럼 요지[373] 삼만 리로 떠나가니　　此去瑤池三萬里

다시 상우[374]를 날려 포도주를 올리네　　復飛觴羽進葡萄

370　선패(旋斾) : 회귀(回歸).

371　절모(節斾) : 사신의 부절과 깃발.

372　일동도(日東刀) : 일본도(日本刀).

373　요지(瑤池) : 전설 속의 곤륜산(崑崙山)에 있는 서왕모(西王母)가 거주한다는 곳.

374　상우(觴羽) : 우상(羽觴). 양쪽에 날개 같은 귀가 달린 술잔.

○화답
和

이현(李礥)

쇠한 나이에 기운이 오히려 호탕함이 스스로 우스운데

自笑衰齡氣尙豪

월사[375]가 동쪽에 이르러 깃발을 좇아가네

月槎至東逐旌旄

구름 이어진 익로[376]엔 푸른 바다가 넓고

連雲鷁路靑冥闊

해를 적시는 경파[377]엔 흰 구름이 높네

沃日鯨波白雪高

흥을 풀려는 시정에 굳센 붓을 휘두르고

遣興詩情揮健筆

몸을 방어하는 긴 물건엔 웅장한 칼이 있네

防身長物有雄刀

술잔과 음식을 새로 갖추어 올리니

盃盤鼎味供新具

물고기는 문린[378]이고 술은 포도주네

魚是文鱗酒是萄

○다시 화답함
疊和

관란(觀瀾)

한겨울에 객의 생각은 바위처럼 호협한데

冬半客思石更豪

분분한 흰 눈발이 깃발에 쌓이네

紛紛白雪綴旌旄

---

375 월사(月槎) : 달빛 속의 뗏목. 사신의 배를 말함.

376 익로(鷁路) : 뱃길. 익조(鷁鳥)는 물에 잘 뜨는 새인데, 뱃머리에 그려서 배의 안전을 기원했음. 배의 대칭으로 쓰임.

377 경파(鯨波) : 큰 파도.

378 문린(文鱗) : 문양이 있는 물고기.

회남[379]의 장막 속에도 이와 같은 재능이 없고	淮南幕裏才無此
요좌의 모자모서리처럼 인품이 절로 높네[380]	遼左帽稜人自高
좌석에서는 반봉금[381]을 읊어서 짓고	當座吟裁盤鳳錦
영주[382]에 배 띄우고 회경도[383]를 손수 시험하네	泛瀛手試繪鯨刀
돌아오니 가슴 속을 씻은 것이 진정 좋고	歸來正好澆胸抱
압록강은 깊어서 색이 옥산과 같네	鴨綠江深色玉山

○삼가 남서기께 올리다
謹呈南書記

관란(觀瀾)

연파 속 고국을 떠난 지 오래인데	煙波辭國久
관문 나루는 강역으로 들어가서 기네	關渡入彊脩
갖옷이 빛바랬는데 천 봉우리에 비 내리고	裘黦千峰雨
꽃이 노란 사해의 가을이네	華黃四海秋
방언을 간혹 스스로 기록하고	方言間自記

---

379 회남(淮南) : 회남왕(淮南王) 유안(劉安)을 말함. 그의 문객에 소비(蘇飛)·목상(目尚)·좌오(左吳)·전유(田由)·뇌피(雷被)·모피(毛被)·오피(五被)·진창(晉昌) 등의 8명의 인재가 있었는데, 이를 회남팔공(淮南八公)이라고 함.

380 요좌(遼左)의 …… 높네 : 요좌(遼左)는 요동(遼東). 중국 삼국시대 위(魏)나라 관영(管寧)이 요동으로 피난을 와서 항상 조모(皁帽)를 쓰고 청빈한 생활을 했는데, 사람들이 그의 지조를 가리켜서 '요동모(遼東帽)'라고 했음.

381 반봉금(盤鳳錦) : 봉황을 수놓은 비단.

382 영주(瀛洲) : 전설 속 동해에 있다는 삼신산의 하나.

383 회경도(繪鯨刀) : 고래를 회치는 칼.

시어로 사람들과 수창하네	詩語與人酬
다시 소요하려 이별하니	復向逍遙分
북쪽 바다의 붕새가 낭유[384]를 배우네	溟鵬學浪遊

○관란 사백께 차운하여 받들다
次奉觀瀾詞伯

남성중(南聖重)

정성을 전하려 옛 수호[385]를 찾는데	傳孚尋舊好
재능 졸렬하여 이전의 수호에 부끄럽네	才拙愧前脩
수려한 산악은 오래 눈을 머물러두고	秀嶽長留雪
기이한 꽃은 홀로 가을을 폈네	奇花獨殿秋
술은 기쁘게 연일 취하고	酒欣連日醉
시는 몇 사람과 수창했던가?	詩唱幾人酬
평생의 일을 몹시 넘어서니	冠絶平生事
다만 마땅히 이 유람을 자랑하네	惟應詫此遊

384　낭유(浪遊) : 사방을 유람하는 것.
385　수호(修好) : 국가 간의 맹약.

○서둘러 붓을 휘둘러 좌상의 제공에게 받들다
　走筆奉座上諸公

남성중(南聖重)

옛 절의 종소리에 저물고	古寺鐘聲暮
고좌[386]의 촛불 그림자 차갑네	高座燭影寒
타향에서 머무는 천리의 객이	羈栖千里客
한 밤중의 운치를 기쁘게 얻었네	喜得一宵韻

시간이 이미 어두워져서, 좌석에서 함께 명일을 기다려서 화답을 잇기로 약속하고 헤어졌다.

○11월 5일, 이날 눈이 왔다.
　빈관(賓館)에서 창수(唱酬)했다.

관란(觀瀾)

○이학사께 드리다
　呈李學士

먼 곳 나그네는 무슨 일로 끝내 서두는가?	遠人何事竟匆匆

386　고좌(高座): 강석(講席).

날리는 눈 하늘에 가득하고 새벽바람 부네　　　飛雪彌天弄曉風

웃으며 고당의 기대어 옷자락 끌어 앉히니　　　笑倚高堂挽衣坐

선산[에는 본래 진한 옥장387이 있다오　　　　仙山自有玉漿濃

○화답
　和

이현(李礥)388

○서둘러 화답하다
　走和

관란(觀瀾)

만 리를 떠도는 객이　　　　　　　　　　萬里飄颻客

어찌 요락389의 시절에 찾아왔는가?　　　　奈過搖落時

부상의 아침햇살은 큰 부에 매달리고　　　桑暾懸大賦

바다의 달은 맑은 시를 비추네　　　　　　海月映清詩

누가 우연한 모임이라 말하는가?　　　　　誰謂偶然會

어찌 불후한 기약이 없겠는가?　　　　　　豈無不朽期

---

387 옥장(玉漿): 옥(玉)의 즙액. 마시면 불로장수한다고 함.

388 원문에 작품이 탈결되었음.

389 요락(搖落): 영락(零落). 초목이 시드는 가을을 말함.

저녁 처마의 바람소리를 참지 못하고   暮簷聲不耐
붓을 들어 경지(瓊池)[390]를 씻네   把筆洗瓊池

○삼가 엄서기께 올리다
謹呈嚴書記

관란(觀瀾)

경관[391]에 서리 날리고 담소를 여는데   瓊館霜飛談笑開
일찍이 서초[392]에 대대로 인재가 많음을 아니   早知西楚世多材
주머니 안에 스스로 봄을 묻는 작품이 있어   囊中自有問春作
천산을 향해 노래하여 따뜻함을 불러오네   唱向千山喚暖回

○관란 사백께 차운하여 받들다
次奉觀瀾詞伯

엄한중(嚴漢重)

깃발과 북의 사단에 백전[393]이 열리니   旗鼓詞壇白戰開
남쪽의 징과 북쪽의 피리가 각각 인재를 구하네   南金東簫各需材
남방의 문회는 참으로 얻기 어려운데   南邦文會眞難得

---

390 경지(瓊池) : 연지(硯池)의 미칭.
391 경관(瓊館) : 객관(客館)의 미칭.
392 서초(西楚) : 진(秦)나라가 망한 후 항우(項羽)가 세운 나라.
393 백전(白戰) : 빈손으로 싸우는 것. 널리 싸움을 말함.

긴 밤의 단란함이 또한 돌아오지 못하네　　　　　　永夕團圓且莫回

○다시 엄서기께 올리다
再呈嚴書記

관란(觀瀾)

즉시 무릎걸음으로 다가가서 질문이 끊임없는데　卽須促膝問依依
바다 장기394와 산의 이내가 옷을 온통 물들이네　海瘴山嵐染盡衣
어젯밤 누가 상월395을 향했는가?　　　　　　　昨夜何人向霜月
한 곡조를 부니 학이 남쪽으로 날아가네　　　　一腔吹徹鶴南飛

○좌상의 제공에게 적어서 받들다
錄奉座上諸公

엄한중(嚴漢重)

남국의 여러 신선들의 모임　　　　　　南國諸仙會
천년의 사찰이 한가롭네　　　　　　　千年梵宇閒
훗날 혹시 서로 그리워하더라도　　　　他日倘相懷
만 리의 구름과 물로 막혔으리라　　　　萬里隔雲水

---

394 장기(瘴氣) : 전염병을 일으키는 나방의 더운 기운.
395 상월(霜月) : 추운 밤의 달빛.

○ 서둘러 화답하다
走和

관란(觀瀾)

인간 세상에 유람의 자취 두루 미치니	人間遊跡遍
마땅히 또한 잠시 한가롭네	應亦暫時閒
넘실대는 봉래와 영주의 물이	溶漾蓬瀛水
당을 두르고 받드니	遶堂捧□□ [396]
백편이 얼마나 민첩한가?	百篇何敏捷
말술로 평생을 보냈네	斗酒定平生
소반 가엔 진주알이 미끄러지고	盤側顆珠滑
베틀북이 날아 비단 필을 이루네	梭飛匹錦成
흐르는 서리는 빼어난 음향을 좇고	流霜追逸響
맑은 소리는 남은 청량한 기운을 보내네	晴籟送餘清
상자 속에 보관하니	藏在巾箱底
때때로 울려서 놀라게 하네	時時鳴有驚

○ 관란 사백의 운에 차운하다
次觀瀾詞伯韻

이현(李礥)

삼한의 노인이 스스로 우스운데	自笑三韓老
헛된 명성으로 반평생을 보냈네	虛名了半生

---

396 이하 원문이 탈결되었음.

시 공부를 끝내 어디에 쓸 것인가?	攻詩終底用
검술을 배운 것 또한 이룬 것이 없네	學劍亦無成
곡연[397]의 잔과 소반이 간략하고	曲宴杯盤簡
높은 처마의 잠자리가 맑네	高軒枕席淸
여러 신선들이 기루에 있으니	群仙有奇樓
좋은 시구가 사람을 놀라게 하네	佳句使人驚

○문득 제공들에게 받들다
頓奉諸公

이현(李礥)

해외에 진선이 있다는데	海外有眞仙
여러 현인들이 그들이 아니겠는가?	群賢無乃是
비로소 알겠으니 일동의 빼어남이	方知日東秀
산하의 아름다움만이 아니네	不特山河美

○서들러 화답하다
走和

관란(觀瀾)

| 이 대화가 현묘함으로 들어갈 때인데 | 此話入玄時 |

---

397 곡연(曲宴) : 사연(私宴). 주로 궁중의 연회를 말함.

어찌 시비를 논하겠는가?	豈論非與是
끊임없는 정을 다 풀지 못했는데	綢繆情不窮
사람들 모여서 재능의 아름다움을 남겨놓네	人集留才美

○헤어질 때, 또 좌상의 제공들에게 받들다
臨散, 又奉座上諸公

이현(李礥)

양국에 천리의 거리가 없으니	兩國無千里
여러 현인들이 한 때를 함께 하네	群賢共一時
정이 깊어 곧 서로 투합하고	情深仍托契
술을 다 마시고 다시 시를 논하네	酒盡更論詩
여관에 누가 방문하는가?	旅泊誰相訪
단란한 모임을 쉽게 기약하지 못하네	團圓未易期
홍애398에게 기이한 글이 있는데	洪崖有奇藻
좋은 모임을 어길까 두렵네	佳會恐差池

상사기실(上使記室) 홍경호(洪鏡湖)가 때마침 기일(忌日)이 있어서 모임에 오지 않았다. 군자(君子)의 소양(素養)은 곧 장사(壯士)의 영개(英槩)399이다. 교제가 끊김을 삼가 위로한다. 이학사(李學士) 석차(席次)에서.

---

398 홍애(洪崖) : 전설 속의 신선의 이름.
399 영개(英槩) : 영웅기개(英雄氣槩).

○삼가 이학사께 올리다
謹呈李學士

관란(觀瀾)

자해[400]의 가을빛이 맑게 사라지려 하고	紫海秋光淸欲銷
누대에 오르니 서북의 객성이 머네	登臺西北客星遙
고래 탄 나그네는 이름이 백[401]인가 싶고	騎鯨游子疑名白
학을 탄 선인은 요동에서 오네[402]	跨鶴仙人來自遼
길은 높은 구름을 지나 아득한 곳으로 던져지고	路透嶠雲投縹緲
서리는 역의 나무에 퍼져서 쓸쓸한 곳으로 나아가네	
	霜彌驛樹涉蕭條
지금 능증[403]한 자질을 보니	如今得覩崚嶒質
대나무 윤기 나고 소나무 푸르러 오래 시들지 않네	
	竹潤松蒼長後凋

○삼가 관란 사백의 운을 차운하다
敬次觀瀾詞伯韻

이현(李礥)

아침햇살 처음 오르니 찬 놀이 사라지고	曉暾初上冷霞銷

---

400 자해(紫海) : 전설 속의 바다의 이름.
401 고래 탄 …… 백(白) : 당나라 시인 이백(李白). 전설에 이백이 신선이 되어 고래를 타고 떠났다고 하여 기경자(騎鯨子)라고 함.
402 학을 …… 오네 : 신선술을 배워 학이 되었다는 요동(遼東) 사람 정령위(丁令衛)를 말함.
403 릉증(崚嶒) : 특출하여 평범하지 않는 것.

해국이 푸르고 서늘하여 조망이 아득하네	海國蒼凉眺望遙
먼 나라에서 반년 간 새가 월땅을 연모하고[404]	絶域半年禽戀越
고향에 언제 학이 요동으로 돌아올 것인가?[405]	故園何日鶴歸遼
바위 단풍은 아직 붉어서 가을을 지낸 잎이고	岩楓尙赤經秋葉
언덕 대나무는 여전히 푸르러서 눈을 이기는 가지이네	岸竹猶靑傲雪條
나랏일을 못 마쳤는데 여기서 돌아간 후에	王事未竣歸此後
거울 속에서 온통 머리가 세었음을 깨달으리라	鏡中渾覺鬢毛凋

○거듭 화답하다
疊和

관란(觀瀾)

재능은 정금처럼 단련해도 녹지 않고	材似精金鍊不銷
밝은 빛이 달빛 속 뗏목을 좇아 아득하네	瑩然光逐月槎遙
고문은 위로 전한과 후한을 본받아서	古文上軌東西漢
일기가 널리 요수의 좌우를 내달리네	逸氣旁馳左右遼
학문엔 연원이 있어 모범을 본받고	學有淵源由法範
풍속은 조두를 전하여 기자의 팔조를 지키네	風傳俎豆守箕條

---

404 새가 월땅을 연모하고 : 고향을 생각함을 말함. 한(漢)나라 무명씨의 〈고시십구수(古詩十九首)〉에 "胡馬依北風, 越鳥巢南枝"라고 했음.

405 학이 요동으로 돌아올 것인가 : 요동 사람 정령위(丁令威)가 영허산(靈虛山)에서 도를 닦아서 학이 되어서 천년 만에 돌아왔다고 함.

상봉하여 은근한 뜻을 주려는데   相逢欲致殷勤意

울타리 가에 종횡으로 핀 국화 또한 시들었네   籬落縱橫菊亦凋

○다시 이학사께 올리다. (그가 술을 잘 마심을 보고서, 그로 인하여 지어서
올렸다.)

再呈李學士.(見其善飮, 因賦呈.)

관란(觀瀾)

귀국(貴國)에서 인쇄한 『소학집성(小學集成)』을 보고, 본주(本註)를
뽑아가지고 인쇄에 올렸습니다. 세상에서 그것에 힘입어 고정(考
亭)[406]의 원본(原本)이 있음을 알았는데, 귀국의 은혜가 많습니다. 다
만 외편(外篇)은 본래 진한(秦漢) 이후의 문자와 연계되어서, 한 책의
체재가 마땅히 주석(註釋)이 없습니다. 그런데 가언선행(嘉言善行) 안
의 3조(條)에는 아래에 훈처(訓處)가 있고, 적어놓은 것이 동주자(東註
字)이고 또한 결탈(缺脫)되었습니다. 대개 주자(鑄字)에 의해서 잘못
되어서 그런 것입니다. 송(宋)·원(元)·명(明)의 판(板)으로서 우리 지
경에 전한 것에는 모두 고정의 원본이 없습니다. 귀국에서 집성(集
成)에서 수록한 것 외에 따로 본주(本註)로써 행하는 것이 있습니까?
(때마침 좌객들이 다시 창수(唱酬)를 서로 시작하여 답변을 받을 겨를이
없었고, 날은 이미 어두워졌다.)

---

406 고정(考亭) : 송나라 주희(朱熹)를 말함. 주희가 만년에 건양(建陽) 고정(考亭)에서
강학을 했음.

○다시 질문하다(再問)

관란(觀瀾)

전에 질문한『소학(小學)』의 동주(東註)에 대한 한 가지 일을 가르쳐 보여주시기를 청합니다.

○답하다(答)

이현(李礥)

날이 이미 저물어 어둡고, 눈이 어두워서 글을 쓸 수 없습니다. 마땅히 밝은 때를 기다려서 답을 받들겠으니, 밝을 때에 가져가심이 어떠합니까? 이 사람은 평생 대략 호기(豪氣)를 지녔는데, 불평스런 기(氣)를 마음에다 둔적이 없었습니다. 오늘 서로 왔는데, 한 마디의 서로의 수창도 토해낼 수 없고, 방언(方言)은 서로 통하지 않아서 가장 불평스러움이 있습니다. 우습습니다. (학사(學士)는 내가 올린 시에서 말한 호(豪)자를 손으로 가리키며 말했다.)

○답변(復) (이 답변은 수일 후 기증받은 것이다.)

이현(李礥)

말씀하신 뜻을 상세히 알았습니다. 우리나라 율곡(栗谷) 이선생(李先生)은 선묘(宣廟)의 명신(名臣)이고, 이퇴계(李退溪) 선생의 정통의 실마리를 적통(嫡統)으로 전했습니다. 그 학문은 의리(義利)를 밝히고,

왕도(王道)와 패도(覇道)를 바르게 함을 근본으로 삼았습니다. 「천도
책문(天道策問)」으로써 괴과(魁科)[407]에 올랐습니다. 이른 바 '천도책
(天道策)'이란 문제는 천조(天朝)[408]에서 문장에 능한 자가 출제한 것
인데, 중조(中朝)[409]사람들이 대답할 수 없었습니다. 우리나라 사신이
그 문제를 얻어가지고 와서 과장(科場)에서 출제한 것입니다. 율곡선
생의 작품이 고등상중(高等上中)으로써 제일이었습니다. 그 대답한
책문(策文)이 중조로 흘러들어 갔습니다. 그 후 천사(天使)[410]가 왔을
때 선생이 병조판서(兵曹判書)로서 원접사(遠接使)[411]가 되었습니다.
천사가 그 이름을 듣고서 "이 분이 「천도책(天道策)」을 지은 분이신
가?"라고 물었습니다. 곧 더불어 항례(抗禮)하고서 손을 잡고 친교를
논했습니다. 그 공손하게 대우한 것이 이와 같았습니다. 이름은 이
(珥)이고, 자는 숙헌(叔獻)이고, 관직은 병부(兵部)[412]와 이부상서(吏部
尙書)[413] 겸 대제학(大提學)에 이르렀습니다. 연세 49세에 일찍 돌아가
셨습니다. 문집 수십 권이 세상에 유행합니다. 일찍이 공부자(孔夫子)
의 성묘(聖廟)에 배향(配享)되었습니다. 선생의 도의(道義)의 벗 중에,
동시대의 우계(牛溪) 성선생(成先生)이 있습니다. 성선생은 이름이 혼

---

407 괴과(魁科) : 과거시험에서 문과(文科)의 갑과(甲科).
408 천조(天朝) : 중국 조정.
409 중조(中朝) : 중국.
410 천사(天使) : 중국 사신.
411 원접사(遠接使) : 중국 사신을 맞이하는 임시벼슬.
412 병부(兵部) : 병조(兵曹).
413 이부상서(吏部尙書) : 이조판서(吏曹判書).

(渾)이고, 자는 호원(浩源)이고, 호는 우계(牛溪)입니다. 그 도학(道學)의 고명(高明)함은 율곡과 같습니다. 또한 조관(朝官)[414]에 높이 올라서, 이조참판(吏曹參判)에 이르렀고, 역시 성묘(聖廟)에 배향되었습니다. 고금의 학자들이 범(犯)함이 많지 않습니다. 경륜(經綸)의 재능에 있어서는 율곡을 제일로 추대하는데, 어찌 바르지 않겠습니까? 우리나라『소학(小學)』에는 두 가지 본(本)이 있습니다. 하나는 주문공(朱文公 : 朱熹)의 구주(舊註)입니다. 또 하나는 이율곡 선생이 번거로운 것을 깎아내고 요점만을 취하고, 또한 빠진 것을 보완하고, 살펴봄을 편리하게 하여 경연(經筵)에서 진강(進講)한 것입니다. 지금 사대부가에는 모두 신본(新本)으로써 자제들을 가르칩니다. 대개 그 주석(註釋)은 상세하여 빠짐이 없고, 간약(簡約)하여 번거롭지 않은데, 오히려 회암(晦菴)[415]의 본지(本旨)에서 벗어나지 않았습니다. 구본(舊本) 또한 일찍이 대현(大賢)의 손을 거쳤으니, 어찌 의문스러운 곳이 있어서 읽을 수 없겠습니까?『소학』1편은 실로 성인(聖人)을 배우는 노두공부(路頭工夫)[416]입니다. 귀국 또한 나라 안에 간행하여 배포했으니, 문(文)을 숭상하는 다스림을 이로써 알 수 있습니다. 몹시 다행이고 다행입니다. 눈이 어두워서 바르게 적기가 두렵고 두렵습니다.

---

414 조관(朝官) : 조정의 관직.

415 회암(晦菴) : 주희(朱熹)의 호.

416 노두공부(路頭工夫) : 노두(路頭)는 문로(門路). 출로(出路).

○홍서기께 드립니다
呈洪書記

관란(觀瀾)

지난 번 객관에 갔을 때는 귀간(貴幹 : 귀하)을 알현할 수 없었는데, 지금 정성을 펴게 되니 애타는 생각이 곧 없어졌습니다.

달빛 뚫고 뗏목이 떠서 오는 기약이 있으니	貫月槎浮來有期
고국의 아름다운 자태를 기쁘게 보네	欣瞻故國美姿儀
은나라 때부터 교화가 지금까지 있고	自殷敎化至今在
한나라 문장이 아니라면 누구와 같겠는가?	除漢文章如是誰
팔도의 풍연 속에 비낀 검이 나오고	八道風煙橫劒出
삼산의 기색 속에 누대에 기댄 때이네	三山氣色倚樓時
숲과 봉우리엔 서리가 무겁지 않은 곳이 없어서	林巒無處不霜重
기화[417] 제일의 가지가 꺾이네	爲折琪花第一枝

○화답
和

홍순영(洪舜衍)

산 누대에서 오랜 병으로 좋은 기약을 저버렸는데	淹病山樓負好期
오늘 아침 아름다운 모습을 기쁘게 보네	今朝欣覩美容儀
둘도 없는 국사가 그대임을 아는데	無雙國士知君是

---

417 기화(琪花) : 선경(仙境) 중의 옥수(玉樹)의 꽃.

제일의 소단[418]에서 그대를 버린 자가 누구인가?	第一騷壇舍子誰
날리는 돛이 유유한데 흰 머리가 한스럽고	翔席悠悠頭白恨
풍광은 곳곳에 귤이 노랄 때이네	風光處處橘黃時
하늘 남쪽이 섣달이 가까우니 강 누대에서 피어나	天南近臘江樓破
나에게 은근히 한 가지를 주네	令我慇懃贈一枝

○엄서기께 드리다
呈嚴書記

관란(觀瀾)

객창에 육화[419]가 핀 것을 친히 보는데	客窓新見六花開
초구[420]에 스쳐가며 춤추며 만 번을 도네	斜掠貂裘舞萬回
사군의 한나절의 한가함을 빌리려는데	欲借使君閒半日
말발굽이 작은 걸음으로 진창 밟으며 오네	馬蹄躞蹀踏泥來

○화답
和

엄한중(嚴漢重)

작은 당의 좋은 모임이 눈 내릴 때 열렸는데	小堂佳會雪中開

---

418 소단(騷壇) : 시단(詩壇).
419 육화(六花) : 눈꽃.
420 초구(貂裘) : 담비가죽으로 만든 털옷.

선어를 배우지 못하고 객이 노를 돌리네   不學仙語客棹回

일동에 빼어난 인사가 많음을 비로소 아니   始識日東多儁士

울창이 일어난 문교가 백년이 되었네   蔚興文敎百年來

○올림(呈)

엄한중(嚴漢重)

어제 사화(使華)[421]에게 드린 병어(騈語)[422]와 편지를 얻어서 보니, 문이 모두 경절(警絶)[423]하고 정치(精緻)하여 사람을 흠복(欽服)하게 했습니다. 쌓은 학문이 얼마나 되어야 곤오(閫奧)[424]에 이를 수 있는 지 모르겠습니다.

○답(答)

관란(觀瀾)

잘못 칭송을 받아서, 부끄러움을 감당할 수 없습니다. 저는 장년 에 고문(古文)을 읽기를 좋아했는데, 자질과 성품이 용렬하고, 지기 (志氣)를 수립하지 못했습니다. 한유(韓愈)[425]와 구양수(歐陽修)[426]의

---

421 사화(使華) : 사자(使者), 사신(使臣).

422 병어(騈語) : 병려문(騈儷文).

423 경절(警絶) : 경책절륜(警策絶倫).

424 곤오(閫奧) : 학문 등의 정치하고 심오한 경지.

가법(家法)이 어떠한지 모르겠습니다. 지난번 삼사(三使)가 대(臺)에
서 적은 모인시집서(某人詩集序)를 얻어 보니, 전중아순(典重雅馴)하여
또한 작가(作家)였습니다. 우리 무리를 크게 깨우치게 했습니다. 다
른 문의 법식(法式)도 남몰래 마음에다 감격하여 기록했습니다. 바라
건대 이 뜻을 전해주시면 다행이겠습니다.

○남서기께 올리다(전일에 이동곽이 보여주신 운을 사용하다)
呈南書記(用前日李東郭見示韻)

관란(觀瀾)

일어나 산악의 색을 보니　　　　　　　　起看山岳色
시들어 떨어진 물건들이 모두 이들인데　　凋落物皆是
이상하게 한선의 붓을 향하니　　　　　　怪向韓仙筆
봄꽃이 오래 아름다움을 펴네　　　　　　春華長揆美

---

425 한유(韓愈, 768~824) : 당나라 문인. 자(字)는 퇴지(退之). 한문공(韓文公)이라고도
한다. 당송팔대가 중의 한 사람. 사륙변려문을 비판하고 고문(古文)을 주장하였다.
426 구양수(歐陽修, 1007~1072) : 송나라 문인. 자는 영숙(永叔), 호는 취옹(醉翁)·육일
거사(六一居士). 시호는 문충(文忠). 당송팔대가 중의 한 사람.

○화답
和

남성중(南聖重)

물을 보려면 반드시 넓을 물을 보아야 하리	觀水必觀瀾
그대가 여기에서 취함이 있는데	君在取於是
왕왕(汪汪)[427]한 물결일 뿐만이 아니라	非徒汪汪波
다시 양양(洋洋)[428]한 아름다움에 감탄하네	更歎洋洋美

지기한담(支機閒談) 종(終).

---

427 왕왕(汪汪) : 광활(廣闊).
428 양양(洋洋) : 성대(盛大)한 모양.

支機閒談

伏以穹蓋無偏, 皇天廓同仁之度, 方輿有限, 邦國崇交睦之盟, 遭遇河清海恬, 使鷁浮而呈瑞, 繽紛儀盛物腆, 賓鴻列而叙歡, 各天共雍, 群姓咸若. 恭惟通信正使平泉趙公臺下, 禹疇凝福, 箕域鍾靈, 厭飫冲和溫溫之質, 游翔禮誼几几之容. 讀書誦詩多, 奚爲治內經外, 莫不可胸懷秋水, 執月評而鑒光懸, 手挹雲幕, 回天章而筆力展, 以苴題材, 要職兼踐渙號, 清塗輿望攸歸, 奈朝野之僉恔. 君言不省, 何遠邇之爲辭? 儼廷授成, 輒行; 群僚承式, 疾走. 蘇中郎之節持, 乃赤心. 唐子方之船濟, 以素信. 坤靈玄感, 水族潛逃, 遂經形勝之紆鬱, 而詣都城之斥落, 備騶呵而引路, 夾衛星聯, 捧圭幣以進, 朝班官林立, 敬伏獻納, 細故無爭, 易于躋蹌, 令儀靡式, 克致將命之敬, 永申繼好之敦, 使馬牛風相懸, 如衣帶水可揭. 嘉禮修而凶器縮, 塵氛熄而艸木蕃. 此功在園在民, 芳烈當銘竹素, 何日載馳載騁, 榮歸竚登鼎鉉, 爭騰頌言, 私盛驩慶. 緝明, 品羞庸陋, 姿乏琦瑰, 匪云卿迎備班, 豈得賓次投刺, 懸望仁隣之懿範, 乞澤大雅之餘風? 況乃代王言而黼黻, 一邦斯文之司命, 掌吏選而雌黃, 八道多士之持衡, 欲卜平生者, 爭希邂逅焉? 其奈宋愚之懷石, 國工所捐, 何者? 冀駿之追風, 相士莫顧; 挂璋絢爛光射, 終將跋踖趑趄. 不苛山斗嶙峋仰高, 無任瞻凝企詠之至, 謹啓.

　正德元年, 仲冬初二.

　○ 呈任副使啓　　　　　　　　　　　　　　　　　　　　觀瀾

伏以踔境重任聘隣大儀, 自非嫺矩折規旋之容, 瞻明經達務之學, 加以峻節持內, 雄辨無前, 執副之, 望無難其選? 恭惟通信副使青坪任公臺下, 毓精樞北, 含潤瀚東, 掞詞藻于翰林, 材翹士類沃道腴於經席, 誠格君心, 欲飛有需, 不贊自露, 多年匣中, 雷劍今日門下, 毛錐知匣躬矣. 無爲惘惘刺刺, 兒女子牽袡之態, 云試膽耳. 欲展軒軒轟轟大丈夫乘風之懷, 一葦經超波譎濤詭, 三秋歷涉露欺霜凌, 譬游鱗發玄溟爲狀蜿蜒, 如翺翎降丹穴, 作聲鏗鏘, 帶雷掣雲, 洗觀蓋寅 牽廷舞砌, 鳴祥興朝. 將求璧者, 色羞; 而問珩者, 語塞. 宜以東方君子自處, 正驚北間人物, 何來遠日麗霞, 捧令譽而高擧, 囉雲片鴈, 唧成功而先傳, 想其反命, 國中傾四邊而抃踦, 勞旋廷上, 蕃三接之加, 躬民攸永歌, 祿之荐至. 緝明 桑蔭鈍棘, 蓬丘腐柯, 夙亦學聖希賢, 材良無就, 自髫至壯, 株守不遷, 憶昔青鴦遄歸, 忽爾三十年, 一日幸今紫氣蔚至, 宛然五百歲奇期, 但仰光塵, 識名世之偉士, 四馳聲望, 興聞鳳之儒夫, 氣丰鏗臨, 不能逞顏以進, 噴咳珠墜, 執稛載而歸, 憑星槎以問津, 幾河漢文章之源, 可溯. 被仙杖而求藥, 則澗溪薀藻之茱, 倂羞. 唯切傾依, 適忘僭瀆. 謹啓.

　○ 復三宅學士狀, 任守幹

竊以羲經著象, 貴在野外之同人. 鄒聖論交, 必擇天下之善士. 苟趣舍之無別, 豈疆域之有分? 是以, 吳季子之觀風, 一見解帶; 晉大夫之相士, 片言下堂. 古來爲玆, 今往可法. 仰惟三宅學士, 日出之域, 地

靈所鍾. 少時博文, 漱六籍之芳潤. 中歲反約, 存寸心之虛明. 直轡馳
於詞場, 深得庾徐之遺意. 虛舟汎於學海, 遠泝濂洛之餘流. 美價擅南
金之珍, 令譽爲東土之望. 蓬山咫尺, 煙霞在懷袖之間. 鵬海三千, 扶
搖起羽翮之下, 有斯人也, 其能國乎? 僕, 三韓舊彊, 一介行李, 歷海
陸六千里, 心豈憚於獨賢? 誦『詩經』三百篇, 才則慚於專對. 適來異
域, 幸遇同心, 詞藻先投, 不啻羔鴈爲贄, 肝膽共許, 何論楚越之相懸?
此日開緘, 情見辭修之外. 他時傾蓋, 道存目擊之中, 略布素懷, 冀垂
淸眄, 右謹狀

　　辛卯中冬　西河任守幹頓首

　客中無悰, 加以惱撓, 吟興索然, 淸詩未及奉和. 而辱贈長啓, 詞彩
宏麗, 令人拭目, 第獎飾過隆, 非僕所堪, 慇恧雖多, 而不可無木瓜之
報, 草草狀語, 仰答盛意.

○ 呈李從事書　　　　　　　　　　　　　　　　　觀瀾
　平安三宅緝明, 謹奉書通信從事官南岡李公臺下. 自聞諸大夫之西
來也, 翹首起謂, 朝入夕見, 夕入朝見, 而禮有其禁, 賤吏不得奠贄.
徒候之, 路望之, 朝憮然以退. 雖然, 中心所藏, 不能罷休, 敢修其辭,
干下執事, 曰:"宇宙之間, 分而成國, 有幾何哉? 風壤襲習, 各有其宜
順而敎之. 亦不能無剛柔·文質·繁簡·緩急之異. 而其原天遵性, 與
民彝而同然者, 蓋無遠邇, 無今古, 皆在焉. 而貴境之爲地, 山川儲其
秀粹, 人物稟其寬和. 檀聖闡敎, 固已久矣. 至中世, 箕子來襲其水土,
據九疇, 頒八條, 賢主·哲輔·醇儒·傑士相踵而出, 益採詩書·經史
之籍, 冠裳·俎豆之器, 以飾政治, 成民俗. 其化, 盎然日興. 其亦可謂
右文之盛國也." 緝明, 日東之鄙人也. 甫弱冠, 知讀書, 以性駑下, 不

能有進, 嘗矻矻苦思之際, 取二典三謨讀之, 其意飄然, 有如入冀都, 立虞廷, 觀其都俞吁咈爲謙讓警勵之容者. 繼而取周官儀禮讀之, 意又飄然, 有如至豐鎬, 泛伊洛, 觀其升降揖遜之美 制度品章之詳者. 讀『詩』與『春秋』, 然後遍歷列國, 觀其風謠政令所以興衰治替. 讀孔氏之書, 然後經鄒魯, 涉洙泗, 觀其絃誦講論之盛, 低回久之. 道漢而經唐, 及讀程朱之說, 然後佇立汴京沿洄江澨, 復觀其談性命, 鳴道學于不傳之後, 遂將旋軫以還, 而意未足也. 乃去取貴境人士論述, 捧而誦之, 則髣髴登神嵩之高, 而順漢水之廣, 訪其文獻所徵, 果與洛閩同流, 而接壤焉. 吁! 我之游, 其亦窮矣. 出乎此則夷矣, 不誕則妖矣. 稟其氣之偏且駁, 故所索僻, 而所行詭, 不可以論理之常, 而遇者也. 於是, 翕然收歸, 兀在一室, 試出所齎, 以度諸我邦封疆之中與吾心方寸之內, 則夫俟百世而不惑, 準四海而靡差者, 蓋一二如有驗焉. 何其求之之遠, 而得之之近也? 顧是言也, 亦皆操觚有所常談, 衆人之共知. 而吾愚之後及, 非可與世大賢君子道. 而今者, 執事習其詩書, 漸摩之化尤熟, 且秀德望隆崇, 來當遠役, 俾吾輩仰觀禮度文物之懿, 與周旋擧止之儀. 得以面驗所學, 則雖固淺昧不能有得, 而比之向者馳精騁神, 周游行墨而已者, 將大有間焉. 其區區述所自喜, 以瀆嚴聽, 不亦宜哉? 不任悚慄, 仰希裁察.

○ 送趙正使序　　　　　　　　　　　　　　　　觀瀾

"朝鮮國遣使, 趙某來, 慶嗣且修好也." 有司授館議禮, 齊言: "兩相和協, 越十有一月丙戌朔, 以其幣物陳堂及庭." 趙公, 乃奉王書, 建鑪, 奏吹, 至門下, 興率兩介就客堦, 裁其冠, 襡其裳, 鏘鏘其珮翼拱輪曳, 揖而進, 拜而退, 周旋以返位, 凝如也. 其雍如也. 禮畢.

主國賤吏, 三宅緝明, 懲冠再拜, 敢祝其歸曰: "洪範之爲大矣. 惟其偏私不萌, 欲邪不犯, 仁義以發之, 中正以守之, 有以建一身之極, 則上而爲皇王者, 能與天地, 並其所降日月, 均其所照, 而敷錫之惠, 可普; 下而爲臣庶者, 有猷有爲, 用弼天工, 而富穀之榮, 可保. 豈不福之所集在極, 而極之所建在身哉? 公居則養于禹敎·箕條流風遺澤之中, 來則游于興朝新化蕩蕩平平之始, 而其所以持乎身容, 觀步節·擧止·辭色一律以禮, 如是焉者, 固宜事隨物順神人 眷相護其徃來, 莫或踈虞, 乃自奉圭之朝, 我國所待, 優寵有加未前. 而反命之日, 遂將擧一境人, 歌野頌朝, 褒嘉陞賞, 不可疆期, 以至于黃耇, 于駘背, 使其國君親授几杖, 詢以道焉. 此言而有惑, 胡不以稽疑卜之?"

○ 送李從事序   觀瀾

馬島西北, 雲氣翕然, 可望其下, 蓋有仁賢君子之國云. 其人, 不常來. 是以, 罕說詳. 今玆, 南岡李公, 隨正使趙公來, 修聘好往 而觀其進朝居位, 岌冠抽笏, 拱高瞻莊, 風稜四發, 有不可犯色. 而尋得遞中所述數篇, 讀之, 率皆義嚴而意婉, 氣宕而辭緮. 至書筆, 翩翩可觀, 豈可不謂之古春秋人物壯雅之夫也? 予, 雖不得面覯之, 然心敬而慕焉. 昔者, 吳札歷聘上國, 於齊, 說晏子納邑與政; 於鄭, 說子産代政以禮. 夫納邑, 身之大節也; 代政, 國之大權也. 而嬰與僑, 並以當時諸侯之選也, 以奉其一面之言 莫敢疑顧乖喪, 如童稚受母呵, 子弟守師訓. 則可見札知幾之哲·遺物之高大, 有以感人. 而然雖, 乃距今數千歲, 尙想其爲人. 而況若二子, 握手喩心, 神會而道契? 其終身日夕望諸江淮姑蘇之外者 爲思何如哉? 公之歸邈矣, 而遇不期矣. 壤絶歲邈, 物換情移, 而我之所以望之, 徒雲天之悠, 而煙濤之渺. 其能思之, 與終忘, 亦不可自知, 不可使公傳而聞. 於是, 茫然臨其辭歸以請曰: "還其國, 登其山, 左顧視之大荒日出之處, 必將有引領仰慕焉者, 其名緝明, 以觀瀾爲號."

○ 與李學士書　　　　　　　　　　　　　　　　觀瀾

日本國平安三宅緝明, 奉書朝鮮國李學士足下. 僕, 嘗讀漢文, 投業, 而歎曰:"道, 則天也賦徧而性均, 學可知也; 文, 則構乎心, 而心則憑乎氣, 壤絶而風殊, 學不可能也." 誦之已久, 及取貴國士大夫所著, 讀之, 其氣調之溫勁, 聲口之揚抑, 微忽要眇, 與漢, 奚別? 而論者, 亦謂:"東人言語旣別華夷, 苟非明銳, 致力千百, 不能有成. 賴一心之妙, 通乎天地, 至其得意, 不多讓彼." 僕之心, 因更有恃焉. 足下, 以大邦之秀, 生長詩書, 累試重捷. 舉而驗諸, 治郡之任. 闔境人士, 固所推爲耆儒碩望, 乃今以職製述佐三大夫, 聯翩東來, 未之數日, 傳其題·某人詩集序, 各一篇, 口誦心, 惟手而不措. 大抵整雅遒暢, 辭婉而製嚴, 聲諧而氣協. 使其從事賓貢, 接跡元明, 未知與諸名士, 孰爲後先? 是乃所云金石間作, 星月交暉. 漢文·唐詩, 於焉爲盛, 而駸駸合宣成間音者, 面覩其作, 又將親瞻其人. 僕之心, 益有以恃焉. 於是, 再收業起曰:"古至治之世, 禮樂敎化, 彬彬焉. 盛時有菅右相出而能之. 我亦何人爲, 則可成矣. 則自今之後, 俾僕不量力, 不度材, 敢有起志乎? 千載萬里之表, 豈不亦貴國諸公分惠所及哉? 雖然, 遼之左, 已難. 韓之東, 豈易而得之? 性慣音咻, 益乖; 服裝嗜好, 益異. 此, 固非僕屛昧, 可能勤企. 而特幸世屬靖寧聲明, 需施流澤 無疆. 如僕小人, 得免荷殳之勞, 而守懷槧之枝, 今而天下, 果知文之可學而能也. 則父之不終, 子必克之, 子之不任, 孫必繼之. 優游濡漸, 淬勵訓齊, 期以百歲, 安得無與貴國士大夫爭光賈勇, 並馳迭驟於藝文之場者哉? 當之時, 我將爲辟三舍焉. 昨請館事有間, 新被拜識, 酬以嘉章, 受賜多矣. 僕也, 詩什之事, 未嘗習之. 然觀其英敏宕逸, 如無所啓,足以見情趣之雅, 材蘊之宏, 而僕之所以仰而望于諸公者, 意特在文焉. 文之至, 則道之幾再被以敎.

○ 與洪書記書　　　　　　　　　　　　　　　　　　　觀瀾

日本國平安三宅緝明, 奉書朝鮮國洪書記足下. 蓋聞水之會爲川, 川之宗爲海. 而海之爲物最鉅, 出盛納廣, 傾輿圖之執, 悉以歸之, 宜乎一觀者, 難爲天下之水也. 貴境之與我邦, 限以海矣. 若乃足下之誕生, 挹鴨江以沃精, 斟漢水以稟潤, 泓涵演迤之才, 所蓄積. 及其一旦佐使命, 建牙旗, 鳴疊鼓, 張蔽空之席, 以泛也. 片顧, 則霄堮壞垠, 日月之所出入, 可以窮; 仰觀, 則極斗南北, 經緯之所離列, 可以從. 黝靄潛銷, 而玄波遙繞, 涵倒景于汪漫, 吸元精于迢渺. 悠揚容裔, 畫鷁所如, 心曠神泛, 有自不知, 足址之履坤輿者. 於此, 廓然遠思, 推混沌之太初, 汚埃壒之獨世. 仰虞夏其忽焉. 乘桴之志, 可濟乎! 蕩然放懷, 濯雙足于無底, 寄孤嘯于不涯, 聊獨立而敻指, 汗漫之游, 可追乎! 齊客厲節, 魯連何人? 芥萬鍾以不顧, 逐孤主而永泯, 死生取舍, 二者能赴其分, 人之所難. 於今, 曖曖視像于遙島, 聞響于逝瀾, 而彼其嬴皇劉主窮奢極欲之餘, 求遇不死, 望飛仙, 索靈藥, 與之甘心, 期乎必至. 抑其骨之未朽, 將其魂之安在? 徒空氣之蒼茫, 而嶠巓之嶂崒. 嗚呼! 足下之行, 涉遠履險, 今古俯仰, 以究心思, 耳目所放也. 如是之至, 則其發于言, 掞于文, 固將浩然, 莫所畔岸. 布而縟者, 爲漣; 鳴而訇者, 爲浪; 唾者, 珊瑚之陸離; 噴者, 蚌蛤之分披. 及感舊觸激. 意思橫生, 乃颮怒濤騰, 鬐振角鬪, 互相出沒, 于堂皇几席之上, 使我邦人相聚, 言曰: "韓客, 幾擧海而胸之, 不然, 何其出之盛, 而納之廣也?" 厥然後退. 而觀三下之文, 蓋無所爲焉. 昨從諸人, 後獲一相見, 就席則便揮毫, 左右指揮, 徐出數詩, 如不經意得者. 各厭所望, 而其氣豪,其音宏, 深於意, 而贍於詞, 所謂長江洪河之作, 得見一端. 其賜之大, 豈奇琛瑰產所能比哉? 懷而歸者, 義不容默. 於是乎, 有觀水之說, 以酬焉. 祈以此意, 併致嚴·南二君. 吾聞君子涵物如海, 其云之拙, 豈以不納爲憂哉?

○ 送嚴書記序　　　　　　　　　　　　　　　　觀瀾

孔孟之後, 程朱之學, 距千歲. 天下之學士, 固多矣. 程朱之後, 以迄于今, 距幾百歲. 天下之學士, 又增多矣. 上以是敎誘, 下以是求仕. 父兄督子弟趨, 自朝而野, 戶誦家說, 日極其盛. 使孔孟程朱復生, 亦將顧其長之流行至此. 自爲駭愕, 而及索心, 知其意, 而躬體其全者, 則何其鮮乎? 殆寥寥響絶而跡熄. 趙宋之季, 承其謦咳也. 親去其典刑也, 近及門私淑之徒, 如蔡·黃·李·朱諸公, 猶其傑焉. 元有許魯齋·劉靜修, 所趣, 旣不能回, 而至明, 有薛文淸·丘文莊, 雖其精神輝光, 不能以鼓振一時, 潤化百世. 而識之卓, 守之約, 傳之厚, 由之正, 一皆有所淵源, 不與夫事佔嗶訓詁之末, 而論簡捷虛誕之域者侔 蓋萬而得一焉. 其後, 遼之東, 至退溪李子, 專尙朱氏, 嘗窺所著一二, 或辨四端七情者, 擴充制抑之方, 因之益判. 或指己爲仁者, 體認克治之功, 因之彌切. 自凡性命微意, 章句緖論, 潛深縝密, 莫衒莫速, 循循然, 以窮其所至, 終乃就卑反內, 禮動而義行. 又其後, 我邦有山崎敬義者出, 亦專尙朱氏, 易則原太古之精義, 範則明九峰之全數, 自凡濂洛關閩, 揚推表揭, 分析經緯, 所述以垂世, 幾乎數十百卷. 而其所爲歸, 不出濂; 歸應則忠信篤敬之間, 終身持論, 諄諄言漢之董, 隋之王, 唐之韓. 非思不覃也, 非言不詳也. 唯其不欺之察, 所以不臻乎極. 鳴呼! 世距幾巋, 壤阻幾千里, 而其意之合, 若執契于左也. 若按音于譜, 而計數于籌也, 則所謂萬而得一者, 將見之貴境與我邦, 豈不偉哉! 明人嘗有論貴境之文者, 其意, 倨然以中夏文明自處, 及隨訂其所爲學, 則尙釋雜老, 刻章琢句, 沾沾喜以才子相爲標榜, 不復知古聖賢之大法 要道, 屬而在外矣. 此, 謂羞而變夷, 可也. 而擧世俍俍唯名之徇, 景仰慕效, 不置父兄子弟, 亦皆以是督而趨之. 今而孔孟程朱再起, 復將悔且怨, 其言之流弊, 至此之不遑, 宜乎? 能知其意, 體其全者, 絶無而僅有也. 方今, 我邦之踵山崎氏而起者, 世不乏人. 而如貴境設科, 造材俊, 又如林. 自王京至里閭, 挾詩書, 談仁義, 欲以砥行于家, 而建業于國. 其能繼退溪氏, 以傳其宗者, 比比而然歟? 僅僅而存歟? 有能增基瑩光不已, 以出其上者邪, 無也? 蓋行中諸公, 皆其人焉. 而特與足下從容東海, 亦辱一言之知, 及送其旋, 以財也, 則褻; 以言也, 則陋. 卒擧我邦所有能以道學自任, 與貴邦先賢, 同其指趣之人, 以贈焉. 請其齎歸.

○ 與嚴書記副帖　　　　　　　　　　　　　　　　觀瀾

僕, 於我邦多士之中, 每推山崎氏爲稱首, 意願託足下齎致此言, 使學晦齋·退溪風者, 知異代殊域 , 亦未嘗無同調共趣之人, 匪敢詫也. 垂諒是祈. 今日海前, 亦復兄弟分袂之際, 將難爲情, 海陸邈矣. 爲道保愼.

○ 臨書有感, 因占餘楮.　　　　　　　　　　　　　觀瀾

卽識一離由一逢, 不平劍氣竟難融. 鄕人若問仙山事, 愉快憂悲到處同

○ 復觀瀾書　　　　　　　　　　　　　　　　　　嚴漢重

敬奉惠牘, 辭意勤摯, 圭復再三, 若對芝宇. 僕與足下, 各在海陸數

千里外, 風壤自別, 影響不及. 倘非兩國修聘之會, 則安得與足下同在
一席, 賡和詩篇, 吐論衷曲耶? 良覿無幾遠別在卽, 私悰悯悯, 若有所
失. 贈人以意, 古人攸行, 而降及季世, 此道幾廢. 足下, 不以不佞爲無
似, 辱賜盛諭評騭古今講礭道學. 僕, 雖庸鹵, 其敢容嘿? 蓋吾道之盛
衰, 不以世代之下, 壤地之偏有間, 而其晦其明, 實係斯文之幸不幸耳.
尙矣, 孔孟不敢容議, 而程朱繼開之切, 亦何可量也? 若廷平·元定·
勉齋·西山, 可謂需時之碩才, 衛道之宏儒也. 彼魯齋靜修, 雖其天姿
旣美, 學術頗精, 生乎左袵之世, 未贊右文之治, 吁! 可惜矣! 明興, 雖
有程篁墩·陳白沙·王陽明諸人, 間有駁雜之病, 亦多偏係之失. 而至
如文清之學, 純實無僞, 博洽多聞, 肯以此爲巨擘, 可乎? 所謂丘濬者,
爲學詭異, 立論謬盭, 以岳飛爲未必恢復, 稱秦檜爲宋忠臣. 意見如此,
其他可知. 此, 不得不辨也. 粤若我國之退溪李先生, 萬人號稱東方朱
子. 其造詣之超邁, 學問之純正, 足下已悉之, 今不必疊床. 而前乎退
溪, 有靜菴趙先生光祖·寒暄金先生宏弼·一蠹鄭先生汝昌·晦齋李先
生彦迪, 俱以今世之才 倡明爲己之學, 蓍龜於國, 表準於世. 其卓卓可
稱者, 惡可殫記於尺牘? 後乎退溪, 有漢岡鄭先生述·栗谷李先生珥·
牛溪成先生渾, 率皆養德山林, 羽儀清朝. 國家待以賓師, 士林仰若山
斗. 踵是而繼出者, 代不乏人. 方今有儒相明齋尹先生拯, 卽其人也.
聖朝禮遇, 夐出千古. 旌招屢煩, 終不幡然, 位至台鼎, 迹在丘園, 年高
德邵, 擧國敬慕. 其他讀書求旨, 砥礪名行者, 指不勝屈. 古人所謂道
在東者, 傳不誣也. 仰惟貴邦, 俗尙丕変, 文敎蔚興, 宜其名儒輩出, 扶
植斯道, 而至若山崎氏, 以足下所云論之, 則蓋亦淹貫墳典, 探頤義理,
眞可謂好學君子. 而疆域旣分, 聲聞不逮, 獨使異邦之人不聞盛名, 甚
可恨也. 明人云云之說, 誠不滿一哂也. 我國, 自殷太師說敎之後, 國
俗一變, 士趨歸正, 自我聖朝開祚之後, 尤至大焉. 文物彬彬, 賁飾洪

猷. 雖三尺童子, 皆知貴王而賤覇, 崇儒而斥佛, 尙釋雜光, 不知大道云者, 豈非乖戾之甚者乎? 僕之東來也, 與諸君子相和詞章者, 多矣. 未嘗聞窮格之說矣. 今者, 獲承來書, 聞所不聞之語, 良幸良幸. 但臨行卒卒, 未盡所蘊, 略將草草數語, 僅僅塞責, 知罪知罪. 惟冀恕諒而寬貸焉. 別日此迫, 更晤無路. 臨楮沖悵, 不知所喩. 不備.

辛卯仲冬.

○ 和　　　　　　　　　　　　　　　　嚴漢重

誰料良朋海外逢, 一團和氣蕩春融. 驪駒唱斷河橋路, 黯黯離懷去住同.

○ 復嚴書記書　　　　　　　　　　　　觀瀾

僕, 所奉寄, 則送文耳. 不料臨行匆匆之際, 再得見敎, 論討反復, 良爲感佩, 適有事故, 通書松浦生, 因裁片楮, 敢此報謝. 大抵, 學者通病動涉矜勝, 固非李退溪家風所貴. 顧足下莫以僕所報爲爭是非, 而鬪意氣者, 幸甚. 來簡云: "文淸爲巨劈, 可乎?" 此段落後, 語脉難得領會. 其以薛氏爲可尙邪, 則正與鄙意合. 以爲不足尙邪, 則所趣大異, 宜措勿論也. 丘文莊以岳飛爲未必恢復, 是於時勢, 各有所見. 始不以爲道義心術之累. 況金兵之强, 比宋十倍, 勝敗之跡, 未猝易以書生紙上語而斷也. 其以秦檜爲宋忠臣, 則此老好高奇, 矯衆論之弊, 然耳. 然辨夷夏, 正內外, 其終身精力所用, 正在乎斯一部. 世史正網, 昭然可見, 豈以裂冠毀冕, 稱臣金虜爲是者邪? 特其造詣深淺, 識趣高卑, 固有不及文淸. 而由之正與信之厚, 蓋亦朱明一代, 非所易得矣. (僕序文以由之正信之厚論文莊, 請更被審) 且夫訂學脉以論先輩, 自當有體性, 乃高德偉績, 如王守仁, 苟於門路, 有所乖馳, 則義當棄之不顧, 而若文莊之學之正, 豈可卒然摘其小疵, 遺其大醇, 而衍義之補學的之編, 亦豈可以爲詭異謬盭而論耶? 僕, 讀退溪『啓蒙傳疑』, 常疑所說煩雜, 失古潔靜精微. 『氣象著策』一圖, 尤涉牽强紛錯. 而至其講學之醇, 養心之密, 未嘗援彼誤, 以蔽此美. 僕之議退溪, 則僭矣. 而其略小而取大, 亦曰尙論之體, 當然也耳. 貴國之學, 原于殷太師, 則敬聞命矣. 蓋範之無傳, 退溪以爲憂, 中間二千餘載, 一得一失, 至金大猷, 實始知高程朱. 其之所得, 未知與鄭達可, 孰爲淺深. 達可文章·經濟·氣節·忠慨, 前後無此. 但其所講說, 與胡雲峰四書通胐合而已. 則識見所造, 略可窺測. 而自孝復古出, 大加精明 以至退溪, 然後集其成而得其要矣. 是, 僕之所以於貴國特誦退溪, 不遑它及也. 而於我邦, 專擧山崎敬義, 亦此意耳. 得承退溪之後, 有栗谷·牛溪諸公, 多矣. 好學君子, 風化之盛, 足可欽仰. 前文所云, 明人論貴國文者, 指王世貞. 語見其集. 而所云尙釋雜老, 亦以批世貞之學. 來簡似未悉鄙意, 請更被審. 來簡又云, 我邦俗尙丕變, 文敎蔚興. 然其實, 我邦上世尙文, 中葉事武. 乃至今日, 組章繪句之巧, 未能及古, 而韜鈐彙鞬之業, 則日益精, 以今之武倂古之文, 是又僕所拭目而望覩也. 鳴呼! 一別眞是後水不可舟回, 恨天慳良緣. 不使僕與足下, 復獲對床, 把筆以傾倒所懷也. 臨紙茫茫, 何所奉思. 不備.

○ 呈趙正使　　　　　　　　　　　　　　　　　　觀瀾
　大命司賓延遠人, 黃金闥豁日華新. 雲中潟影度珠砌, 陌上笳聲流綉闥. 儀比鵷鸞眞世瑞, 材如瑚璉是邦珍. 歡和結作氤氳氣, 直自層城薄九旻.

○ 奉謝觀瀾寄示之作 　　　　　　　　　　　　　　　趙泰億

彤庭鐘鼓饗行人, 朝日東關喜氣新. 縹紗雲烟開萬戶, 參差宮闕擁
重闉. 申盟興國千年好, 播詠詞臣隻字珍. 幹事不愁波路險, 一生忠信
質蒼旻.

辛卯冬至

○ 別帖觀瀾詞案 　　　　　　　　　　　　　　　　　　趙泰億

日者, 蒙惠詩章, 已覺淸警有味, 儷語尤典雅有則, 不料遠客歸橐得
此希珍, 情過縞帶之贈, 感踰百朋之獲, 第獎與太濫, 令人發騂, 義當
逐篇攀和, 少效謝忱, 而行期斯迫, 意興亡撓, 止用步的一律, 仰塞厚
誼, 愧覸良多, 未及脂轄, 冀我傾蓋.

○ 呈任副使 　　　　　　　　　　　　　　　　　　　　觀瀾

久聞瀛海閟魚龍, 使者峩冠執瑞恭. 兩國河山存鬱崒, 殊方禮樂覩
雍容. 霞裾飄上蓬萊闕, 羽蓋晴縈菡萏峰, 自是羣仙無不醉, 日邊碧沆
賜恩濃.

○ 呈李從事 　　　　　　　　　　　　　　　　　　　　觀瀾

西洋天塹闊, 特使世交通. 諸客衣冠古, 大邦詞賦雄. 眞如摩漢鶚,
怯比集川鴻. 不問山河異, 八紘神久融.

○ 酬謝三宅觀瀾詞案 　　　　　　　　　　　　　　　　李邦彦

尺牘兼佳什, 仍將好意通. 才高推鄭産, 文富似揚雄. 瑞世驚翔鳳,
儀朝想漸鴻. 何由爲一榻, 和氣襲春融.

辱惠巍牘, 足見識高學博, 令人有望洋之嘆也. 歸期已迫, 自爾卒

卒, 未能仰復. 如儀慙負慙負.

辛卯長至日.

○ 送任副使　　　　　　　　　　　　　　　觀瀾

鰈域環瀛表, 桑邦初曙邊. 威明臨赫赫, 仁化普平平. 末煦漸陬滋,
餘霑及苗覊. 泰和均嵾鑠, 令運共洪延. 鄰約常尋舊, 聘期永弗愆. 聿
修承顯構, 乃睠致殊埏. 占候東風律, 光芒南翼躔. 操圭超淼漫, 及幣
展纏綿. 廷絕興戎口, 氓休輪餉肩. 雞聲聞雁徼, 鯨肉餌蛟淵. 協秉交
歡裏, 億祀指誓前. 箕封隆替緬, 禹範古今懸. 姬室禮猶襲, 殷家質尚
沿. 嚴科成俊秀, 寬敎擾豪賢. 抽取毓材盛, 撰任唧命專. 歐文那須試?
裴鑒正當銓. 窮秘撿芸簡, 陳誠撼細旃. 或詞如琢玉, 亦辨似洵泉. 咫
尺逢機決, 始終仗節全. 爐鬻芳甸出, 袂向沃焦褰. 潛府騰瑰怪, 隱娥
獻艷娙. 橫波單把劍. 辟浪一揮鞭, 砰矴礧梁背. 翺翔鼈岫巔, 醇澆觀
改俗. 腴瘠顧山川, 迓騎郊分隊. 頓亭道擊鮮, 服裝殊齊楚. 擂吹乍訇
闐, 不詳夷夏別. 果是漢魏傳, 棚閣錦簾簇. 仗儀霜戟聯, 珮鳴隨步動.
冠側見傾虔, 廟器應推貴, 國華足可扇. 需雲浮瑞彩, 湛露降恩涓. 爲
設鈞庭奏, 大羅朵殿筵. 合歡無賣土, 寵錫有加邊. 宏麗揭門館, 優豊
飫饎牽. 盍旁求弊陋, 計少薦神仙? 人力金湯壯. 地維關塞堅, 龍驤班
百萬, 虎旅狹三千. 羣牧衣裳會, 素侯珠繡塵. 年年因庚粟, 日日蔽空
船. 雪嶺秋春鎭, 蒼溟形勢連. 忽茹非土歎, 欲賦曰歸篇. 螢度楊花渡,
鴻飛若木天. 麋蕪香不起, 蝴蝶冷無眠, 颯矣籬英振, 紛然曉霞翩, 淸
哦振寒篇. 遙思上霞箋, 悲興懷詩杜. 遠遊憶史遷, 誰披行監富, 使飽
坐譚玄? 堂廡九重譯, 乾坤未了緣. 須臾催駕鶴, 縹緲向霱煙. 惟有蓬
丘月, 夜夜自團圓.

○ 送李學士　　　　　　　　　　　　　　　　　觀瀾

忽別全燕士, 滄波欲不流. 悲歌搖蜃閣, 長揖下仙洲. 霜撲轆轤劍,
雲紆翡翠裘. 黃金臺上去, 飽酌酒如油.

○ 送洪書記　　　　　　　　　　　　　　　　　觀瀾

自是佳人天一方, 鳴環垂珮逈初望. 身章全被秋雲碧, 歌口輕噓白
雪香. 回首瑤池知有路, 不眠蓬島覺饒霜. 可堪纖手彈殘月, 復逐離鸞
任意翔.

○ 和　　　　　　　　　　　　　　　　　　　　洪舜衍

愛君文彩擅東方, 卽處溫然更儼望. 氣自豪雄聲譽蔚, 詩猶傳誦姓
名香. 殊鄕離恨腸非鐵, 遠路羈愁鬢欲霜. 別後音信何處托? 春來鴻
雁會南翔

○ 送南書記　　　　　　　　　　　　　　　　　觀瀾

金風吹海上 人心若有易, 邀鶴時乃起, 層層九霄碧. 朝掠龍府深,
夕憩鼇峯脊. 殿宇皆珠貝, 俯啄暫自邊. 誰採白雲芝, 副以紫霞浹. 洞
裏揷羽仙, 此意多餘惜. 長鳴戞而去, 只合不留跡.

辛卯十月卄八日, 賓館唱酬. 觀瀾

兩朝交歡, 薄海無虞, 卽今使軺遠來, 申修世睦. 實彼此攸騂慶, 兼
又吾輩與諸貴客, 周旋一堂, 得覩大國光儀, 欣喜之私, 布陳曷罄. 惟
東南風土, 未嘗服習, 加以水陸萬里, 衝冒霧露, 而進覲之際, 方見津
津氣色, 溢乎看目, 作似蜀.

○問　　　　　　　　　　　　　　　　　　　觀瀾

李晦齋·李退溪之於朱學, 平正醇粹, 可謂得其宗者, 固攸欽服. 晦齋, 則有退溪所述行狀, 可考. 至退溪事跡, 亦必有門人子弟所錄, 未得傳而見之. 爵里·世系, 爲何仕? 自何朝至何朝? 足下如有所記, 請被錄示.

○答　　　　　　　　　　　　　　　　　　　李礥

退溪李先生學問之醇粹, 貴國諸公旣已稔聞, 不須更容贅說. 先生本以慶尙道醴川人, 官至二相, 字景浩. 其平生事跡, 已有名賢之撰次, 國家特設書院, 爲多士藏修之所矣. 宣廟末年際, 遇特隆. 我東李栗谷先生, 亦其門人也.

○問　　　　　　　　　　　　　　　　　　　觀瀾

得承退溪氏後, 有能振其宗風者李栗谷, 可欣也. 栗谷名字, 爲何? 有論述, 可得而見者乎? 我國有山崎敬義者, 實唱朱學之嚆矢. 當遠客歸心日覺忞. 海門寒□, 又饕風休嫌, 雪意偏蕭索, 和氣氤氳, 滿塵濃.

○再呈李學士　　　　　　　　　　　　　　　觀瀾

料館事匆冗, 再晤難果, 而旋旆亦期促矣. 敢敬一杯侑以鄙什.

生爲使佐足稱豪, 無限長風送節旄. 銀鶻搏空秋色動, 玄鼉吹浪海光高. 酣歌且按勾簾却, 意氣將投日東刀. 此去瑤地三萬里, 復飛觴羽進葡萄.

○和　　　　　　　　　　　　　　　　　　　李礥

自笑衰齡氣尙豪, 月槎至東逐旌旄. 連雲鵠路靑冥闊, 沃日鯨波白雪高. 遣興詩情揮健筆, 防身長物有雄刀, 盃盤鼎味供新具, 魚是文鱗酒是萄.

○ 疊和　　　　　　　　　　　　　　　　　　　　　觀瀾
冬半客思石更豪, 紛紛白雪綴旌旄. 淮南幕裏才無此, 遼左帽稜人自高. 當座吟裁盤鳳錦, 泛瀛手試繪鯨刀. 歸來正好澆胸抱, 鴨綠江深色玉山.

○ 謹呈南書記　　　　　　　　　　　　　　　　　　觀瀾
煙波辭國久, 關渡入彊脩. 裛黤千峰雨, 華黃四海秋. 方言間自記, 詩語與人酬. 復向逍遙分, 溟鵬學浪遊.

○ 次奉觀瀾詞伯　　　　　　　　　　　　　　　　　南聖重
傳孚尋舊好, 才拙愧前脩. 秀嶽長留雪, 奇花獨殿秋. 酒欣連日醉, 詩唱幾人酬? 冠絶平生事, 惟應詫此遊?

○ 走筆奉座上諸公　　　　　　　　　　　　　　　　南聖重
古寺鐘聲暮, 高座燭影寒. 羈栖千里客, 喜得一宵韻.
時已昏黑, 在座並約待明賡和而散.

○ 一月五日, 是日雪. 賓舘唱酬十.　　　　　　　　觀瀾

○ 呈李學士
遠人何事竟匆匆? 飛雪彌天弄曉風. 笑倚高堂挽衣坐, 仙山自有玉漿濃.

○ 和   李礥

○ 走和   觀瀾

萬里飄颻客，奈過搖落時？桑暾懸大賦，海月映清詩．誰謂偶然會？
豈無不朽期？暮檐聲不耐，把筆洗瓊池．

○ 謹呈嚴書記   觀瀾

瓊館霜飛談笑開，早知西楚世多材．囊中自有問春作．唱向千山喚
暖回．

○ 次奉觀瀾詞伯   嚴漢重

旗鼓詞壇白戰開，南金東簫各需材．南邦文會眞難得，永夕團圓且
莫回．

○ 再呈嚴書記   觀瀾

卽須促膝問依依，海瘴山嵐染盡衣．昨夜何人向霜月？一腔吹徹鶴
南飛．

○ 錄奉座上諸公   嚴漢重

南國諸仙會，千年梵字閒．他日倘相懷，萬里隔雲水．

○ 走和   觀瀾

人間遊跡遍，應亦暫時閒．溶漾蓬瀛水，遶堂捧

百篇何敏捷，斗酒定平生，盤側顆珠滑．梭飛匹錦成．流霜追逸響，
晴籟送餘淸．藏在巾箱底，時時鳴有驚

○ 次觀瀾詞伯韻　　　　　　　　　　　　　　李礥

自笑三韓老, 虛名了半生. 攻詩終底用? 學劒亦無成. 曲宴杯盤簡,
高軒枕席淸. 群仙有奇樓, 佳句使人驚.

○ 頓奉諸公　　　　　　　　　　　　　　　李礥

海外有眞仙, 群賢無乃是. 方知日東秀, 不特山河美.

○ 走和　　　　　　　　　　　　　　　　　觀瀾

此話入玄時　豈論非與是? 綢繆情不窮, 人集留才美.

○ 臨散, 又奉座上諸公　　　　　　　　　　　李礥

兩國無千里, 群賢共一時. 情深仍托契, 酒盡更論詩. 旅泊誰相訪?
團圓未易期. 洪崖有奇藻, 佳會恐差池.

上使記室洪鏡湖, 適有忘期, 不來到會. 故君子之素養, 則壯士之英
槩矣. 仰慰交切, 李學士席次

○ 謹呈李學士　　　　　　　　　　　　　　觀瀾

紫海秋光淸欲銷, 登臺西北客星遙. 騎鯨游子疑名白, 跨鶴仙人來
自遼. 路透嶠雲投縹緲, 霜彌驛樹涉蕭條. 如今得覩崚嶒質, 竹潤松蒼
長後凋.

○ 敬次觀瀾詞伯韻　　　　　　　　　　　　李礥

曉暾初上冷霞銷, 海國蒼涼眺望遙. 絶域半年禽戀越, 故園何日鶴
歸遼? 岩楓尙赤經秋葉, 岸竹猶靑傲雪條. 王事未竣歸此後, 鏡中渾覺

鬢毛凋.

○ 疊和   觀瀾
材似精金鍊不銷, 瑩然光逐月槎遙. 古文上軌東西漢, 逸氣旁馳左
右遶. 學有淵源由法範, 風傳俎豆守箕條. 相逢欲致慇懃意, 籬落縱橫
菊亦凋.

○ 再呈李學士, 見其善飮, 因賦呈.   觀瀾
就貴國所印小學集成也, 抽取本註以登于梓. 世賴知有考亭原本,
貴國之惠多矣. 但外篇本係秦漢以後文字一書之體, 合無註釋. 而嘉
言善行內三條有下訓處, 題爲東註字, 亦缺脫. 蓋爲鑄字所誤而然.
宋·元·明板傳我境者, 並無考亭原本. 不知貴國除集成所收外, 別有
本註以行乎? (時坐客重畓唱酬交起, 不暇見答, 而日已曛黑矣.)

○ 再問   觀瀾
前所問小學東註一事, 請見敎示.

○ 答   李礥
日已曛黑, 眼暗不能書, 當待明仰復, 明間取去如何? 此子平生, 略有
豪氣, 未嘗以不平之氣, 留於方寸間矣. 今日相到, 不能吐一音相酬, 方
言之不相通, 最是不平有也. 呵呵. (學士手指予呈詩稱豪之字以云.)

○ 復 (此答, 數日後所贈)   李礥
敎意備悉, 我國栗谷李先生者, 宣廟名臣, 嫡傳李退溪先生正統緒.
其學以明義利, 正王霸爲本, 以「天道策問」, 登魁科. 所謂三度策問題

者, 天朝能文章者, 所出, 而中朝之人, 不能對. 我國使臣得其題而來, 出於科場. 栗谷先生之作, 以高等上之中爲第一. 其所對之策, 流入於中朝. 其後, 天使之來, 先生以兵曹判書, 爲遠接使. 天使, 聞其名曰 : "是, 製「天道策」者邪?" 仍與抗禮, 執手論交. 其敬待, 如此矣. 名珥, 字叔獻, 官至兵·吏部尙書兼大提學, 年四十九早卒. 有文集數十卷行世. 曾已配享於夫子聖廟矣. 先生道義之友, 同時有牛溪成先生. 成先生, 名渾, 字浩源, 號牛溪. 其道學之高明, 與栗谷同. 亦登崇于朝官, 至吏曹參判, 亦躋享聖廟矣. 古今學者, 非不多矣. 經綸之才, 推栗谷爲第一, 豈不韙哉? 我國『小學』有二本, 一則朱文公舊註也, 一則李栗谷先生刪繁就要, 且補闕遺, 以便考閱, 進講於經筵. 卽今士大夫家, 皆以新本, 敎子弟. 蓋其註釋詳悉 無遺, 簡約不繁, 而猶不悖於晦菴本旨, 舊本亦曾經大賢之手, 豈有疑晦之處爲不可讀乎?『小學』一編, 實學聖路頭工夫, 而貴國亦刊布於國中, 右文之治, 卽此可知矣. 幸甚幸甚. 眼昏淸草悚悚.

○ 呈洪書記 　　　　　　　　　　　　　　觀瀾
疇昔詣館, 有貴幹不得見, 今被披豁, 渴想頓消.

貫月槎浮來有期, 欣瞻故國美姿儀. 自殷敎化至今在, 除漢文章如是誰? 八道風煙橫劍出, 三山氣色倚樓時. 林巒無處不霜重, 爲折琪花第一枝.

○ 和 　　　　　　　　　　　　　　　　洪舜衍
淹病山樓負好期, 今朝欣覩美容儀. 無雙國士知君是, 第一騷壇舍子誰? 翔席悠悠頭白恨, 風光處處橘黃時. 天南近臘江樓破, 令我殷勤贈一枝.

○ 呈嚴書記   觀瀾

客窓新見六花開, 斜掠貂裘舞萬回. 欲借使君閒半日, 馬蹄躞蹀踏
泥來.

○ 和   嚴漢重

小堂佳會雪中開, 不學仙語客棹回. 始識日東多儁士, 蔚興文教百
年來.

○ 呈   嚴漢重

日昨得見呈使華駢語及書, 文俱皆警絶精緻, 令人欽服. 未知積學
幾何, 而能臻閫奧邪.

○ 答   觀瀾

誤被題譽, 不堪慙愧. 僕, 壯歲好讀古文, 而資性庸劣, 志氣不植.
未知韓·歐家法何如. 頃者得見三使臺題某人詩集序, 典重雅馴, 亦是
作家, 使吾輩大悟, 他文法式, 竊懷感銘, 請以此意, 轉致乃幸.

○ 呈南書記 (用前日李東郭見示韻)   觀瀾

起看山岳色, 凋落物皆是. 怪向韓仙筆, 春華長揜美.

○ 和   南聖重

觀水必觀瀾, 君在取於是. 非徒汪汪波, 更歎洋洋美.

【영인자료】

七家唱和集

班荊集
支機閒談

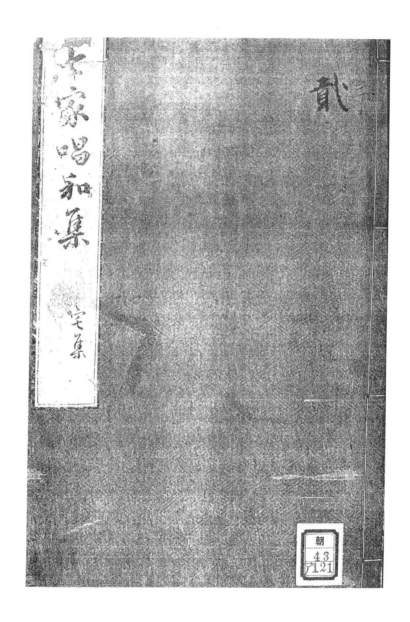

○奉呈 信正使平泉趙公臺下啓

觀瀾　三宅廸明

觀瀾

伏以穹蓋云偏皇主廓同社之慶方典弖限邦

國崇矣睦之盟遵邇阿清洲恬使鷗浮而呲端

續紛儀盛物脵賓鴻列而叙歡各天共瓤羣姓

咸若恭惟道信正使平泉趙公臺下禹疇疑福

箕域鍾靈厭飯沖和温之之質游翔禮趙八之

維水昌中之集

2

く容讀書誦詩多キヲ美為治内經外莫ふル可胸懷
秋水執月評而鑒光懸手把雲篇ヲ回二天章而筆
力展以苞題材要職兼踐渙斌清塗興望彼歸
奈朝野之僉懇君言不啻達通之為辭徹運
授成輒行群僚承武疾走矯中鄒之節持乃赤
心麼子方之船濟以素信坤靈哀感水族潛逃
遂經飛騰之行爵而詣都城斤落備驂阿
而引路夾衛星聯捧圭幣以進朝班官林立
敢伏獻納細故無爭易于蹉跎令儀靡忒克致

將命之敎永申繼好之敦使馬牛風相懸如衣

芳之可揚嘉禮修而凶器縮藏氛熄而艸木蕃

此功在國在民勞烈當銘竹素四月載馳載騁

榮歸爭登鼎鉉爭騰頌言私盛雖慶得明品羞

庸陋姿之將瑰玼云迎備班豈得賓次投刺

懸望仁鄰之懿範乞澤大雅之餘況乃代王

言而瀟灑十邦斯文之同命掌吏遜而雌黃八

道多士之持衡欲卜平生者爭希追寫其奈

宋患之懷石國工兩捐以壽冀駿之追風相士

莫顧瑳璋絢爛光輝終燁跛踏趑趄

嶙峋仰高多任瞻凝企詠之至謹啓

正德元年仲冬初二

　　觀瀾

○呈正副使啓

伏以翰境重任聘鄰大儀匪婀矩折規旋

容瞻明經達務之學加以峻節持肉雄辯無前

孰副之望世難其選恭惟通信副使青坪任公

臺下毓精樞北含潤灑東揆詞藻于翰林材翹

士類凌道腴作經席誠格君心欲飛有需不攙

6

發延上鸞三接加躬民依永歌祿之薦至得

明

桑蔭鈍棗蓬丘腐柯鳳出豐聖希賢材良

無就自譽至牡株守不遷懷昔青鸞遄歸忽爾

三十年今一日幸今榮氣蔚至宛然五百歲奇期

俯仰光塵潝名世之偉士四馳於與詞風之

懦夫氣丰鍾臨不能遲顏以進噴咳珠隆孰乃

梱載而歸憑星槎以問津笑河漢文章之源可

溯被仙枝而求藥出澗溪蘊藻之葉併羞唯切

傾依遷忘僣瀆謹啟

○復三宅學士一状　　　任守幹

竊以義経著象貴在野外之同人鄒聖倫文必
是以呉季子之觀風一見解等晋大夫之相士
擇天下之善士尚趣舍之世別豈疆域之有乎哉
虚言下堂古来為茲徃徃可法仰慣三宅學生
日出之城地靈所鍾少時博文懷六籍之労潤
中歳反約存寸心之盧明直轡馳於訓場之深得
庚徐之遺意盧舟汎梓學海遠泝濂洛之餘流
美價擅南金之珍令譽為東土之望篷山恋

8

又烟霞在懷袖之間鵬海之于扶搖起羽翩之

下有斯久而其雛國乎僕三韓舊疆一介行李

歷海陸六千里心豈憚作獨瞋痛詩經三百篇

才以慚作專對適来異域幸遇同心詞藻先投

不憚薰鳳為費肝膽芝許以論埜越之托懸

此日開緘情見辭修々お他時儻盖道存目擊

々中略布素懷萬垂清眄右謹狀

　　辛卯中冬

　　　　西河任守幹頓首

客中無憀加以惕撓吟興索莫清詩未及奏

9

和而辱贈長啓詞彩宏靡僉人拭目簅獎飾

過隆非僕而堪慙惡隆多而不可無木成之

報草示狀語仰荅盛意

○呈李淺事書

平安三嵬緝明謹奉書通信從事官南密孝公

觀閱

臺下自閩語大夫之西来也翹首起謂朝入ル夕

見夕入朝見而禮有其禁賤吏不巧奠賛後候

之路望之朝悔然以退悵然中心兩藏不能

罷休敢修其辭于下執事曰宇宙之間分而成

國ヲ爲シテ然何ヲ我風壤襲習各ノ其宜ニ哂而教ルノ之亦

不ン繼ガ安ン剛柔文質繁簡緩急之異而其原キ天遵

性興民葬而同ク然者蓋多ク遠通世々古皆在焉

而貴境之爲地山川備其秀粹人物稟其寛和

檀聖闢教固已久矣孟子中世箕子来襲其水土

攘九疇頒八條瞳主哲輔醇儒傑士相踵而出

益操詩書経史之籍剸裳組至之器以飾政治

成民俗其化盖然日興其点可謂右文之盛國

也緯明

　　日東之鄙人也甫髫冠知讀書以性

11

駕下不能馬進嘗花之苦思之際取典三漢

讀之甚飄然如入異都至虞廷觀其都俞

吁咈相為謙讓警勵之容者繼而取周官儀神

讀之意又飄然有如至豐鎬洛伊洛觀其升降

揖遜之美制度品章之詳者讀詩與春秋然後

遍歷列國親其歷經歐令以興衰治替讀孔

氏之書然後經鄒魯涉洙泗觀其後誦講論之

盛低回久之道漢而徑唐及讀程朱之說然後

佇立沐京沿洄江溢復觀其談性命鳴道學于

不傳之後遂將旋軫以還而意未足也乃去耶

貴境人士論述捧而誦之以髣髴登神嵩之高

而臨漢水之廣揚其文獻而徵果共涉閱同流

而接壤寫呼我之游其占窮矣出乎此以夷矣

不誣則妖矣稟其氣之偏且駁故所索僻而所

行詭不可以倫理之常而遇者以是翁然收

歸元在一室試出所齋以度諸我邦封疆之

中與吾心方寸之內以夫俟百世而不惑隹四

海而齊差有蓋一二如有驗寫叨其來之遂

13

而得㆑之㆑之近世頌㆑是言也亦皆操㆑觚者㆑所常談㆑

衆人㆑之恭知而吾儕㆑之後及㆑非可㆑與㆑世夫賢君㆑

子道而今者執事習㆑其詩書漸摩㆑化尤熟且

秀德望隆崇来當㆑遠役俾㆑吾輩仰㆑観禮度文物

之懿與㆑周旋舉止之儀乃以面験㆑所学㆑以陪㆑圃

淺昧不㆑能㆑邦而比㆑之向者馳㆑精騁㆑神周游行㆑

墨而已者將大㆑閈焉其區㆑之向㆑述㆑所㆑旬吉凶瀆㆑

嚴聽㆑不亦宜㆑教不任㆑悚慚仰㆑希㆑裁察㆑

○送趙云使㆑序

觀瀾

朝鮮國遣使趙某来慶

嗣且修好也有司授館議禮齊言兩相和協趙

十○一月丙戌朔以艾幣物陳堂及庭趙公乃

奉王書建殯奏吹至門下輿率兩介就若皆義

其冠禩其裳淨其佩翼拱輪曳揖而進拜而

退周旋以綏位凝如也其雍如也禮畢

主國賤使三宅辑明整冠再拜敢祝其歸曰供

範之為大矣惟其偏私不崩欲耶弗犯仁義如

戕之中正必守有以建身之極公上而為

皇王者能與天地並其所降日月均其所照而
敷錫之惠可薄下而為臣庶者有獻弓為用辮
天工而富穀之榮可保豈不禍之所集在極而
極之所建在身我公居以養于禹教箕條流庶
遺澤之中来則游于　興朝新化蕩之平之
始而其所以持乎身容觀步節舉止辭色一律
以禮如是寫者固宜事随物帨神人眷相護其
徃来莫或疎虞乃身奉圭之朝我　國所待優
罷弓加求苟而久命之日遂将舉一境人教野

16

頌朝襄嘉陞賞不可疆期以玉于黄耇丁駘背

使其國吳觀授几杖詢以道寫此言而思惑胡

不以稱疑卜之

○送李泛李序　　　　觀瀾

馬島西北雲嶽嶄嵒可墾其下蓋弓仁賢君子

國云其人不常来是以罕説今兹南岡李

公随正使趙公来修聘好往而觀其進朝居

従炭冠柚笥拱高瞻壯風稜四發有不可犯色

而尋乃邇中所述數篇讀之牢皆義嚴而意婉

氣岩而辭縟至書筆翻可觀豈可ふ謂之

古春秋人冬物壯雅之夫也予雖杗乃面觀ミ然

心狼而慕為昔者吳札歷聘上國於齊說晏子

納邑嘗政於鄭說子產代政以禮夫納邑身

大節也代政國之文權也而嬰與僑並以當時

諸彥之選也以奉芳一面之言莫敢疑顧乗歲

如重稚受毋呵子弟守師訓豈可見札知然之

哲遺物之高大有以感人而然阼乃距會盡干

歲尚想其為人而况若之子握手喻心神會而

道契夊終身日夕望請江淮姑蘇之外者為恖

如我公之歸遨笑而遇不期笑壌延歳邁物

換情移而我之所以會之徒雲夨悠而烟濤

之渺夨能恖之與終怠出可自知不可使公傳

而聞於是蒂然臨夨辞歸以請曰還其國登其

山左顧視之大荒月出之處必將牽引領仰慕

焉者夊名緯明以觀瀾為號

○與李學士書

　　　　　　　　　　觀瀾

日本國平安三宅緯明奉書朝鮮國書學士足下

19

下僕嘗讀漢文投業而敎曰道與天地賦偏而

性均學可知也文則構乎心而心馮乎氣壤

絶而風殊學不可能也通之久及取寶國士

大夫所著讀之其氣調之温勁聲口之揚抑微

急要眇恠漢美別而論者謂東人之言海晚別

華夷蜀非明鋭致爲于百不能乎成頼一心之

妙通乎天地至其得意不多讓彼僕之心因更

弓恃焉是不以大邦之秀才長詩靑累試重捷

奉而驗諸治郡之任圖境人士圖而推爲耆儒

碩望乃今以職製述佐之大夫聯翩東来来之

數自傳其眾其人詩集序各一篇中誦心惟手

而不措大抵整雅遒暢辭婉而製嚴參諧而氣

協使下貫洽事實貢接中跡乞明来知共诸名士熟

為後先是為酉云金石間作星月交暉漢文唐

詩格寫為盛而駸之合宣成間音者面觀其作

文将親蟾其人僕名心益弖以特寫格呂再投

業熟曰古至洽之世禮樂教化彬々乎為盛時有

菅右相出而能久之我亦何人為以可成矣則曰

今之後俾僕不量力不度材敢興志乎手載

萬里之表豈不亦貴國諸公之惠而及栽陛然

遼之左已難之韓之東豈易乎而乃性慣奇味

益乖服裝嗜好益異此固非僕暴昧可能勤企

而特幸世屬靖寧乎需施流澤無疆如僕小

人得免荷戈之勞而守懷藥之技也而弓下果

知文之可學而能也肙父之不孫子必克之子

之不任孫必緩之優游濡漸淬勵訓齊期以百

歲安乃各共業國士大夫爭光賈勇並馳送驟

22

於藝文之場者我將為辟之舍馬昨

请館事多々開新被拜誦以嘉章受賜多矣僕

也詩什之事未嘗習之然就其美敏密邁如此

而敏足以見情趣之雅材蘊之宏而僕之所以

仰而望于请公者意特在交寫文之至以道矣

發再被以教

○興洪書記書

日本國予安之宅揖明　奉書朝鮮國僭書記足

下益開永之會為川州之崇為滿蒲海之為物

釈閑

最鉅出盛納廣然之輿圖之執患以歸之宜乎一

觀者難為天下之化也貴境吾興我邦限以

海条若乃為吳下之擬生把鴨以沃精對漢水

以稟潤泓溢漣漣之才素所蓄積及其一旦佐

俾命建非旗鴟疊鼓張巌安於千虜以沱以

以霄蝄塊耳月之所出各可以寫所仰觀則極

斗南北經緯炎耶離剝阿以後勳霜將銷而玄

波遙綩濯倒景于汪濹緻元精于始渺悠揚容

裔畫鸎所女心曠神怡者自不知身址之覆坤

○者於此廓然遠思攬混沌之太初汚二埃壒一

濁世仰震夏其忽焉乘槎之志河濟乎蕩然故

懷濯雙足于岳底寄孤嘯于齊峇厥節魯連以人芥萬

指汗漫之游可追乎彛若廄獨立而曼

鍾泗水頤逐孤主而永泯炊生耶舍之者能赴

女多人所難捨之嫒視像于遙島閒嚮于

逝陶而彼女嬴皇劉主竆着極欲之餘求遇于

炊祖主礼德素雲葉興之甘心期乎必室抑女骨

之某杉將其魂之安在後の某氣々蒼茫而崎巓

之齟齬鳴咽呈下之行涉遠履險令者俯仰以

究心思耳自秀故也如是之至以其裝方言款而

于文固將澔莫兩畔岸市而得者為健鳴而

匐者為浪魟者珊瑚之陸離噴青蚌蛤之分披

及感舊解激意思橫生為覷怒濤騰鬣振角鬪

互相出没于堂皇宏麗之上使我邦奚拾聚

言曰辮客發攀洲之盃然明其焚災盛而

納之廣也罷然後退而觀之下之文盖無所為

罵那從徒踰人今後獲一二相見就席易便揮毫左右

指揮徐出數待如不経意耳各厰所望而其

氣豪其青宏深於意而贍於詞所謂益涵瀁河

之他得見於端甚賜之大瑳奇環塵所謂縱此

敖懷而歸者義不容歎於毛乎今観水之説以

鼎焉新韻此意併致厰南云君吾聞君子溷物

如海其昊乏之拙豐於不納為憂哉

○送厰書笵序

　　　　　　観瀾

孔孟之後程朱之苗距千歳天下之學士固多

矣程朱之後以近于今距幾齊齊齊歲天下之學士

又增多矣上以是教誘下以是求住父兄督子

弟趨自朝而野戶誦家說曰極其盛倭孔孟程

朱復生亦將頷其去之流行益此身為駑懦而

及紫恐知其意而躬體其全壽出呼其鮮也殆

寡享響絕而跡熄趙宋之季氣譽唉也親玄

其典刑也迨及门私派之德姬蔡黄尊熟诸公

猶其傑寫元孝許鲁齋劉靜修蔣趣晚困能同

而孟明有薛文清丘文莊倡其精神輝光不繼

以鼓振一時闡化百姓而微之卓守已約佐之

28

厚由之亡　一二皆有所淵源不共爽　末佐傳訓詁

之末而論簡捷盧誕之域者俾鑒萬亦乃云

莫後遼之東乎退溪李子専尚朱氏嘗窺厥奧

平生或艱四端七情者換毫制抑之方因之益

判或指邑為仁者體遠克治之功因之孫切句

凡性命微云章句猪論潜淫縝密莫術莫速循

循然心戚其所云就舟及肉禮義所重義行

又其後我心邦乎山崎敬義者豈無専尚義民

易八陽原太古之精義軌則以九峰之全数句心

濂洛關閩揚摧表揭分析經緯所暱以蠹世紀

乎數十百卷而甚所爲歸不出濂掃應芸忠信

萬欲之間終身持論諄々嘉漢之董隋之王頁

之韓非思承罩也非言不詳哉唯甚不斯之察

所以不臻乎極嗚呼世距裂歲壤阻然〆理罜

其去之合若執契于左也羔按青于濟而討中魃

于籌也以所謂萬而得々者將見之貴境與義

郛豈丞偉教明人嘗有論費境之文者甚意儀

然以中夏文明句處及随訂其所爲學以尚釋

雜〈老〉劉章琢徇治ヲ喜以テ才字ヲれ為標榜ふ渡

知ニ吾聖賢之大法要道ヲ屬而在ニ外ニ美此ヲ謂兿ヲ而

變裏可也而樣世假之唯名之狗〈景仰〉慕效ふ

置父兄弟疎皆以是督而趨之今ヲ而馳益程

宋再起復將悔且怨其言之流弊至此之不ヒ遑

宜乎能知其意體其全ヲ者絕無而僅ニ有方今

我邦之陬山崎氏而起者世不ノ乏人而如貴

境設ケ科造材後又如林勺王京至里閭挾詩書

談仁義欲以砥行于家而建業于國其能継退

31

溪氏以傳其宗者此之而然歟僅之而存歟

能增基堂光不巳以出其上者邪蓋行中

諸公皆女人焉而特兴是下溪客海上辱之一

言之知及送其旋以財也以褒以言也則陋卒

舉我邦兩之能以道學自任典斗挽先賢同

其指趣之人以贈写諸其齋歸

○與嚴書記副帖

僕於我邦多士之中每推山崎氏為稱首意

　　　　觀瀾

願託呈下齋致此言俾學晦齋退溪風者知異

代殊域亦未嘗各回調共趣之人逆散詫也乎

諒是祈今日海陸復兄弟与襪之際將歡為

情海陸邈笑為道保慎

○臨書有感因占餘楮

即誠一離由之一逢不希動氣竟難融鄉人若同

仰山幸愉快憂悲到處回

○復觀瀾書

嚴漢重

敬奉惠牘辭意勤摯丰復再三藻笑等學僕與

吳下各在海陸之中異外信壤旬別影響不及

倘非兩 國修聘之會豈安得共是下同在一

庵齋和詩篇吐論襄曲耶良覿幾疊別在即

私悰惘若而失贈人以去又收行而降

及季世此道幾廢是下不以不安為辱賜

盛諭許隲古今講確道學僕但庸愚敢容嘆

蓋吾道之盛襄世代之下壤地偏開

而其晦其明實係斯文之幸不幸耳尚笑孔孟

不敢容議而程朱継聞之切亦明可量妙延

平元定勉齋西山可謂需時碩才衛道之審

34

儒也彼魯齋靜修雖其天姿既美學術頗精生

乎左維之世贊右支之徒嗚呼可情無明興陛

菊程篁墩陳白沙至陽明講人間又聚斂僞博

亦多偏係之失而至如文清實無僞學

洽多聞肯以此為巨擘可乎予謂丘濬者為學

詭異立論謬蓋以岳飛為末必恢復稱秦檜為

宋忠臣意見如此其伙可知此不辦粵

及我國之退溪李先生兼人號稱東方朱子其

造詣之超邁學問之純正豈下邑悉之乎不必

疊床而爲乎退溪有靜菴趙先生光祖寒暄金

先生宏弼一蠹鄭先生汝昌晦齋李先生彦迪

俱以令世之木偶而爲己之此者養龜於國表進

於世甚卓之可稱有惡可殫記於尽瀆後乎縣

溪乎爲閭鄭先生述栗谷雲先生珥牛溪成先

生渾率皆養德山林羽儀清朝國家待遇賓師

士林仰若山斗踵是而繼出爲代不乏人方今

之儒相明斋尹先生拯即其人也聖朝禮遇复

出于古旌招屢煩終不幡然位至台鼎迹在丘

36

圉年高德卲舉圉蒙慕其他讀書求旨砥礪名

行者指不勝屈古人所謂道在東者信不誣也

仰帷貴邦倍尚盃變文教爲典宜其名儒輩

出扶植斯道而至於山崎氏以是下所云論

公益亦淹貫墳典採摭義理真可謂好學君子

而疆域既分聲聞不逮獨使異邦之人不閒盛

名甚可恨也明人云之說誠不誣二我

國自殷太師設教之後國倍一變士趨帰云自

我聖朝開剏之後尤多大駕文物彬彬貴飾洪

37

猷雖二五尺、童子皆知貴東而賤覇崇德帝所佛

尚釋雜老荘知大道者豈乗庚交甚者乎

僕乎東來也興論君子相穢詞章者多矣未嘗

聞窮格之說矣今宵獲豈開所之語

僕幸良幸但臨行辛之未者所蘊略將草之數

語僅寒事知罪知罪惟裏怒讓南寬償寫別

日此迫更暗無路臨楮冲悵不知所喻不備

辛卯仲冬

◯和

嚴漢重

38

誰料良朋澥逅一團和氣藹春融驊駒嗚斷

河橋蹜驪嘶雛懷去住囚

◎凌巖書記書　　　　觀闌

僕所奉寄以送支耳奈料坂行多　　　　　　僚再以

見敎論討反復良為感佩通弊事哉論書松浦

豈因裁片楮敢此報謝大抵学術通病動涉珍

勝固非孝退漢家風所貴彤呈下奠下以僕所報

為争是非而闘意氣者幸甚事甯云文清為互

劈河乎此段苟後語脉難明領會其以薛氏為

可尚邪則正與鄙意合以為不是尚邪正所趣

大異宜措物論也正文莊以兵飛為未必快腹

是於時勢各号所見姑不以為道義仁術久累

況金兵之強比宋十倍勝敗之跡未獱易以書

生紙上語而斷其以秦檜為宋忠臣号此老

好高奇矯衆論之弊然辭夷夏正內外其

終身精力所用正在乎斯一部典史正綱昭發

可見豈以裂冠毀冕稱臣金虜為是者邪特其

遊詢深淺識趣高卑固有不及文情而由之正

與信之厚蓋亦朱明ノ一代ニ非ズ所易得笑　僕序文以由之

正信之厚ヲ論ス文莊ニ讀更ニ被ル審セ

體性乃高德偉績如キ王守仁當ニ程門ノ路

馳ス以義當ニ棄ルヲ之ヲ不顧而為支離之學豈可

卒然摘発小疵ヲ遺其大醇而術義之補學的之

編亦豈可以為詭異謬盡而論僕續退溪啓

蒙傳疑常疑所説煩雜失古潔静精微藥象養心

第一圖尤渉ル事強錯而至其講学之醇養

密未嘗援彼誤以嚴此美僕之議退溪以備

多而其墨本而取笑亦自尚論之體當然也耳

貴國之豐蔚于殷太師則敬聞命矣盖範之名

傳退溪既以為憂中間二手餘載一以一失至

金大獻實錄知於程朱其之所得未知與鄭達

可孰為之後深達奇文章徑濟彙節愳慨前後矣

此但其所得說與胡雲峰四書通膽合之而已矣

謙見所造墨可窺測而自孝復古出大加精明

以至退溪然後集其成而得其要矣是僕之所

以於貴國將補退溪不遑它及也而於我邦

専學山崎敗義亦此意耳乃承退溪之緒ㇱㇺ粟
谷牛溪諸公多矣好学君子屢化之盛豈可欽
仰苟文豈云明人論費國文之者指其世貞語見テ
其集而所云尚釋雜老亦以批世貞之学未簡
似未悉鄙意請更被審来簡又云我邦倍尚
不變文教蔚興延其實我邦士世尚文中棄
事武乃至今日組章繪句之巧来能及古而韜
鈴橐難之業呂益精以今之武併古之文是
又僕所撚目而望覩也駕歟一別真是滄水不

同舟回スル恨天堅良緣ノ不使僕與具卜復獲對奏

把筆以傾倒スル所懷也臨紙芸云々秀峯思不備

○呈趙正使

觀瀾

大命司賓處遠キ人ヲ黃金器曰ク義新雲中寫影

庭珠砌陌上笳参流繡閣儀比鶴鸞眞世瑞材

如キ湖璉是レ邦珍歡和結作氤氳氣直曆城簿

九旻

○奉謝觀瀾寄示作

趙泰億

彤庭鐘鼓饗行人朝日專圉喜氣新縹緲映烟

開萬戸ヲ參差　　　宮闕擁申盟　興國千戸

好播詠詞臣隻字珍　幹事不慙渡路險　一生忠

代質蒼昊

辛卯冬至

○別帖觀瀾詞槧　　　　趙養優

日者蒙惠詩章已覺清警味儼老興雜有

烏不料遠客歸素乃此希情過獨贈感

諭百朋之獲第獎興太監令入義當逐一篇

攀和少敢謝怱面衛姆斯迫意興忙撓止用步

韻一律ヲ仰テ塞ク孕誼ヲ愧ツ醜良多末ク及ニ脂轄ニ奥スシ戒テ傾

蓋

　○呈二正副使二

久シク聞ク瀛海閩魚龍ヲ使者巖冠執リテ瑞恭々タリ兩圏河山

存慇崔殊芳禮樂觀雍容々タリ霞糖飄トシテ上ニ逢ヒ葉ニ閲羽

蓋晴漾蔓蕎峰均ヒ羣仙各々不酔日邊碧沅賜

恩濃也

　○呈二幸從事二

　　　　　　　観閣

西洋天塹洞特使世交通諸善長冠古ヲ大邦詞

賦雄真如摩漢鵙怯比集川鴻不同山○縲懃合

絃神久融

○酬謝之宅觀瀾詞案　　李邦彥

天牘兼佳什仍將好意通未高推鄭產文寫似

揚雄端世驚翔鳳儀　朝想漸鴻明由笑一桐

和氣襲春融

辱惠巍牘是見議高学博令人金望洋之嘆

也帰期已迫自涊卒未罷仰復如儀懇貞

懇貞

辛卯長至月

○送二任副使一　　　　觀瀾

鰈域環瀛表　桑邦初曦過威明臨赫々仁化

普于々末煦斷陳滋餘霑及茁霸泰和均管鑠

令運共世延鄰約常尋舊聘期永佛慈事修萬

顒構乃聴致殊埏古候東密律光送南翼躋操

盍超淼漫交幣展疆綿廷絕嶼戎岷休翰餉

肩雞聲聞雁徼鯨肉餅校閒塲兼家歡裏億祀

指誓前簾封隆替緬禹範古今懸姬蜜禮獵襲

殷家質尚沿嚴科成俊秀寛教援豪賢抽耴毓

材盛撰任街命專歐文那須祗裴鑒正銓窮

祕撿芸簡陳誠撼細掰或調如琢玉亦辨似淘

泉恐尺逢檝决始終伎節含𤯝縈芳甸出袂向

沃焦寨階府騰瑰恍隱娥獻艶婷横波單把劔

辟浪一揮鞭碑矼竈梁背翺翔鼇岫巓醇澆觀

改倍脾瘠顧山川逶騎郊隊頽亭道擊鮮服

裝殊濟楚攪吹乍曶闥不詳夷憂別果是俊魏

傳棚閣錦簾簇伐儀霜戈聯珮鳴隨步勳冠側

見頃廌廟器應推貴國莽足可扇需雲停陽彩

湛露降恩涓爲没釣庭奏大羅綵殿延合歡

每受土寵錫予加邊宏庥揭門館優豊飫餞素

盍旁求弊隨計少薦神似人力金湯壯地維開

塞堅龍驤班百萬虎旅狹王羣牧衣裳會素

侯珠繡鄧因更粟日嚴蜜船雪嶺秋春

鎮蒼滇邢勢連急荔土歡歌賦曰帰篇賞度

楊花渡鴻飛若木天蘋蓋香不起蝴蝶冷夢眠

飆笑籬英岩衍牷曉靄翩清峨振寒簫遙恩上

霞篆悲興懷待杜遠遊憶史要催披行監當使

匏坐潭玄堂廡九重澤乾坤未了緣須史催駕

鶴縹緲肉霄烟惟匆匆蓬瀛月裏占團圓

○送李學士ヲ　　　　　觀瀾

忽別金燕士滄波欲不流悲歌撥棄阿長揮下

仙洲雲撲轔轆劒雲紆翡翠裘黄金臺上去匏

酌酒如油

○送澄香記　　　　　　乾淵

自是佳人天一方鳴環垂珮迥初望身章全被ル

秋雲碧歌口　輕噓自雪香　回首瑤池知有路不

眠蓬島覺饒霜　可堪纖手彈殘月　復逐離鸞佳

意翔

○和

　　　　　　　　洪舜衍

愛君文彩擅二東方一　郎廬溫延更饒碧　氣自豪雄

聲譽爲詩彷傳誦　姓名香殊鄉離恨腸非鐵　

路驪越驚欲霜別後青雲　桃春來鴻雁會

南翔

○送二南書記一

　　　　　　　　觀瀾

金風吹二海上一人心易遼鶴耐乃起層々又々九
霄碧朝掠龍府深夕懸鼇峯脊殿宇皆珠貝俯
哆軿勾遠挑句雲絲副以紫霞波間裏挿羽
仙此章勾餘情長鳴憂而去六合不留跡
辛卯十月廿八日實舘唱酬　　観瀾
兩朝交歡薄海兵虞即今使軺遠来申修世
睦寶彼此驩慶兼文吾輩與諸貴客周旋
一堂以観大國光儀欣喜之私布陳易嚮情
東南風土未嘗服習加以水陸争衝昌霧
露而進観之際方見津々気色溢乎眉目一龍

似列劄二

問　　　　　觀澗

李晦齋李退溪之稱朱子之卒志醇粹可禮下況

其宗者固似欽服晦齋則号退溪所述行狀

可考号退溪事跡亦必有门人子弟所錄未

得傳而思之爵里世承爲何仕自何朝至何

朝是下如有所記緒被錄示

答　　　　　李磺

退溪書先生学問之醇粹爲國諸公既已稔

閑不須更容贄説先生本以藜尚道醴川之

人宦至二相家景浩其平生事跡已名賓

之擢攻國家特設書院為多士藏修之所笑

宣廟求遺際遇特隆我東李栗谷先生亦其

門人也

　　問　　　　　　　　觀瀾

得象遷溪氏後孰振其宗風者栗谷可

欣也栗谷名字為何有論述可泝而見者乎

哉國有山崎敬義者實唱朱紫之當矢哉

遠客歸心日覺慾海门寒　又饕風休嫌雪意

偏蕭索和氣氳氳瀰座濃り

○再呈書畫數種

觀闕

料館事多冗再晤龍樂而致新亦期倶矢取

設一杯侑以賦什

其爲使佐是稱豪雋限此風送節笻銀鶻博空

秋色動宏籠吹浪海光高酣歃且搜勾蕪部意

氣將投旦束刃晤交摇池法萬里復飛艋羽進

莆菌

　　　◯和　　　　　李礶

自笑襄齡氣尚豪月権天朱遂旌旆連雲鶴路

青宦澗泬月鯨波白雪高遺興詩情揮健筆防

身長物為雄力盂盤鼎蘇伮新興魚毛攵鱗酒

是菊

　　◯疊和　　　　觀瀾

冬半器思岳更豪終乃白雪綴旌旆淮南幕裏

材無此遼去帽稜人自高當座吟裁盤鳳錦泠

嬴度試鱠鯨刀歸本正好洗胸抱鴨綠江深色

玉山ニ

○謹呈南書記ニ　　　　觀瀾

烟波離國久開渡　入疆脩袤十峰兩華芙蓉四

海秋方言間自記詩話共人酬復兩逍遙お滇

鵬学浪遊

○次奉觀瀾詞伯ニ　　　南聖重

侶尋奮好才拙愧芸俯秀嶽長留雪奇花獨

殷秋酒欣連日醉詩唱幾人酬覷絶平生事懶

應說此遊ニ

○走筆奉二座上ノ諸公一　　南聖重

古寺鐘聲暮々座燭影寒栖于音

宵頳ヲ一

時已二添燭在座並約待明而散

十一月五日　是日雪　賓舘唱酬　觀瀾

○呈二李學生一

遠人何事意匆匆飛雪彌天弄二曉風一笑倚堂

○和　　　　　　　李礀

挽衣坐山巔漿濃

○走和　觀瀾

萬里飄颻客奈過揺落時乘暇懸大賦俯月映清詩誰謂偶然会豈無不朽期暮檐窓不耐把筆洗殘池

○謹呈嚴書記　觀瀾

殘館霜飛淡笑開早知西楚世多材囊中自有問春作唱向千山喚暖回

○次奉觀瀾詞伯　嚴漢重

旗鼓詞壇白戰開南金東箭各需材兩邦文會

出難乃承夕　團圓且莫回

○再呈巖書記
　　　　　　觀瀾

即須促膝問依之海瘴山嵐梁盡衣昨夜四人

向霜月一腔吹徹鶴南飛
　　　　　　没巖重

○錄奉座上諸公

高國诗似会千条楚字闲他月偶打懷茅里隔

○走和
　　　　　　乾瀾

やま島

人間遊跡遍在亦暫時朋溶漾蓬瀛水遠堂捧

61

百篇何ッ敏捷斗酒芝「平生盤-倒テ顆-珠滑メ梭-飛ンデ四-

錦-成流-霜追逸-響晴嶺送餘清藏テ在中-箱-底-叶-

時鳴句驚

○法歓闌詞仍韻

李穡

句笑三韓老虚名了半生攻詩終底用学勸亦

客威曲宴林盤簡高軒椅摩清摩仙有等梅佳

句使人驚

○形奉諸公

李穡

海印有笑仙群頤世乃皃方知日東秀不特中

河美〔二二〕

○走和

此話入玄時崑論非拱皂綢繆情不露人集西

觀瀾

求美ヲ

○披散又東ス座上ノ諸公ニ

李磵

兩國各于千里羣曠サニ一時情深仍托契酒老更

論詩旅泊誰カ相訪ヲ團圞來易期供崖弓寿廛佳

會恐差池

上使記室洪鏡湖適有忌期不ヲ列ヤ會故

君子之素養以壯士之英標矣仰慰交切

李學士　席次

○謹呈李學士　　　觀瀾

榮海秋光淸敲銷登臺西北襄星遙驂鱗游子

疑名旬跨鶴仙人素自遼路透崎雲投獴繃霜

彌驛樹涉蕭條如今得龍嶺嶒質竹洞松蒼長

後凋

○敬次觀瀾詞伯韻　　李儹

曉曛初上呤霞銷澥國蒼凉眺望遙絶域半孝

禽戀越故園□日鶴歸遼岩楓尚赤經秋葉岸

竹犹青傲雪條玉事未竣歸此後鏡中渾覺鬓

毛凋

○疊和

範閒

材似精金錬不銷螢発光逐月樓逢古攴上軋

東西漢逸氣旁馳左右遠嘗閱源由漁範風

傅俎豆守箕條扛逢欵致殷勤意籬落徙横菊

亦凋

○再羔書當生見其善飲因賦呈　　觀瀾

就テ貴國ノ所印スル小學集成中ニ抽取テ本註ヲ以登ケ于

梓ニ世ニ頼テ知ルヲ考亭原本貴國之惠多矣但外

篇本係ル秦漢以後ノ文字二書ノ體合フ二者強擇二

而嘉言善行ノ内ニ三條ヨリ下訓點頗為ニ東ニ註字

止ニ缺脱蓋為鑄字所誤而然宋元刊ノ板傳我

境ニ者並ニ考亭原本ニ不知貴國除ク集成ニ取收

外別有本往以行ルヲ乎　時坐客重省唱酬交起

矣

再问　　　　　觀瀾

不暇見答而日已曛黒

66

前所問小學末後ノ一事請見教示セ

答　　　　李礥

日已瞳黑眼睛不能壽當待明仰渡明間耻

去如何此子平生略已豪棄未嘗以不平

氣留栖方寸間笑今日老容不能此一言相

鼎上方言云云通篤兒不平雪云阿上

學士指詩

復此答數日後所贈

行呈詩稱豪乙字可以會

李礥

教意備悉我國栗谷李先生者宣廟朝名臣

嫡傳書退溪先生鏡緒其学以下明義利正中玉

覇為本以天道策問登魁科所謂玉尽策問

頭者天朝能文章者所出而中朝之人不能

對我國使臣乃其題而来出枚科場栗谷先

生作以為等上之中為第一其所對之策

流入於中朝其後天使之来先生以兵夢判

壽為遠接使天使問其名曰是製天道策者

邪仍與抗禮執手論交其敬待如此矢名辯

字叔獻官至兵吏部尚書兼大提学年四十一

68

九早卒チ文集数十巻行ハセ曽已配享ニ格夫

子聖廟笑先生道義之友同時有牛溪成先

生成先生名渾字浩源號牛溪其道学之高

即與栗谷同亦登崇于朝官至史曹參判ニ出

蹈享聖廟笑古今學者祀不ニ為矣経綸之才

推栗谷為第二十豈不難我國小營チ子東

一ニ朱文公為程ニ而一ニ則李栗谷先生刪薬

就要具補闕遺以便考閲進講お経筵即今

士大夫家皆以新菜教子弟蓋艾詮解詳悉

69

氣遺簡約、不繁而於不惇於晦菴本旨舊本

亦曾經大儒之手、豈有疑晦之處而不可讀

乎小學一編、實聖路頭工夫、而考國志刊

布於國中、右文之治、即此可知矣、幸甚

眼昏清草悚士

○ 呈洪壽記

　　　　觀瀾

疇昔詢館、書美幹、多以見之、被披瀝曷

想頴消

貫月樓浮來于期、欣瞻故國美姿儀自殿教化

氣今在陳漢文章如是誰八道風煙横劍出　三

山氣色倚樓時林巒冬云云不衆重為折琪花第一

一枝

○和

　　　　　　　　洪舜衍

庵病山樓負好期今朝欣觀美容儀㒵雙國士

如見是第一驛壇舍等誰朔彦悠頭自恨風

先慶橋黄時天南逃臟江梅破令我殿勸贈

一枝

○皇嚴書記

　　　　觀瀾

客窓新見小花開、斜掠貂裘舞苒向、欲傍二使君

開半日馬蹄踐蹀踏泥来

○和

嚴漢重

小堂佳會雪中闻、不學山陰客棹回、始識

東多儁士崇典文教百年来

呈

嚴漢重

日昨以見呈使華騈語及書文、俱皆瞥絶精

徵令余敍眼未施積學幾柯芳能臻闻奥邪

答

觀瀾

誤被虛譽不堪慚愧僕壯歲好讀古文而資

性庸劣志氣不植未知韓歐家法呵好頃者

以示之使臺慰其人詩集一編皆典重雅馴先是

作家使吾輩大悟祖文法式蘙懷感銘諸

此意轉致乃幸

○呈南書記用前月李東
郭

書記用前日郭見示韵

起看山岳色凋落物皆是妝成韓仙筆春華長

談美○和

南聖重

73

觀水必観瀾君立取於是非徒汪波更歎洋

洋美ヲ

支機閒談終

兩邦繋金湯之固ヲ千里知殊旌之戯ヲ直ニ竊ニ河源ヲ

聊比スニ一横ヲ上ニ窟遠採月窟彷彿トシテ三島地行仙

摘藻松荑浦一ヲ之映清標松白山千秋雪

仰欽ス笋時禧之範ヲ竊慶ス桑域盟會之尋亮

蹄涔支流蜩鷦弱羽及開紫光之度遙望赤烏

之光自顧糠粃之芳ヲ歯牙之論偶鉛刀而

弓一割之用佇俟薛燭之知愧鷲駈而抱千里

之心糞回孫陽之馭祗捧鴻羽少致芹裹責冒

龍光ヲ不任雀躍謹啓ス

○候從事李美伯啓　木寅亮

伏以雖飛海嶠八尋之鳳　隨鶴益駒範原隰

千里之駟木迎覘進國信親光季岳監恭惟

従事南岡李公臺下龍門世冑鴨江名流閑

搜秘諌史八索九丘之書経惟僃問敷暢五語

三盤之旨吏部二百年之文章全同機瀛洲十

八入之選擢皆避所裝揮奥義言之批召経

翰轄密邇清華論之陳四子之楷棣聲天管柱

記注伊秋之褒貶挾霜簡編垂示萬古之興亡

胸野ヲ玉杯ニ之繋露ヲ絶シ妾ハ人間烟火ノ之棄里裟ニ全

雖之殊琅ヲ盡是天上星斗ノ之茫鵬塔高ク罪亨舍ニ

奎婁之耀鼇海遙ニ浮文迴ス波瀾ノ之流テ玉ニ操鯨駕ニ

滴仙之豪才原家事開ク門龍光老君ノ之真棄恋

斗壁笙篌一曲先操故國想フ竹葉ニ三杯豈酌ニ尚

壽朝ヲ膾藥不回ニ羊腸九折ノ之路ニ軒ニ姿

自副ニ于馬老五色々文蓋閑封當テ周武ノ之城ニ簽

國投ニ聖邦開ク廣堯之逐ニ檀香降ル神ヲ玉焰曜ラス象而

熊川于豊波ふ壽維瑋修ナ聘ヲ為ク島一葦津ニ

○候正使趙大年ヲ啓

木寅亮

伏以繡節耀雲慶迎北海賓客ヲ錦帆指日ヲ佇想

桑城恭惟正使謙

東行真人歡洽漢江ニ喜騰

齋趙公臺下河岳毓秀琴鶴遺風望掌銓選聽

履霄向星辰私絶賓交斐談坐中ノ風月金鏡照

濁仰高季輔之精明玉山揚輝揖裴叔夜之俊

慈鶴廳齊庶幾賢良共附羽儀龍門峻岸名俊

又咸屬鱗羽軒陛精鑒笑季札之賞音登樓轟

愁同玉粲之思土盍問禮義兮君子國欽大風ニ

慈亮乾坤ノ腐儒樗櫟ノ散材豈徴スルニ木氏ニ作リテ海賦ヲ先

仰李君稱ノ経ハ筍ニ愧ハ五伎之微技ニ同ジ鼎ノ九斑

想漫ニ切ニ龍ノ登常ニ申シテ烟ニ恭シク修ムル堺隫ヲ不任主臣

○候學士李重叔啓ク

伏以鼇山占地步ヲ見ル道腴ニ於テ糞墻鯨浪乗ツテ天盡ク

濟學滄ニ柱律筏奎奎垂象ス儒林ニ増華恭シク惟ミレハ學士

東郭李君門下金馬崇班木天ノ妙選使星遙ニ照ス

依稀宮燭ノ之金蓮恩錦高懸彷彿花磚ノ之紅藥

謝仙燒ク尾ヲ而春浪三級震鱗ノ月姝分テ香ヲ而秋風

木寅亮

懷聖仁ヲ則兄弟島嶼ニ勝迹ヲ金花風帽孃ニ美權魯

國ノ之箭筈炳彪皐比擬珍桂肅愼ノ之楷矢拵辭

專對良云大行之典刑將命克勤豈同身之

瘡憚于子長復尋江淮之浮遊今日劉郎已

耀旌麾之榮權禮云具瞻珪瓚典端使

乎使乎爭親章綬光美龍虎楊而貫

王葉觀麟殿上揮筆而就百篇礑簿襟懷吞

夢八九ヲふ旦消遙羽翮搏滄溟三千而餘

星駕馳驅自際江山之助雲帆安穩全賴神明

管能筆崔大鳴口之云

42

一枝藝棲語妙而卜屈驪采賦措之宜学窮源
頭陸海潘江咸思派胷羅丘壑屹立鵯嶺之千
尋手捲煙雲滄泳龍灣之筆吹窺石室金匱之
秘而青藜吐送探鳥策龜圖之書而赤管志怪
英河賦成十吏之手不給青箱学髓玉衍之目
何精一字勝華榮何労補天媧石正音奏雅曲
不待擲地南金花剪中麃聴五雲開下東占香
案吏雪切蓬池鱠七蠶杰争羨玉府仙積水
禅航名然微見於云面頬波砥柱号典刑存於

之休亮素餐愧二河上、伐檀庸材冈溝中之朽斷

蚤瞻服驟之貞遙懸執御之懷謹叩九閣恭修

尺牘伏彫國本定盟作帶礪頤勞畫功於丹青

仰惟淵海頫鑒塵烟謹啓

○候副使任用譽啓

伏以三星布華乃夜陰陽魚之會一介相禮　木寅亮

正膺天地得一之秘江山増輝黎庶快観恭惟

副使靖蕃任公甍下東箋材標南金竒珍陛班

月毀袖惹桂宫之天香勸書金華袍耀蓮愕

老成經濟議論自副巨川之舟楫卓犖才標搯

膺鄧林之棟梁天外離羣一片登彩覽勳業國

中賽和手篇白雪擱鏗鏘遨遊挾飛仙彈節蓮

菜島風流访勝迹迴掉桃花源盞蟬悅座土膓

而養扶興磅礴之氣鷹揚湖海志而抵跌宕磊

落之才者也如亮者蠟蠓微才斗筲小器夙象

先子之嫩業而未究聖人之遺經叩抱雕蟲之

顋蒙宴傳没字之謬訛頑坔岀石至濟於佗山

之玫巖爾弱蒲恐致先秋之婁忽瞻閟下薇花

寵榮成就君德漢容納規覲程伊川程今時錄

勸講箴諫悅委曲笑李文簡於往年手探天章

風斤月斧刊修萬古之得失身居雲衢一月鑑昊

衡乎鈞一宇之褒貶雄詞折五鹿之角談論生

風高峯馳一鶚之才翱翔漢先耀玉節而八

道之釜光忽開虔齋賚金簡百年之典禮以成

虞室止祥宴副蒙莊之生白羣經浙腾以其

恢之殺青片玉片云天上清風落嘆嘯一金一

字毫端彩雲動光輝況惟乾坤澄清車書同混

〻紫罽深愧江濱浄艸之書敬附尺一之青山

代三寸之吾金就工冶安知他日光芒射天鱗

蘇河流方善将来神化興雨賠啓不堪慙悚之

至二

○奉呈正使謙齋趙公　　木寅亮

龍節光揚　若木津清風沸尽拂行塵躡殊争

親三秀客鳴佩先迎弟人入乗國鈞銓品藻

出修鄰寶筵莫問白羶在屹立玉山

聮映新なり

37

踪籬看雪暮寒開白戰場中氣壯裝甕學長

苔一片風流欲試謝莊才

○將散又呈畵學士

文星芒動聚星堂髮雪坡翁將檀場寫嶽白山

許品外各夫自是慶雲之

○奉次天河詞伯辱示韻　李爾

小池杉橘擁華堂前後清遊共一場吾醉昏上

君亦去雪窗殘日閃餘光

雅荊集卷之下終

○奉呈副使靖卷任公　　木寅菴

日照仙舟萬丈紅　桃源弓路武陵魚雞林懸

曉雲外鶴浦回頭夜月中展幣輔行當介副采

頭明信鷹王公文筆一釣鼇手東海重驚任

氏風

○奉呈事南岡李公　　木寅亮

三鳳齊飛　六十州祥雲送邑滿直流垂乙鵬

翼賦中枝映斗龍光望裏滂政教遙里文化縣

塔愁聲倚　武昌樓此行專為修鄰好漢使傳

勞ス絶域ノ遊ヒ

○謹テ謝ス菊潭詞案ニ　　正使趙泰億

辱ク惠ニ詩俦ヲ過加シ裝飾ノ詞采照爛トシテ眷意勤接

頋惟ニ非随昌可堪ヘ承陳遵ニ尺牘末旦為榮ト

陸賈ガ千金ヲ寫能ク誇ル寶行且ツ十襲珍藏以賣

帰裝ニ第緣行テ餘病備末能綴ラ巧ク長語只用テ

歩歂ス一律仰テ申謝意ヲ惟異雅度見恕豈勝

私悰慙負シ復路ニ自作盖尚匱何當ニ下ス一接

芝宇ニ獲親闌薫顧ニこ企る

孤懷羊曳度滄津惆悵家書為隔壁我包越吹

懷故土君將鄭縞同行人奇杵竹崩寧專美寶

睡驛珠却逮珍共説似翁留豬業明時快観屬

毛新

○奉謝木學士菊潭詞案

　　　　　　副使住守幹

日奉華藻副以清詩詞采亦烏禮意勤摯

僕本固陋何以承堪第緣敗屨之餘羅疾

愈甚不能下牧藜神思構成儷文只將強律

33

仰塞隆旨隆荷恕諒号勝愧懼

暘谷来賓曉旭紅蓬山苐里路遐通壯遊浩蕩

超寰外儒教流傳溢海中不惜瑤琯投遠者之

知弓冶継先公延陵精鑒吾門弓束徒表親大

國風

○酬謝菊潭詞案　　泆事李邦彦

文教従来説　武州閉君奕世最名流宦依善

蓋仰班賁筆吐長虹塞彩浮芝緯堪詩開府石

消褒且上冨陽樓佳期悵望達攀鋏那仍擕檝

作二勝遊一ヲ

○再奉酬正使謙齋趙公　木寅亮

辱承瓊報一篇鼎言盡新行字上粲龍珠樓

縷繹蠻緘緒不思猿狙之苦蒙明公之歡曝

也惓惓汗惟極只誠仙凡兩隔弗諧鳳覬徒

增悵爾謹依前韻奉謝兼祈卸政

萬方玉帛競通津清晏不揚東海塵信至龍頭

千里使望高參首十南人越金吼論紫行槖趙

璧暗投命世珍最徹大全揚學士獎名弋古屬

31

文新

○再奉答、副使靖菴任公ニ　木寅亮

向奉俚詞ヲ忽承惠高和ヲ加フ以醜纏之温言

典雅籌得十朋之錫昌加写只慙不肖之

鹵莽豈克當此爾謹依原韻ニ以率呈

非敢報此聊申謝悰兼祈斧政ヲ

青烏衘来雲錦紅粲然復報尋勢更行程撥シ馬

西河上餘論校書東観巾笥問月蕚三事自支

傳海於大蘇公才名元澹君家事八永豊川想

嵩濤一

○舟車答（從車面密李公）　木寅亮

弟子和一章真以翻引魚詞難共玉藻縛

奪目形不肖之鄙俚何幸蒙此拳眷共媿

媿報爾又依原韻此來謝兼祈郢政

卓偉文章柳州波瀾歘截海气流霜加翰墨

威風動搖節旄端色浮一玩福星運斗西

山爽采雪明樓淡末名下至蓬士不負奉瓊華

里遊

29

十月廿八日客館初會

奉上清二李學士　　　　　　　木寅亮

隣聘不渝海路年浪使臺賓涉安穩可謂

兩朝之慶也雖然跋涉險阻冒風霜賢勞

萬狀言靡罄爾不佞氏木名寅亮字汝弼別

號蕭潭敢問貴姓字登科之

　復　　　　　　　　　　　　李礥

不穀姓李名礥字重叔號東新生甲午乙卯

登進士科癸酉爲文科壯元丁丑又登文翻

重試及第歷二太常通判僉宣及㧑部員外郎

出テ為二安陵ノ太守二以二製述官ヲ衆令ヲ来到耳

○　奉シ撰二儀表一頓二懐二登龍之懐ノ矣賦二俚語一律

李呈二東郭李學士二　　　　木寅亮

海雲色遠蓬莱為二片錦帖一映二日二湖益部ノ文星

先北二拱函開紫氣句東来禮頤二衰中登瀛選随テ

後遠遊出塵才迎二巧笑人工嘯駕云談欸問說

䡖䡞

○　敬次二菊潭詞伯韻ヲ一　　　　　李價

溟隔「蓬島」坡崅「業」錦帳　爲「拂」郷ヲ「闢」仍　浮羅鷙

洲邊過遠自帳「龍崕」上来堤攬清都爲ニ俊士ニ羨

鍾神嶽華奇才不逢試同東都勝樹老テ三志月

浦臺三

○再依二苦韻一奉關東郭學士二

木寅亮

候館完修ノ開二草菜ヲ傳呼宮錦眼ニテ人ヲ開天迴二鳳嶽ヲ

鯨天出月涌二鴨江ニ搖藻ヲ来茅叟皇宗慈ヲ志九十

霄振翮波陽才縱模健筆挾ニ霜氣凛烈還疑登

栢臺二

○敬テ次菊潭詞伯ノ龍ノ盞ヲ再ヒ臺ヲ也

李碩

吾郷迢遞隔二東萊ヲ歳暮羈懷苦二未ニ開ヲ瘦竹ニ當レ戸ニ轉ニ晩山ノ晴色入レテ簾ニ來ル青霞奇シト華驚三キ粉一見三ル萎一甲虛名娩使才二一タヒ團圓真ニ快意不須頻上ニ望ム

郷臺二

○別ニ賦シ二ツノ律ヲ奉二呈ス東郭李學士

木寅亮

仙佩珊珊　降海濱汪陂于煩氣清新班文深澤

南山豹霧俊雅如東郭綬　兩國承冠風美偶

百寮玉帛徳成鄰錦袍俟芳騎鯨影知是金鑾

殿上入

○走次甬潭詞仙韻　李磺

著館寨　寂寞濱之晚物之攪愁新功名雅叟

篇中雁藻思韓公傳裏綬已善　日東多俊士

將期他後托芳鄰晃郷寂鉢傳千古翰墨深來

自勉文

24

○呈龍湖嚴書記　　　　　　　木寅亮

行人欲至鵲橋云　丰彩先生舉海霞灘水釣綸

勞揚色滄浪々詩格別…義防身…劍製流電漆

寫一厄笑畫蛇頭影現中龍忽動馬潮騰…屬

乏象二

○承示菊潭詞伯惠敬　　　嚴従重

多謝詞人話漢…尚…看奇…青霞玫…

箕裘在握管方看錦繡美醉興當尊似孃蟻壯

心投…拂…蛇…君…陸…壽業　　日域爭雄

呈大家

　○呈淡叟南書記　　　　木寅亮

長風萬里到　扶桑勝藥名山成笑章東海冰

鸞春鐵錦南溟珠蚌夜生光芙蓉釗冷葉横皐

慇蟀侏寒歲又陽四月國盟文子智歡心揮筆

羨羨堂

　○奉次菊潭词伯示歓　　　南聖重

男兒志在尉蓬桑且復誦詩三百章專對鄰邦

非有謫飛居實巖幸觀光從之海路窮三島

22

典重將延二一陽二今日　旅懷聊自慰騒人墨客備

高堂

　○頌奉諸公

海外南真仙群賢在乃是方知　　　李礥

山河美　　　　　　　　　　　日東秀不特

　○和東郭李學虫龍　　　木寅亮

禁宮世塵外相値話去是今日　風騒壇詩釋權

予美

　○録奉塵上諸公　　　　嚴漢重

21

兩國詩仙會千秋梵字間他日偽相懷○○聖蘭

雲山

○和龍湖韻　　木寅亮

滄海三千里查頭客話關歸期若爲夕凝愁備

寒山

○走筆奉席上諸公　　南聖重

古寺鐘聲暮高座燭影寒羇栖千里客喜及○

宵額

○和○叟韻　　木寅亮

20

雄才能陸海ヲ小伎愧ヅ知寒逸興飛プ筆衆屋ニ眩ス

醉顔ヲ

○ 艷散又奉ズ座上ノ諸公ニ　　　李礥

兩國年千里羣賢共ニ一時情深フテ託レ契ヲ誼為メニ更

論フ旅泊誰和セン籍ヲ團圓未ダ易カラ期シ他岸各チ奇藥佳

會恐クハ羡ム池セヒ

云

正使ノ記室洪鏡湖適〻有リ忌期フ不レ来ラ列スルニ會ニ故ニ

○ 奉和ス東郭李學士ノ眎ス敎韻ニ

木寅亮

瀟洒水西寺誦仙遊義時寒天斜飲照肉酪

題詩不及三更飲盡更一會期攜歸明月贈吶

待影娥池

〇又賦一絶寄諸公詞案　南聖重

昨夕成高會々宵又勝遊慇懃一樽酒相興興

難味

〇和泛艘韻　　水寅亮

三條紅燭影高照列仙遊武仲千戌會詩成筆

18

不休

○序上賦二一律一似二良醫畸生一

　　　　　　　木寅亮

長崎傳授于今奇、鴨水通流把二上池一及二國工功
三折後回春陽報十全時華松似粒香生飯海
雲如底子溯枝料浸行囊千里路半救二堂杜二半

軒岐

○敬次爲潭詞伯辱贈龍

　　　　　　　奇斗文

日城風煙擅絶奇富山爲障海爲池客堂聽雨

17

狐燈夜僧院闲鐘塔月時歳暮神龍藏大蟄天

寒凍雀宿疎枝沈痼高疾眼瞖得自笑予生終

紫岐

十一月五日再會

○奉呈東都李學生

嚮辱接清範雅會竟日希婚一大快也

閔羅彌不従今特衝雪来覇擬活戴

徒選子猷之才使不興懷之嘆

僞語祈笑政

木寅亮

16

雄都東樓大瀛海仙棹轉留李郭舟後畫橈茲

明雪裏夢茂橘柚滿江紅霽間李合雙龍劍玉

上數修己屬樓美經蘭陵須盡醉歌行好寫客

中愁

○次韻為潯詞伯案下　李　磺

摹珍芳儂總名流李郭仙風共一舟老矣自憐

茲着眼逢陽休怪雪盈顛交情已許同紗社矣嘉

會居然又寺樓莫道重來定約組青一盞淡諸失

驪怒

15

○再依原韻奉答東郭李學士

木寅亮

盍簪再會揖清流今見溟東甲叔舟席繼舊盟

攀頭庵馬聯新句賦龍頭寒雪粘袠侵幌凍

雨筆蕪雪滿樓望斷關河千里目天涯同雲

狼愁

○呈乾湖洪壽紀

暴後芻蕘生序出唱和竟日學士書詔日

木寅亮

洪崖奇藻徒會恕差知旦下

14

豪天錫奇縁頗承二猥釋二欣慰欣慰輙拭レ筆ヲ

作二俚律一首一供レ粲二

賀監風流愜素閒鏡湖秀色映二寒雲一奇才原屬二

山東妙一額終空冀二北羣金玉一石渠當二亞選紅一

蓮縁水借清芬莫嫌二芳涯一仙郷醉筆否支情細二

諭文ヲ

　　○奉レ次二菊潭惠歆ヲ

　　　　　　　　　　　洪舜衍

日邦儒教昔曾閘家擅二崑珠一筆遙二雲偶一邂二仙槎二

頌授藝每達二佳士一自成レ羣騒壇炳工皆擅二瓊蘭一

室薫ヲ總ベ摺ル芩ヲ各把ニ待章ヲ拵導意即知玉下儘

同ヲ文

○再用ニテ原ヲ發答轄依游書記ニ

木寅亮

翩々兒書記令名聞何例漢入ル兔揚子雲載ル法ニ塞鴻

捷葛篆攀聲野鶴出ニ雞群一タ逢美酒蒲桃熟ニ一

曲高發業桂芬何洞ニ聽待多發態四參敏捷継ニ

休文ヲ

○呈龍游發書記ニ

木寅亮

12

足裘再逢ヲ尚ニ森ス桐江一派ヲ淵源ス十洲云島

尋ニ仙路ヲ茫象乃流ヘ二法去龍影暗ニ衝ス荒地熠鵬

程金化北滇鯤帰末如問　武城倍ヲ應說絃歌

歩ニ浦門ニ

○謹次ス萬潭詞伯ヲ韻ヲ　　嚴洨玉

修聘ヲ鄒鄁憲典遼星搖八月潮ニ河源故山盡

隔三千里佳作相關五七云氣字悦瞻儀鶯鷲

墨池争観掣鵬鯤多君詩禮傳遺業餘慶綿ヽ

積德門

○呈二泛叟南書記一　　　木寅亮

百鍊ノ南金羅水ノ邊　光坐ニ々々射ル海東ノ天子慕懸ニ九二
形方ニ答ヘ敬故ニ乘ル軍道句ヲ傳フ歲暮遺ル梅逢フ越使ノ早
年攀テ桂ヲ憶フ蘇仙曾テ閉ツ壺谷先生ノ喬世之二　　牧榮

有二舊緣一

○奉呈二李學士兼呈二洪嶽南三出記一　　木寅亮

今日薄雪添フ趣況ヲ座上之四君四美具美
開北京真定府ニ有二本願寺今客館ニ名遇懷り

為亦一奇也偶爾捉凍筆供挥腹云

翰墨精神冠世雄一龍云鷹氣如虹屐清未鄣

先生雪圭復南宮君子風龜名傳海上巖

遵易卜教都中文章共兄縛辦子快靚四靈祥

瑞因書

○次韮萧潭詞案
李礩

筆力看如富嶄雄愛君豪氣劘長虹壯觀

竇南國夢裏流光又北風一家家書海外百

送交義酒杯中男兒落地皆兄弟依俙方音軟

異向ヲ

○又奉菊潭詞案　　　　　沈肄衍

看君意氣自豪雄筆下文章偃蹇彩虹賀償直侵

唐代律春容不減漢家風雲開仙夢浮天外今

見奎輝耀滿中凤世倘悲緣未了殊方那乃笑

談同一

○謹次菊潭詞宗示韵　　　嚴漢重

丰盟詞苑妙綿糖藻里綯多筆似虹經學章豪

傳嘉業文章蘇氏継遺風連床和氣談偕裏個

蓋ノ深キ情翰墨ノ中ニ莫レ道フ　両邦ノ疆土異ト　一堂ノ詩區

幸ニ相同シ

○丙依リ原韻ニ呈ス東郭李学士之書記ニ

木寅亮

龍門登リ處　揖シ群雄ヲ錦ノ鱗ナ詩成テ飛フ錦虹ヲ襄ニ黙シテ名ヲ家ニ

彭祖カ学罷シテ棠ヲ為ス沼ヲ季真カ居館ハ傳フ仙梵ニ六時ノ裏堂

聚ム德星ヲ百里ノ中　牽上ニ諸君誰カ得ン此ノ頴川ニ復是レ

才ノ同キ

○頌ス菊潭詞伯案下ニ

李礩

文章慼與海 爭ニ雄ヲ 健筆看テ如ニ劍ノ 吐ニ虹ヲ 誰カ謾シ一隅

桑海ノ外 千秋大雅 云ニ遺ニ風

○李學士用ニ鄙律 前四句 韻成シニ一絶ヲ見セ敎依テ

韻奉答へ

木寅亮

騷壇仙伯擅ニ词 雄渾棄飄然トシテ吐ニ玉ヲ客裏ノ壯心

胠賦否ヤ江陵九萬大鵬ノ風

○余ホ效顰用ニ鄙律後四句 韻奉呈ニ東郭李

學士ニ

木寅亮

挂ニ席ノ何ソ勞ヲ拾ニ海月ヲ坐ヨリ來 螢雪二一簾中灞橋驢ノ子

千金後此日満堂詩思同

○次奉菊潭詞案

藻驚人目詩與用乞格律

大雅遺風久寂寞　日東照運日方中琳瑯霏

李碩

○官醫吉田宗怡興良醫嘗百軒筆語唱和

彦上示嘗百軒

木寅亮

春山五葉入仙歌飛過朗吟大海波麾出壽光

方寸月東醫寶鑑照人多

喬斗文嘗百軒

○次奉菊潭詞伯

5

客窓寒夜動悲歌　路隔滄溟萬里波　自愧初非

醫國手賤才應道活人多

　○再依韻答當百軒醫伯二　木寅亮

新詩須付雪兒歌　罹出千章錦水波　惟待寄方

醫痼疾烟霞泉石癖口々多

　○追和蘭潭詞伯兩律韻　南聖重

君是騷壇第一雄　當怨意氣吐長虹　詩追郢雪

千年響興在鵬天　萬里屠佳士可看名卷下客

愁渾忘笑談中元來海內皆兄弟不但車書四

國〔同〕其三

舟繫　扶桑老樹邊路窮陽谷一竿鞭玉殊方節

序陽初復故國音書雁不傳時遇秦童求藥草

須尋蓬島問神仙吾家兩世浮槎役應是當時

未了緣

班荊集卷之上終

班荊集卷之下

　　　　　江都　菊潭水寅亮著

○與龍湖嚴書記書　　　　水寅亮

頃者再訪候館天借一奇風雪大作踪籤一白
透徹梧桐吟胖蓋四子採驪龍吾子先乃従
豈為足下幾歟噫各天東北之人忽為斯連榻
之集亦復奇過也余之固陋誤継老人之緒餼
何足言屢蒙揄揚愧汗洽日往館觀見足下
之青龍跳虎臥傲偏義歟之徒合觀者健羨附

白楮數幅ヲ旦下ニ有ルノ心　掀聲許ニヤ獲一否ヤ留ヲ爲ニ袖中

三返之家ゾ不可乎　不腆ノ微物聊ク充二千里ノ之

顏面ニ兩笑納惟幸曰　經塞爲道自愛草ト不一

○復菊潭詞伯ニ書　　　　　嚴漢重

向者再蒙華飾之辱臨持和清製獲成長驅寰

是風世ノ之　好緣當代之美譚仰惟足下系出名

門克鑽令緒雛莚其邦之人島勝欽服之懷呪

共捧獻墨選和擇鼓私愜喜幸雖嗚管既惠送

圓靈寔出厚養持以鑑容之時敢忩中心之眤

来諭寫字ノ事謹悉僕素昧ク書家ニ蹊逕僅ニ傚ッ紙裾ヲ譌シ文ヲ

修ムリ績シテ而至於ル於黄號屏障ヲ刊中ニ名ヲ金石ニ傳フ形ニ驚ヤス人ノ書ヲ

賜ル聲者ノ工ニ觀ヲ而及第ノ華粲ニ許シ假ス太過ヤ慄リ恐レ慄リ恐ル

今此ノ紙本乃宜ク奉還シ而既ニ承ヶ勤教ヲ不可トモ違ヘ猷ヶ教ヲ

敢ク唐突ニ書シ呈ス騂面ノ騂面ヲ一張ヒ倩書ヶ易シ以テ他ノ紙ニ圖

章倩哭メ印著ク未ク免レ行ナヶ鮮ヶ尤チ初ノ文ヶ歎ス新知ヶ之樂両

末ク教洽セ而玉程ク王限別ノ日在リ通臨ク楮停ムル毫ク可シ堪フ

張惘ニ不ヤ統デ希ニ崇亮ヲ

○贈二李學士書一

末寅亮

霜威風力日二加奉暎清儀神日二馳不知體履佳

勝齋開運斾已過促裝之冗可知矣苐之盧

集亦不復尋也日二把高作吟誦忘倦爾余素窾

李青蓮觀瀑圖頃開館中寄妙處請之一擾

而開生面云千尺之豪氣宛可掬寫就思昔先

人有題此圖詩曰豪氣早知天下士眼高四海

弓深情盧山晴挽銀河水分與汾陽洗甲兵一

展之際不覺惝然且下能揮椽筆書題此徒倭

寫也人子感念之心乎況以李豐生題於李翰林

亦手去之青事也足下筆下之走龍捨画中之

乘鯨飛動閃礫也望至因芳鴛為國自

愛

○復菊潭訶伯書　　李禛

惠札謹已奉覧審動止移畫良用慰浣向来移

饒待筒長弟而至經之為義出人萬惡此哉

感篆良深觀瀑図待忘拙書呈耳僕以僕事楝

竣將庵留按此一枉傾懇是企不腆微物聊

表賤悰命没者留之不備照亮

奉送正使謙齋趙公歸朝鮮國幷序

木寅亮

天下古今稱奉使之難尚矣蓋非才之裹能當大
體達於辭命具經濟之全才者敦能當之
陸然奉使何難之有當昇平無事之時修
盟繼好耀國賓於無窮者可以難易論乎
乎　正德紀元冬十月朝鮮正使謙齋趙
公為賀　鑽紹而来方今　覃朝熙怡民
人殷富雜載馳之勞典禮始終毫無虧欠

今將畫星軺不肯離床歟謂窩爲公慶之

謹作梃體三首奉送兼祈郢路

典禮全鄉德齋　書萬里歸聲身擎海涌鵬翼

摶雲飛孤冬日予餘愛霜屋閑道盛好賢遺盛崔

預想賦鄰承

○其二

雄才懸遠思將命好當歸勸酒勞歈動揮毫樂

氣飛江山行乃助草末以知處毛節風埃表明

曾染素衣

34

○其三

東方修に任りて聘ふ千騎　使君帰海月に照帆薩山に携へ

南青雞典選鄰國に寫稜威好く澤郷暑を

風吹錦衣

○　送副使靖巻任公帰朝鮮國弁序

木寅亮

嘗讀蘇老泉送石昌言引曰　大丈夫生れて

為將得因使折衝口舌之間に到つて余謂此

辞爾夫大丈夫當四に清晏く

秋持節出使萬里之外鏡鼓鏗鏘玉帛炎

錯使浙道軌有頌使乎之美不六牲乎今

靖菴任公之奉使如此留滯有暇

賦詩為文以自娛閒其優游閒雅世聘禮

既竣星駕將發謹作近體二首以柬送兼

祈郢政

珪璋昭國俗筆舌善隣修誰贈綵朝策杖望郭

泰母　柴津懸旭浴蓬島架空浮驛路風雲重

應裁　日本裝

32

○其二

層樓揮手盍交文彩轉添修寶匣霜鋩劍錦袍月

夜舟陰霽知州勁水上望萍浮仙客屬山路雪

吼鶴氅裘

○其三

任君元啓士儀表繼前修雷拂玉龍節天迴氛

鷗舟人生多聚散將事付沈浮越橐于金直何

蛆狐腋裘

○

奉送澄來南喦李公歸朝鮮國二首

木寅亮

士大夫平昔相聚則以曰吾以志呂爲將
如此玉以失實得志而僅遇一利害則百錬
剛化爲遶指桑亦句哀矣況使海外未里
乎方今南岡李公爲修國信奉使來帶留
數日威儀不忿典禮以威其平月之所蘊
可知焉星旅旋遵作鄙詩三首以奉送
併祈卻政

霜寫南岡舞覽輝翰墨林道腴嘗一商別意記

孤吟三篷矢甲方志相琴千里心郢教留雲関教

擬燕梁青

○其二

李家才子冨振舌擅詞林将作曲京賦先為

東武吟各吟明月夢両地自守心有後騒壇上

多誰庶雅青

○其三

廻車言駕邁何日為難林海霧鯨千尺庿風龍

一吟度開存紫棗報閏見居心妄乃帰鳴名重

29

傳天外靑

○挙謝菊潭詞案　　　　趙泰億

天時日南至王事畧西帰路熱行重碑身輕快

衝雪色貂暖与風歲尙憶初脂牽端

陽細蔦衣

茅堂一為審半生於未讷明朝四牡装篋日斤

悅飛玄冬坡神護行收屛翳威新春圓圖裏好

觀衰龍衣

一會遅傾盖吾行已告帰相歳勤遠贐幣韜更

28

追飛溫子真堪譽謳正為高豈多歲孫擢蒲福光英

勛僕臣辰

附

修蓋錐束讃顧遽簡甚慰懸慕況茲驢章

光出厚誼美成又乞心眤感拜僕不知

彼謝律韻忙挽斗來克洽殊以以三律步

伸微悰不睞士宜聊備編行之儀並乞覽

領不備

○敬酬末學士詞案

　　　　任守幹

日ニ君曽テ使ヲ報メ幣ヲ聘儀ヲ修ム朱夏初ニテ持節テ...

泛舟長程風雪晴漲海月星浮鰲背帰紫...

戒敵衆

明當復路平主達和來歳二三仰酬幸須

諫之

○謹泛蜀潭贈別韻留別　李邦彦

半遊絕域一月...祇林發和郢人豊熱為莊

爲吟來成作蓋會...切識荊心呪復西帰漲...

更拄好青

行色華ニ　来ラハ　和シテ顔ヲ極テ用テ　嘆

○奉送東郭李学士歸朝鮮國并序

　　　　　　　　　末寅亮

余聞久矣　経國之大業不朽之盛事也噫

文占大教必使人兼鏡乾坤之磅礴高視

渦步博贍旁通　下云之出蔚乎炳焉　然

成篇大業於是乎　盛事於是乎傳　正

德甲卯元□冬十月朝鮮製述官東郭李

君偕三使臺而来余再謁客館盖氣宇卓

偉礧毘吐言成章如決河瀉而惠洒滿汪

洋不可止遏以彫君凌雲氣湛濤山川草

木鳥獸蟲魚可喜可怒者可哀者可樂

者巨細萬彙翕聚將寫吾胷混之筆

下變現百出ふ其端倪馬其五武業作

兩國傳盛事作不朽者將言說聊遠

離思作五十韻以奉送併祈跋

兩朝天日耀萬古地圖雖不觀文儒盛安君

子風範疇箕疇在冠蓋漢儀隆鳳翥王都峙龍

24

幡テ八道通ス人煙城郭外星貨市廛中緑水波懸テ

鐘ヲ白山雪照空蛟川開翠帯難岳岐青葱境接

燕京北鄰修　桑域東幸腎子載會　四門

聰玉帛傳明係丹畫誓好修御迎彩蟲行路

避華鶬雛集勞王事麗鳴宴上公諫荊客隨實

御夾嘆阿蒙傾蓋怱知愛屬辭更不窮神炎怱

爾汝德量見謙冲博辨尊車骨精音焦尾桐黯黯

推王笥向卜獲紗籠賦巧五雲日桼衰百支

虹探奇窺酉穴詳道歴腔岫補舍寶傳慶朋答

燕集同遊岑重晚翠隆桌埋殘紅離駐額南兩

江移楚岸楓返魂梅惢嫩露骨獄容重坐接芝

翁秀室合蘭絲濃射鵬真貫殼刻篆比雕蟲獨

爐長城藝誰將偏帥攻跨鯨手首逸倚馬萬云

工書記揖王廣男兒逢孔融二寸心深許國裁勛

凛防躬大手蘇張筆妄情元自簡郢歌原寡和

洛紙畛增崇曾想鄭麟趾更閉申泛翁占魁坐

重科奉使立奇功牧隱留待集嘯齋存話藝陽

村詞藻富居正唱酬充君可繼聲彩參暎沐德

洪學源迷二畔岸一鈍器頼磨礲汪度瀅二襟浪英豪

錬二膽翔楚二遙鐘隱映客館月玲瓏冰彩徹二金井一

霜華明二綺攏望鄉天查二驚夢雨濛々未眼煖

罇席番既膏霰紅二九州浮行悼大海侵高窄驢

背富峯雪鼇暚谷暚玉樣生廣氣貝閞捧龍

宮島樹點如薺蟾輪曲似弓蠻家多作主驛店

憂呼憧絶域極珠觀壯心住轉蓬別離悲歲暮

頭腦笑冬烘惺有各云夢神遊入八宇鴻

○送鏡湖洪書記爆朝鮮國二

21

小黃亮

嘹喨遼東鶴聲儀逐投居仙樓留舞日佛院歸

灸初老圍千篇集容齋五筆書別離天羍域

雯望霽事

○其二

湖南開雙鏡送君嘆索處行舟千里外裝勤一

陽初仙隔拍肩手字留置袖書如砥周道直乎

從指南車

○送龍湖嚴書記歸朝鮮國

木寅亮

萬頃ニ潮天澗キ高ク隔ツ　一ニ客星照ス樽光假ニ色ヲ促テ磨ヲ
志ニ飛ス文正ノ祠壽ニ羅フ元瑜ノ墨字馨シ寒雲江上ノ別ノ風ハ
首ニ森ツ峯書ス

○甘乙

南ホ天涯ニ翁參商隔ツ二星才聰頭驪足書ハ跳入虹
龍形千文松舍ニ秀ツ一枝ノ梅寄ス馨ヲ…霜雪關鑑
狸海東青

○送途愛南書記ノ朝ニ鮮圖ヲ

19

木眞亮

楚宮懸署楊高士　即南州初見袋二仙侶有逢繼

雖逢院壽因二子上陳概愈二風防離別方胡越何

時圓二一舟一

○其二

南八眞男子壯乾鵠九州此郷今作別絶域隔

同避重海寒紅眼難抹用百頭仰郎留不望

斷　武陵舟

○奉次別詩韻呈菊潭判徐棄下兼謂二一匙一

18

嚴漢重

同ニ開キ征役久シク已ニ覺ム鬚毛星湖海空シク投ス遂ニ乾坤誤ル

寫形為リ潭斬ニ托ス契蘭言暗同齋影荷ヲ言軒過達

場吾拭フ書ヲ

東湖寅賓日ヲ西ニ玄ス返僂星壯遊傾狹意速後慨ニ

勞形臘近樹兎裏祐来藥紫馨丕堪右別後回

首富山青

讓ヲ寄慇祠紙全勝白楮戔携帰留菠筍ニ可シ寫㮣

君篇

　右謝ス惠紙ニ

○再用原韻答龍湖裘詞宗兼和見教二絶

　　　　木寅亮

天際文旌遠先留東壁星承廬心豈厭梁苑賦

光飛詞沒有喬繼詩中有德聲過雲歌一曲餘

響情秦青

塞暑客中變別時正昴星江雲望決聲梁月影

隨形白雪朱絃響黃流玉瓚馨猶思倜國日龎

及柳係青

人向三韓道詩新十樣牋嘉賓惠好我留擬麈

16

鳴篇　和ニ答フ来韻ニ

補遺

○奉次蘭潭詞伯別韻ヲ

渋舞衎

時物日ニ以テ變感義流レテ不居ラ人ハ俺ニ海ノ外ニ久フク雷出ヅ地ニ

巾ニ袷積水速ニ鯨浪ニ窩トモ断ッ雁書ヲ共ニ君還ヲ惜ム別ヲ聊

爲ニ駆ル征車ヲ

一簔柄蓑ヲ惠ム全ク勝ニ衍縞ヲ贈感領僕ヲ

仰謝ス乙～ゝ

15

○懸河客夜思菊遷吟シテ一律ヲ來贈ス

　　　　　　　　　　　　李讚

錦里ノ文章擅大名ヲ　朝才俊總テ門生ニ栄同桃

李鷲稱美慶鑣芝蘭ヲ不隆々自惜安行初泛鷁

可憐仙骨巳驂鯨西歸又與賢郎別小燭寒宵

獨憶情

○酬答李学士十二韻序

画一ノ詩謹ニ依テ教書生ス向時暗メシ欠精コ々儜ス

別懐彌切ニシテ帳恨ヲ敎ツ以テ一律ヲ替面別耳

　　　　　　　　　　　　木寅亮

14

東郭蒙君以仲冬下浣帰朝鮮國多暇

烟渺邈徒勸夢想項者路經遠州懇河遽

中見懐及一律郵筒至開緘句々勸懇悦

撹千思面談感愧鏤骨噫別離幾域再會

無期惟天一點筆犀思之思之而不

逐鬼神将通乎尚冀裁竟奉和登三章

拜謝丈誼

驛路賽梅傳素名書末春信手中生仙帆三島

浮堂影君枕遠江驚雲多雲動墨池蘚渴驪駒

迴蓬海擊狂鯨二詞源承竭懸河五流濫東溟美

里情

○其二

宵識翰林子墨名尋盟選花楷先生箕國久作

八條教同道再興大雅聲把酒彈琴喧別鶴破

涙華蓋義長鯨新題瀑布九天色剩見讀仙今

左情

畫幅辱改題落手裏遞中蒙玆譽珏尤為

感上

○其二

安陵夫子益君名真籛贈言慰此生際屡入藏
揮翰手山居萬卷讀青氈緘封先喜通來鯉緤
段句須纖錦黟不忍別離猶昨日因思歲曉故
人情

附錄

○席上奉呈東郭李學士 兒島景龍 天渺

天地孕神氣孕出長白山秀色獨宇宙岩峨絶

躋攀先生忽攬掬傾來肝肺間鯨力蹴滄溟破

風飄影開仙人控鶴駕雲中鳴玉環紫鸞嗚毛

磊醉睨萬古芳季妹中大魁妙文洲於傳余亦

不羈者何惜一轍鞭

○李潗天洲洞仙歌

李潗 東部

富嶽巑岏嵜嵬卓立朝象山高峯逼天開第一奇雄

10

能攀雄幡大陸上迴出牆滇閈我句簽封秦準

楸一偷閈筍興俯淺潭簿珓璨環玉程

眼憂過危峰前居人六解事勝縣為我傳徊徨

○太虛日停吟鞭

○呈鏡湖洪書記

兒景范

天末海雲環九洲魚龍鼓舞邊仙舟吞游湖素

牲照盧萬丈日萬照筆浮宇宙斯文在吾輩乾

坤音華掉風流如今典神中與會河厭周南

暫浮驛

9

○奉次天泒惠韻　　　　　　　洪舜衍 鏡湖

日域山河六十州重渙環帶地如舟千家橋柚

香風遠千島煙霞瀨氣浮幕路光陰樓上盡寒

宵雪枕邊流箇情自古懷鄉土黄使歸裝更

滯留

○呈龍湖巖書記　　　　兒景范

交星飛大海光焔照層樓氣歴三千界

十州何論裝越臺植芳美釣君東頂從醉霜

華泑翠表

○次奉天沕詞案　嚴漢重 龍湖

仙槎淹絕域詞席敞高樓煌月鄰蓬島文章盛
武州塞風鳴屋角飛雪撲簾鈎勿笑三韓客羈
愁攪激衷

○呈從夌南書記　兒景范

亟揖南宮延複圭手古閱猩毛揮彩筆爾紙箋
紅雲海內誰知己天涯幸遇君一揖如不厭留
勝好論文

○席上雪興呈李學士　兒是范

招樓、留ニ玉節ヲ歳暮テ書懷　髴敲ヲ戸ヲ屑鳴作ヲ捲テ簾ヲ雪

作ヘ撥へ爐呵ニ凍筆ヲ暖酒湛添添……郎毛山陰嗅扁

舟話ニ戴家ヲ

○　乃チ至ニ天涯ニ　訶棠

　　　　　　　　　　李價

帝閽時序促ニ至ル於道途　賖ク晴馥ヤ……橘盞盛末

勸花ヲ至　月猶有ニ羈愁蓋白髪ヲ奇棄……

盃中ノ趣何ヲ須藷能々……家ヲ

○　次下テ自ラ属高先生贈ニ……欸ヲ呈スニ……書記ニ

児景庵

6

班荊集巻之　上

江都　菊潭木寅亮著

正德紀元辛卯冬十月朝鮮國通信使趙
泰億等來聘臣亮恭爭

命從同寅數輩抵候館通刺與其學士書記等
唱和若干緒寫兩巻既經

御覽藏擬欣賞壬辰春
壬正月穀旦木寅亮識

賓館縞紵集 二卷 祇正卿字伯玉 一字斌 號南海紀伊州儒臣

七家唱和集總目畢

七家唱和集

班荊集
支機閒談

여기서부터 영인본을 인쇄한 부분입니다. 이 부분부터 보시기 바랍니다.

조선후기 통신사 필담창화집
번역총서를 간행하면서

20세기 초까지 한자(漢字)는 동아시아 사회의 공동문자였다. 국경의 벽이 높아서 사신 외에는 국제적인 교류가 불가능했지만, 문자를 통한 교류는 활발했다. 중국에서 간행된 한문 전적이 이천년 동안 계속 한국과 일본을 비롯한 주변 나라에 전파되었으며, 사신의 수행원들은 상대방 나라의 말을 못해도 상대방 문인들에게 한시(漢詩)를 창화(唱和)하여 감정을 전달하거나 필담(筆談)을 하며 의사를 소통했다.

동아시아 삼국이 얽혀 싸웠던 임진왜란이 7년 만에 끝난 뒤, 조선에 군대를 파견하였던 중국과 일본은 각기 왕조와 정권이 바뀌었다. 중국에는 이민족인 청나라가 건국되고 일본에는 도쿠가와 막부가 세워졌다. 조선과 일본은 강화회담이 결실을 맺어 포로도 쇄환하고 장군이 계승할 때마다 통신사를 파견하여 외교를 회복했지만, 청나라와에도 막부는 끝내 외교를 회복하지 못하고 단절상태가 계속되었다. 일본은 조선을 통해서 대륙문화를 받아들일 수밖에 없었고, 그 방법 중 하나가 바로 통신사를 초청할 때 시인, 화가, 의원 등의 각 분야 전문가를 초청하는 것이었다.

오백 명 규모의 문화사절단 통신사

연암 박지원은 천재시인 이언진(李彦瑱, 1740~1766)이 11차 통신사 수행원으로 일본에 다녀온 지 2년 만에 세상을 뜨자, 이를 애석히 여겨 「우상전」을 지었다. 그 첫머리에 일본이 조선에 다양한 전문가들로 구성된 문화사절단을 파견해 달라고 요청한 사연이 실려 있다.

일본의 관백(關白)이 새로 정권을 잡자, 그는 저축을 늘리고 건물을 수리했으며, 선박을 손질하고 속국의 각 섬들에서 기재(奇才) · 검객(劍客) · 궤기(詭技) · 음교(淫巧) · 서화(書畵) · 여러 분야의 인물들을 샅샅이 긁어내어, 서울로 모아들여 훈련시키고 계획을 갖추었다. 그런 지 몇 달 뒤에야 우리나라에 사신을 파견해 달라고 요청하였는데, 마치 상국(上國)의 조명(詔命)을 기다리는 것처럼 공손하였다.

그러자 우리 조정에서는 문신 가운데 3품 이하를 골라 뽑아서 삼사(三使)를 갖추어 보냈다. 이들을 수행하는 사람들도 모두 말 잘하고 많이 아는 자들이었다. 천문 · 지리 · 산수 · 점술 · 의술 · 관상 · 무력으로부터 퉁소 잘 부는 사람, 술 잘 마시는 사람, 장기나 바둑 잘 두는 사람, 말을 잘 타거나 활을 잘 쏘는 사람에 이르기까지, 한 가지 기술로 나라 안에서 이름난 사람들은 모두 함께 따라가게 되었다. 그런데 이들 가운데서도 문장과 서화를 가장 중요하게 여기지 않을 수가 없었다. 왜냐하면 그들은 조선 사람의 작품 가운데 한 글자만 얻어도 양식을 싸지 않고 천리 길을 갈 수 있기 때문이었다.

도쿠가와 이에하루(德川家治)가 쇼군을 계승하자 일본 각 분야의 대표적인 인물들을 에도로 불러들여 조선 사절단 맞을 준비를 시킨 뒤, "마치 상국의 조서를 기다리는 것처럼 공손하게" 조선에 통신사를 요청하였다. 중국과 공식적인 외교가 단절되었으므로, 대륙문화를 받아들이기 위해 조선을 상국같이 모신 것이다. 사무라이 국가 일본에는 과거제도가 없기 때문에 한문학을 직업삼아 평생 파고든 지식인들이 적어서, 일본인들은 조선 문인의 문장과 서화를 보물같이 여겼다.

조선에서도 국위를 선양하기 위해 여러 분야의 문화 전문가들을 선발하여 파견했는데, 『계림창화집(鷄林唱和集)』이 출판된 8차 통신사(1711년) 때에는 500명을 파견했다. 당시 쓰시마에서 에도까지 왕복하는 동안 일본인들이 숙소마다 찾아와 필담을 나누거나 한시를 주고받았는데, 필담집이나 창화집은 곧바로 출판되어 널리 읽혔다. 필담 창화에 참여한 일본 지식인은 대륙의 새로운 지식을 얻었을 뿐만 아니라, 일본 사회에서 전문가로서의 위상도 획득하였다.

8차 통신사 때에 출판된 필담 창화집은 현재 9종이 확인되었으며, 필담 창화에 참여한 일본 문인은 250여 명이나 된다. 이는 7차까지 출판된 필담 창화집을 모두 합한 것보다 훨씬 많은 수인데, 통신사 파견이 100년 가까이 되자 일본에서도 한문학 지식인 계층이 두터워졌음을 알 수 있다. 8차 통신사에 참여한 일행 가운데 2명은 기행문을 남겼는데, 부사 임수간(任守幹)이 기록한 『동사록(東槎錄)』이나 역관 김현문(金顯門)이 기록한 또 하나의 『동사록』이 조선에 돌아와 남에게 보여주기 위해 일방적으로 쓴 글이라면, 필담 창화집은 일본에서 조선과 일본의 지식인들이 마주앉아 함께 기록한 글이다. 그러기에 타인의 눈을 통해 자신의 모습을 객관적으로 볼 수 있다.

16권 16책의 방대한 분량으로 다양한 주제를 정리한 『계림창화집』

에도막부 초기의 일본 지식인은 주로 승려였기에, 당연히 승려들이 통신사를 접대하고, 필담에 참여하였다. 그 다음으로 유자(儒者)들이 있었는데, 로널드 토비는 이들을 조선의 유학자와 비교해 "일본의 유학자는 국가에 이용가치를 인정받은 일종의 전문 지식인에 지나지 않았다"고 규정하였다. 그 가운데 상당수는 의원이었으므로 흔히 유의(儒醫)라고 하는데, 한문으로 된 의서를 읽다보니 유학에도 관심을 가지게 된 것이다. 이노 작스이(稻生若水)가 물고기 한 마리를 가지고 제술관 이현과 서기 홍순연 일행을 찾아가서 필담을 나눈 기록이『계림창화집』권5에 실려 있다.

> 이 현 : 이 물고기는 우리나라의 송어입니다. 조령의 동남 지방에 많이 있어, 아주 귀하지는 않습니다.
> 홍순연 : 이 물고기는 우리나라의 농어와 매우 닮았습니다. 귀국에도 농어가 있는지 모르겠지만, 이것과 같지 않습니까? 농어가 아니라면 내가 아는 물고기가 아닙니다.
> 남성중 : 이 물고기는 우리나라 송어입니다. 연어와 성질이 같으나 몸집이 작으며, 우리나라 동해에서 납니다. 7~8월 사이에 바다에서 떼를 지어 강으로 올라가는데, 몸이 바위에 갈려 비늘이 다 떨어져 나가 죽기까지 하니 그 성질을 모르겠습니다.

그는 일본산 물고기의 습성을 자세히 설명하고 조선에도 있는지 물었지만, 조선 문인들은 이 방면의 전문가들이 아니어서 이름 정도나

추정했을 뿐이다. 홍순연은 농어라고 엉뚱하게 대답하기까지 하였다. 조선 문인이라면 모든 것을 알 수 있을 것이라고 기대했기에 생긴 결과인데, 아직 의학필담으로 분화되기 이전의 형태다. 이 필담 말미에 이노 작스이는 이런 기록을 덧붙여 마무리했다.

> 『동의보감』을 살펴보니 "송어는 성질이 태평하고 맛이 달며 독이 없다. 맛이 진기하고 살지다. 색은 붉으면서 선명하다. 소나무 마디 같아서 이름이 송어이다. 동북쪽 바다에서 난다"고 하였다. 지금 남성중의 대답에 『동의보감』의 설명을 참고하니, '鮏'은 송어와 같은 것이다. 그러나 '송어'라는 이름은 조선의 방언이지, 중화에서 부르는 이름이 아니다. 『팔민통지(八閩通志)』(줄임) 『해징현지(海澄縣志)』 등의 책에 모두 송어가 실려 있으나, 모습이 이것과 매우 다르다. 다른 종류인데, 이름이 같을 뿐이다.

기록에서 보듯, 이노 작스이는 다수의 의견에 따라 이 물고기를 '송어'라고 추정한 후, 비교적 자세한 남성중의 대답과 『동의보감』의 기록을 비교하여 '송어'로 결론 내렸다. 그런 뒤에 조선의 '송어'가 중국의 송어와 같은 것인지 확인하기 위해 중국의 여러 지방지를 조사한 후, '송어'는 정확한 명칭이 아니라 그저 조선의 방언인 것으로 결론지었다. 양의(良醫) 기두문(奇斗文)에게는 약초를 가지고 가서 필담을 시도하였다.

> 稻生若水 : 이 나뭇잎은 세 개의 뾰족한 끝이 있고 겨울에 시들지 않으며, 봄에 가느다란 꽃이 핍니다. 열매의 크기는 대두만하고, 모여서 둥글게 공처럼 되며, 생길 때는 파랗고, 익으면 자흑색이 됩니다. 나무

에 진액이 있어 엉기면 향이 나고, 색이 붉습니다. 이름은 선인장 나무입니다. (줄임)

　기두문 : 이것이 진짜 백부자(白附子)입니다.

제술관이나 서기들이 경험에 의존해 대답한 것과 달리, 기두문은 의원이었으므로 자신의 지식을 바탕으로 확실하게 대답하였다. 구지 현박사의 연구에 의하면 이노 작스이는 『서물류찬(庶物類纂)』이라는 박물지를 편찬하기 위해 방대한 자료를 수집·고증하고 있었는데, 문화 선진국 조선의 문인에게 서문을 부탁하여, 제술관 이현이 써 주었다. 1,054권이나 되는 일본 최대의 백과사전에 조선 문인이 서문을 써 주어 권위를 얻게 된 것이다.

출판사 주인이 상업적인 출판을 위해 직접 필담에 참여하다

초기의 필담 창화집은 일본의 시인, 유학자, 의원 등 전문 지식인이 번주(藩主)의 명령이나 자신의 정보욕, 명예욕에 따라 필담에 나선 결과물이지만, 『계림창화집』 16권 16책은 출판사 주인이 직접 전국 각 지역에서 발생한 필담 창화 원고들을 수집하여 출판한 것이다. 따라서 필담 창화 인원도 수십 명에 이르며, 많은 자본을 들여서 출판하였다. 막부(幕府)의 어용 서적을 공급하던 게이분칸(奎文館) 주인 세오겐베이(瀨尾源兵衛, 1691~1728)가 21세 청년의 몸으로 교토지역 필담에 참여해 『계림창화집』 권6을 편집하고, 다른 지역의 필담 창화 원고까지 모두 수집해 16권 16책을 출판했을 뿐 아니라, 여기에 빠진 원고들까지 수집해『칠가창화집(七家唱和集)』10권 10책을 출판하였다.

『칠가창화집』은『계림창화속집』이라고도 불렸는데, 7차 사행 때의 최대 필담 창화집인『화한창수집(和韓唱酬集)』4권 7책의 갑절 규모에 해당한다. 규모가 이러하니 자본 또한 막대하게 소요되어, 고쇼모노도 코로(御書物所)인 이즈모지 이즈미노조(出雲寺 和泉掾) 쇼하쿠도(松栢堂) 와 공동 투자하여 출판하였다. 게이분칸(奎文館)에서는 9차 사행 때에 도『상한창화훈지집(桑韓唱和塤篪集)』11권 11책을 출판하여, 세오겐베이(瀨尾源兵衛)는 29세에 이미 대표적인 출판업자로 자리매김하게 되었다. 그러나 안타깝게도 38세에 세상을 떠나, 더 이상의 거질 필담 창화집은 간행되지 못했다.

필담창화집 178책을 수집하여 원문을 입력하고 번역한 결과물

나는 조선시대 한문학 연구가 조선 국경 안의 한문학만이 아니라 국경 너머를 오가며 외국인들과 주고받은 한자 기록물까지 연구해야 한다는 생각으로, 첫 번째 박사논문을 지도하면서 '통신사 필담창화집'을 과제로 주었다. 구지현 선생은 1763년에 파견된 11차 통신사 구성원들이 기록한 사행록 9종과 필담창화집 30종을 수집하여 분석했는데, 박사학위를 받은 뒤에도 필담창화집을 계속 수집하여 2008년 한국학술진흥재단의 토대연구에『조선후기 통신사 필담창수집의 수집, 번역 및 데이터베이스 구축』이라는 과제를 신청하였다. 이 과제를 진행하면서 우리 팀에서 수집한 필담창화집 178책의 목록과, 우리가 예상

한 작업진도 및 번역 분량은 다음과 같다.

1) 1차년도(2008. 7.~2009. 6.) : 1607년(1차 사행)에서 1711년(8차 사행)까지

연번	필담창화집 책 제목	면 수	1면 당 행수	1행 당 글자 수	예상되는 원문 글자 수
001	朝鮮筆談集	44	8	15	5,280
002	朝鮮三官使酬和	24	23	9	4,968
003	和韓唱酬集首	74	10	14	10,360
004	和韓唱酬集一	152	10	14	21,280
005	和韓唱酬集二	130	10	14	18,200
006	和韓唱酬集三	90	10	14	12,600
007	和韓唱酬集四	53	10	14	7,420
008	和韓唱酬集(결본)				
009	韓使手口錄	94	10	21	19,740
010	朝鮮人筆談幷贈答詩(國圖本)	24	10	19	4,560
011	朝鮮人筆談幷贈答詩(東京都立本)	78	10	18	14,040
012	任處士筆語	55	10	19	10,450
013	水戶公朝鮮人贈答集	65	9	20	11,700
014	西山遺事附朝鮮使書簡	48	9	16	6,912
015	木下順菴稿	59	7	10	4,130
016	鷄林唱和集1	96	9	18	15,552
017	鷄林唱和集2	102	9	18	16,524
018	鷄林唱和集3	128	9	18	20,736
019	鷄林唱和集4	122	9	18	19,764
020	鷄林唱和集5	110	9	18	17,820
021	鷄林唱和集6	115	9	18	18,630
022	鷄林唱和集7	104	9	18	16,848
023	鷄林唱和集8	129	9	18	20,898
024	觀樂筆談	49	9	16	7,056
025	廣陵問槎錄上	72	7	20	10,080
026	廣陵問槎錄下	64	7	19	8,512
027	問槎二種上	84	7	19	11,172

028	問槎二種中	50	7	19	6,650
029	問槎二種下	73	7	19	9,709
030	尾陽倡和錄	50	8	14	5,600
031	槎客通筒集	140	10	17	23,800
032	桑韓醫談	88	9	18	14,256
033	辛卯唱酬詩	26	7	11	2,002
034	辛卯韓客贈答	118	8	16	15,104
035	辛卯和韓唱酬	70	10	20	14,000
036	兩東唱和錄上	56	10	20	11,200
037	兩東唱和錄下	60	10	20	12,000
038	兩東唱和後錄	42	10	20	8,400
039	正德韓槎諭禮	16	10	18	2,880
040	朝鮮客館詩文稿(내용 중복)	0	0	0	0
041	坐間筆語附江關筆談	44	10	20	8,800
042	七家唱和集－班荊集	74	9	18	11,988
043	七家唱和集－正德和韓集	89	9	18	14,418
044	七家唱和集－支機閒談	74	9	18	11,988
045	七家唱和集－朝鮮客館詩文稿	48	9	18	7,776
046	七家唱和集－桑韓唱酬集	20	9	18	3,240
047	七家唱和集－桑韓唱和集	54	9	18	8,748
048	七家唱和集－賓館縞紵集	83	9	18	13,446
049	韓客贈答別集	222	9	19	37,962
예상 총 글자수					589,839
1차년도 예상 번역 매수 (200자원고지)					약 8,900매

2) 2차년도(2009. 7.~2010. 6.) : 1719년(9차 사행)에서 1748년(10차 사행)까지

연번	필담창화집 책 제목	면수	1면 당 행수	1행 당 글자 수	예상되는 원문·글자 수
050	客館璀璨集	50	9	18	8,100
051	蓬島遺珠	54	9	18	8,748
052	三林韓客唱和集	140	9	19	23,940
053	桑韓星槎餘響	47	9	18	7,614

054	桑韓星槎答響	106	9	18	17,172
055	桑韓唱酬集1권	43	9	20	7,740
056	桑韓唱酬集2권	38	9	20	6,840
057	桑韓唱酬集3권	46	9	20	8,280
058	桑韓唱和塤篪集1권	42	10	20	8,400
059	桑韓唱和塤篪集2권	62	10	20	12,400
060	桑韓唱和塤篪集3권	49	10	20	9,800
061	桑韓唱和塤篪集4권	42	10	20	8,400
062	桑韓唱和塤篪集5권	52	10	20	10,400
063	桑韓唱和塤篪集6권	83	10	20	16,600
064	桑韓唱和塤篪集7권	66	10	20	13,200
065	桑韓唱和塤篪集8권	52	10	20	10,400
066	桑韓唱和塤篪集9권	63	10	20	12,600
067	桑韓唱和塤篪集10권	56	10	20	11,200
068	桑韓唱和塤篪集11권	35	10	20	7,000
069	信陽山人韓館倡和稿	40	9	19	6,840
070	兩關唱和集1권	44	9	20	7,920
071	兩關唱和集2권	56	9	20	10,080
072	朝鮮人對詩集1권	160	8	19	24,320
073	朝鮮人對詩集2권	186	8	19	28,272
074	韓客唱和/浪華唱和合章	86	6	12	6,192
075	和韓唱和	100	9	20	18,000
076	來庭集	77	10	20	15,400
077	對麗筆語	34	10	20	6,800
078	鳴海驛唱和	96	7	18	12,096
079	蓬左賓館集	14	10	18	2,520
080	蓬左賓館唱和	10	10	18	1,800
081	桑韓醫問答	84	9	17	12,852
082	桑韓鏘鏗錄1권	40	10	20	8,000
083	桑韓鏘鏗錄2권	43	10	20	8,600
084	桑韓鏘鏗錄3권	36	10	20	7,200
085	桑韓萍梗錄	30	8	17	4,080
086	善隣風雅1권	80	10	20	16,000
087	善隣風雅2권	74	10	20	14,800
088	善隣風雅後篇1권	80	9	20	14,400

089	善隣風雅後篇2권	74	9	20	13,320
090	星軺餘轟	42	9	16	6,048
091	兩東筆語1권	70	9	20	12,600
092	兩東筆語2권	51	9	20	9,180
093	兩東筆語3권	49	9	20	8,820
094	延享五年韓人唱和集1권	10	10	18	1,800
095	延享五年韓人唱和集2권	10	10	18	1,800
096	延享五年韓人唱和集3권	22	10	18	3,960
097	延享韓使唱和	46	8	14	5,152
098	牛窓錄	22	10	21	4,620
099	林家韓館贈答1권	38	10	20	7,600
100	林家韓館贈答2권	32	10	20	6,400
101	長門戊辰問槎상권	50	10	20	10,000
102	長門戊辰問槎중권	51	10	20	10,200
103	長門戊辰問槎하권	20	10	20	4,000
104	丁卯酬和集	50	20	30	30,000
105	朝鮮筆談(元丈)	127	10	18	22,860
106	朝鮮筆談1권(河村春恒)	44	12	20	10,560
107	朝鮮筆談1권(河村春恒)	49	12	20	11,760
108	韓客對話贈答	44	10	16	7,040
109	韓客筆譚	91	8	18	13,104
110	韓人唱和詩	16	14	21	4,704
111	韓人唱和詩集1권	14	7	18	1,764
112	韓人唱和詩集1권	12	7	18	1,512
113	和韓文會	86	9	20	15,480
114	和韓唱和錄1권	68	9	20	12,240
115	和韓唱和錄2권	52	9	20	9,360
116	和韓唱和附錄	80	9	20	14,400
117	和韓筆談薰風編1권	78	9	20	14,040
118	和韓筆談薰風編2권	52	9	20	9,360
119	鴻臚傾蓋集	28	9	20	5,040
예상 총 글자수					723,730
2차년도 예상 번역 매수 (200자원고지)					약 10,850매

3) 3차년도(2010. 7.~ 2011. 6.) : 1763년(11차 사행)에서 1811년(12차 사행)까지

연번	필담창화집 책 제목	면수	1면당 행수	1행당 글자수	예상되는 원문 글자수
120	歌芝照乘	26	10	20	5,200
121	甲申槎客萍水集	210	9	18	34,020
122	甲申接槎錄	56	9	14	7,056
123	甲申韓人唱和歸國1권	72	8	20	11,520
124	甲申韓人唱和歸國2권	47	8	20	7,520
125	客館唱和	58	10	18	10,440
126	鷄壇嚶鳴 간본 부분	62	10	20	12,400
127	鷄壇嚶鳴 필사부분	82	8	16	10,496
128	奇事風聞	12	10	18	2,160
129	南宮先生講餘獨覽	50	9	20	9,000
130	東渡筆談	80	10	20	16,000
131	東槎餘談	104	10	21	21,840
132	東游篇	102	10	20	20,400
133	問槎餘響1권	60	9	20	10,800
134	問槎餘響2권	46	9	20	8,280
135	問佩集	54	9	20	9,720
136	賓館唱和集	42	7	13	3,822
137	三世唱和	23	15	17	5,865
138	桑韓筆語	78	11	22	18,876
139	松菴筆語	50	11	24	13,200
140	殊服同調集	62	10	20	12,400
141	快快餘響	136	8	22	23,936
142	兩東鬪語乾	59	10	20	11,800
143	兩東鬪語坤	121	10	20	24,200
144	兩好餘話상권	62	9	22	12,276
145	兩好餘話하권	50	9	22	9,900
146	倭韓醫談(刊本)	96	9	16	13,824
147	倭韓醫談(寫本)	63	12	20	15,120
148	栗齋探勝草1권	48	9	17	7,344
149	栗齋探勝草2권	50	9	17	7,650
150	長門癸甲問槎1권	66	11	22	15,972

151	長門癸甲問槎2권	62	11	22	15,004
152	長門癸甲問槎3권	80	11	22	19,360
153	長門癸甲問槎4권	54	11	22	13,068
154	萍遇錄	68	12	17	13,872
155	品川一燈	41	10	20	8,200
156	表海英華	54	10	20	10,800
157	河梁雅契	38	10	20	7,600
158	和韓醫談	60	10	20	12,000
159	韓客人相筆話	80	10	20	16,000
160	韓館應酬錄	45	10	20	9,000
161	韓館唱和1권	92	8	14	10,304
162	韓館唱和2권	78	8	14	8,736
163	韓館唱和3권	67	8	14	7,504
164	韓館唱和續集1권	180	8	14	20,160
165	韓館唱和續集2권	182	8	14	20,384
166	韓館唱和續集3권	110	8	14	12,320
167	韓館唱和別集	56	8	14	6,272
168	鴻臚摭華	112	10	12	13,440
169	鷄林情盟	63	10	20	12,600
170	對禮餘藻	90	10	20	18,000
171	對禮餘藻(明遠館叢書 57)	123	10	20	24,600
172	對禮餘藻(明遠館叢書 58)	132	10	20	26,400
173	三劉先生詩文	58	10	20	11,600
174	辛未和韓唱酬錄	80	13	19	19,760
175	接鮮瘖語(寫本)1	102	10	20	20,400
176	接鮮瘖語(寫本)2	110	11	21	25,410
177	精里筆談	17	10	20	3,400
178	中興五侯詠	42	9	20	7,560
예상 총 글자수					786,791
3차년도 예상 번역 매수 (200자원고지)					약 11,800매

1차년도에는 하우봉(전북대) 교수와 유경미(일본 나가사키국립대학) 교수를 공동연구원으로 하여 고운기, 구지현, 김형태, 허은주, 김용흠 박

사가 전임연구원으로 번역에 참여하였다. 3년 동안 기태완, 이지양, 진영미, 김유경, 김정신, 강지희 박사가 연구원으로 교체되어, 결국 35,000매나 되는 번역원고를 마무리하였다.

일본식 한문이 중국식 한문과 달라서 특히 인명이나 지명 번역이 힘들었는데, 번역문에서는 독자들이 읽기 쉽도록 한국식 한자음으로 표기하고, 첫 번째 각주에서만 일본식 한자음을 표기하였다. 원문을 표점 입력하는 방법은 고전번역원에서 채택한 방법을 권장했지만, 번역자마다 한문을 교육받고 번역해온 과정이 다르기 때문에 재량을 인정하였다. 원본 상태를 확인하려는 연구자를 위해 영인본을 뒤에 편집하였는데, 모두 국내외 소장처의 사용 승인을 받았다.

원문과 번역문을 합하여 200자원고지 5만 매 분량의『조선후기 통신사 필담창화집 번역총서』를 12,000면의 이미지와 함께 편집하고 4차에 나누어 10책씩 출판하는 과정이 복잡하고 힘들었기에, 연세대학교 정갑영 총장에게 편집비 지원을 신청하였다.『조선후기 통신사 필담창수집 번역본 30권 편집』정책연구비(2012-1-0332)를 지원해주신 정갑영 총장에게 감사드린다.

『조선후기 통신사 필담창화집 번역총서』를 편집하는 과정에 문화재청으로부터『통신사기록 조사 및 번역, 데이터베이스 구축』연구용역을 발주받게 되어, 필담창화집을 비롯한 통신사 관련 기록을 세계기록유산으로 등재하는 작업에 참여하게 된 것도 기쁜 일이다. 통신사 관련 기록들이 모두 데이터베이스로 구축되어 국내외 학자들이 한일문화교류, 나아가서는 동아시아문화교류 연구에 손쉽게 참여하게 된다면『통신사 필담창화집 번역총서』의 사명을 다하는 것이라고 생각한다.

조선후기 통신사가 동아시아 문화교류 연구에 중요한 이유는 임진왜란 이후에 중국(청나라)과 일본의 단절된 외교를 통신사가 간접적으로 이어주었기 때문이다. 통신사 필담창화집 번역총서 60권 출판이 마무리되면 조선후기에 한국(조선)과 중국(청나라) 지식인들이 주고받은 척독집 40여 권도 데이터베이스로 구축하여, 일본에서 조선을 거쳐 청나라로 이어지는 '동아시아 문화교류의 길' 데이터베이스를 국내외 학자들에게 제공하고자 한다.

▌**기태완**(奇泰完)

중앙대학교 문예창작과 졸업.
성균관대학교 국어국문학과 석사·박사 졸업. 문학박사.
홍익대학교 겸임교수와 연세대학교 연구교수 역임.
저서로『황매천시연구』,『곤충이야기』,『한위육조시선』,『당시선』上·下,『천년의 향기-한
시산책』,『화정만필』,『송시선』,『요금원시선』,『명시선』 등이 있고, 역서로는『거오재집』,
『동시화』,『정언묘선』,『고종신축의궤』,『호응린의 역대한시 비평-시수』,『퇴계 매화시첩』,
『심양창화록』,『집자묵장필유』 8책 등이 있다.

조선후기 통신사 필담창화집 번역총서 15
七家唱和集-班荊集·支機閒談

2014년 8월 28일 초판 1쇄 펴냄

역 자 기태완
발행인 김흥국
발행처 도서출판 보고사

등록 1990년 12월 13일 제6-0429호
주소 서울특별시 성북구 보문동7가 11번지 2층
전화 922-5120~1(편집), 922-2246(영업)
팩스 922-6990
메일 kanapub3@naver.com
http://www.bogosabooks.co.kr

ISBN 979-11-5516-290-3 94810
       979-11-5516-055-8 (세트)

정가 28,000원
사전 동의 없는 무단 전재 및 복제를 금합니다.
잘못 만들어진 책은 바꾸어 드립니다.

이 도서의 국립중앙도서관 출판예정도서목록(CIP)은 서지정보유통지원시스템 홈페이지
(http://seoji.nl.go.kr)와 국가자료공동목록시스템(http://www.nl.go.kr/kolisnet)에서
이용하실 수 있습니다. (CIP제어번호 : CIP2014024649)